I0632126

# LES TRAGIQUES

Paris. Imprimé par GUIRAUDET ET JOUAUST, 338, r. S.-Honoré,
avec les caractères elzeviriens de P. JANNET.

# LES
# TRAGIQUES

PAR

## THÉODORE AGRIPPA D'AUBIGNÉ

Nouvelle édition, revue et annotée

## PAR LUDOVIC LALANNE

Là où est debout le vice,
Là est le logis de la peur.
(PRÉFACE, p. 21.)

## A PARIS

Chez P. JANNET, Libraire

—

MDCCCLVII

# NOTICE.

D’Aubigné raconte dans ses *Mémoires* et dans l’*Epître aux lecteurs* dont il a fait précéder son poëme qu’en 1577, retenu au lit par ses blessures à Castel-Jaloux, « et mesme le chirurgien les tenant pour douteuses, il fit écrire sous soy par le juge du lieu les premières stances de ses Tragiques..., et traça pour testament cet ouvrage, lequel, quelques années après, il a peu polir et emplir », en le continuant « à cheval et dans les trenchées, d’où les plus gentilles pièces sortoient de sa main [1]. » Ailleurs il donne à entendre qu’il l’avoit terminé vers 1578 ou 1579, ou tout au moins avant la mort de Henri III, puisqu’il prétend l’avoir fait lire *tout entier* à Henri, alors roi de Navarre [2]. Ce sont là des expressions qu’il ne faut pas prendre au pied de la lettre. J’admets très bien que les deux premiers livres, *Misères* et les *Princes*, et même une partie du troisième, la *Chambre*

---

1. Mémoires, p. 45 ; *Epistre aux lecteurs*, p. 3.
2. « Il y a trente-six ans et plus que cet œuvre est fait », dit-il en 1616. (Voy. *Epistre*, p. 3 et 11.)

*dorée*, c'est-à-dire plus de trois mille vers, aient pu être écrits en peu d'années et au milieu des camps; mais il en est tout autrement des livres suivants (*les Feux, les Fers, Vengeances*), où sont rapportées une foule de particularités historiques qui ont nécessité d'assez grandes recherches et de nombreuses lectures : ils n'ont pu être composés que dans le silence du cabinet et durant les loisirs que laissa au poète la pacification générale du royaume après le traité de Vervins, en 1598.

Ce qui me confirme dans cette opinion, c'est que vers cette époque il commença l'*Histoire universelle*, qu'il suit souvent pas à pas dans son poème, où l'on trouve du reste d'assez fréquentes allusions à des événements bien postérieurs à l'assassinat de Henri III, comme la mort du maréchal de Raiz (1601) et d'Elisabeth d'Angleterre (1603), l'escalade de Genève (1602), etc., etc. [1].

Quelle que soit la date à laquelle *les Tragiques* aient été complétement terminés, d'Aubigné fut long-temps avant de se décider à les mettre au jour. Il sentoit la valeur et la portée de son œuvre, qu'il avoit communiquée à plusieurs de ses amis, entre autres à Rapin et à Scévole de Sainte-Marthe [2]. De tous les côtés, les calvinistes, « ennuiez de livres qui enseignent », lui en demandoient un « pour émouvoir [3] », et pourtant il hésitoit toujours. Ses scrupules étoient faciles à comprendre. La publication de son livre étoit de

1. Il fait même allusion (p. 256) à un petit livret que l'Estoile annonce, à la date de 1608, comme une « bagatelle nouvelle ».

2. Voy. plus loin, p. 8.

3. Voy. *Epistre aux lecteurs*, p. 1 et 2.

nature à réveiller bien des passions que le temps avoit assoupies; l'auteur savoit quelles persécutions pouvoient lui attirer ces violentes satires, où il vouoit au mépris de puissants personnages encore vivants, comme le duc d'Epernon; où il avoit flétri sans mesure la maison des Médicis, qui avoit de nouveau donné une reine à la France, et où enfin respiroit une haine profonde contre le catholicisme, les vices de la cour, les princes et la tyrannie. Et, à ce propos, qu'on me permette quelques observations.

Un savant et spirituel écrivain [1] déclare « avoir cherché vainement dans les écrits de d'Aubigné les tendances républicaines qu'on attribue généralement au parti protestant. Il n'est pas même, ajoute-t-il, partisan de l'aristocratie. » C'est là une assertion que je ne saurois admettre. Sans doute il seroit ridicule de prétendre que d'Aubigné a été un républicain dans le sens actuel du mot, mais il étoit, à n'en pas douter, partisan des républiques aristocratiques, telles qu'elles étoient constituées au XVIe siècle. On peut s'en convaincre en lisant la réponse qu'il fit au roi de Navarre, qui le pressoit un jour de s'expliquer catégoriquement à ce sujet. Il lui déclara « qu'à ses yeux l'administration la meilleure étoit la monarchique *selon son institution entre les François* [2]; qu'il s'en tenoit du tout à ce que dit du Haillan..., et qu'après celle des Fran-

---

1. Voy. les *Essais d'histoire littéraire*, par M. Gérusez.
2. C'est-à-dire sans la soumission au pape, ainsi qu'il l'explique lui-même (Voy. plus loin, p. 12 et 13). — Quant à du Haillan, d'Aubigné me semble faire allusion aux deux discours, l'un républicain, l'autre monarchique, que l'histo-

çois, c'étoit celle de Pologne. » Or, on sait que
le gouvernement de Pologne étoit une royauté
élective [1]. Les années ne modifièrent en rien ses
opinions. En 1620, ce fut dans une république,
à Genève, qu'il alla prendre « le chevet de sa
vieillesse et de sa mort », là où, comme il le dit
ailleurs, « les causes des haines des rois devoient
être aux républiques causes de charité [2]. » Quatre ans auparavant, le prince de Condé lui avoit
rendu ce témoignage dans le conseil secret, « qu'il
estoit ennemy de la royauté et capable d'empescher un roy de régner absolument tant qu'il vi-
vroit [3]. »

Il étoit, du reste, le premier à sentir combien
étoient dangereuses pour lui de pareilles accusations : aussi chercha-t-il toujours à les repousser et à les prévenir. Dans l'*Epistre aux lecteurs*, il
avoue que la crainte de « gagner le nom de turbulent et de républicain [4] » l'avoit jusque alors
empêché de publier son poème. Mais il a beau dire
et répéter que dans ses écrits on peut voir « plusieurs choses contre la tyrannie, et nulle contre la

---

rien met dans la bouche de deux seigneurs francs, Charamond
et Quadrek, au moment de l'élection de Pharamond.

1. *Mémoires*, p. 122.

2. Il parle ainsi (p. 98) aux Polonois venant offrir la couronne à Henri III :

> Ah! Sarmates rasez, vous qui, *estans sans rois*,
> Aviez le droit pour roy et vous—mesmes pour lois,
> Qui dedans l'interrègne observiez la justice! etc.

Citons encore ces vers (p. 157) :

> Ces vices n'auront point de retraite pour eux
> Chez l'invincible Anglois, l'Escossois valeureux :
> Car les nobles et grands la justice y ordonnent.

3. Voy. p. 2. — 4. *Ibid.*, p. 134, 143.

royauté », que l'on aura tort de prendre pour les rois ce qu'il dit des tyrans ; il a beau invoquer « l'amour loyal et la fidélité qu'il a montrée par son épée à son grand roy », sa plume l'a démenti cent fois, et chez lui le mot de royauté est presque toujours synonyme de tyrannie. Veut-on des exemples ? *Les Tragiques* offrent de quoi choisir :

Nos rois ont appris à machiaveliser,
Au temps et à l'estat leur ame deguiser,
Ployans la pieté au joug de leur service,
Gardans religion pour ame de police. . . .
Ceux-là règnent vraiment, ceux-là sont de vrais rois
Qui sur leurs passions establissent des lois ;   [mes (¹).
Non les monstres du siècle et du temps où nous som-

Les rois, qui devroient être

                Du peuple et les rois et les pères,
Du troupeau domesticq sont les loups sanguinaires ;
Ils sont l'ire allumée et les verges de Dieu,
La crainte des vivans(²).

Ailleurs il parle

Du règne insupportable et rempli de misères
Dont le peuple poursuit la fin par ses prières ³,

Il fait dire à Dieu :

Princes qui commettez contre moi felonnie,
Je vous arracherai le sceptre avant la vie.

Souviens-toi, dit-il à Henri de Navarre,

Souviens-toi, quelque jour, combien sont ignorans
Ceux qui, pour être rois, veulent estre tyrans !

1. Voy. p. 97. — 2. P. 37. — 3. P. 96.

Je crois qu'il est impossible de trouver dans ces vers la moindre trace d'un sentiment monarchique.

Si d'Aubigné fait quelquefois l'éloge de la royauté, c'est de la royauté des temps passés, qui lui apparoissoient comme une ère de bonheur et de liberté, et encore est-ce pour l'opposer à la royauté des Valois, contre laquelle il avoit si vaillamment combattu.

Nos pères, s'écrie-t-il (p. 96),

Nos pères étoient francs. Nous qui sommes si braves,
Nous lairrons des enfans qui seront nés esclaves.

Et ailleurs :

Jadis nos rois anciens, vrais pères et vrais rois,
Nourrissons de la France, en faisant quelquesfois
Le tour de leur païs en diverses contrées,
Faisoient par les citez de superbes entrées ;
Chacun s'esjouissoit, on sçavoit bien pourquoi ;
Les enfans de quatre ans crioient : *Vive le Roi !*
Les villes emploioient mille et mille artifices
Pour faire comme font les meilleures nourrices,
De qui le sein fecond se prodigue à l'ouvrir,
Veut monstrer qu'il en a pour perdre et pour nourrir.

. . . . . . . . . . . . . . . . . . . . .
Nos tyrans aujourd'hui entrent d'une autre sorte.
La ville qui les void a visage de morte ;
Quand son prince la foulle, il la void de tels yeux
Que Neron voioit Romm' en l'esclat de ses feux.
Quand le tyran s'esgaie en la ville où il entre,
La ville est un corps mort, il passe sur son ventre (¹).

Il n'y a là rien qui doive surprendre. Pen-

1. Voy. p. 48.

dant la dernière moitié du XVIe siècle, c'est-à-
dire à partir de la conjuration d'Amboise[1], qui
faillit faire passer le pouvoir entre les mains de
la noblesse, tout contribua à amoindrir le respect de la royauté. Les passions religieuses et
politiques, qui couvrirent la France de sang et
de massacres, étoient des deux côtés hostiles à
la monarchie. C'étoit au nom de Dieu que l'on
prenoit les armes ; les princes n'étoient plus qu'au
second rang. — Depuis le massacre de Vassy,
qui donna le signal des guerres civiles, les calvinistes luttèrent quatorze ans, sans roi à leur
tête, contre la royauté. Quand, en 1576, Henri
de Navarre, échappé de la cour, fut reconnu
comme le chef naturel du parti, il eut toujours
autour de lui « autant de contrôleurs que de
serviteurs[2] » ; et, pendant que les villes et les
Eglises calvinistes se donnoient une administration indépendante, qui, chez quelques unes,
comme à La Rochelle, étoit toute républicaine,
leurs adversaires organisoient la Ligue, qui chassa
la race avilie des Valois et combattit à son tour
durant sept ans le monarque légitime. Les pamphlets des catholiques sont aussi violents contre
le pouvoir absolu que les pamphlets protestants ;
et il fallut la lassitude et l'épuisement de la
France, il fallut l'incomparable habileté et la
merveilleuse intelligence de Henri IV, pour que
l'autorité royale pût regagner peu à peu le terrain qu'elle avoit perdu depuis cinquante ans,

---

1. On sait que le père de d'Aubigné fut un des principaux
conjurés. Voy. *Mémoires*, p. 5.

2. Voy. d'Aubigné, *Mémoires*, p. 69.

terrain que, sans Richelieu et Mazarin, elle auroit peut-être, au XVIIe siècle, perdu de nouveau et à jamais.

D'autres scrupules, étrangers à la politique,
paroissent avoir retardé long-temps la publication des *Tragiques*. D'Aubigné, né le 16 février
1552[1], avoit cinquante-huit ans à la mort de
Henri IV. Bien que, dès cette époque, il eût
beaucoup écrit, vers et prose[2], il n'avoit encore
publié que des opuscules peu importants, des
*Vers funèbres sur la mort d'Etienne Jodelle* (1584,
in-4), et la lettre à Madame, sœur de Henri IV,
*sur la douceur des afflictions*[3]. Aussi le vieux soldat éprouvoit-il quelque crainte de se lancer si tard
dans la carrière littéraire. Il ne savoit quel accueil le public feroit à son livre, et il craignoit
« de le voir jeté aux ordures » avec les autres
pamphlets publiés lors des guerres civiles. Enfin il se décida, et, l'année même où la paix
de Loudun, « cette foire publique d'une générale
lâcheté », venoit de lui faire poser les armes qu'il
avoit prises avec les princes et les calvinistes
contre le maréchal d'Ancre, en 1616, il fit pa-

1. Voy., sur cette date, la note de la page 1 des *Mémoires*.

2. Sans parler du ballet de *Circé*, qu'il composa vers 1576
(Voy. *Mémoires*, p. 30, et *Hist. univ.*, t. 3, p. 66), d'épi-
grammes qui devoient être fort nombreuses, il avoit écrit,
vers 1571, un petit poème, encore inédit, *le Printemps*, qu'il
paroit affectionner singulièrement, car il y fait de fréquentes allusions. De plus, il avoit en portefeuille une partie du
*Fœneste*, dont la première édition date probablement de
1617; la *Confession de Sancy*, composée vers 1600; les deux
premiers volumes de l'*Histoire universelle*, et plusieurs écrits
théologiques qui n'ont jamais été publiés.

3. Voy., plus loin, la note 2 de la page 4.

roître les *Tragiques*, sans y mettre son nom, et en plaçant en tête (subterfuge assez puéril) une *Epistre* où il fait parler un sien serviteur, « le larron Prométhée », qui déclare en avoir dérobé le manuscrit à son maître et le publier à son insu [1]. Le titre consacre cette petite supercherie; il porte : *Les Tragiques, donnez au public par le larcin de Promethee*. Au Dézert. Par L. B. D. D. MDCXVI, in-4 [2]. C'est bien là la première édition, quoique plusieurs bibliographes, comme Prosper Marchand et Sennebier, trompés par une phrase équivoque de l'*Histoire universelle* [3], aient prétendu qu'il en avoit paru une autre antérieurement. Ils n'auroient point émis cette opinion s'ils avoient lu plus attentivement l'*Epistre*, où d'Aubigné met cette phrase dans la bouche du « larron Prométhée » : « Il y a *trente-six ans et plus*, as-

1. On rencontre chez d'Aubigné un singulier mélange de timidité et de désir de ne pas se laisser oublier. Ainsi, dans la préface de la première édition de son *Histoire universelle*, quand il rend compte d'un fait qui lui est personnel, il a le plus souvent caché sous des désignations fort vagues (un capitaine, un violent partisan, etc.) son nom, qui est pourtant très exactement mentionné à la table des matières, et que dans la 2e édition il a remplacé par un *aleph*.

2. Il y a dans cette édition une faute typographique que jusqu'ici personne n'a relevée. La pagination saute de 244 à 343, et l'erreur se continue jusqu'à la fin du volume, qui contient ainsi, non pas 396 pages, comme on l'a dit, mais seulement 298, sans compter les 26 pages de l'*Epistre aux lecteurs* et de la *Préface* en vers.

3. D'Aubigné, parlant, à la date de 1593, des écrits qui contribuèrent à ruiner la Ligue, cite dans ce nombre « *les Tragiques* et *le Passe-partout des jésuites*, et autres tels livres d'auteurs inconnus. » (*Hist. univ.*, l. 3, ch. 402.) Mais on ne doit conclure de cette phrase rien autre chose sinon que *les Tragiques* couroient alors en manuscrit.

savoir aux guerres de septante et sept, que cet œuvre est faict... Je crois que nous amènerons l'auteur à favoriser une édition *seconde* où les deffauts seront remplis, etc., etc[1]. » On voit que l'expression fort vague de *trente-six ans et plus* nous amène à peu près à l'année 1616[2].

Quelques années plus tard parut cette édition seconde, sous le titre de : *Les Tragiques, ci-devant donnez au public par le larcin de Prométhée, et depuis avouez et enrichis par le Sr d'Aubigné*; sans date ni lieu d'impression, in-8 de 364 pages, en comptant le titre et la préface[3]. Cette édition, infiniment plus rare que la précédente, est aussi en caractères italiques; elle contient de plus que la première deux sonnets de Daniel Chamier et un de la princesse Anne de Rohan, et environ quatre cents vers intercalés çà et là dans les sept livres; ce qui, en y comprenant la préface, donne un total d'environ neuf mille vers.

Outre ces deux éditions, il y en auroit une troisième, s'il falloit s'en rapporter à la *Bibliotheca exotica* de Georges Draud[4], où elle est mentionnée ainsi : *les Tragiques donnés au publiq par le larcin de Prométhée, seconde édition, avec augmentation d'une quarte part, remplacement des lacunes*

---

1. Voy. plus loin, p. 3 et 4.

2. La préface, d'ailleurs, peut avoir été composée long-temps d'avance, et l'impression du volume, sorti probablement, comme l'*Histoire universelle*, des presses que d'Aubigné avoit à Maillé, peut avoir marché très lentement.

3. Je n'en connois qu'un seul exemplaire, celui qui est conservé à la bibliothèque de l'Arsenal.

4. Frankfourt (*sic*), 1625, in-4, p. 146.

*de la précédente et plusieurs pièces notables adjous-*
*tées.* A Genève, chez les héritiers et vefve de
Pierre de la Rovière, 1623.

Voilà une indication bien précise ; mais toutefois je conserve quelques doutes sur son exacti-
tude. D'abord, jamais aucun bibliographe n'a dit
avoir *vu* cette réimpression ; puis, l'édition sans
date contenant, comme je l'ai dit, de plus que la
première quatre cents vers, trois sonnets, etc.,
il seroit fort possible que le bibliographe alle-
mand eût pris le titre de l'édition qu'il indique,
non pas sur le livre lui-même, mais dans un
prospectus ou dans un catalogue de libraire daté
de 1623, qui auroit annoncé ainsi la deuxième
édition.

Ce n'est pas tout ; je trouve dans une lettre
de Guy-Patin à Spon, en date du 10 mars 1654,
les lignes suivantes : « M. Huguetan, l'avocat, m'a mandé qu'on a *depuis peu* réimprimé à
Genève, in-8, *les Tragiques* de M. d'Aubigné.
Je vous supplie d'en faire venir à Lyon, s'il ne
s'y en trouve déjà, quelques exemplaires pour
moi, etc. » Il ajoute dans une lettre du 20 mars :
« Je vous ai par ci-devant prié de m'acheter deux
exemplaires des *Tragédies* (sic) de M. d'Aubigné,
de la nouvelle édition de Genève, in-8. Je vous
prie, si faire se peut, d'y en ajouter encore quatre autres exemplaires, etc[1]. » Personne n'ayant
jamais vu cette *nouvelle* édition, dont Guy-Patin
ne parloit que par ouï-dire, il est probable qu'elle
n'existe pas.

Passons maintenant à l'examen du poème.

---

1. Edition Reveillé Parise, t. 2, p. 120, 123.

Le volume s'ouvre par une curieuse *Epistre aux Lecteurs*, où, comme nous l'avons dit plus haut, d'Aubigné fait exposer par le prétendu voleur de son manuscrit les raisons qui l'ont engagé à le publier, le plan de l'ouvrage, les critiques qu'on lui a adressées, les encouragements qu'il a reçus ; et, tout en faisant son apologie, il y explique le système grammatical qu'il a adopté, et s'excuse sur les conseils « du bon-homme Ronsard » d'avoir employé des « vocables qui sont françois naturels, qui sentent le vieux, mais le libre et le françois. » — Tout cela est écrit d'un style animé, plein de grâce et d'originalité. J'en dirai autant de la longue préface en vers où l'auteur s'adresse à son livre :

> Va, Livre, tu n'es que trop beau
> Pour estre né dans le tombeau
> Duquel mon exil te delivre.
> Seul pour nous deux je vais périr.
> Commence, mon enfant, à vivre
> Quant ton père s'en va mourir.
>   Sois hardi, ne te cache point,
> Entre chez les rois mal en point ;
> Que la pauvreté de ta robbe
> Ne te face honte ni peur,
> Ne te diminue ou desrobe
> La suffisance ni le cœur.
>   Porte, comme au Senat romain,
> L'advis et l'habit du vilain
> Qui vint du Danube sauvage,
> Et montre hideux, effronté,
> De la façon, non du langage,
> La mal-plaisante verité.
>   Si on te demande pourquoi
> Ton front ne se vante de moi,
> Dis-leur que tu es un posthume

Desguisé, craintif et discret;
Que la Verité a coustume
D'accoucher en un lieu secret.
 Ta trenche n'a or ne couleur;
Ta couverture sans valeur
Permet, s'il y a quelque joye,
Aux bons la trouver au dedans;
Aux autres fascheux je l'envoie
Pour leur faire grincer les dents.

Ce n'est pas l'amour de la gloire qui le fait mettre au jour son poëme. Il n'est plus aux temps où il adoroit

L'image vaine du renom,
Renom de douteuse espérance.
Ici, sans espoir, sans esmoi,
Je ne veux autre recompence
Que dormir satisfaict de moi.

Les *Tragiques* sont divisés en sept livres, qui, comme le dit très bien d'Aubigné, ont entre eux le rapport des effets aux causes. Le plan en est fort simple et peut se résumer en quelques mots. Au premier livre, intitulé *Misères*, le poète nous retrace les calamités et les guerres civiles qui ont désolé la France durant la dernière moitié du XVIe siècle, et qui ont été amenées par les vices des rois et des grands, qu'il flagelle dans le second livre, *les Princes;* par la corruption et la bassesse des gens de justice, dont la satire est le sujet du troisième livre, *la Chambre dorée.* Le quatrième, *les Feux*, est la peinture des persécutions exercées contre les réformés, comme le suivant, *les Fers* [1], est celle de leurs combats et

1. Nous dirions aujourd'hui les *glaives* ou les *épées*.
*Tragiques.*

de leurs victoires. Le sixième, *Vengeances*, offre le tableau des châtiments dont Dieu a frappé sur cette terre les impies et les persécuteurs, en attendant l'expiation suprême à laquelle le poëte nous fait assister en décrivant, dans le *Jugement*, la fin du monde et le jugement dernier [1].

Les deux premiers livres sont, sans contredit, les plus remarquables du poëme, et ils le sont d'une manière absolue. D'Aubigné y déploie une richesse d'images et d'expressions, une véhémence et une énergie de langage dont notre poésie n'offre peut-être pas d'autre exemple. C'est l'idéal de la satire politique. — Je n'écris plus, s'écrie-t-il dès les premières pages,

> Je n'écris plus les feux d'un amour inconnu...
> Autre fureur qu'amour reluit en mon visage...
> Nous avortons ces chants au milieu des armées,
> En delassant nos bras, de crasse tout rouillés,
> Qui n'osent s'éloigner des brassards dépouillés.
> Le luth que j'accordois avec mes chansonnettes
> Est ores estouffé de l'éclat des trompettes.
> La mort joue elle-même en ce triste échaffaut (2).

Jamais l'affreux malheur des guerres civiles n'a été retracé avec une pareille énergie, soit que le poëte nous montre la France comme une mère affligée sur le sein de laquelle ses deux enfants se livrent un combat sacrilége,

---

1. Ces sept livres sont d'une étendue fort inégale; ainsi le premier contient 1342 vers, le second 1512, le troisième 390, le quatrième 1420, le cinquième 1564, le sixième 1136, le septième 1194, ce qui donne un total de 8558 vers. En ajoutant les 414 vers de la *préface*, on arrive à un total de 8972 vers.

2. P. 33.

Elle voit les mutins tout déchirés, sanglans,
Qui, ainsi que du cœur, des yeux se vont cerchans...
Adonc se perd le lait, le suc de sa poitrine ;
Puis, aux derniers abois de sa proche ruine,
Elle dit : « Vous avez, félons, ensanglanté
Le sein qui vous nourrit et qui vous a porté.
Or, vivez de venin, sanglante géniture,
Je n'ai plus que du sang pour votre nourriture (1). »

soit qu'il nous représente

les pitoiables mères
Pressant à l'estomac leurs enfans esperdus (2)
Quand les tambours françois sont de loin entendus.

soit qu'évoquant ses souvenirs de soldat, il nous
dépeigne cette chaumière où un jour il arrive
avec les siens,

une troupe lassée
Que la terre portoit, de nos pas harassée.

Mais le « reistre noir » y avoit passé avant eux
« comme une tempête », ne laissant que cadavres
et mourants :

J'eu peur que ces esprit
Protestassent, mourans, contre nous de leurs cris.
Mes cheveux estonnez herissent en ma teste.
J'appelle Dieu pour juge. . . . . . . . .
Là je vis estonnez les cœurs impitoyables.
Je vis tomber l'effroi dessus les effroyables (3).

C'est encore le soldat qui parle quand il gémit

1. P. 34.
2. Et trepidæ matres pressere ad pectora natos. (*Æneid.*
l. 7, vers 518.)
3. P. 44. — 4. P. 52.

sur la décadence des François, qui ne savent plus combattre que derrière des murailles et tenir garnisons,

> Que nos pères fuyoient comme on fuit les prisons...
> Quand l'estranger esjamboit leurs barrières,
> Ils ne daignoient s'enclorre en leurs villes frontières.
> L'ennemi, aussitost comm' entré combattu,
> Faisoit à la campagne essai de leur vertu.
> On appelle aujourd'hui n'avoir rien fait qui vaille
> D'avoir percé premier l'espais d'une bataille,
> D'avoir premier porté une enseigne au plus hault,
> Et franchi devant tous la brèche par assault.
> . . . . . . . . . . Cela n'est plus vertu.
> La voici pour ce temps : bien prendre une querelle
> Pour un oiseau ou chien, ou garce ou maquerelle,
> Au plaisir d'un ballet, d'un bouffon gazouillant
> Qui veut, dit-il, sçavoir si son maistre est vaillant.
> . . . . . . . . . . Quiconque porte espée
> L'espère voir au sang d'un grand prince trempée.
> De cette loi sacrée ores ne sont exclus
> Le malade, l'enfant, le vieillard, le perclus :
> On les monte, on les arme ; on invente, on devine
> Quelques nouveaux outils à remplir Libithine.
> On y fend sa chemise, on y montre sa peau ;
> Despouillé en coquin, on y meurt en bourreau.

Ne reconnoît-on pas encore l'accent d'un vrai et grand poëte dans cette terrible prière qui termine le premier livre ?

> Que ceux qui ont fermé les yeux à nos misères,
> Que ceux qui n'ont point eu d'oreille à nos prières,
> De cœur pour secourir, mais bien pour tourmenter,
> Point de main pour donner, mais bien pour nous oster,
> Trouvent tes yeux fermés à juger leurs misères ;
> Ton oreille soit sourde en oyant leurs prières ;
> Ton sein ferré soit clos aux pitiez, aux pardons ;

Ta main sèche et stérile aux bienfaicts et aux dons.
. . . . . . . . . . . . . Les voutes célestes
N'ont-elles plus de foudre et de feux et de pestes ?
Ne partiront jamais du trône où tu te sieds,
Et la Mort et l'Enfer, qui dorment à tes pieds ?

C'est dans le second livre, *les Princes*, que la
satire arrive au dernier degré d'énergie et de
violence.

Vous qui avez donné ce subject à ma plume,
Vous-mesmes qui avez porté sur mon enclume
Ce foudre rougissant acéré de fureur,
Lisez-le, vous aurez horreur de votre horreur !...
Si quelqu'un me reprend que mes vers eschauffez
Ne sont rien que de meurtre et de sang estoffez,
Qu'on n'y lit que fureur, que massacre, que rage,
Qu'horreur, malheur, poison, trahison et carnage,
Je lui respons : Ami, ces mots que tu reprends
Sont les vocables d'art de ce que j'entreprens....
Ce siècle, autre en ses mœurs, demande un autre style.
Cueillons des fruicts amers, desquels il est fertile....
On dit qu'il faut couler les execrables choses
Dans le puits de l'oubli et au sepulchre encloses,
Et que par les escrits le mal resuscité
Infectera les mœurs de la posterité ;
Mais le vice n'a point pour mère la science,
Et la vertu n'est point fille de l'ignorance (1).

Tout passe sous son fouet vengeur : Catherine
de Médicis, Charles de Guise « le cardinal sanglant », Charles IX, François d'Alençon, et surtout Henri III, dont il a fait un portrait vanté à
juste titre [2]; leurs perfides conseillers, les mi-

1. P. 75, 77, 112.
2. C'est dans ce livre que d'Aubigné, qui est l'un des écrivains les plus originaux de notre littérature, montre à quel

gnons, les flatteurs, les assassins, les parjures,
les traîtres [1], il les voue tous à l'infamie. S'il les
quitte un instant, c'est pour y revenir bientôt,
et chaque fois avec de nouvelles colères. Les
femmes de la cour et les

> sales princesses,
> Garces de leurs valets, autrefois leurs maîtresses,

n'y sont point épargnées; et pour peindre les dé-
bauches de ces autres Messalines il a emprunté
les traits les plus acérés de « la mordante hyper-
bole » de Juvénal. Jamais le fameux morceau
qui précède le

> Lupanaris tulit ad pulvinar odorem

n'a été rendu avec plus de bonheur et d'énergie.
Il faut lire toute la tirade qui commence par ces
vers :

> Des citoyens oisifs l'ordinaire discours
> Est de solenniser les vices de nos cours (2).

Parfois aussi l'indignation du poëte, pour être

point il étoit nourri des grands auteurs de l'antiquité. On
peut voir par cette tirade qu'il met dans la bouche de la Fortune (p. 116) que Tacite, entre autres, étoit sa lecture fa-
vorite :

> Es-tu poinct envieux de ces grandeurs romaines ?
> Leurs rigoureuses mains tournèrent par mes peines
> Dedans leur sein vaincu leur fer victorieux.
> Je t'espiois, ces jours, lisant, si curieux,
> La mort du grand Senèque et celle de Thrasée ;
> Je lisois par tes yeux, en ton ame embrasée,
> Que tu enviois plus Senèque que Néron,
> Plus mourir en Caton que vivre en Cicéron ;
> Tu estimois la mort en liberté plus chère
> Que tirer en servant une haleine précaire.

1. Voy. p. 106. — 2. Voy. p. 109.

plus contenue, n'en est que plus éloquente et plus terrible, comme dans l'épisode ¹ où il nous représente un jeune homme, nouveau débarqué à la cour, et qui en voyant tant d'hommes

. . . . . . . bien morgans, bien vestus,
Pensoit estre arrivé à la foire aux vertus...
Voici un gros amas qui emplit jusqu'au tiers
Le Louvre de soldats, de braves chevaliers,
De noblesse parée : au milieu de la nue    [connue
Marche un duc, dont la face au jeune homme in-
Le renvoie au conseil d'un page traversant,
Pour demander le nom de ce prince passant.
Le nom ne le contente; il pense, il s'esmerveille :
Tel mot n'estoit jamais entré en son oreille.
Puis, cet estonnement soudain fut redoublé
Alors qu'il vit le Louvre aussitost depeuplé
Par le sortir d'un autre, au beau milieu de l'onde
De seigneurs l'adorans comm' un roy de ce monde.
Nostre nouveau venu s'accoste d'un vieillard,
Et pour en prendre langue il le tire à l'escart.
Là, il apprit le nom dont l'histoire de France
Ne lui avoit donné ne vent ne congnoissance.
Ce courtisan grison, s'esmerveillant de quoy
Quelqu'un mesconnoissoit les mignons de son Roy,
Raconte leurs grandeurs, comment la France entière,
Escabeau de leurs pieds, leur estoit tributaire.
A l'enfant qui disoit : « Sont-ils grands terriens
Que leur nom est sans nom par les historiens ? »
Ils respond : « Rien du tout; ils sont mignons de prince.
— Ont-ils sur l'Espagnol conquis quelque province ?
Ont-ils par leurs conseils relevé un mal-heur ?
Delivré leur pays par extrême valleur ?
Ont-ils sauvé le Roi, commandé quelque armée,

1. P. 114. Le prince de Condé le fit lire au duc d'Epernon, que d'Aubigné avoit voulu désigner, et qui jura la mort du poète. (*Mémoires*, p. 123.)

Et par elle gaigné quelque heureuse journée ? »
A tout fut respondu : « Mon jeune homme, je croy
Que vous estes bien neuf : ce sont mignons du Roy. »

Signalons encore dans ce livre la vision où la
Fortune, « mère aux étranges amours », et la
Vertu, se disputent le cœur du jeune homme ;
et la dernière tirade

Fuyez, Lots, de Sodome et Gomorre bruslantes,

qui se termine par ces vers si pleins de poésie :

Lors que l'esclat
D'un foudre exterminant vient renverser à plat
Les chesnes resistans et les cèdres superbes,
Vous verrez là dessous les plus petites herbes,
La fleur qui craint le vent, le naissant arbrisseau,
En son nid l'escurieu, en son aire l'oiseau,
Sous ce daix qui changeoit les gresles en rosées,
La bauge du sanglier, du cerf la reposée,
La ruche de l'abeille et la loge au berger,
Avoir eu part à l'ombre, avoir part au danger.

Dans le troisième livre, la *Chambre dorée*, aux
princes succèdent les gens de justice, ces autres
persécuteurs de l'Église. La Justice, la Piété, la
Paix, chassées de la terre, viennent gémir aux
pieds de l'Éternel et réclamer son appui.

La terre est-elle pas ouvrage de ta main ?
Elle se mesconnoit contre son souverain ;
La felonne blaspheme, et l'aveugle insolente
S'endurcit et ne ploye à ta force puissante.

Les Anges joignent leurs prières à celles des
fugitives ;

De mesme en quelque lieu vous pouvez avoir leu (1),
Et les yeux des vivants pourroient bien avoir veu
Quelque empereur ou roy tenant sa cour plainière
Au milieu des festins, des combats de barrière,
En l'esclat des plaisirs, des pompes; et alors
Qu'à ces princes chéris il monstre ses trésors,
Voici entrer à coup une vefve éplorée,
Qui foulle tout respect, en deuil demesurée,
Qui conduit le corps mort d'un bien aimé mari,
Ou porte d'un enfant le visage meurtri...
Le bon roi quitte alors le sceptre et la seance,
Met l'épée au côté et marche à la vengeance.
    Dieu se lève en courroux, et, au travers des cieux,
Perça, passa son chef...
Les rois, espouvantez, laissent cheoir, paslissans,
De leurs tremblantes mains les sceptres rougissans...
. . . . . . . . . L'Univers arresté
Adore en frémissant sa haulte Majesté.


Les regards de Dieu s'arrêtent sur Paris et sur
le Palais de Justice; il descend, il s'approche,
mais il trouve

    . . . l'estoffe et les durs fondemens
Et la pierre commune à ces fiers batimens
D'os, de têtes de morts; au mortier exécrable
Les cendres des brûlés avoient servi de sable,
L'eau qui les détrempoit étoit du sang versé.


Le poète nous décrit ensuite les habitants de
ce séjour,

Mercenaires, vendans la langue, la faveur,
Raison, autorité, ame, science et cœur.


1. P. 130.

Puis il nous fait entrer dans

. . . . . . . . . la Chambre Dorée
De justice jadis, d'or maintenant parée.
. . . . . . . . Là voit-on présider
Sur un trône élevé l'Injustice impudente.
Sa balance aux poids d'or trébuche faussement.

Près d'elle sont assis ses conseillers : l'Avarice,
l'Ambition, « qui se tue en se faisant cognoistre »,
l'Envie, la Colère, la douce Faveur, l'Ivrognerie,
l'Hypocrisie,

Qui parle doucement, puis sur son dos bigot
Va par zelle porter au buscher un fagot ;

la Vengeance,

Aux yeux noirs, enfoncés sous l'espaisse paupière,
. . . . . . . . . au teint noir, palissant,
Qui croist et qui devient plus forte en vieillissant ;

la Jalousie, l'Inconstance, la Stupidité, l'Ignorance, la Cruauté, la Passion, la Haine, la Vanité, la Servitude « à la tête rasée », la Bouffonnerie, la chauve Luxure, la Foiblesse, la
Paresse.

Là sous un sein d'acier, tient son cœur en prison
La taciturne, froide et lasche Trahison.

A ses côtés sont l'Insolence, la Formalité ; et
enfin

Au dernier coin se sied la miserable Crainte :
Sa pâlissante vue est des autres éteinte,
Son œil morne et transi en voyant ne void pas,

Son visage sans feu a le teint du trépas,
Son advis ne dit rien qu'un triste oui qui tremble (1).

Non loin du Palais, Dieu aperçoit la Bastille,

Un funeste chasteau, dont les tours assemblées
Ne monstroient par dehors que grilles redoublées...
La faim plus que le feu esteint en ces tasnières,
Et la vie et les pleurs des ames prisonnières (2).

Puis, après une violente sortie contre les inquisiteurs, le poète, par une transition peu ménagée,
fait défiler devant le trône de Dieu, comme escorte de la « blanche Thémis », les princes « qui
ont justement jugé », et je dois dire que la compagnie est un peu mêlée. On y voit Moïse, Josué,
David, Daniel, Aristide, Agésilas, Ochus l'Égyp-
tien, Agathocle, les Caton et

. . . . . . . . . . . le très heureux Auguste,
Qui régna justement en sa conquête injuste,

Justinien, Sforce, etc., etc. Le livre finit par un
dithyrambe en l'honneur d'Élisabeth d'Angleterre,
et une malédiction contre les persécuteurs.

Voici marcher de rang par la porte dorée
L'enseigne d'Israel dans le ciel arborée,
Les vainqueurs de Sion, qui, au pris de leur sang,
Portans l'escharpe blanche, ont pris le caillou blanc.
Ouvre, Jerusalem, tes magnifiques portes :
Le lion de Juda, suivi de ses cohortes,
Veut regner, triompher et planter dedans toi
L'estendart glorieux, l'auriflam' de la foy.

Tel est le début pompeux du livre IV, *les Feux,*

1. P. 142, 143.
2. P. 213.

qui n'offre guère qu'un récit des persécutions religieuses depuis les Albigeois. C'est un véritable
martyrologe, semé de harangues et de professions
de foi.

Dans le cinquième livre, *les Fers,* que l'auteur
trouvoit « plus hardy et plus eslevé que les autres », Dieu, après avoir parcouru le monde, est
remonté au ciel. Au milieu des anges s'est glissé
Satan. Il s'avoue vaincu, car les tortures et la
mort n'ont point ébranlé la constance des fidèles ;
mais, dit-il, en s'adressant à Dieu,

> Mais si tu veux tirer la preuve de ces ames,
> Oste-les des couteaux, des cordeaux et des flames ;
> Laisse l'aize venir, change l'adversité
> Au favorable temps de la prospérité ;
> Mets-les à la fumée et au feu des batailles,
> Verse de leurs haineux à leurs pieds les entrailles...
> Puis après, tout soudain que ta face changée
> Abandonne sans peur la bande encouragée,
> Et lors, pour essayer ces haults et braves cœurs,
> Laisse-les chatouiller d'ongles de massacreurs...
> Des princes les meilleurs aux combats periront,
> Les autres au besoin, lasches, les trahiront...
> Si tout ne réussit, j'ay encor un tison
> Dedans mon arcenal, qui aura sa saison.
> C'est la guerre d'argent qu'après tout je prépare.
> Quand le règne sera hors des mains d'un avare.

Dieu, pour éprouver les siens, cède aux instances de Satan [1], qui disperse aussitôt ses noires légions dans toutes les provinces de France.

---

1. J'ai à peine besoin de faire remarquer que le fonds de
cette fiction poétique est puisé dans les deux premiers cha-
pitres du livre de Job.

C'est là qu'apparoissent « les tableaux célestes »,
dont avec beaucoup de raison Rapin avoit blâmé
l'invention [1]. Il est certain que, si on l'eût écouté,
cette partie y auroit singulièrement gagné en
clarté. L'auteur est, dans un songe, transporté au ciel, et là Coligny lui montre des tableaux où les anges eux-mêmes ont retracé les
massacres des calvinistes, leurs défaites et leurs
triomphes depuis le commencement des guerres
civiles jusqu'aux victoires d'Arques et d'Ivry.
Cette suite de récits, où le poëte, devenu historien, semble n'avoir voulu rien oublier, est, je
dois le dire, pleine d'incohérence, de bizarrerie
et d'obscurités. On ne sait pas toujours qui prend
la parole de lui ou de son guide. Puis vient, sans
aucune transition, une vision où est mis en scène
l'Océan [2] indigné de voir souiller la pureté de
ses ondes par le sang que versent dans ses flots
les fleuves de la France. Enfin l'auteur, courbant
la tête sous la honte de sa patrie, termine, cette
fois encore, par une ardente imprécation, dont
quelques vers font souvenir de l'imprécation de
Camille.

Ah! que nos cruautez fussent ensevelies
Dans le centre du monde! . . . . . . . . . .
Parmi les estrangers nous irions sans danger,
L'œil guay, la teste hault; d'une brave assurance
Nous porterions au front l'honneur ancien de France.
Estrangers irritez, à qui sont les François

1. P. 8.
2. On peut rapprocher ce passage des premiers vers de
l'épître de Boileau :

Aux pieds du mont Adule, entre mille roseaux...

Abomination, pour Dieu, faictes le choix
De celuy qu'on trahit et de celuy qui tue...
Nous sommes plains de sang ; l'un en perd, l'autre en
L'un est persecuteur, l'autre endure martyre.  [tire ;
Regardés qui reçoit ou qui donne le coup ;
Ne criés sur l'agneau quand vous criés au loup.
Venés, justes vangeurs : vienne toute la terre,
A ces Caïns françois, d'une immortelle guerre,
Redemander le sang de leurs frères occis.

« Le livre qui suit, *Vengeances*, est, dit l'auteur, théologien et historial. » Je ne m'y arrêterai point. D'Aubigné y a traité le même sujet que Lactance dans son célèbre traité *De mortibus persecutorum*. C'est le récit des châtiments et des supplices que depuis le commencement du monde Dieu a infligés sur cette terre aux meurtriers et aux persécuteurs, depuis Caïn jusqu'à Henri III. Je n'ai pas besoin de dire qu'il ne faut pas y chercher la vérité histoique, qui est trop souvent sacrifiée à « la haine partisanne. » Malgré l'aridité et la monotonie inhérente à un pareil sujet, traité en plus de onze cents vers, il y a là encore quelques belles pages. Je signalerai celles où d'Aubigné déplore les égaremens de sa jeunesse.

J'ay senti l'esguillon, le remors violent
De mon ame blessée, et ouy la sentence
Que dans moy contre moy chantoit ma conscience.
Mon cœur vouloit veiller, je l'avois endormi ;
Mon esprit estoit bien de ce siècle ennemi.
Mais, au lieu d'aller faire au combat son office
Satan le destournoit au grand chemin du vice....
J'ay veu des creux enfers la caverne profonde,
J'ay esté balancé des orages du monde ;

Aux tourbillons venteux des guerres et des cours,
Insolent, j'ay usé ma jeunesse et mes jours :
Je me suis pleu au fer (1). David m'est un exemple
Que qui verse le sang ne bastit pas le temple ;
J'ay adoré les rois, servi la vanité,
Estouffé dans mon sein le feu de verité (2).

L'heure du châtiment a enfin sonné, et dans le livre VII, qui est la conclusion de l'ouvrage, nous assistons à l'expiation suprême, au jugement dernier. Au moment de poser la plume, le poète est devenu encore plus implacable, et, tout en se livrant à de subtiles discussions théologiques sur les mystères de l'autre vie 3, il a comme réuni en un faisceau ses plus violentes invectives contre les tyrans, la papauté, les persécuteurs et les apostats ; dans ses terribles accents on retrouve une inspiration puissante, qu'il a puisée

---

1. D'Aubigné se rappeloit probablement, en écrivant ce vers, qu'il avoit fait massacrer de sang-froid vingt-deux soldats de Dax qui s'étoient rendus à lui sans combat. (*Mémoires*, p. 226.)

2. P. 266. La jeunesse de d'Aubigné paroît avoir été fort orageuse, autant du moins qu'on peut en juger d'après le récit qu'il en fait dans ses *Mémoires*. Même après la Saint-Barthélemy, il resta à la cour auprès de Henri de Navarre et y fit amitié avec le duc de Guise, Bussy d'Amboise et d'autres seigneurs catholiques dont il avoit gagné les bonnes grâces par « ses caprioles et ses affecteries de cour ; » aussi a-t-il épargné le premier dans les *Tragiques ;* il lui arriva même de combattre sous ses ordres, à Dormans, les protestants, qui y furent défaits.

3. D'Aubigné avoit de grandes prétentions en théologie. Dans un moment de découragement et d'ennui, à l'âge de trente-quatre ans, il eut la pensée, qui ne lui dura guère, de se convertir. Il se mit alors à lire les Pères de l'Eglise et les controversistes, ce qui lui permit plus tard de lutter avec

aux livres saints, d'où Racine devoit plus tard
tirer un chef-d'œuvre [1].

Le fils de l'homme apparoît :

Des-jà l'air retentit et la trompette sonne.
. . . . . . . . . . . . . Le soleil radieux
N'est qu'une noire nuict au regard de ses yeux.

Les morts ressuscitent

Et sortent de la mort comme l'on sort d'un songe.

Tout se dresse contre les persécuteurs, tout,
jusqu'aux éléments.

« Pourquoy (dira le feu) avez-vous de mes feux,
Qui n'estoient ordonnez qu'à l'usage de vie,
Faict des bourreaux, valets de vostre tyrannie ? »
L'air encor une fois contr'eux se troublera,
Justice au juge sainct, trouble, demandera,
Disant : « Pourquoy, tyrans et furieuses bestes,
M'empoisonnastes-vous de charongnes, de pestes,
Des corps de vos meurtris ? » — « Pourquoy, diront
  les eaux,                                    [seaux ? »
Changeastes-vous en sang l'argent de nos ruis-
Les monts qui ont ridé le front à vos supplices :
« Pourquoy nous avez-vous rendus vos precipices ? »

Dieu prononce sa sentence :

« Vous qui m'avez vestu au temps de la froidure,
Vous qui avez pour moy souffert peine et injure,

avantage contre les docteurs catholiques, et entre autres du
Perron.

1.   Je vous en veux, à vous, apostats dégénères,
     Qui léchés le sang frais tout fumant de vos pères
     Sur les pieds des tueurs (p. 304).

Voy. encore la malédiction sur Paris, p. 310.

Qui à ma sèche soif et à mon aspre faim
Donnastes de bon cœur vostre eau et vostre pain ;
Venez, race du ciel, venez, esleuz du père ;
Vos pechés sont esteints, le juge est vostre frère ;
Venez donc, bien-heureux, triumpher pour jamais
Au royaume eternel d'une eternelle paix.... »
« Vous qui avez laissé mes membres aux froidures,
Qui leur avez versé injures sur injures,
Qui à ma sèche soif et à mon aspre faim
Donnastes fiel pour eau et pierre au lieu de pain ;
Allez, maudits, allez grincer vos dents rebelles
Au gouffre tenebreux des peines eternelles (1). »

Les bienheureux entonnent l'hymne éternelle,
à laquelle répondent les gémissements des dam-
nés, pour qui

> de l'enfer il ne sort
Que l'eternelle soif de l'impossible mort.

Tel est ce poème étrange, plein de grandeur
et d'originalité ; il est unique dans notre littérature et on pourroit l'appeler l'*épopée du calvinisme*,
car un profond sentiment religieux y règne d'un
bout à l'autre. Malheureusement, loin de dominer son temps, d'Aubigné en a subi l'influence.
A côté de beautés de premier ordre abondent
des puérilités, des antithèses, des jeux de mots.
La langue, qui atteint souvent une rare précision
et une admirable énergie, est trop souvent aussi
incorrecte, confuse et obscure. On sent que le
grand siècle n'est pas encore venu, mais on
sent qu'il va venir.

Je n'ai pu absolument, dans les auteurs du

1. P. 324.
*Tragiques.* c

temps, rien découvrir qui nous fît connoître quelle impression les *Tragiques* avoient faite sur le public au moment de leur apparition. Des calvinistes ils reçurent sans nul doute un excellent accueil, qui dut encourager l'auteur à publier, comme il le fit presque immédiatement après, les premières parties de *Fæneste* et de son *Histoire universelle*. Quant aux catholiques, à part quelques curieux, l'ouvrage dut être repoussé par eux, car je ne sais pas quel charme ils auroient pu trouver à la lecture de ces vers où leurs traditions et leurs croyances étoient vouées au mépris.

Et puis bientôt, grâce à Malherbe et à son école, grâce à l'Académie, il se creusa un abîme entre la langue et la poésie du XVIIe siècle et celle du XVIe. C'est là ce qui explique l'oubli profond où, pendant près de deux cents ans, on a laissé les *Tragiques*, qui ne furent guère lus que d'un petit nombre de critiques et d'é-rudits [1].

Un mot maintenant sur la manière dont j'ai accompli la tâche bien laborieuse d'éditeur des *Tragiques*.

---

1. Depuis une quarantaine d'années d'Aubigné a été l'objet d'assez nombreuses études, auxquelles on peut recourir pour compléter ce que j'en ai dit plus haut. Je citerai entre autres : Viollet-Leduc, *Histoire de la satire en France*, publiée en tête des œuvres de Regnier; Sainte-Beuve, *Tableau de la poésie françoise au XVIe siècle*; Gérusez, *Essais d'histoire littéraire*; Haag, *la France protestante*, art. Aubigné; vicomte de Gaillon, analyse très étendue des *Tragiques* dans le *Bulletin du bibliophile* (janvier 1854); L. Feugère, notice sur d'Aubigné (*Revue contemporaine*, 1853); et enfin Sayous, *Etudes littéraires sur les écrivains de la Réformation*. Ce dernier travail est d'un très grand intérêt.

J'ai établi le texte au moyen de l'édition de 1616 et de l'édition sans date, les seules connues, comme je pense l'avoir démontré plus haut. J'ai cru devoir respecter l'orthographe excessivement irrégulière de l'auteur, car elle peut offrir quelques renseignements aux philologues.

J'ai eu soin d'indiquer en note les variantes un peu importantes. Quant aux additions faites par d'Aubigné dans la réimpression de son poème, je les ai toujours placées entre crochets [ ]. Les deux éditions offroient quelques vers ou quelques parties de vers laissées en blanc, et qui se rapportoient presque toutes à Catherine de Médicis [1]. Ces lacunes étoient remplies à la main sur deux exemplaires, appartenant, l'un à M. Beaupré, conseiller à la cour impériale de Nancy, l'autre à M. Maxime Du Camp, qui ont eu l'extrême obligeance de me les communiquer. Le lecteur les distinguera facilement, car elles sont en caractères italiques [2].

D'Aubigné, qui, sur ce point, se rendoit parfaitement justice, annonçoit dans l'*Epistre aux Lecteurs*, que la seconde édition contiendroit « quelques annotations pour éclaircir les endroits les plus difficiles [3]. » Cette promesse n'a pas reçu son exécution, et je l'ai regretté à chaque instant : car, si, même à l'époque où d'Aubigné écrivoit, quelques pages pouvoient paraître obscu-

---

1. Ce scrupule, assez singulier chez d'Aubigné, s'explique par le fait qu'au moment où les *Tragiques* parurent, une autre Médicis, Marie, étoit sur le trône de France.

2. Il n'y a d'italiques ne se rapportant pas à ces lacunes qu'aux pages 199 et 202.

3. Voy. p. 4.

res à ses lecteurs, on peut juger ce qu'elles sont
aujourd'hui pour nous qui sommes séparés de
son temps par deux siècles et demi. Tout se réu-
nissoit d'ailleurs pour rendre la tâche de com-
mentateur pénible et difficile. Le style du poète
est loin d'être toujours clair. La ponctuation qu'il
a adoptée est aussi défectueuse que possible, et
la corriger n'a pas été chose facile. De plus,
comme il s'en vante, et suivant en ce point les
préceptes de son maître Ronsard, il a tenu à employer « des vocables qui sentent le vieux » ;
aussi, pour quelques-uns [1], j'ai dû renoncer à
donner une explication satisfaisante. — A côté
des mots gascons ou poitevins, se trouvent encore
des mots hébreux et d'autres mots qu'il a tirés
directement du latin ou du grec, mais qu'il n'est
point parvenu à naturaliser.

Quant aux allusions aux événements et aux
personnages de son temps, elles abondent et
sont souvent fort enveloppées. Je n'ai rien né-
gligé pour les découvrir ; mais quelques unes
m'ont paru trop vagues pour que je hasardasse
une explication, et d'autres ont dû certainement
m'échapper. J'ai été puissamment aidé dans mes
recherches par les autres ouvrages de d'Aubigné,
ses *Mémoires,* son *Histoire universelle, Fæneste,*
et la *Confession de Sancy.* L'Estoile aussi m'a
fourni de précieuses indications que j'aurois en
vain cherchées ailleurs. Il en est de même de l'*Apologie pour Hérodote,* ce virulent pamphlet où ont
été accueillis tant de bruits et de calomnies ab-
surdes, et où d'Aubigné a puisé à pleines mains.

1. Les mots *castor, ninomple, chevesche.*

Comme les *Tragiques*, indépendamment de leur
valeur littéraire, ont aussi une valeur historique,
j'ai cru devoir joindre au glossaire un index dé-
taillé des noms et des faits dont il est question
dans le poème, et qui, je pense, pourra être de
quelque utilité. Enfin je m'estimerai heureux si
un travail qui m'a occupé près de deux ans peut
faciliter la lecture d'un poète que je regarde comme
devant être placé au premier rang parmi les pré-
décesseurs des grands écrivains du XVIIe siècle.

# ERRATA.

age 1, lig. 11, Du milieu des extrémitez, *lisez* Du milieu, des extremitez.

Page 95, note 4, ligne 3, Göetz, *lisez* Götz.

Page 104, note 2, Revêtissent, *lisez* Revêtent.

Page 142, note, lig. 1 : Ce n'est pas à Christophe de Thou que se rapporte le vers de d'Aubigné, mais à son fils Jacques-Auguste de Thou, l'historien.

Page 152, note 2, lig. 2, Fegose, *lisez* Fregose.

Page 213, la note 1 est à supprimer.

Page 256, vers 17 (1), *lisez* (3); *Ibid.*, placez le renvoi (4) à la fin du 20e vers.

## AUX LECTEURS.

Voicy le larron Promethée, qui, au lieu de grace, demande gré de son crime, et pense vous pouvoir justement faire present de ce qui n'est pas à lui, comme ayant desrobé pour vous ce que son Maistre vous desroboit à soy-mesme; et, qui plus est, ce feu que j'ay volé mouroit sans air : c'estoit un flambeau sous le muy (¹). Mon charitable peché l'a mis en evidence : je di charitable à vous et à son Autheur. Du milieu des extremitez de la France et mesme de plus loin, notamment d'un vieil pasteur d'Angrongne, plusieurs escripts secondoient les remonstrances de vive voix par lesquelles les serviteurs de Dieu lui reprochoient le talent caché, et quelqu'un en ces termes : « Nous sommes ennuiez de livres qui enseignent; donnez-nous-en pour esmouvoir, en un siècle où tout zèle chrestien est pery, où la difference du vray et du mensonge est comme abolie, où les mains des ennemis de l'Eglise cachent le sang du-

---

1. Sous le muids. Nous dirions aujourd'hui : *Sous le boisseau.*

quel elles sont tachées soubs les presens, et
leurs inhumanités sous la liberalité. Les Adia-
phoristes(¹), les profanes mocqueurs, les tra-
ficqueurs du droict de Dieu, font monstre de
leur douce vie, de leur recompense, et par leur
esclat ont esblouy les yeux de nos jeunes gens
que l'honneur ne picque plus, que le peril n'esveille point. » Mon Maistre respondoit : « Que
voulez-vous que j'espère parmy ces cœurs aba-
tardis, sinon que de voir mon livre jetté aux
ordures avec celuy de l'*Estat de l'Eglise*, l'*A-
letheye*, le *Resveille-matin*, la *Legende Saincte
Catherine*(²) et autres de cette sorte ? Je gagne-
ray une place au roolle des fols, et, de plus,
le nom de turbulent, de republicain ; on confon-
dra ce que je di des tyrans pour estre dit des
Roys, et l'amour loyal et la fidelité que j'ay
monstrée par mon espée à mon grand Roy (³) jusques à la fin ; les distinctions que j'apporte partout seront examinées par ceux que j'offence,
surtout par l'inique Justice, pour me faire de-
clarer criminel de lèze-Majesté. Attendez ma
mort, qui ne peut estre loin, et puis examinez
mes labeurs ; chastiez-les de ce que l'ami et

---

1. Les indifférents, mot forgé par d'Aubigné, du grec
ἀδιάφορος, qui a la même signification.
2. L'*Estat de l'Eglise dès le temps des apôtres*, par J.
Crespin, 1564, in-8. *Le Reveil-matin des François*, par Eu-
sèbe Philadelphe, cosmopolite, Edimbourg, 1574, in-8. Ce
livre est composé de deux dialogues : le premier a pour in-
terlocuteur *Alithie* (la Vérité) et son ami Philalithie. *Legenda
sanctæ Katherinæ Mediceæ*, 1575. C'est la traduction latine
du *Discours merveilleux de la vie de Catherine de Médicis*,
1575, in-8. — Quant à l'*Aletheye*, je n'ai pu le découvrir.
3. Henri IV.

l'ennemi y peuvent reprendre, et en usez alors selon vos equitables jugemens. » Telles excuses n'empeschoient point plusieurs doctes vieillards d'appeler nostre Autheur devant Dieu et protester contre luy. Outre leurs remonstrances, je me mis à penser ainsi : Il y a trente-six ans et plus que cet œuvre est faict, assavoir aux guerres de septante et sept à Castel-Jaloux, où l'autheur comandoit quelques chevaux-legers; et, se tenant pour mort pour les plaies reçües en un grand combat, il traça comme pour testament cet ouvrage (¹), lequel encores quelques années après il a peu polir et emplir. Et où sont aujourd'huy ceux à qui les actions, les factions et les choses monstrueuses de ce temps-là sont connües, sinon à fort peu, et dans peu de jours à nul? Qui prendra après nous la peine de lire les rares histoires de nostre siècle, opprimées, esteintes et estouffées par celles des charlatans gagez? et qui, sans l'histoire, prendra goust aux violences de nostre autheur? Doncques, avant le reste de la memoire, du zèle et des sainctes passions esteintes, mon bon, mon violent desir se changea en courage : je desrobay de derrière les coffres et dessoubs les armoires les paperasses crottées et deschirées desquelles j'ai arraché ce que vous verrez. Je failli encor à quitter mon dessein sur tant de litures (²) et d'abreviations et mots que l'autheur mesme ne pouvoit lire, pour la precipitation de son esprit en escrivant. Les lacunes que vous y verrez à regret me despleurent

1. Voy. les *Mémoires* de d'Aubigné, éd. 1854, p. 45.
2. Ratures, de *litura*.

au commencement, et puis j'ay estimé qu'elles
contraindront un jour un bon père de ne laisser
pas ses enfans ainsi estroppiez. Je croy mesme
que nous amenerons l'Autheur à favoriser une
edition seconde, où non seulement les deffauts([1])
seront remplis, mais quelques annotations esclair-
ciront les lieux plus difficiles. Vous trouverez en
ce livre un style souvent trop concis, moins poli
que les œuvres du siècle, quelques rythmes à la
règle de son siècle, ce qui ne paroist pas aujour-
d'huy aux pièces qui sortent de mesmes mains,
et notamment en quelques unes faictes exprès à
l'envi de la mignardise qui court. C'est ce que
j'espère vous presenter pour la seconde partie
de mon larcin. Ce qui reschauffa mon desir et
m'osta la crainte de l'offence, ce fut de voir les
impudens larcins des choüettes de ce temps qui
glanoyent desjà sur le champ fertile avant la
moisson. Je vi dans les quatrains de Mathieu
jusques à trois vers de suite desrobez dans le
*Traicté des douceurs de l'affliction*, qui estoit une
lettre escripte promptement à Madame([2]), de laquelle je vous promets la responce au recueil que
j'espère faire. Ainsi l'amour de l'Eglise, qui a
besoin de fomentations; l'honneur de celui que

1. Les lacunes. — Cette promesse n'a été remplie qu'à
moitié, car la seconde et dernière édition offre, il est vrai,
d'assez nombreuses additions, mais ne contient pas le moindre
commentaire.

2. *De la douceur des afflictions. A Madame* (Catherine de
Bourbon, sœur de Henri IV, duchesse de Bar). Ce petit opus-
cule, publié vers 1600, étoit resté jusqu'en 1856 inconnu de
tous ceux qui se sont occupés de d'Aubigné. M. Chavannes,
qui l'a découvert, l'a réimprimé dans le *Bulletin de l'Histoire du
protestantisme françois* (mai 1856), et en a fait faire un ti-

j'offence, auquel je veux oster la negligence de ses enfans et à ces larrons leur proye, et puis l'obligation que je veux gagner sur les meilleurs de ce siècle, sont les trois excuses que je mets avant pour mon peché.

Il vient maintenant à propos que je die quelque chose sur le travail de mon Maistre et sur ce qu'il a de particulier. Je l'ay servy vingt et huict ans presque tousjours dans les armées, où il exerçoit l'office de mareschal de camp avec un soin et labeur indicible, comme estimant la principalle partie du capitaine d'estre present à tout. Les plus gentilles de ses pièces sortoient de sa main, ou à cheval, ou dans les trenchées, se delectant non seulement de la diversion, mais encore de repaistre son esprit de viandes(¹) hors de temps et saison. Nous luy reprochions familierement cet Empereur(²) qui ne vouloit le poisson de mer que porté de cent lieues. Ce qui nous faschoit le plus, c'estoit la difficulté de lui faire relire. Quelqu'un dira : « Il y paroist en plusieurs endroits »; mais

---

rage à part à 150 exemplaires. Paris, Aubry. — On y retrouve quelques vers reproduits avec des variantes dans *les Tragiques*. De ces vers, deux (et non trois) ont été, en effet, copiés textuellement par P. Mathieu (*les Tablettes de la vie et de la mort*, édit. de 1616) dans le quatrain 4 :

> Cette royne, qui n'eut qu'un chasteau pour retraitte,
> *Prisonnière çà–bas et princesse là–haut,*
> Sentit un vent d'acier qui luy trancha la teste,
> *Changeant son royal throsne en sanglant eschaffaut.*

Seulement, Mathieu, écrivain catholique, a appliqué à Marie Stuart ce que d'Aubigné avoit écrit de Jane Grey.

1. Nourriture.
2. Héliogabale. Ad mare piscem nunquam comedit : in longissimis a mare locis omnia marina semper exhibuit (Lampridius, *Héliogabale*, ch. 22).

il me semble que ce qui a esté moins parfaict,
par sa negligence, vaut bien encor la diligence
de plusieurs. J'en dirois davantage si l'excessive
loüange de mon Maistre n'estoit en quelque façon
la mienne. J'ay pris quelques hardiesses envers
luy dont je pense en devoir touscher quelques
unes, comme sur quelques mots qui sentent le
vulgaire. Avant nous respondre, il fournissoit
tousjours le vers selon nostre desir; mais il disoit
que le bon-homme Ronsard, lequel il estimoit
par dessus son siècle en sa profession, disoit
quelquefois à luy et à d'autres : « Mes enfans,
deffendez vostre mère de ceux qui veulent faire
servante une damoiselle de bonne maison. Il y a
des vocables qui sont françois naturels, qui sentent le vieux, mais le libre et le françois, comme
*dougé, tenue, empour, dorne, bauger, bouger,* et autres de telle sorte. Je vous recommande par testament que vous ne laissiez point perdre ces vieux
termes, que vous les emploiez et defendiez har-
diment contre des maraux qui ne tiennent pas
elegant ce qui n'est point escorché du latin et de
l'italien, et qui aiment mieux dire *collauder, con-
temner, blasonner,* que *loüer, mespriser, blasmer.*
Tout cela est pour l'escholier de Limosin (¹). »
Voilà les propres termes de Ronsard (²). Après que

---

1. Voy. Rabelais, *Pantagruel,* liv. 1, ch. 6.
2. Les mêmes idées, pour le fond du moins, se retrouvent dans les deux dernières pages de la préface de *la Fran-
ciade* (Œuvres de Ronsard, édit. de 1623, t. 1, p. 588-589).
On y lit, entre autres, ce passage :
« Outre, je t'adverti de ne faire conscience de remettre en
usage les antiques vocables, et principalement ceux du langage wallon et picard, lequel nous reste, par tant de siècles,
l'exemple naïf de la langue françoise, j'enten de celle qui

nous luy (¹) remonstrions quelques rythmes qu
nous sembloient maigres, il nous disoit que Ronsard, Bèze, du Bellai et Jodelle, ne les avoient pas
voulu plus fecondes; qu'il n'estoit pas raisonnable que les rythmeurs imposassent des loix sur
les poëmes. Sur quelques autres difficultez, comme sur les preterits feminins après les accusatifs
et telles observations, il donnoit cela à la licence
et quant à la richesse de la langue. Toutesfois,
toutes ses œuvres de ce temps ont pris les loix du
temps; et, pour les rythmes des simples aux composez ou des composez aux autres, il n'y en a que
trois ou quatre en tout l'œuvre. Il approuve cette
rigueur, et l'a suivie au temps qu'elle a esté esta-
blie, sans toutesfois vouloir souffrir que les premiers poëtes de la France en soient mesestimez.
Voilà pour les estofes des parties. Voici pour la
matière generale, et puis je dirai un mot de la
disposition :

La matière de l'œuvre a pour sept livres sept
tiltres separez, qui toutesfois ont quelque con-
venance, comme des effects aux causes. Le premier livre s'appelle *Misères*, qui est un tableau
piteux du Royaume en general, d'un style bas et
tragicque, n'excedant que fort peu les loix de la
narration; les *Princes* viennent après, d'un style
moyen, mais satyrique en quelque façon. En
cestuy-là, il a esgallé la liberté de ses escripts à

eut cours après que la latine n'eut plus d'usage en nostre
Gaule, et choisir les mots les plus pregnants et significatifs,
non seulement du dit langage, mais de toutes les provinces
de France, pour servir à la poesie, lorsque tu en auras besoin. » Voy. encore la préface de son *Art poétique*.

1. A d'Aubigné.

celle des vies de son temps, denotant le subject
de ce second pour instrument du premier. Et puis
il fait contribuer aux causes des Misères l'injustice, soubs le titre de la *Chambre dorée*, mais ce
troisiesme de mesme style que le second. Le
quart(1), qu'il appelle les *Feux*, est tout entier au
sentiment de la religion de l'Autheur et d'un style
tragicque moyen. Le cinquiesme, sous le nom
des *Fers*, du style tragicque eslevé, plus poëtic
et plus hardy que les autres, sur lequel je veux
conter une notable dispute entre les doctes amis
de l'autheur. Rapin(2), un des plus excellens esprits
de son siècle, blasma l'invention des tableaux
celestes, disant que nul n'avoit jamais entrepris
de peindre les affaires de la terre au ciel, bien(3)
les celestes en terre. L'autheur se deffendoit par
les inventions d'Homère, de Virgile, et de nouveau du Tasse, qui ont feinct les conseilz tenus
au ciel, les brigues et partialitez des celestes sur
les affaires des Grecs, des Romains, et, depuis,
des chrestiens. Ce debat les poussa à en croire
de très doctes personnages, lesquels, ayant demandé de voir la tissure de l'œuvre pour en juger,
approuvèrent l'invention : si bien que je garde cu-
rieusement des lettres sur ce subject desrobées à
mon Maistre incurieux(4), surtout celles de mon—

---

1. Quatrième.

2. Nicolas Rapin, né à Fontenay-le-Comte, mort à Poitiers
en 1608. Ses *Œuvres latines et françoises* ont été publiées en
1620, in-4. Il avoit travaillé à la Satyre Ménippée. La col-
lection Du Puy (ms. 700), à la Bibliothèque impériale,
contient de lui quelques lettres autographes.

3. Mais bien.

4. Sans soin, négligent. Nous avons encore le substantif
*incurie*.

sieur de Saincte-Marthe(¹), qui, aiant esté un des arbitres, dit ainsi : « Vous vous esgarez dans le ciel pour les affaires du ciel mesme ; j'y ay pris tel goust que je crains vostre modestie. Au lieu donc de vous descourager, si vous aviez quelque chose plus haut que le ciel, vous y devriez loger ce qui est tout celeste. »

Le livre qui suit, cinquiesme, s'appelle *Vengeances* : theologien et historial. Lui et le dernier, qui est le *Jugement*, d'un style eslevé, tragicque, pourront estre blasmez pour la passion partizane(²); mais ce genre d'escrire a pour but d'esmouvoir, et l'autheur le tient quitte s'il peut cela sur les esprits des-jà passionnez, ou pour le moins equanimes (³).

Il y a peu d'artifice en la disposition : il y paroist seulement quelques episodies (⁴) comme predictions de choses advenues avant l'œuvre clos, que l'Autheur appeloit en riant ses *apopheties*(⁵). Bien veux-je constamment asseurer le lecteur qu'il y en a qui meritent un nom plus haut, comme escriptes avant les choses advenues. Je maintien de ce rang ce qui est à la preface :

> Je voi venir avec horreur
> Le jour qu'au grand temple d'erreur...,

et ce qui s'en suit de la stance (⁶).

---

1. Scévole de Sainte-Marthe, poète latin et françois, président des trésoriers de France, né à Loudun en 1536, mort en 1623. La Bibliothèque de l'Institut possède un recueil de lettres originales à lui adressées.
2. C'est-à-dire du partisan, de l'homme de parti.
3. Impartiaux. — 4. Episodes.
5. C'est-à-dire prophéties faites après l'événement.
6. Voy. p. 27.

Aux *Princes*, où tout ce qui est dit du fauconnier qui tue son oyseau par une corneille est sur
la mort du Roy Henry troisiesme, et puis aux
endroicts qui denotent la mort d'Henry quatriesme, que je monstrerois estre dit par prediction si
les preuves ne designoient trop mon autheur (1).
Vous remarquerez aussi en la disposition la liberté
des entrées avec exorde, ou celles qu'on appelle
abruptes. Quant aux tiltres des livres, je fus cause
de faire oster des noms estrangers, comme au
troisiesme *Ubris* (2), au dernier *Dan* (3), aimant
mieux que tout parlast françois.

Or voilà l'estat de mon larcin, que le père
plein de vie ne pourra souffrir deschiré et mal en
point et le pied usé, comme sont les chevaux
d'Espaigne qu'on desrobe par les montagnes ; il
sera contrainct de remplir les lacunes, et, si je
fai ma paix avec luy, je vous promets les Commentaires de tous les poincts difficiles qui vous
renvoyroient à une penible recerche de l'histoire,
ou l'onomastic(4). J'ai encores par devers moi deux
livres d'Epigrammes françois, deux de latins, que
je vous promets à la première commodité, et
puis des *Polemicques* en diverses langues, œuvres
de sa jeunesse, quelques Romans, cinq livres de
lettres missives, le premier de familières pleines
de railleries non communes, le second de points
de doctrines desmeslez entre ses amis, le troisiesme de poincts theologaux, le quatriesme

---

1. Voy. dans les *Mémoires*, p. 127, les prédictions d'un
sourd-muet, serviteur de d'Aubigné, sur la mort d'Henri IV.
2. Du grec "Υϐρις, injure, outrage.
3. Jugement.
4. Ὀνομαστικόν, vocabulaire.

d'affaires de la guerre, le cinquiesme d'affaires
d'Estat (¹) ; mais tout cela attendra l'edition de
l'*Histoire*(²), en laquelle c'est chose merveilleuse
qu'un esprit igné et violent de son naturel ne se
soit monstré en aucun poinct partisan, ait escript
sans louanges et blasmes, fidelle tesmoin et jamais juge, se contentant de satisfaire à la question du faict sans toucher à celle du droict (³).

La liberté de ses autres escripts a faict dire à ses
ennemis qu'il affectoit plus le gouvernement aris-
tocratique que monarchique, de quoy il fut accusé
envers le Roy Henry quatriesme, estant lors
Roy de Navarre. Ce Prince, qui avoit desjà leu
tous les *Tragicques*(⁴) plusieurs fois, les voulut faire
lire encore pour justifier ces accusations, et, n'y
aiant rien trouvé que supportable, pourtant, pour

---

1. Sauf le roman de *Fæneste*, aucun de ces ouvrages n'a
été publié. Ils sont probablement au nombre des manuscrits
que possède actuellement M. le colonel Tronchin, de Genève,
à l'un des ancêtres duquel d'Aubigné les avoit légués. (Voy.
*Mémoires*, appendice, p. 428.) Nous n'avons pas été plus
heureux que l'éditeur de *Fæneste*, M. Mérimée, et nous n'a-
vons pu en obtenir communication.

2. L'*Histoire universelle* de d'Aubigné, dont le premier
tome, bien que portant la date de 1616, ne « fut achevé d'imprimer » que le dernier jour de mars 1618. Le second fut
publié en 1618, le troisième en 1620. — Il en parut en 1626,
à Genève, une seconde édition, 3 tomes en 2 vol. in-fol.,
de beaucoup préférable à l'autre.

3. Cet éloge que se donne d'Aubigné est très mérité. Il
est vrai qu'il s'est dédommagé ailleurs, dans la *Confession de
Sancy* et dans *Fæneste*, de l'impartialité qu'il avoit montrée
comme historien.

4. Ceci ne peut s'entendre que d'une partie des *Tragiques*;
Henri IV monta sur le trône de France en 1589, et il y
a dans le poème de d'Aubigné de nombreux passages se
rapportant à des événements postérieurs à cette époque, et
même à la mort du roi.

en estre plus satisfaict, appella un jour nostre
Autheur en présence des sieurs du Fay et du Pin,
lesquels discouroient avec luy sur les diversitez
des Estats. Nostre Autheur, interrogé promptement quelle estoit de toutes administrations la
meilleure, respondit que c'estoit la monarchique, selon son institution entre les François, et
qu'après celle des François il estimoit le mieux
celle de Pologne. Pressé davantage sur celle des
François, il repliqua : « Je me tiens du tout à ce
qu'en dit du Haillan, et tiens pour injuste ce qui
en a esté changé, quand ce ne seroit que la soubs-
mission aux Papes. Philippes le Bel estoit souverain et brave, mais il est difficile que qui subit
le joug d'autruy puisse donner à ses subjets un
joug supportable. » J'ai voulu alleguer ces choses pour justifier ses escripts, esquels vous verrez
plusieurs choses contre la tyrannie, nulle contre
la Royauté ; et de faict ses labeurs, ses perils et
ses playes (1), ont justifié son amour envers son
Roy. Pour vous en monstrer son opinion plus au
net, j'ay adjousté ici trois Stances qui luy servi-
ront de confession en ce qui est de la Royauté ;
elles sont en une pièce qui paroistra, Dieu
aidant, parmi les Meslanges à la première occasion. Vers la fin, après la stance qui commence :

Roy, qui te sieds enfant sur la peau de ton père,

suivent :

Le règne est beau mirouer du regime du monde
Puis l'aristocratie en honneur la seconde;
Suit l'estat populaire, inferieur des trois.

1. Blessures.

Tout peut se maintenir en regnant par soi-même;
Mais j'appelle les Rois, ploiez sous un suprême,
Tyrans tyrannisez, et non pas de vrais Rois!
　Le monarque du ciel en soi prend sa justice :
Le prince de l'enfer exerce le supplice,
Et ne peut ses rigueurs esteindre ou eschauffer.
Le Roi regnant par soi, aussi humble que brave,
Est l'image de Dieu; mais du tyran esclave
Le dur gouvernement, image de l'enfer.
　Celui n'est souverain qui reconnoist un maistre;
Plus infame valet qui est valet d'un prestre.
Servir Dieu, c'est regner; ce règne est pur et doux.
Rois de Septentrion, heureux princes et sages,
Vous estes souverains qui ne devez hommages
Et qui ne voiez rien entre le ciel et vous.

Voilà le plus au vif que j'ay peu le crayon de
mon Maistre. Quant à son nom, on n'exprime
point les noms dans les tableaux ; il est temps
que vous l'oyez par sa bouche, de laquelle vous
n'aurez point de loüanges serviles, mais bien des
libres et franches veritez.

---

DEUX SONNETS DE DANIEL CHAMIER [1]
L'un pour mettre au devant du livre intitulé :
*Les Feux.*

---

POUR LES FEUX.

Un mesme esprit de feu fit la saison fertile
De champions du Christ, qui au feu, qui en
　　l'eau
Et aux fers ont montré ce courage nouveau
Et paisible aux tormens et en la mort facile.

1. Daniel Chamier, célèbre ministre calviniste, né en 1565,
tué au siége de Montauban en 1620. On peut consulter, sur

Mesme feu anima cet angelique style
Qui fait florir les morts et revivre au tombeau,
Encouragea l'autheur au mespris du couteau,
Et d'un funeste arrest et d'une mort civile.

Tesmoin des saincts tesmoins, vray martyr des martyrs,
Tu te mesle avec eux pour le moins de desirs.
Chascun de vous fait part de l'estat où vous estes,

Et la prend de l'autruy : car, en changeant de sort,
Tu les fais, Aubigné, après leur mort, poëtes;
Ils te font, Aubigné, martyr avant ta mort.

*Cettui est pour mettre audevant des* JUGEMENTS.

t vous ne pensiez pas, ô monstres de nature !
Vous ne le croyez pas, qu'il y eust dans les cieux
Un Dieu qui recerchast, et juste et curieux,
Vos forfaits pour en faire une vengeance dure!

Voyez-le, ô malheureux! dans la belle peinture
Des tableaux d'Aubigné, et, consequentieux
Vivez d'oresnavant sans desmentir vos yeux,
Repeus des doctes traits de cette portraiture.

Que serez-vous, meschans? Les bons meurent de peur
Aux foudres de ces vers qui leur font voir l'horreur
De vos maux et des maux qui vos maux vont suyvant.

Braves vers, graves vers, qui d'une voix terrible
Vous crient : O Tyrans! voyez qu'il est horrible
De choir entre les mains de ce grand Dieu vivant.

ce personnage, l'article intéressant que MM. Haag lui ont
consacré dans la *France protestante*, et le travail inséré par
M. Ch. Read dans le *Bulletin de la Société de l'Histoire du
protestantisme françois*, (1853) et publié à part sous le titre
de : *Henri IV et le ministre Daniel Chamier*, Paris, Durand
1854, in-8.

## SONNET DE TRÈS ILLUSTRE PRINCESSE
### ANNE DE ROHAN (¹)

A Promethée, sur son larcin (2).

trop subtil larron, plustost hardi preneur ;
Non preneur seulement, ains voleur ordinaire ;
Non seulement voleur, mais cruel sanguinaire,
Qui prens nostre renom, ame de nostre honneur ;

Inimitable chant, admirable sonneur,
Qui tonnant nous estonne, et parlant nous fais taire,
Nous fais rougir de honte et paslir de colère,
Nous ostes tous nos biens, estant du tien donneur.

Tu monstres ton enfant, tu fais cacher les nostres ;
Tu prens tout seul le los que l'on donnoit aux autres ;
Tu te rends des neuf sœurs Maistre, et non pas Mignon.

Tu ravis d'Apollon la lyre avec main forte,
Et, au lieu qu'en fureur Parnasse nous transporte,
Tu transportes, tyran, Parnasse dans d'Ognon (3).

1. Anne de Rohan, sœur du célèbre Henri, duc de Rohan,
née vers 1584, morte en 1646 sans avoir été mariée. D'Aubigné a inséré dans l'appendice qui termine le dernier tome
de son *Histoire* une longue pièce de vers de cette princesse
sur la mort d'Henri IV. (Voy. *Mémoires*, p. 416 et suiv.)

2. Allusion au titre de la première édition : Les *Tragiques
donnez au public par le larcin de Promethée*.

3. Le Doignon, Donion ou Donjon, est situé dans une île
de la Sèvre. D'Aubigné en fit l'acquisition après l'année 1611.
Il le vendit en 1619 au duc de Rohan. (Voy. *Mémoires*, p. 119
et 383.)

# PREFACE.

—

### L'AUTHEUR A SON LIVRE.

Va, Livre, tu n'es que trop beau
Pour estre né dans le tombeau
Duquel mon exil te delivre ;
Seul pour nous deux je veux perir :
Commence, mon enfant, à vivre
Quand ton père s'en va mourir (¹).
　Encores vivrai-je par toi,
Mon fils, comme tu vis par moi ;
Puis il faut, comme la nourrice
Et fille du Romain grison,
Que tu allaicte et tu cherisse
Ton père en exil, en prison (²).

1. En 1616, année de la publication des *Tragiques*, d'Aubigné avoit soixante-quatre ans.
2. Tout le monde connoît le fait du Romain condamné à mourir de faim et sauvé par sa fille, qui chaque jour venoit l'allaiter en prison. Peu de sujets ont été reproduits aussi souvent par la peinture et la gravure. Il est curieux toutefois de faire remarquer que l'on a un peu altéré le récit de l'auteur latin, Valère Maxime, suivant lequel (l. V, ch. IV, § 7) ce fut une mère qui fut ainsi sauvée par sa fille. Cf. *Ancien théâtre françois*, III, 171, *Moralité ou histoire romaine d'une femme qui avoit voulu trahir la cité de Romme, et comment sa fille la nourrit six semaines de son lait en prison.*

*Tragiques.*　　　　　　　　　　　2

Sois hardi, ne te cache point,
Entre chez les Rois mal en point;
Que la pauvreté de ta robbe
Ne te face honte ni peur,
Ne te diminue ou desrobe
La suffisance ni le cœur.

Porte, comme au Senat romain,
L'advis et l'habit du vilain
Qui vint du Danube sauvage (1),
Et monstre (2) hideux, effronté
De la façon, non du langage,
La mal-plaisante verité.

Si on te demande pourquoi
Ton front ne se vante de moi,
Dis-leur que tu es un posthume
Desguisé, craintif et discret;
Que la Verité a coustume
D'accoucher en un lieu secret.

Ta trenche n'a or ne couleur;
Ta couverture sans valeur
Permet, s'il y a quelque joye,
Aux bons la trouver au dedans;
Aux autres fascheux je l'envoie
Pour leur faire grincer les dents.

Aux uns tu donneras de quoi
Gemir et chanter avec toi,
Et les autres en ta lecture,
Fronçans le sourcil de travers,
Trouveront bien ta couverture
Plus agreable que tes vers.

---

1. Cf. la fable de La Fontaine : *Le paysan du Danube.* Cet apologue se trouve raconté dans les lettres que Guevara publia en 1529, à Séville, comme étant de Marc-Aurèle, sous le titre de *Marco Aurelio.* Cet ouvrage, qui eut un immense succès, fut réimprimé et traduit en françois, en latin, en anglois, etc.

2. Montre.

Pauvre enfant, comment parois-tu
Paré de la seule vertu ?
Car, pour une ame favorable,
Cent te condamneront au feu ;
Mais c'est ton but invariable
De plaire aux bons et plaire à peu.
    Ceux que la peur a revoltez (1)
Diffameront tes veritez,
Comme faict l'ignorante lie.
Heureux livre, qui en deux rangs
Distingue la trouppe ennemie,
En lasches et en ignorans.
    Bien que de moi des-jà soit né
Un pire et plus heureux aisné (2),
Plus beau et moins plein de sagesse,
Il chasse les cerfs et les ours,
Tu desniaises son aisnesse (3),
Et son partage est en amours (4).
    Mais le second (5), pour plaire mieux

---

1. A fait apostasier, de *revolvere*.

2. D'Aubigné, en parlant de *ce pire et malheureux aisné*, fait sans doute allusion au *Printemps*, qu'il composa vers 1570, lorsqu'il étoit amoureux de Diane Salvati, et où il y a-voit, dit-il, « plusieurs choses moins polies, mais quelque fureur qui sera au gré de plusieurs. » (*Mémoires*, p. 22.) Ces poésies sont encore inédites. A l'époque où parurent les *Tragiques*, d'Aubigné n'avoit publié que les *Vers funèbres sur Et. Jodelle*, Paris, 1574, in-4, et la lettre *De la douceur des afflictions*, dont nous avons parlé plus haut, p. 4. M. le duc de Noailles, dans son Histoire de madame de Mainte-non, a donc eu tort de dire : Il composa un recueil qu'on appelle dans ses œuvres le *Printemps de d'Aubigné*. (T. 1, p. 14.)

3. Déniaiser, tromper avec adresse. (Dict. de Trévoux.) C'est dans cette acception que ce mot est employé par Bran-ôme (*Charles IX*, éd. du Panthéon, p. 568, col. 2). Le sens du vers est : Tu trompes ton aîné en voyant le jour avant lui.

4. C'est-à-dire il a eu les amours en partage.

5. Les *Tragiques*.

Aux vicieux, fut vicieux.
Mon esprit par luy fit espreuve
Qu'il estoit de feu transporté ;
Mais ce feu plus propre se treuve
A brusler qu'à donner clarté.

　　J'eus cent fois envie et remord
De mettre mon ouvrage à mort.
Je voulois tuer ma folie,
Cet enfant bouffon m'appaisoit ;
En fin, pour la fin de sa vie,
Il me despleut, car il plaisoit.

　　Suis-je fascheux de me joüer
A mes enfans, de les loüer ?
Amis, pardonnez-moi ce vice :
S'ils sont camus et contrefaicts,
Ni la mère, ni la nourrice,
Ne trouvent point leurs enfans laids.

　　Je pense avoir esté sur eux
Et père et juge rigoureux :
L'un à regret a eu la vie,
A mon gré chaste et assez beau ;
L'autre ensevelit ma folie
Dedans un oublieux tombeau.

　　Si, en mon volontaire exil,
Un juste et sévère sourcil
Me reprend de laisser en France
Les traces de mon perdu temps :
Ce sont les fleurs et l'esperance,
Et ceci les fruicts de mes ans.

　　Aujourd'hui abordé au port
D'une douce et civile mort,
Comme en une terre feconde,
D'autre humeur je fai d'autres vers,
Marri d'avoir laissé au monde
Ce qui plaist au monde pervers.

　　Alors je n'adorois sinon
L'image vaine du renom,
Renom de douteuse esperance :

Ici sans espoir, sans esmoi,
Je ne veux autre recompence
Que dormir satisfaict de moi.
  Car la gloire nous n'estalons
Sur l'eschaffaut, en ces vallons;
En ma libre-franche retraitte (1),
Les triomphes des orgueilleux
N'entrent pas dedans ma logette,
Ni les desespoirs sourcilleux.
  Mais là où les triomphes vains
Peuvent dresser leurs chefs hautains,
Là où se tient debout le vice,
Là est le logis de la peur;
Ce lieu est lieu de precipice,
Fait dangereux par sa hauteur.
  Vallons d'Angrongne (2) bien heureux,
Vous bien heureux les mal-heureux;
Separans des fanges du monde
Vostre chrestienne liberté,
Vous defendez à coups de fonde (3)
Les logis de la Verité,
  Dedans la grotte d'un rocher
La pauvrette a voulu cercher
Sa maison, moins belle et plus seure;
Ses pertuis sont arcs triomphans,
Où la fille du ciel asseure
Un azile pour ses enfans.
  Car je la trouve dans le creux

1. Au Dognon. Voy. *Fæneste*, l. I, ch. 11.
2. La vallée d'Angrongne, en Piémont. Elle fut, avec les vallées de Luserne, de Pérouse et de Saint-Martin, le théâtre d'affreuses persécutions exercées, en 1560, par le duc de Savoie contre les Vaudois qui s'y étoient réfugiés. Voy. à ce sujet de Thou, l. XXVII; La Popelinière, l. V; les *Commentaires* de P. de La Place, l. V; d'Aubigné, *Hist. univ.*, l. II, ch. 9 (édit. de 1626, t. I, p. 9 et suiv.); et Crespin, *Histoire des martyrs*, 1597, in fol., p. 532 et suiv., etc.
3. Fronde.

Du logis de soi tenebreux,
Logis esleu pour ma demeure,
Où la Verité sert de jour,
Où mon âme veut que je meure,
Furieuse de sainct amour.

　　Je cerchois de mes tristes yeux
La Verité aux aspres lieux,
Quand de cett' obscure tasnière
Je vis resplandir la clarté
Sans qu'il y eust autre lumière :
Sa lumière estoit sa beauté.

　　J'attache le cours de mes ans
Pour vivre à jamais au dedans :
Mes yeux de la premiere veüe,
Bien que transis et esplorez,
L'eurent à l'instant recognuë
A ses habits tout dechirez.

　　C'est toi, di-je, qui sceus ravir
Mon ferme cœur à te servir ;
A jamais tu seras servie
De lui, tant qu'il sera vivant ;
Peut-on mieux conserver sa vie
Que de la perdre en te servant ?

　　De celui qui aura porté
La rigoureuse Verité
Le salair' est la mort certaine :
C'est un loyer bien à propos :
Le repos est fin de la peine,
Et la mort est le vrai repos.

　　Je commençois à arracher
Des cailloux polis d'un rocher,
Et elle tordoit une fonde :
Puis nous jettions par l'univers,
En forme d'une pierre ronde,
Ses belles plaintes et mes vers.

　　Quelquesfois en me pourmenant
La Verité m'alloit menant
Aux lieux où celle qui enfante,

De peur de se perdre se perd,
Et où l'Eglize qu'on tourmente
S'enferma d'eau dans le désert.

O desert, promesse des cieux,
Infertile, mais bien-heureux !
Tu as une seule abondance,
Tu produis, tu nourris les bons,
Et la fertilité de France
Ne gist qu'en espineux chardons.

Tu es circui (¹), non surpris,
Et menacé sans estre pris :
Le dragon ne peut et s'essaie :
Il ne peut nuire que des yeux ;
Assez de cris et nulle playe
Ne force le destin des cieux.

Quel chasteau peut si bien loger ?
Quel roi si heureux qu'un berger ?
Quel sceptre vaut une houlette ?
Tyrans, vous craindrez mes propos,
J'aurai la paix en ma logette ;
Vos palais seront sans repos.

Je sens ravir dedans les cieux
Mon ame aussi bien que mes yeux,
Quand en ces montagnes j'advise
Ces grands coups de la Verité,
Et les beaux combats de l'Eglise
Signalez à la pauvreté.

Je voi les places et les champs,
Là où l'effroi des braves camps,
Qui de tant de rudes batailles
Rapportoient les fers triomphans,
Furent les chiens de leurs entrailles,
Deffaicts de la main des enfans.

Ceux qui, par tant et tant de fois
Avoient veu le dos des François,
Eurent bras et cœur inutiles :

1. Environné.

Conme cerfs paoureux et legers,
Ils se virent chassez trois mille
Des fondes de trente bergers.

Là l'enfant attend le soldat,
Le père contre un chef combat ;
Encontre le tambour qui gronde
Le psalme esleve son doux ton ;
Contre l'arquebouze la fonde,
Contre la picque le baston.

Là l'enseigne voloit en vain (¹),
En vain la trompette et l'airain ;
Le phifre espouvante au contraire
Ceux-là qu'il devoit eschauffer :
Ils sentent que Dieu sçavoit faire
La toille aussi dure que fer.

L'ordre, tesmoing de leur honneur,
Aux chefs ne rechauffa le cœur.
Rien ne servit l'experience
Des braves lieutenans de roi :
Ils eurent peur, sans connoissance
Comment ils fuyoient et pourquoi.

Aux cœurs de soi (²) victorieux
La victoire, fille des cieux,
Et la gloire aux ailes dorées,
Presentent chacune un chappeau :
Les insolences esgarées
S'esgarent (³) loin de ce troupeau.

Dieu fit la merveille : ce lieu
Est le sanctuaire de Dieu ;
Là Satan n'a l'yvroie mise
Ni la semence de sa main ;
Là les agnelets de l'Eglise
Sautent au nez du loup romain.

N'est-ce pour ouvrir noz esprits ?
N'avons-nous pas encore appris

1. *Var.*: en main. — 2. *Var.*: de foi. — 3. *Var.*: s'é-
gayent.

Par David, que les grands du monde
Sont impuissants encontre nous,
Et que Dieu ne veut qu'une fonde
Pour instrument de son courroux?
   Il se veut rendre assubjettis,
Par les moiens les plus petits,
Les fronts plus hautains de la terre;
Et pour terrasser à l'envers
Les Pharaons, il leur fait guerre
Avec les mouches et les vers.
   Les Cireniens enragez,
Un jour en bataille rangez,
Despitoient le ciel et le foudre,
Voulans arracher le soleil;
Et Dieu prit à leurs piedz la poudre,
Pour ses armes et leur cercueil.
   Quand Dieu veut nous rendre vainqueurs,
Il ne choisit rien que les cœurs:
Car toutes mains lui sont pareilles;
Et mesmes entre les Payens,
Pour y desployer ses merveilles,
Il s'est joüé de ses moyens.
   L'exemple de Scevole (1) est beau,
Qui, ayant failli du couteau,
Chassa d'une brave parole
L'ennemi du peuple romain;
Et le feu qu'endura Scevole
Fit plus que le coup de sa main.
   Contre les tyrans violens
Dieu choisit les cœurs plus bruslans;
Et quand l'Eglise se renforce
D'autres que de ses citoyens,
Alors Dieu affoiblit sa force,
La maudit et tous ses moyens.
   [Car, quand l'Eternel fit le chois
Des deux les premiers de ses Rois (2),

1. Mutius Scævola. — 2. Saül et David.

Rien pour les morgues tromperesses
Ne se fit, ni pour les habits :
L'un fut pris entre les asnesses,
Et l'autre parmi les brebis (1).]
    O mauvais secours aux dangers,
Qu'un chef tire des estrangers!
Heureuse françoise province,
Quand Dieu propice t'accorda
Un prince, et te choisit un prince (2)
Des pavillons de son Juda.
    Mal-heur advint sur nous, François,
Quand nous bastismes sur François (3)
Et ses mal-contentes armées,
Les forces d'un prince plus fort.
Helas! elles sont consumées,
Et nous sur le sueil de la mort.
    Autant de tisons de courroux,
De Dieu courroucé contre nous,
Furent ces troupes blasphemantes :
Nous avons appris ceste fois
Que ce sont choses differantes
Que l'Estat de Dieu et des Rois.
    Satan, ennemi caut (4) et fin,
Tu voyois trop proche ta fin;
Mais tu vis d'un œil pasle et blesme
Nos cœurs ambitieux, jaloux,
Et deslors tu nous fis nous-mesmes
Combattre pour et contre nous.
    Les Samsons, Gedeons, et ceux

---

1. Cette strophe est tirée de l'édition sans date. Elle manque dans l'édition de 1616.

2. Henri IV.

3. François, duc d'Alençon, puis duc d'Anjou à l'avénement de son frère Henri III, mort en 1584. Il s'étoit mis à la tête d'un parti composé de mécontents catholiques et de protestants.

4. Rusé, de *cautus*. Il nous est resté les mots *cautèle, cauteleux*.

Qui n'espargnerent, paresseux,
Le corps, le hazard et la peine,
Pour, dans les feux d'un chaud esté,
Boire la glace à la fontaine,
Ramenerent la Verité.

Rend-toi, d'un soin continuel,
Prince(1), Gedeon d'Israël ;
Boi le premier dedans l'eau vive,
En cett' eau trempe aussi ton cœur :
Il y a de la peine oisive
Et du loisir qui est labeur.

Bien que tu as autour de toi
Des cœurs et des yeux pleins de foi,
J'ai peur qu'une Dalide(2) fine
Couppe ta force et tes cheveux,
Te livre à la gent Philistine
Qui te prive de tes bons yeux.

Je voi venir avec horreur
Le jour qu'au grand temple d'erreur
Tu feras rire l'assistance ;
Puis donnant le dernier effort
Aux deux colonnes de la France,
Tu te baigneras en ta mort.

Quand ta bouche renoncera(3)
Ton Dieu, ton Dieu la percera,
Punissant le membre coulpable :
Quand ton cœur, desloyal mocqueur,
Comme elle sera punissable,
Alors Dieu percera ton cœur.

[L'amour premier t'aveuglera,
Et puis le meurtrier frapera.
Desjà ta veuë envelopée

---

1. Henri IV. — 2. Dalila.
3. Ce passage est une paraphrase du mot célèbre que d'Aubigné dit à Henri IV après l'attentat de Châtel, qui avoit
blessé le roi à la lèvre (1594). Voy. *Mémoires,* p. 94 et 382,
et l'Estoile, édit. Champollion, année 1610, p. 613.

N'attend que le coup du couteau
Ainsi que la mortelle espée
Suit de près le triste bourreau.]

    Dans ces cabinets lambrissez,
D'idoles de cour tapissez,
N'est pas la verité connue :
La voix du Seigneur des Seigneurs
S'escrit sur la roche cornue,
Qui est plus tendre que nos cœurs.

    Ces monts ferrez, ces aspres lieux,
Ne sont pas si doux à nos yeux,
Mais l'âme y trouve ses delices;
Et là où l'œil est contenté
De braves et somptueux vices,
L'œil de l'âme y est tourmenté.

    Eschos, faictes doubler ma voix,
Et m'entendez à cette fois :
Mi-celestes roches cornuës,
Poussez mes plaintes dedans l'air,
Les faisant du recoup des nuës
En France une autre fois parler.

    Amis, en voyant quelquesfois
Mon âme sortir de ses loix,
Si pour bravement entreprendre
Vous reprenez ma saincte erreur,
Pensez que l'on ne peut reprendre
Toutes ces fureurs sans fureur.

    Si mon esprit audacieux
Veut peindre le secret des cieux,
J'attaque les dieux de la terre :
Il faut bien qu'il me soit permis
De fouiller, pour leur faire guerre,
L'arcenal de leurs ennemis.

    Je n'excuse pas mes escrits
Pour ceux-là qui y sont repris :
Mon plaisir est de leur desplaire;
Amis, je trouve en la raison,
Pour vous et pour eux fruict contraire,

La medecine et le poison.

Vous lou'rez Dieu, ils trembleront ;
Vous chanterez, ils pleureront :
Argument de rire et de craindre
Se trouve en mes vers, en mes pleurs,
Pour redoubler et pour esteindre (1)
Et vos plaisirs et leurs fureurs.

Je plains ce qui m'est ennemi ;
Les monstrans j'ai pour eux gemi :
Car qui veut garder la justice
Il faut haïr distinctement,
Non la personne, mais le vice,
Servir, non cercher l'argument.

Je sçai que les enfans bien nez
Ne chantent, mais sont estonnez
Et ferment les yeux, debonnaires,
(Comme deux des fils de Noé)
Voyans la honte de leurs pères
Que le vin fumeux a noyé.

Ainsi un temps, de ces felons
(Les yeux bouchez à reculons)
Nous cachions l'orde vilenie,
Mais nous les trouvons ennemis,
Et non pères de la patrie,
Qui ne pechent plus endormis.

Ren donc, ô Dieu, si tu cognois
Mon cœur meschant, ma voix sans voix :
O Dieu ! tu l'eslève au contraire,
C'est trop retenu mon devoir ;
Ce qu'ils n'ont pas horreur de faire
J'ai horreur de le faire voir.

Sors, mon œuvre, d'entre mes bras ;
Mon cœur se plaind, l'esprit est las
De cercher au droit une excuse :
Je vai le jour me refusant,
Lorsque le jour je te refuse

1. *Var. :* estreindre.

Et je m'accuse en t'excusant.
    Tu es né legitimement,
Dieu mesme a donné l'argument;
Je ne te donne qu'à l'Eglise.
Tu as pour support l'equité,
La verité pour entreprise,
Pour loyer l'immortalité.

## LIVRE PREMIER.

# MISERES.

**P**uisqu'il faut s'attaquer aux legions de
    Rome,             [me
Aux monstres d'Italie, il faudra faire com-
Hannibal, qui, par feux d'aigre humeur (1)
    [arrosez,
Se fendit un passage aux Alpes embrazez.
Mon courage de feu, mon humeur aigre et forte
Au travers des sept monts fait brèche au lieu de porte.
Je brise les rochers et le respect d'erreur
Qui fit douter Cesar d'une vaine terreur (2).
Il vid Rome tremblante, affreuze, eschevelée,
Qui en pleurs, en sanglots, mi-morte, desolée,
Tordant ses doigts, fermoit, defendoit de ses mains,
A Cesar le chemin au sang de ses germains (3).
    Mais dessous les autels des idoles j'advise

1. C'est-à-dire de vinaigre. Cf. Tite-Live, liv. 21, ch. 37.
— 2. Voy. Lucain, liv. 1, v. 190.

    Ingens visa duci patriæ trepidantis imago, etc.

3. De ses proches.

Le visage meurtri de la captive Eglise,
Qui à sa delivrance (aux despens des hazards)
M'appelle, m'animant de ses trenchans regards.
Mes desirs sont des-ja volez outre la rive
Du Rubicon troublé; que mon reste les suive
Par un chemin tout neuf, car je ne trouve pas
Qu'autre homme l'ait jamais escorché de ses pas.
Pour Mercures croisez(1), au lieu de Pyramides,
J'ai de jour le pilier(2), de nuict les feux pour guides.
Astres, secourez-moi ; ces chemins enlacez
Sont par l'antiquité des siècles effacez :
Si bien que l'herbe verde en ses sentiers accreue (3)
En faict une prairie espaisse, haute et druë.
Là où estoient les feux des Prophètes plus vieux,
Je tends comme je puis le cordeau de mes yeux,
Puis je cours au matin, de ma jambe arrosée
J'esparpille à costé la premiere rosée,
Ne laissant après moi trace à mes successeurs
Que les reins tous ployez des inutiles fleurs ,
Fleurs qui tombent si tost qu'un vrai soleil les touche,
Ou que Dieu fenera (4) par le vent de sa bouche. [cieux
  Tout-puissant, tout-voyant, qui du haut des hauts
Fends les cœurs plus serrez(5) par l'esclair de tes yeux,
Qui fis tout, et conneus tout ce que tu fis estre :
Tout parfaict en ouvrant(6), tout parfait à connoistre,
De qui l'œil tout courant, et tout voyant aussi,
De qui le soin sans soin prend de tout le souci,
De qui la main forma exemplaires(7) et causes,
Qui preveus (8) les effets dès le naistre des choses :
Dieu, qui d'un style vif, comme il te plaist, escris
Le secret plus obscur en l'obscur des esprits :
Puis que de ton amour mon ame est eschauffée,
Jalouze de ton nom, ma poictrine embrazée
De ton feu pur, repurge aussi des mêmes feux

---

1. Aux carrefours. — 2. Le pilori ou le gibet. — 3. *Var.
est creue.* — 4. Fanera. — 5. Les plus serrez. — 6. En tra-
vaillant. — 7. Modèles, prototypes. — 8. Prévis.

Le vice naturel de mon cœur vicieux :
De ce zelle très-sainct rebrusle-moi encore,
Si que (tout consommé au feu qui me dévore,
N'estant serf de ton ire, en ire transporté
Sans passion) je sois propre à ta vérité.
Ailleurs qu'à te loüer ne soit abandonnée
La plume que je tiens, puis que tu l'as donnée.
 Je n'escris plus les feux d'un amour inconnu (1);
Mais, par l'affliction plus sage devenu,
J'entreprens bien plus haut, car j'apprens à ma plume
Un autre feu, auquel la France se consume.
Ces ruisselets d'argent que les Grecs nous feignoient,
Où leurs poëtes vains beuvoient et se baignoient,
Ne courent plus ici; mais les ondes si claires
Qui eurent les saphirs et les perles contraires,
Sont rouges de nos morts; le doux bruit de leurs flots,
Leur murmure plaisant heurte contre des os.
Telle est, en escrivant, ma non-commune image;
Autre fureur qu'amour reluit en mon visage :
Sous un inique Mars, parmi les durs labeurs
Qui gastent le pappier et nostre ancre de pleurs (2),
Au lieu de Thessalie aux mignardes vallées,
Nous avortons ces chants au milieu des armées,
En delassant nos bras de crasse tous rouillez,
Qui n'osent s'esloigner des brassards despouillez.
Le luth que j'accordois avec mes chansonnettes
Est ores estouffé de l'esclat des trompettes :
Ici le sang n'est feint, le meurtre n'y defaut,
La Mort joüe elle-mesme en ce triste eschaffaut;
Le juge criminel tourne et emplit son urne ;
D'ici, la botte en jambe, et non pas le cothurne,
J'appelle Melpomène en sa vive fureur,
Au lieu de l'Hippocrène, esveillant cette sœur

1. Allusion au *Printemps*. Voy. plus haut, p. 19, note 2.
2. *Var. :*

 Qui gastent le papier et ancre de sueurs.

Des tombeaux rafraischis, dont il faut qu'elle sorte,
Affreuse, eschevelée, et bramant en la sorte
Que faict la biche après le fan qu'elle a perdu ;
Que la bouche luy saigne, et son front esperdu
Face noircir du ciel les voûtes esloignées ;
Qu'elle esparpille en l'air de son sang deux poignées,
Quand, espuisant ses flancs de redoublez sanglots,
De sa voix enroüée elle bruira ces mots :
    « O France desolée ! ô terre sanguinaire !
Non pas terre, mais cendre : ô mère ! si c'est mère
Que trahir ses enfans aux douceurs de son sein,
Et, quand on les meurtrit, les serrer de sa main.
Tu leur donnes la vie, et dessous ta mammelle
S'esmeut des obstinez la sanglante querelle ;
Sur ton pis blanchissant ta race se debat,
Là le fruict de ton flanc faict le champ du combat. »
    Je veux peindre la France une mère affligée
Qui est entre ses bras de deux enfans chargée ;
Le plus fort, orgueilleux, empoigne les deux bouts
Des tetins nourriciers ; puis, à force de coups
D'ongles, de poings, de pieds, il brise le partage
Dont nature donna à son besson (¹) l'usage :
Ce volleur acharné, cet Esau malheureux,
Faict degast du doux laict qui doit nourrir les deux ;
Si que, pour arracher à son frère la vie,
Il mesprise la sienne et n'en a plus d'envie ;
Mais son Jacob, pressé d'avoir jeusné mesui (²),
Estouffant quelque temps en son cœur son ennui,
A la fin se défend, et sa juste colère
Rend à l'autre un combat dont le champ est la mère.
Ni les souspirs ardents, les pitoyables cris,
Ni les pleurs rechauffez ne calment les esprits ;
Mais leur rage les guide et leur poison les trouble,
Si bien que leur courroux par leurs coups se redouble.
Leur conflict se r'allume et faict si furieux,

1. Jumeau, du latin *bis*. L'édition de 1616 porte : *besoin*
— 2. Aujourd'hui, tantôt.

Que d'un gauche malheur ils se crèvent les yeux.
Cette femme esplorée, en sa douleur plus forte,
Succombe à la douleur, mi-vivante, mi-morte;
Elle void les mutins tous dechirez, sanglans,
Qui, ainsi que du cœur, des mains se vont cerchans.
Quand, pressant à son sein d'un' amour maternelle
Celui qui a le droit et la juste querelle,
Elle veut le sauver, l'autre, qui n'est pas las,
Viole en poursuivant l'asile de ses bras.
Adonc se perd le laict, le suc de sa poictrine;
Puis, aux derniers abois de sa proche ruine,
Elle dit : « Vous avez, felons, ensanglanté
« Le sein qui vous nourrit et qui vous a porté;
« Or, vivez de venin, sanglante geniture;
« Je n'ai plus que du sang pour vostre nourriture ! »
    Quand languissant (1) je voi les honteuzes pitiez,
Et d'un corps divisé les funèbres moitiez;
Quand je voi s'apprester la tragedie horrible
Du meurtrier de soi-mesme, aux autres invincible,
Je pense encores voir un monstrueux geant
Qui va de braves mots les hauts cieux outrageant,
Superbe, florissant, si brave qu'il ne treuve
Nul qui de sa valeur entreprenne la preuve;
Mais, lorsqu'il ne peut rien rencontrer au dehors
Qui de ses bras nerveux endure les efforts,
Son corps est combatu, à soi-mesme contraire;
Le sang pur ha le moins (2) : le flegme et la colère
Rendent le sang non sang, le peuple abbat ses loix :
Tous nobles et tous rois, sans nobles et sans rois;
La masse degenère en la melancholie :
Ce vieil corps tout infect, plein de sa discratie (3),
Hydropique, faict l'eau, si bien que ce geant,
Qui alloit de ses nerfs ses voisins outrageant,
Aussi foible que grand, n'enfle plus que son ventre;

1. *Var.*: Esperdu.— 2. *Var.*: De sang pur a le moins.
   3. Probablement : dissension, du grec διχρατής, qui est
gouverné par deux chefs.

Ce ventre dans lequel tout se tire , tout entre ,
Ce faux dispensateur des communs excremens ,
N'envoie plus au loin (1) les justes alimens ;
Des jambes et des bras les os sont sans moelle ;
Il ne va plus en haut , pour nourrir la cervelle ,
Qu'un chime (2) venimeux , dont le cerveau nourri
Prend matière et liqueur d'un champignon pourri.
Ce grand geant , changé en une horrible beste ,
A , sur ce vaste corps , une petite teste ,
Deux bras faibles pendans , des-jà secs , des-jà morts,
Impuissans de nourrir et defendre le corps ;
Les jambes , sans pouvoir porter leur masse lourde ,
Et à gauche et à droict font porter une bourde (3).
        Financiers , justiciers , qui opprimez de faim
Celui qui vous faict naistre ou qui defend le pain,
Sous qui le laboureur s'abreuve de ses larmes ,
Qui souffrez mandier la main qui tient les armes ,
Vous , ventre de la France , enflez de ses langueurs,
Faisant orgueil de vent, vous monstrez vos vigueurs.
Voyez la tragedie , abaissez vos courages.
Vous n'estes spectateurs , vous estes personnages;
Car encor' vous pourriez contempler de bien loin
Une nef sans pouvoir lui aider au besoin,
Quand la mer l'engloutit , et pourriez de la rive,
En tournant vers le ciel la face demi-vive ,
Plaindre sans secourir ce mal , oisivement.
Mais quand, dedans la mer, la mer pareillement
Vous menace de mort , courez à la tempeste :
Car avec le vaisseau vostre ruine est preste.
        La France donc ainsi (4) est pareille au vaisseau
Qui, outragé des vents, des rochers et de l'eau,
Loge deux ennemis; l'un tient avec sa troupe
La proüe, et l'autre a pris sa retraite à la pouppe.

---

1. *Var.:* aux bords. — 2. Chyle , de *chimus*.
  3. Béquille. D'Aubigné a employé ce mot en ce sens dans
le *Baron de Fœneste* (l. II, ch. V, édit. Mérimée, p. 78) :
« Tant de bourdes de ces boiteux. » — 4. *Var.:* encor.

De canons et de feux chacun met en esclats
La moitié qui s'oppose, et font verser en bas(1)
L'un et l'autre enyvré des eaux et de l'envie,
Ensemble le navire, et la rage, et la vie(2).
En cela le vainqueur ne demeurant plus fort
Que de voir son haineux le premier à la mort,
Qu'il seconde, autochire(3), aussi tost de la sienne,
Vainqueur : mais helas! c'est vaincre à la cadméene(4).
    Barbares en effect, François de nom, François,
Vos fausses loix ont eu des faux et jeunes rois,
Impuissans sur leurs cœurs, cruels en leur puissance;
Rebelles, ils ont veu la desobeissance.
Dieu sur eux et par eux desploia son courroux,
N'aiant autres bourreaux de nous-mesmes que nous.
    Les rois, qui sont du peuple et les rois et les pères,
Du troupeau domesticq sont les loups sanguinaires ;
Ils sont l'ire allumée et les verges de Dieu,
La crainte des vivans. Ils succèdent au lieu
Des heritiers des morts; ravisseurs de pucelles,
Adultères, souillans les couches des plus belles
Des maris assommez ou bannis pour leur bien.
Ils courent sans repos, et quand ils n'ont plus rien
Pour souler l'avarice, ils cerchent autre sorte
Qui contente l'esprit d'une ordure plus forte.
Les vieillards enrichis tremblent le long du jour;
Les femmes, les maris, privez de leur amour,
Par l'espais de la nuict se mettent à la fuitte;
Les meurtriers souldoiez s'eschauffent à la suitte.
L'homme est en proie à l'homme, un loup à son pareil.
Le père estrangle au lict le fils, et le cercueil
Preparé par le fils sollicite le père.
Le frère avant le temps herite de son frère.

---

1. Couler bas. — 2. Var.: et la charge. — 3. De sa propre main. De αὐτόχειρ. — 4. Var. :
    Vainqueur, comme l'on peut, c'est vaincre à la cadmène.
Les hommes nés des dents du dragon tué par Cadmus s'en-tr'égorgèrent, à l'exception de cinq.

On trouve des moiens, des crimes tous nouveaux,
Des poisons inconnus, ou les sanglans cousteaux
Travaillent au midi; et le furieux vice
Et le meurtre public ont le nom de justice.
Les belistres armez ont le gouvernement,
Le sac de nos citez; comme anciennement
Une croix bourguignonne espouvantoit nos pères(1),
Le blanc les fait trembler; les pitoiables(2) mères
Pressent à l'estomac leurs enfans(3) esperdus,
Quand les tambours françois sont de loin(4) entendus.
Les places de repos sont places estrangères,
Les villes du milieu sont les villes frontières;
Le village se garde, et nos propres maisons
Nous sont le plus souvent garnisons et prisons.
L'honorable bourgeois, l'exemple de sa ville,
Souffre devant ses yeux violer femme et fille,
Et tomber sans merci dans l'insolente main
Qui s'estendoit n'aguère à mendier du pain.
Le sage justicier est traisné au suplice,
Le mal-faicteur lui faict son procès; l'injustice
Est principe de droict; comme au monde à l'envers,
Le vieil père est fouëtté de son enfant pervers.
Celuy qui en la paix cachoit son brigandage
De peur d'estre puni, estalle son pillage.
Au son de la trompette, au plus fort des marchez,
Son meurtre et son butin sont à l'ancan preschez,
Si qu'au lieu de la roüe, au lieu de la sentence,
La peine du forfaict se change en recompense.
Ceux qui n'ont discerné les quereles des grands
Au lict de leur repos tressaillent, entendans,
En paisible minuict, que la ville surprise
Ne leur promet sauver rien plus que la chemise.
Le soldat trouve encor quelque espèce de droict,

1. Dans la guerre des Armagnacs et des Bourguignons. —
2. *Var.*: et les tremblantes mères. — 3. *Var.*: leurs poup-
pons. — 4. *Var.*:

     Quand les grondans tambours sont battans entendus.

Et mesme, s'il pouvoit, sa peine il lui vendroit.
L'Espagnol mesuroit les rançons et les tailles
De ceux qu'il retiroit du meurtre des batailles,
Selon leur revenu; mais les François n'ont rien,
Pour loi de la rançon(1) des François, que le bien.
Encor' vous bien-heureux qui, aux villes fermées,
D'un mestier incognu avez les mains armées,
Qui goustez en la peur l'alternatif sommeil
De qui le repos est à la fièvre pareil;
Mais je te plains, rustic(2), qui, ayant, la journée,
Une piteuse vie en tes sueurs traînée(3),
Reçois au soir les coups, l'injure et le tourment,
Et la fuite et la fin, injuste payement.
Le païsan de cent ans, dont la teste chenuë
Est couverte de nege, en suivant sa charruë,
Voit galopper de loin l'argolet(4), outrageux,
Qui d'une rude main arrache les cheveux,
L'honneur du vieillard blanc, meu de faim et de rage
Pour n'avoir peu trouver que piller au village(5).
Ne voit-on pas des-jà dès trois lustres passez
Que les peuples fuyards des villages chassez
Vivent dans les forests : là chacun d'eux s'asserre
Au ventre de leur mère, aux cavernes de terre;
Ils cerchent, quand l'humain leur refuse secours,
Les bauges des sangliers et les roches des ours,
Sans conter les perdus, à qui la mort propice
Donne poison, cordeau, le fer ou precipice.
   Ce ne sont pas les grands, mais les simples païsans,
Que la terre connoist pour enfans complaisans.
La terre n'aime pas le sang ni les ordures.
Il ne sort des tyrans et de leurs mains impures
Qu'ordures ni que sang : les aimez laboureurs

1. *Var.* : pour loi de la nature.
2. Habitant des campagnes. — 3. *Var.* :
      Ta pantelante vie en rechignant trainée.
4. Argoulet. — 5. *Var.* :
      . . . . . Piqué de son ouvrage,
      Par qui la seule faim se trouvoit au village.

Ouvragent son beau sein de si belles couleurs,
Font courir les ruisseaux dedans les verdes prées
Par les sauvages fleurs en esmail diaprées,
Où par ordre et compas les jardins azurez
Monstrent au ciel riant leurs carreaux mesurez,
Les parterres tondus ; et les droites allées
Des droicturières mains au cordeau sont reglées ;
Ils sont peintres, brodeurs, et puis leurs grands tappis
Noircissent de raisins et jaunissent d'espics ;
Les ombreuses forests leur demeurent plus franches,
Esventent leurs sueurs et les couvrent de branches :
La terre semble donc, pleurante de souci,
Consoler les petits en leur disant ainsi :
   « Enfans de ma douleur, du haut ciel l'ire esmeuë
« Pour me vouloir tuer, premierement vous tuë ;
« Vous languissez, et lors le plus doux de mon bien
« Va saoulant de plaisirs ceux qui ne valent rien.
« Or, attendant le temps que le ciel se retire,
« Ou que le Dieu du ciel destourne ailleurs son ire
« Pour vous faire gouster de ses douceurs aprés,
« Cachez-vous sous ma robbe en mes noires forests,
« Et au fond du malheur, que chacun de vous entre
« Par deux fois, mes enfans, dans l'obscur de mon ven-
« Les faineants ingrats font brusler vos labeurs ; [tre.
« Vos seins sentent la faim et vos fronts les sueurs.
« Je mets de la douceur aux amères racines,
« Car elles vous seront viande et medecines,
« Et je retirerai mes benedictions
« De ceux qui vont sucçant le sang des nations :
« Tout pour eux soit amer, qu'ils sortent, execrables,
« Du lict sans reposer, allouvis (1) de leurs tables. »
   Car pour monstrer comment en la destruction
L'homme n'est plus un homme, il prend refection
Des herbes, de charogne et viandes non-prestes (2),

---

1. Affamés comme loups. Ce mot est encore en usage dans quelques provinces, et entre autres dans la Beauce.
2. Non apprêtées.

Ravissant les repas apprestez pour les bestes.
La racine douteuse est prise sans danger,
Bonne si on la peut amollir et manger.
Le conseil de la faim apprend aux dents par force
A piller des forests et la robbe et l'escorce.
La terre sans façon a honte de se voir,
Cerche encore des mains et n'en peut plus avoir.
Tout logis est exil; les villages champestres
Sans portes et planchers, sans meubles et fenestres,
Font une mine affreuse, ainsi que le corps mort
Monstre en monstrant les os que quelqu'un lui fait tort.
Les loups et les renards et les bestes sauvages
Tiennent place d'humains, possedent les villages,
Si bien qu'en mesme lieu où en paix on eut soin
De reserrer le pain, on y cueille le foin.
Si le rusticque peut desrober à soi-mesme
Quelque grain recelé par une peine extresme,
Esperant sans espoir la fin de ses mal-heurs,
Lors on peut voir couppler trouppe de laboureurs,
Et d'un soc attaché faire place en la terre
Pour y semer le bled, le soustien de la guerre;
Et puis, l'an ensuivant, les miserables yeux
Qui des sueurs du front trempoient, laborieux,
Quand, subissans le joug des plus serviles bestes,
Liez comme des bœufs, ils se couploient par testes,
Voyent d'un estranger la ravissante main
Qui leur tire la vie et l'espoir et le grain.
Alors, baignez en pleurs, dans les bois ils retournent;
Aux aveugles rochers les affligez sejournent;
Ils vont souffrans la faim qu'ils portent doucement,
Au pris du desplaisir et continu tourment
Qu'ils sentirent jadis, quand leurs maisons remplies
De demons encharnez(1), sepulchres de leurs vies,
Leur servoient de crottons(2), où pendus par les doigts

1. Incarnés.
2. Cachot. Ce mot figure encore dans le dictionnaire français
latin de Pomey, 1664, in-4.

A des cordons tranchans, où attachez au bois
Et couchez dans le feu, où de graisses flambantes
Les corps nuds tenaillez, où les plaintes pressantes
De leurs enfans pendus par les pieds, arrachez
Du sein qu'ils empoignoient, des tetins assechez(1);
Ou bien, quand du soldat la diette alouvie
Tiroit au lieu de pain de son hoste la vie,
Vengé, mais non saoulé, père et mère meurtris,
Laissoient dans les berceaux des enfans si petis
Qu'enserrez de cimois(2), prisonniers dans leur couche,
Ils mouroient par la faim. De l'innocente bouche
L'ame plaintive alloit en un plus heureux lieu
Esclatter sa clameur au grand throsne de Dieu,
Cependant que les rois, parez de leur substance,
En pompes et festins trompoient leurs consciences,
[Estoffoient leur grandeur des ruines d'autrui,
Gras du suc innocent, s'egayants de l'ennuy,
Stupides, sans gouster ni pitiez ni merveilles,
Pour les pleurs et les cris n'ayants yeux ni oreilles.]
    Ici je veux sortir du general discours
De mon tableau public ; je flechirai le cours
De mon fil entrepris, vaincu de la memoire
Qui effraie mes sens d'une tragique histoire :
Car mes yeux sont tesmoins du subjet de mes vers.
    J'ai veu le Reistre noir foudroyer au travers
Les masures de France, et comme une tempeste,
Emportant ce qu'il peut, ravager tout le reste.
Cet amas affamé nous fit à Mont-moreau(3)
Voir la nouvelle horreur d'un spectacle nouveau.
Nous vinsmes sur leurs pas, une trouppe lassée

1. Desséchés.
2. Cordons. Dans le dialecte poitevin, on appelle encore
aujourd'hui *cimois* les lisières qui servent à tenir les enfants.
J'ignore absolument l'étymologie de ce mot, que d'Aubigné
a employé souvent en prose et en vers. J'en ai donné une
mauvaise interprétation à la page 171 des *Mémoires* de d'Aubigné, édit. Charpentier.
3. Dans la Dordogne.

Que la terre portoit, de nos pas harassée.
Là de mille maisons on ne trouva que feux,
Que charongnes, que morts ou visages affreux.
La faim va devant moi; force est que je la suive.
J'oy(1) d'un gosier mourant une voix demi-vive;
Le cri me sert de guide, et faict voir à l'instant
D'un homme demi-mort le chef se debattant,
Qui sur le seuil d'un huis dissipoit sa cervelle.
Ce demi-vif la mort à son secours appelle
De sa mourante voix. Cet esprit demi-mort
Disoit en son patois (langue de Perigort):
« Si vous estes François, François, je vous adjure,
« Donnez secours de mort; c'est l'aide la plus seure
« Que j'espère de vous, le moyen de guerir.
« Faictes-moy d'un bon coup et promptement mourir.
« Les reistres m'ont tué par faute de viande:
« Ne pouvant ny fournir ny ouïr leur demande,
« D'un coup de coutelas l'un d'eux m'a emporté
« Ce bras que vous voyez près du lict, à costé;
« J'ai au travers du corps deux balles de pistolle(2). »
Il suivit, en couppant d'un grand vent sa parolle:
« C'est peu de cas encor, et, de pitié de nous,
« Ma femme en quelque lieu, grosse, est morte de
« Il y a quatre jours qu'aians esté en fuitte,      [coups.
« Chassez à la minuict, sans qu'il nous fust licite
« De sauver nos enfans, liez en leurs berceaux,
« Leurs cris nous appelloient, et entre ces bourreaux,
« Pensans les secourir, nous perdismes la vie.
« Helas! si vous avez encore quelque envie
« De voir plus de mal-heur, vous verrez là-dedans
« Le massacre piteux de nos petits enfans. »
J'entre, et n'en trouve qu'un, qui, lié dans sa couche,
Avoit les yeux flestris; qui de sa pasle bouche
Poussoit et retiroit cet esprit languissant
Qui, à regret son corps par la faim delaissant,
Avoit lassé sa voix bramant après sa vie.

1. J'ouïs. — 2. Pistolet.

Voici après entrer l'horrible anatomie
De la mère assechée. Elle avoit de dehors,
Sur ses reins dissipez, traîné, roulé son corps,
Jambes et bras rompus; une amour maternelle
L'esmouvant pour autrui beaucoup plus que pour elle,
A tant(1) elle approcha sa teste du berceau,
La releva dessus. Il ne sortoit plus d'eau
De ses yeux consumez; de ses playes mortelles     [les,
Le sang mouilloit l'enfant; point de laict aux mammel-
Mais des peaux sans humeur. Ce corps seché, retraict,
De la France qui meurt fut un autre portraict.
Elle cerchoit des yeux deux de ses fils encore;
Nos fronts l'espouventoient. En fin la mort devore
En mesme temps ces trois. J'eu peur que ces esprits
Protestassent mourans contre nous de leurs cris:
Mes cheveux estonnez herissent en ma teste;
J'appelle Dieu pour juge, et tout haut je deteste
Les violeurs de paix, les perfides parfaicts
Qui d'une salle cause amènent tels effects.
Là je vis estonnez les cœurs impitoyables,
Je vis tomber l'effroi dessus les effroiables.
Quel œil sec eust peu voir les membres mi-mangez
De ceux qui par la faim estoient morts enragez(2)!

    Et encore aujourd'hui, sous la loi de la guerre,
Les tygres vont bruslans les thresors de la terre,
Nostre commune mère; et le degast du pain
Au secours des lions ligue la pasle faim.
En ce point, lors que Dieu nous espanche une pluie,
Une manne de bleds, pour soustenir la vie,

---

1. Alors.
2. Ce tableau, peint avec tant d'énergie, est évidemment un souvenir personnel de l'auteur. Dans ses *Mémoires* (p. 20) il raconte qu'en 1570, se croyant atteint d'une maladie mortelle, « il fit dresser les cheveux à la teste des capitaines et « des soldats qui le visitoyent, ayant principalement sur son « cœur les pilleries où il avoit mené ses soldats, et nottam— « ment de n'avoir peu faire punir le soldat auvergnac qui « avoit tué un vieux paysan sans raison. »

L'homme, crevant de rage et de noire fureur,
Devant les yeux esmeus de ce grand bien-faicteur,
Foule aux pieds ses bien-faicts en villenant (1) sa grace
Crache contre le Ciel, ce qui tourne en sa face.
La terre ouvre aux humains et son laict et son sein,
Mille et mille douceurs, que de sa blanche main
Elle appreste aux ingrats qui les donnent aux flammes.
Les degats font languir les innocentes ames.
En vain le pauvre en l'air esclatte pour du pain,
On embraze la paille, on faict pourrir le grain.
Au temps que l'affamé à nos portes sejourne,
Le malade se plaint; cette voix nous adjourne
Au throsne du grand Dieu. Ce que l'affligé dit
En l'amer de son cœur, quand son cœur nous maudit,
Dieu l'entend, Dieu l'exauce, et ce cri d'amertume
Dans l'air ni dans le feu volant ne se consume;
Dieu seelle (2) de son sceau ce piteux testament,
Nostre mort en la mort qui le va consumant.
   La mort en payement n'a receu l'innocence
Du pauvre qui mettoit sa chetive esperance
Aux aumosnes du peuple. Ah! que dirai-je plus?
De ces evenemens n'ont pas esté exclus
Les animaux privez, et, hors de leurs villages,
Les mastins allouvis sont devenus sauvages,
Faicts loups de naturel, et non pas de la peau.
Imitans les plus grands, les pasteurs du troupeau,
Eux-mesme ont esgorgé ce qu'ils avoient en garde;
Encor les verrez-vous se vanger, quoi qu'il tarde,
De ceux qui ont osté aux pauvres animaux
La pasture ordonnée. Ils seront les bourreaux
De l'ire du grand Dieu, et leurs dents affamées
Se creveront des os de nos belles armées :
Ils en ont eu curée en nos sanglans combats;
Si bien que, des corps morts rassasiez et las,
Aux plaines de nos camps, de nos os blanchissantes,
Ils courent, forcenés, les personnes vivantes.

1. En insultant. — 2. Scelle.

Vous en voyez l'espreuve au champ de Moncontour(1).
Hereditairement ils ont, depuis ce jour,
La rage naturelle, et leur race, ennyvrée
Du sang des vrais François, se sent de la curée.
    Pourquoy, chiens, auriés-vous, en cette aspre saison,
(Nez sans raison) gardé aux hommes la raison,
Quand Nature sans loy, folle, se desnature;
Quand Nature, mourant, despouille sa figure;
Quand les humains, privez de tous autres moyens,
Assiegez, ont mangé leurs plus fidelles chiens;
Quand sur les chevaux morts on donne des batailles,
A partir(2) le butin des puantes entrailles?
Mesme aux chevaux peris de farcin et de faim
On a veu labourer les ongles de l'humain,
Pour cercher dans les os et la peau consumée
Ce qu'oublioit la faim et la mort affamée.
    Cet' horreur que tout œil en lisant a douté,
Dont nos sens dementoyent la vraie antiquité,
Cette rage s'est veue, et les mères non-mères
Nous ont de leurs forfaicts pour tesmoings oculaires.
C'est en ces siéges lents, ces siéges sans pitié,
Que des seins plus aimants s'envole l'amitié.
La mère du berceau son cher enfant deslie;
L'enfant, qu'on desbandoit autres-fois pour sa vie,
Se desveloppe ici par les barbares doigts
Qui s'en vont destacher de nature les loix;
La mère deffaisant, pitoyable et farousche,
Les liens de pitié avec ceux de sa couche,
Les entrailles d'amour, les filets de son flanc,
Les intestins bruslans par les tressauts du sang,
Le sens, l'humanité, le cœur esmeu qui tremble,
Tout cela se destord et se desmesle ensemble.
L'enfant, qui pense encor' aller tirer en vain
Les peaux de la mammelle, a les yeux sur la main

1. Où les protestants furent défaits, le 3 octobre 1569.
2. Partager, de *partiri*. Ce mot est resté dans le vieux dic-
ton: *Avoir maille à partir.*

Qui deffaict les cimois(1); cette bouche affamée,
Triste, soubs-rit aux tours de la main bien-aimée :
Cette main s'emploioit pour la vie autres-fois,
Maintenant à la mort elle emploie ses doits,
La mort, qui d'un costé se presente effroyable,
La faim, de l'autre bout, bourrelle impitoyable.
La mère, ayant long-temps combatu dans son cœur
Le feu de la pitié, de la faim la fureur,
Convoite dans son sein la creature aimée,
Et dict à son enfant (moins mère qu'affamée) :
« Rends, miserable, rends le corps que je t'ay faict !
Ton sang retournera où tu as pris le laict ;
Au sein qui t'allaictoit r'entre contre nature :
Ce sein, qui t'a nourri, sera ta sepulture ! »
La main tremble en tirant le funeste couteau
Quand, pour sacrifier de son ventre l'agneau,
Des poulces ell' estreind la gorge qui gazouille
Quelques mots sans accents, croyant qu'on la chatouille.
Sur l'effroyable coup le cœur se refroidit,
Deux fois le fer eschappe à la main qui roidit ;
Tout est troublé, confus, en l'ame qui se trouve
N'avoir plus rien de mère et avoir tout de louve ;
De sa lèvre ternie il sort des feux ardents ;
Elle n'appreste plus la bouche, mais les dents,
Et des baizers changés en avides morsures !
La faim achève tout de trois rudes blessures ;
Elle ouvre le passage au sang et aux esprits ;
L'enfant change visage et ses ris en ses cris ;
Il pousse trois fumeaux(2), et, n'ayant plus de mère,
Mourant cerche des yeux les yeux de sa meurtrière(3).
  On dit que le manger de Thyeste pareil
Fit noircir et fuir et cacher le soleil.
Suivrons-nous plus avant ? Voulons-nous voir le reste

----

1. Voy. plus haut, p. 42, note 2.
2. Haleine, respiration.
3. Il est curieux de comparer ce récit avec celui de Voltaire, au chant Xe de la Henriade.

De ce banquet d'horreur, pire que de Thyeste?
Les membres de ce fils sont connus (1) au repas,
Et l'autre, estant deceu, ne les connoissoit pas.
Qui pourra voir le plat où la beste farousche
Prend les petits doigts cuits, les jouets de sa bouche?
Les yeux esteints, auxquels il y a peu de jours
Que de regards mignons embrazoient(2) ses amours!
Le sein douillet, les bras qui son col plus n'accollent!
Morceaux qui saoulent peu et qui beaucoup desolent.
[Le visage pareil encore se fait voir,
Un portraict reprochant, miroir de son miroir,
Dont la reflexion de coulpable semblance
Perce à travers les yeux l'ardente conscience.]
Les ongles brisent tout; la faim et la raison
Donnent pasture au corps et à l'ame poison.
Le soleil ne peut voir l'autre table fumante.
Tirons sur cette-ci le rideau de Timanthe(3)!

Jadis nos rois anciens, vrais pères et vrais rois,
Nourrissons de la France, en faisant quelquesfois
Le tour de leur païs en diverses contrées,
Faisoient par les citez de superbes entrées.
Chacun s'esjouissoit, on sçavoit bien pourquoi;
Les enfans de quatre ans crioient: *Vive le roi!*
Les villes emploioient mille et mille artifices
Pour faire comme font les meilleures nourrices,
De qui le sein fecond se prodigue à l'ouvrir,
Veut monstrer qu'il en a pour perdre et pour nourrir.
Il semble que le pis, quant il est esmeu, voie:
Il se jette en la main, dont ces mères de joie
Font rejaillir, aux yeux de leurs mignons enfans,
Du laict qui leur regorge à leurs rois triomphans,
Triomphans par la paix: ces villes nourricières

1. Reconnus. —2. *Var.*: s'embrazoient.
3. Le peintre grec Timanthes, dans un tableau où il re-
présentoit Iphigénie au moment d'être sacrifiée, couvrit d'un
voile le visage d'Agamemnon, dont il renonçoit à exprimer
la douleur. Voy. Cicéron, *Orat.*, 22, et Pline, XXXV., ch. 36.

Prodiguoient leur substance, et, en toutes manières
Monstroient au ciel serein leurs thresors enfermez,
Et leur laict et leur joie à leurs rois bien-aimez.

   Nos tyrans aujourd'hui entrent d'une autre sorte,
La ville qui les void a visage de morte :
Quand son prince la foulle, il la void de tels yeux
Que Neron voioit Romm' en l'esclat de ses feux.
Quand le tyran s'esgaie en la ville où il entre,
La ville est un corps mort, il passe sur son ventre,
Et ce n'est plus du laict qu'elle prodigue en l'air,
C'est du sang. Pour parler comme peuvent parler
Les corps qu'on trouve morts, portez à la justice,
On les met en la place, afin que ce corps puisse
Rencontrer son meurtrier : le meurtrier inconnu
Contre qui le corps saigne est coulpable tenu.

   Henri (1), qui, tous les jours, vas prodiguant ta vie,
Pour remettre le regne (2), oster la tyrannie,
Ennemi des tyrans, ressource des vrais rois,
Quand le sceptre des lis joindra le navarrois (3),
Souvien-toi de quel œil, de quelle vigilance
Tu vois et remedie aux mal-heurs de la France ;
Souvien-toi quelque jour combien sont ignorans
Ceux qui pour estre rois veulent estre tyrans.

   Ces tyrans sont des loups ; car le loup, quand il entre
Dans le parc des brebis, ne succe de leur ventre
Que le sang par un trou et quitte tout le corps,
Laissant bien le troupeau, mais un troupeau de morts.
Nos villes sont charongne, et nos plus chères vies
Et le suc et la force en ont esté ravies ;
Les païs ruinez sont membres retranchez,
Dont le corps sechera, puis qu'ils sont assechez.

   France, puis que tu perds tes membres en la sorte,

---

1. Henri IV. — 2. Le royaume.
3. Ceci peut avoir été écrit avant l'avénement de Henri de
Navarre au trône de France, c'est-à-dire avant le mois d'août
1589, mais il faut se rappeler ce que d'Aubigné, dans sa
préface, dit de ses *Apophéties*.

*Les Tragiques.*                                    4

Appreste le suaire et te compte pour morte ;
Ton poux foible, inegal, le trouble de ton œuil,
Ne demande plus rien qu'un funeste cercueil.
   Que si tu vis encor, c'est la mourante vie
Que le malade vit en extreme agonie,
Lors que les sens sont morts, quand il est au rumeau (1)
Et que d'un bout de plume on l'abeche (2) avec l'eau.
   Que si tu peux encor devorer la viande (3).
Ton chef mange tes bras ; c'est une faim trop grande.
Quand le desesperé vient à manger si fort ;
Après le goust perdu, c'est indice de mort.
   Mais quoi ! tu ne fus oncq si fiere en ta puissance,
Si roide en tes efforts, ô furieuse France !
C'est ainsi que les nerfs des jambes et des bras
Roidissent au mourant à l'heure du trespas.
   On resserre d'impost le trafic des rivières,
Le sang des gros vaisseaux et celui des artères ;
C'est faict du corps auquel on trenche tous les jours
Des veines et rameaux les ordinaires cours.
   [Tu donnes aux forains (4) ton avoir qui s'esgare ;
A celui du dedans rude, sèche et avare,
Cette main a promis d'aller trouver les morts,
Qui sans humeur dedans est suante au dehors.]
   France, tu es si docte et parles tant de langues ;
O monstrueux discours, ô funestes harangues !
Ainsi, mourans les corps, on a veu les esprits
Prononcer les jargons qu'ils n'avoient point apris.
   Tu as plus que jamais de merveilleuses testes,
De sçavoirs monstrueux, de vrais et faux prophètes ;
Toi, prophète, en mourant du mal de ta grandeur,
Mieux que le medecin tu chantes ton mal-heur.

---

1. A l'extrémité.
2. Abécher, donner la becquée. C'est-à-dire quand on lui humecte les lèvres avec de l'eau. — 3. *Var.* :

    Si en louve tu peu devorer la viande.

4. Aux étrangers.

France, tu as commerce aux nations estranges(ɪ),
Partout intelligence et partout des eschanges,
L'oreille du malade est ainsi claire, alors
Que l'esprit dit à Dieu(2) aux oreilles du corps.
  France, bien qu'au milieu(3) tu sens des guerres fières,
Tu as paix et repos à tes villes frontières :
Le corps, tout feu dedans, tout glace par dehors,
Demande la bière et bien tost est faict corps(4).
  Mais, France, on void doubler dedans toi l'avarice,
Sur le seuil du tombeau les vieillards ont ce vice :
Quand le malade amasse et couverte et linceux(5)
Et tire tout à soi, c'est un signe piteux.
  On void perir en toi la chaleur naturelle,
Le feu de charité, tout amour mutuelle,
Les deluges espais achèvent de noyer
Tous chauds desirs au cœur, qui estoit leur fouïer(6).
Mais ce fouïer du cœur a perdu l'avantage,
Du feu et des esprits qui faisoient le courage.
  Ici marquent, honteux, les genereux François
Que leurs armes estoient legères autrefois,
Et que quand l'estranger esjamboit leurs barrières,
Ils ne daignoient s'enclorre en leurs villes frontières.
L'ennemi, aussi tost comm' entré combattu,
Faisoit à la campagne essai de leur vertu.
Ores, pour tesmoigner la caducque vieillesse
Qui nous oste l'ardeur et nous croist la finesse,
Nos cœurs froids ont besoin de se voir emmurez,
Et, comme les vieillards, revestus et fourrez
De rempars, bastions, fossez et contre-mines,
Fosses-brais, parapets, chemises et courtines.
Nos excellens desseins ne sont que garnisons,
Que nos pères fuyoient comm' on fuit les prisons :
Quand le corps gelé veut mettre robbe sur robbe.
Dites que la chaleur s'enfuit et se desrobe ;
L'Ange de Dieu vengeur, une fois commandé,

1. Etrangères. — 2. Adieu.— 3. à l'intérieur. — 4. Ca—
davre. — 5. Couvertures et draps. — 6. Foyer.

Ne se destourne pas pour estre apprehendé :
Car ces symptomes vrais qui ne sont que presages,
Se sentent en nos cœurs aussi tost qu'aux visages.
 Voila le front hideux de nos calamitez,
La vengeance des Cieux, justement despitez.
Comme par force l'œil se destourne à ces choses,
Destournons nos esprits pour en toucher les causes.
 France, tu t'eslevois orgueilleuse au milieu
Des autres nations, et ton père et ton Dieu,
Qui tant et tant de fois par guerres estrangères
T'esprouva, t'advertit des verges, des misères.
Ce grand Dieu void au Ciel du feu de son clair œuil,
Que des maux estrangers tu doublois ton orgueil.
Tes superstitions et tes coustumes folles,
De Dieu qui te frappoit, te poussoient aux idoles.
Tu te crevois de graisse en patience, mais
Ta paix estoit la sœur bastarde de la paix.
Rien n'estoit honoré parmi toi que le vice.
Au ciel estoit bannie, en pleurant, la Justice,
L'Eglise au sec desert, la Verité après.
L'enfer fut espuisé et visité de près,
Pour chercher en son fond une verge nouvelle,
A punir jusqu'aux os la nation rebelle.
 Cet Enfer nourrissoit en ses obscuritez
Deux esprits, que les Cieux formèrent, despitez,
Des pires excremens, des vapeurs inconnues
Que l'haleine du bas exhale dans les nues.
L'essence et le subtil de ces infections
S'affina par sept fois en exhalations.
Comme l'on void dans l'air une masse visqueuse
Lever premierement l'humeur contagieuse
De l'haleine terrestre, et quand auprès des cieux
Le choix de ce venin est haussé, vicieux,
Comm' un astre il prend vie, et sa force secrette
Espouvante chacun du regard d'un comette (1).
Le peuple, à gros amas aux places ameuté,

---

1. C'est-à-dire de la vue d'une comète. Jusqu'à la fin du

Bée douteusement sur la calamité,
Et dit : Ce feu menace et promet à la terre,
Louche(¹), pasle ou flambant, peste, famine ou guerre.
    A ces trois(²)s'aprestoient(³) ces deux astres nou-
Le peuple voioit bien ces cramoisis flambeaux,   [veaux.
Mais ne les peut juger d'une pareille sorte.
Ces deux esprits meurtriers de la France mi-morte,
Nasquirent en nos temps : les astres mutinez
Les tirèrent d'Enfer, puis ils furent donnéz
A deux corps vicieux, et l'amas de ces vices
Trouva l'organe prompt à leurs mauvais offices.
    Voici les deux flambeaux et les deux instrumens
Des fureurs de la France et de tous ses tourmens.
Une fatale femme, un cardinal qui d'elle,
Parangon de mal-heur, suivoit l'âme cruelle(4).
    « Mal-heur, ce dit le sage, au peuple dont les lois
Tournent dans les esprits des fols et jeunes Rois
Et qui mangent matin. » Que ce mal-heur se treuve
Divinement predict par la certaine espreuve ;
Mais cela qui faict plus le regne-malheureux
Que celuy des enfans, c'est quand on void pour eux
Le diadème sainct sur la teste insolente,
Le sacré sceptre au poing d'une femme impuissante,
Aux despens de la loy(5) que prirent les Gaulois
Des Saliens François, pour loy des autres lois.
Cet esprit impuissant a bien peu, car sa force
S'est convertie en poudre, en feux et en amorce,
Impuissante à bien faire et puissante à forger
Les couteaux si trenchans qu'on a veu esgorger

---

17e siècle, quelques auteurs ont donné au mot *comète* le
genre masculin, comme en latin.
    1. Obscur, de *luscus*.
    2. A ces trois maux.
    3. *Var.* : Moins furent apprentifs...
    4. Catherine de Médicis et Charles de Guise, cardinal de
Lorraine, né en 1525, mort en 1574.
    5. La loi salique.

Depuis les Rois hautains eschauffez à la guerre,
Jusqu'au ver innocent qui se traine sur terre.
Mais, pleust à Dieu aussi qu'elle eust peû surmonter
Sa rage de regner, qu'ell' eust peu s'exempter
Du venin(1) *florentin*, dont la playe eternelle,
Pestifère, a frapé et sur elle et par elle.
 Pleust à Dieu, Jesabel(2), que, comm' au temps passé,
Tes ducs predecesseurs(3) ont tous-jours abaissé
Les grands, en eslevant les petits à l'encontre,
Puis encor rabatus par un' autre rencontre
Ceux qu'ils avoient haussez, si tost que leur grandeur
Pouvoit donner soupçon ou meffiance au cœur:
Ainsi comm' eux tu sçais te rendre redoutable,
Faisant le grand, coquin, haussant le miserable;
Ainsi comm' eux tu sçais par tes subtilitez,
En maintenant les deux, perdre les deux costez,
Pour abreuver de sang la soif de ta puissance.
Pleust à Dieu, Jesabel, que tu euss' à *Florence*
Laissé tes trahisons en laissant ton pais;
Que tu n'eusse les grands des deux costez trahis .
Peur regner au milieu, et que ton entreprise
N'eust ruiné le noble, et le peuple et l'eglise:
Cinq cens mille soldats n'eussent crevé, pouldreux,
Sur le champ maternel, et ne fust avec eux
La noblesse faillie et la force faillie
De France, que tu as faict gibier *d'Italie*!
Ton fils(4) eust eschappé ta secrette poison,

1. *Var.* : Du vice. Il y a ici, comme en d'autres passages,
un blanc, dans les deux éditions. Nous avons pu remplir ces
lacunes au moyen de notes écrites à la main sur divers exemplaires. Nous avons mis en italique les mots ainsi ajoutés.
 2. C'étoit le nom que les Huguenots donnoient à Catherine.
Voy. dans l'Estoile, t. 1, p. 28 et *passim*, diverses pièces de
vers à ce sujet. Les catholiques, de leur côté, appeloient ainsi
Elisabeth d'Angleterre, et Jeanne d'Albret.
 3. Les Médicis, ducs de Florence.
 4. Charles IX. Les mots *ton fils* sont restés en blanc dans
l'édition de 1616.

Si ton sang t'eust esté plus que ta trahison.
En fin, pour assouvir ton esprit et ta veuë,
Tu vois le feu qui brusle et le couteau qui tuë :
Tu as veu à ton gré deux camps de deux costez,
Tous deux pour toi, tous deux à ton gré tourmentez,
Tous deux François, tous deux ennemis de la France,
Tous deux executeurs de ton impatience,
Tous deux la pasle horreur du peuple ruiné,
Et un peuple par toi contre soi mutiné ;
Par eux tu vois des-jà la terre yvre, inhumaine,
Du sang noble François, et de l'estranger pleine,
Accablez par le fer que tu as esmoulu ;
Mais c'est beaucoup plus tard que tu n'eusses voulu :
Tu n'as ta soif de sang qu'à demi arrosée,
Ainsi que d'un peu d'eau la flamme est embrasée.
   C'estoit un beau miroir de ton esprit mouvant,
Quand parmi les nonnains au *florentin* convent,
N'ayant pouvoir encor de tourmenter la terre,
Tu dressois tous les jours quelque petite guerre :
Tes compagnes pour toi se tiroient aux cheveux,
Ton esprit, dès lors plein de sanguinaires vœux,
Par ceux qui prevoioient les effects de ton ame
Ne peut estre enfermé, subtil comme la flamme :
Un mal-heur necessaire et le vouloir de Dieu
Ne doit perdre son temps ni l'assiette du lieu :
Comme celle (1) qui vid en songe que de Troye
Elle enfantoit les feux, vid aussi mettre en proye
Son païs par son fils (2), et, pour sçavoir son mal (3),
Ne peût brider le cours de son mal-heur fatal :
Or, ne vueille le Ciel avoir jugé la France
A servir septante ans de gibier à *Florence*,
Ne vueille Dieu tenir pour plus long-temps assis
Sur nos lis tant foulez le joug de Medicis !
Quoi que l'arrest du Ciel dessus nos chefs destine,
Toi, verge de courroux, impure Florentine,

1. Hécube. — 2. Pâris. — 3. C'est-à-dire quoique sa
chant.

Nos cicatrices sont ton plaisir et ton jeu :
Mais tu iras en fin comme la verge au feu,
[Quand au lict de la mort ton fils et tes plus proches
Consoleront tes plaints(1) de ris et de reproches,
Quand l'edifice haut des superbes Lorreins,
Maugré tes estançons, t'accablera les reins,
Et, par toy eslevé, t'accrasera la teste] (2),
Quand le courroux de Dieu prendra fin sur ta teste :
Encor ris-tu, sauvage et carnacière beste,
Aux œuvres de tes mains, et n'as qu'un desplaisir,
Que le grand feu n'est pas si grand que ton desir !
Ne plaignant que le peu, tu t'esgaie ainsi comme
Neron, l'impitoiable, en voyant brusler Romme.

 Neron laissoit en paix quelque petite part;
Quelque coin d'Italie, esgaré à l'escart,
Eschappoit ses fureurs; quelqu'un fuyoit de Sylle(3)
Le glaive et le courroux en la guerre civile :
Quelqu'un de Phalaris evitoit le taureau,
La rage de Cinna, de Cesar le couteau;
Et (ce qu'on feint encor' estrange entre les fables)
Quel-qu'un de Diomède eschappoit les estables :
Le lion, le sanglier qu'Hercules mit à mort,
Plus loing que leur buisson ne faisoient point de tort :
L'hidre assiegeoit Lerna, du taureau la furie
Couroit Candie; Anthée affligeoit la Lybie.

 Mais toy, qui, au matin, de tes cheveux espars
Fais voile à ton faux chef branslant de touttes parts,
Et desploiant en l'air ta perruque grisonne,
Les païs tous esmeus de pestes empoisonne :
Tes crins esparpillez, par charmes herissez,

---

1. Plaintes.
2. Ces cinq vers ont été rajoutés dans l'édition s. d.
Les deux vers qui viennent ensuite sont ainsi dans l'édition
de 1616 :

  Quand le courroux de Dieu prendra fin sur ta teste.
  Encor tu ris, sauvage et dangereuse beste.

3. Sylla.

Envoient leurs esprits où ils sont adresez :
Par neuf fois tu secoue, et hors de chaque poincte
Neuf Demons conjurez descochent par contraincte.
   Quel antre caverneux, quel sablon, quel desert,
Quel bois, au fond duquel le voyageur se perd,
Est exempt de mal-heurs? Quel allié de France
De ton breuvage amer n'a humé l'abondance?
Car, diligente à nuire, ardente à recercher,
La loingtaine province et l'esloigné clocher
Par toy sont peints de rouge, et chacune personne
A son meurtrier derriere avant qu'elle s'estonne (1).
O qu'en Lybie Anthée, en Crette le taureau,
Que les testes d'hidra, du noir sanglier la peau (2),
Le lion nemean (3) et ce que cette fable
Nous conte d'outrageux, fut au pris (4) supportable!
Pharaon fut paisible, Antiochus piteux (5),
Les Herodes plus doux, Cinna religieux :
On pouvoit supporter l'espreuve de Perille (6),
Le cousteau de Cesar et la prison de Sylle ;
Et les feux de Neron ne furent point des feux,
Près de ceux que vomit ce serpent monstrueux.
   Ainsi en embrazant la France miserable,
Cette hidra renaissant ne s'abbat, ne s'accable
Par veilles, par labeurs, par chemins, par ennuis ;
La chaleur des grands jours, ni les plus froides nuicts
N'arrestent sa fureur, ne brident le courage
De ce monstre porté des aisles de sa rage ;
La peste ne l'areste, ains (7) la peste la craint,
Pource qu'un moindre mal un pire mal n'esteint.

---

  1. A derrière elle son meurtrier avant de s'en effrayer.
  2. L'hydre de Lerne, le sanglier d'Erymanthe.
  3. De Némée. — 4. En comparaison.
  5. Miséricordieux.
  6. « Plus cruel que Phalaris, dit Pline (l. xxxiv, c. 19),
Perillus fit pour ce tyran un taureau (d'airain), assurant
qu'un brasier allumé dessous feroit mugir l'homme qu'on y
enfermeroit. »
  7. Mais, au contraire.

Celle qui (1) en croiant les fausses impostures
Des Dæmons prædisans par songes, par augures,
Et par voix de sorciers que son chef perira
Foudroïé d'un plancher qui l'ensevelira,
Perd bien le jugement, n'aiant pas connoissance
Que cette maison n'est que la maison de France,
La maison qu'elle sappe, et c'est aussi pourquoi
Elle fait tresbucher son ouvrage sur soi.
Celui qui d'un canon foudroiant extermine
Le rempart ennemi, sans brasser sa ruine
Ruine ce qu'il hait, mais un mesme danger
Accravante (2) le chef de l'aveugle estranger,
Grattant par le dedans le vengeur edifice,
Qui fait de son meurtrier en mourant sacrifice :
Elle ne l'entend pas, quand de mille posteaux
Elle faict appuyer ses logis, ses chasteaux.
Il falloit contre toi et contre ta machine
Appuyer et munir, ingratte *Florentine*,
Cette haute maison, la maison de Valois,
Qui s'en-va dire à Dieu au monde et aux François.
Mais, quand l'embrasement de la mi-morte France
A souffler tous les coins requiert sa diligence,
La diligente au mal, paresseuse à tout bien,
Pour bien faire craint tout, pour nuire ne craint rien :
C'est la peste de l'air, l'Erynne (3) envenimée,
Elle infecte le ciel par la noire fumée
Qui sort de ses nazeaux ; ell' haleine (4), les fleurs,
Les fleurs perdent d'un coup la vie et les couleurs ;
Son toucher est mortel : la pestifère tue
Les païs tous entiers de basilique veue (5) ;
Elle change en discord l'accord des elements,
En paisible minuit on oit ses hurlements,
Ses sifflements, ses cris, alors que l'enragée
Tourne la terre en cendre et en sang l'eau changée ;

1. Var. : *L'infidelle* (éd. s. d.).— 2. Ecrase, de *aggravare*
— 3. L'une des Furies. — 4. Elle souffle sur... — 5. Par
sa vue de basilic.

Elle s'ameute avec les sorciers enchanteurs,
Compagne des demons, compagnons imposteurs,
Murmurant l'exorcisme et les noires prières;
La nuict elle se treuve aux hideux cimetières;
Elle trouble le ciel, elle arreste les eaux,
Ayant sacrifié tourtres(1) et pigeonneaux,
Et desrobé le temps que la lune obscurcie
Souffre de son murmur'; elle attir' et convie
Les serpens en un rond sur les fosses des morts,
Desterre sans effroi les effroiables corps,
Puis, remplissant les os de la force des diables,
Les faict saillir en pieds, terreux, espouvantables,
Oit leur voix enrouée, et, des obscurs propos
Des demons, imagine un travail sans repos;
Idolatrant Sathan et sa theologie,
Interrogue, en tremblant, sur le fil de sa vie,
Ces organes hideux; lors mesle de leurs tais(2)
La poudre avec du laict pour les conduire en paix;
Les enfans innocens ont presté leurs moëlles,
Leurs graisses et leur suc à fournir des chandelles,
Et, pour faire trotter les esprits aux tombeaux,
On offre à Belzebut leurs innocentes peaux.
  En vain, Roine, tu as rempli une boutique
De drogues du mestier, et, mesnage magique,
En vain fais-tu amas dans les tais des deffuns
De poix noire, de canfre à faire tes parfuns;
Tu y brusles en vain cyprès et mandragore,
La ciguë, la ruë(3) et le blanc helebore,
La teste d'un chat roux, d'un ceraste (4) la peau,
D'un chat-huant le fiel, la langue d'un corbeau,
De la chauve-souris le sang, et de la louve
Le laict, chaudement pris sur le point(5) qu'elle trouve
Sa tasnière vollée et son fruict emporté;

1. Tourterelles. — 2. Crâne; et quelquefois boue, fange.
3. Plante amère employée en médecine.
4. Céraste, serpent à corne (de κέρας corne).
5. Au moment où elle trouve.

Le nombril frais-couppé à l'enfant avorté,
Le cœur d'un viel crapaut, le foie d'un dipsade(1),
Les yeux d'un basilic, la dent d'un chien malade.
Et la bave qu'il rend en contemplant les flots;
La queue du poisson, ancre des matelots,
Contre lequel en vain vent et voile s'essaie(2);
Le vierge parchemin, le palais de fresaie(3).
Tant d'estranges moyens tu recerches en vain,
Tu en as de plus prompts en ta fatale main:
Car, quand dans un corps mort un Demon tu ingères,
Tu le vas menaçant d'un foüet de vipères;
Il fait semblant de craindre, et, pour jouer son jeu,
Il s'approche, il refuse, il entre peu à peu,
Il touche le corps froid et puis il s'en esloigne,
Il feint avoir horreur de l'horrible charongne.
Ces feintes sont appas: leur maistre, leur seigneur,
Leur permet d'affronter, d'efficace d'erreur(4),
Tels esprits que le tien, par telles singeries.
   Mais toi, qui par sur eux triomphes, seigneuries(5),
Use de ton pouvoir; tu peux bien triompher
Sur eux, puis que tu es vivandière d'Enfer;
Tu as plus de credit et ta voix est plus forte
Que tout ce qu'en secret de cent lieux on te porte;
Va, commande aux dæmons d'imperieuse voix,
Reproche-leur tes coups, conte ce que tu vois,
Monstre-leur le succès des ruses *florentines*,
Tes meurtres, tes poisons, de France les ruines;
Tant d'âmes, tant de corps, que tu leur fais avoir,

1. Espèce de serpent boa.
2. Le Remore. Voy. Pline, liv. 32, ch. 1.
3. Ou Effraie. Oiseau de nuit. Aubigné étoit très au courant des pratiques de la sorcellerie, car il raconte dans ses *Mémoires* (p. 13) qu'étant tout jeune, à Genève, il «s'amusa aux theoricques de la magie, protestant pourtant de n'essayer aucun experiment ».
4. C'est-à-dire: par la puissance de l'erreur.
5. C'est-à-dire: Toi qui triomphes et domines par dessus eux, use de ton pouvoir.

Tant d'esprits abrutis poussez au desespoir
Qui renoncent leur Dieu; di que, par tes menées,
Tu as peuplé l'Enfer de legions damnées.
De telles voix, sans plus, tu pourras esmouvoir,
Emploier, arrester tout l'infernal pouvoir;
Il ne faut plus de soin, de labeur, de despence,
A cercher les sçavans en la noire science;
Vous garderez les biens, les estats, les honneurs,
Pour d'Italie avoir les fins empoisonneurs,
Pour nourrir, emploier cette subtile bande,
Bien mieux entretenue, et plus riche et plus grande,
Que celle du conseil : car nous ne voulons point
Que conseillers subtils, qui renversent à point
En discords les accords; que les traistres qui vendent
A peu de pris leur foi; ceux-là qui mieux entendent
A donner aux mechans les purs commandements,
En se servant des bons tromper leurs instruments.
    La foi par tant de fois et la paix violée
Couvroit les noirs desseins de la France affolée
Sous les traittez d'accord; avant le pourparler
De la paix on sçavoit le moien de troubler;
Cela nous fut depeint par les feux et la cendre,
Que le mal-heur venu seul nous a pû apprendre.
Les feux, di-je, celez dessous le pesant corps
D'une souche amortie, et qui n'aiant dehors
Poussé par millions tousjours ses estincelles,
Sous la cendre trompeuse a ses flames nouvelles.
La traistresse Pandore apporta nos mal-heurs,
Peignant sur son champ noir l'enigme de nos pleurs;
Marquant pour se mocquer, sur ses tapisseries,
Les moyens de ravir et nos biens et nos vies;
Mesme escrivant autour du tison de son cœur
Qu'après la flame esteinte encore vit l'ardeur.
    Tel fut l'autre moien de nos rudes misères,
L'Achitophel bandant les fils contre les pères;
Tel fut cett' autre peste, et l'autre mal-heureux.
Perpetuel horreur à nos tristes neveux,

Ce cardinal sanglant(1), couleur à point suivie
Des désirs, des effects, et pareill' à sa vie,
Il fut rouge de sang de ceux qui, au cercueil
Furent hors d'aage mis, tuez par son conseil;
Et puis le cramoisi encores nous avise
Qu'il a dedans son sang trempé sa paillardise,
Quand en mesme subject se fit le monstrueux
Adultère, paillard, bougre et incestueux;
Il est exterminé : sa mort espouventable
Fut des esprits noircis une guerre admirable.
Le hault ciel s'obscurcit, cent mille tremblements
Confondirent la terre et les trois elements (2).
De celuy qui troubloit quand il estoit en vie,
La France et l'univers, l'ame rouge ravie
En mille tourbillons, mille vents, mille nœuds,
Mille foudres ferrez, mill' esclairs, mille feux,
Le pompeux appareil de cette ame si saincte
Fit des mocqueurs de Dieu trembler l'ame contrainte;
Or, n'estant despouillé de toutes passions,
De ses conseils secrets et de ses actions,
Ne pouvant oublier sa compaigne fidelle,
Vomissant son demon, il eut memoire d'elle,
Et finit d'un à Dieu entre les deux amants,
La moitié du conseil et non de nos tourments.
　　Prince(3), choisi de Dieu, qui sous ta belle-mère
Savourois l'aconit et la ciguë amère,
Ta voix a tesmoigné qu'au poinct que cet esprit
S'enfuioit en son lieu, tu vis saillir du lict
Cette royne en frayeur, qui te monstroit la place

1. Charles de Guise, cardinal de Lorraine. Au sujet d'une
violente satire dirigée contre lui et intitulée : *Le tygre*, on peut
consulter Regnier de la Planche, *De l'estat de France*, édit.
du Panthéon, p. 312.
　　2. Voyez, sur la tempête qui sévit dans presque toute la
France le jour de la mort du cardinal, le *Journal de l'Estoile*,
à la date du 26 décembre 1574.
　　3. Henri IV.

## MISÈRES.

Où le cardinal mort l'acostoit face à face,
Pour prendre son congé; elle bouschoit ses yeux,
Et sa frayeur te fit herisser les cheveux.
   Tels mal heureux cerveaux ont esté les amorces,
Les flambeaux, boute-feux et les fatales torches,
Par qui les haults chasteaux jusqu'en terre razez,
Les temples, hospitaux, pillez et embrazez,
Les colléges, destruictz par la main ennemie
Des citoiens esmeus, monstrent l'anatomie
De nostre honneur ancien (comme l'on juge aux os
La grandeur des geants aux sepulchres enclos).
Par eux on vid les loix sous les pieds trepignées;
Par eux la populace à bandes mutinées
Trempa dedans le sang des vieillards les cousteaux,
Estrangla les enfans liez en leurs berceaux,
Et la mort ne conneut ni le sexe ni l'aage;
Par eux est perpetré le monstrueux carnage
Qui, de quinze ans entiers aiant faict les moissons
Dès François, glene(1) encor le reste en cent façons.
   Car, quand la frenaisie et fièvre generalle
A senti quelque paix, dilucide(2) intervalle,
Nos savans apprentifs du faux Machiavel
Ont parmi nous semé la peste du duel.
Les grands ensorcelez par subtiles querelles
Ont rempli leurs esprits de haines mutuelles,
Leur courage employé à leur dissention
Les faict serfs de mestier, grands de profession.
Les nobles ont choqué à testes contre testes;
Par eux les princes ont vers eux payé leurs debtes;
Un chacun, estourdi, a porté au fourreau
Dequoi estre de soi et d'autrui le bourreau.
Et, de peur qu'en la paix, la feconde noblesse
De son nombre s'enflant ne refrène et ne blesse
La tyrannie un jour qu'ignorante elle suit,
Miserable support du joug qui la destruit,
Le Prince en son repas par loüanges et blasmes,

1. Glane. — 2. Clair.

Met la gloire aux duels, en allume les ames,
Peint sur le front d'autrui et n'establit pour soy
Du rude point d'honneur la pestifère loy,
Reduisant d'un bon cœur la valeur prisonnière
A veoir devant l'espée, et l'Enfer au derrière.
    J'escris, ayant senti, avant l'autre combat,
De l'ame avec son cœur l'inutile debat,
Prié Dieu, mais sans foy comme sans repentance,
Porté à exploiter dessus moy la sentence.
Et ne faut pas ici que je vante en mocqueur
Le despit pour courage et le fiel pour le cœur.
Ne pense pas ainsi, mon lecteur, que je conte
A ma gloire ce poinct, je l'escris à ma honte.
[Ouy, j'ai senti le ver resveillant et piqueur,
Qui contre tout mon reste avoit armé le cœur,
Cœur qui à ses despens prononçoit la sentence
En faveur de l'Enfer contre la conscience.]    [reurs,
    Ces anciens, vrais soldats, guerriers, grands conque-
Qui de simples bourgeois faisoient des empereurs,
Des princes leurs vassaux, d'un advocat un prince,
Du monde un regne seul, de France une province;
Ces patrons de l'honneur honoroyent le senat,
Le chevalier après, et par le tribunat
Haussoyent le tiers estat aux degrez de leur ville,
Desquels ils repoussoyent toute engeance servile.
Les serfs demi-humains, des hommes excrements,
Se vendoyent, se contoyent au roolle des juments;
Ces mal-heureux avoyent encores entr'eux-mesme
Quelque condition des extrêmes l'extrême:
C'estoient ceux qu'on tiroit des pires du troupeau
Pour esbatre le peupl' aux despens de leur peau:
Aux obsèques des grands, aux festins, sur l'arène,
Ces glorieux marauds bravoyent la mort certaine
Avec grace et sang-froid, mettoient pourpoint à part,
Sans s'esbranler logeoient en leur sein le poignart.
Que ceux qui aujourd'hui se vantent d'estocades
Contre-facent l'horreur de ces viles bravades:
Car ceux-là recevoient et le fer et la mort

Sans cri, sans que le corps se tordist par effort,
Sans posture contrainte, ou que la voix ouïe
Mendiast laschement des spectateurs la vie.
Ainsi le plus infect du peuple diffamé
Perissoit tous les jours, par milliers consumé.
   Or tel venin cuida sortir de cette lie,
Pour eschauffer le sang de la troupp' anoblie ;
Puis quelques empereurs, gladiateurs nouveaux,
De ces corps condamnez se firent les bourreaux ;
Joint (comme l'on trouva) que les mères volages
Avoient admis au lict des pollus mariages
Ces visages felons, ces membres outrageux,
Et convoité le sang des vilains courageux :
On y dressa les nains ; quelques femmes perdues
Furent à ce mestier finalement vendues ;
Mais les doctes escrits des sages animez
Rendirent ces bouchers (quoi que grands) diffamez ;
Et puis le magistrat couronna d'infamie
Et atterra le reste en la plus basse lie ;
Si bien que ce venin en leur siècle abbatu
Pour lors ne pût voller la palme de vertu.
   On appelle aujourd'hui n'avoir rien faict qui vaille
D'avoir percé premier l'espaix d'une bataille,
D'avoir premier porté une enseigne au plus hault,
Et franchi devant tous la brèche par assaut ;
Se jetter contre espoir dans la ville assiegée,
La sauver demi-prise, et rendre encouragée (1) ;
Fortifier, camper ou se loger parmi
Les gardes, les efforts d'un puissant ennemi ;
Employer, sans manquer de cœur ni de cervelle,
L'espée d'une main, de l'autre la truelle ;
Bien faire une retraite, ou d'un scadron battu
R'allier les deffaicts, cela n'est plus vertu.
   La voici pour ce temps : bien prendre une querelle
Pour un oiseau ou chien, ou garce ou maquerelle,
Au plaisir d'un vallet, d'un bouffon gazouillant,

---

1. C'est-à-dire : lui donner du courage.

*Les Tragiques.*       5

Qui veut, dit-il, sçavoir si son maistre est vaillant ;
Si un prince vous hait, s'il lui prend quelque envie
D'emploier votre vie à perdre une autre vie,
Pour payer tous les deux ; à cela nos mignons,
Tout rians et transis, deviennent compagnons
Des vallets, des laquais ; quiconque porte espée
L'espère voir au sang d'un grand prince trempée ;
De cette loi sacrée ores ne sont exclus
Le malade, l'enfant, le vieillard, le perclus ;
On les monte, on les arme, on invente, on devine
Quelques nouveaus outils à remplir Libithine (¹) ;
On y fend sa chemise, on y montre sa peau ;
Despouillé en coquin, on y meurt en bourreau :
Car les perfections du duel sont de faire
Un appel sans raison, un meurtre sans colère,
Au jugement d'autrui, au rapport d'un menteur :
Somme, sans estre juge, on est l'executeur.

    Ainsi faisant vertu d'un execrable vice,
Ainsi faisant metier de ce qui fut supplice
Aux ennemis vaincus, sont, par les enragés,
De leurs exploits sur eux les Diables soulagés.
Folle race de ceux qui pour quelque vaisselle,
Veautrez l'eschine en bas, fermes sur leur rondelle,
Sans regrets, sans crier, sans tressauts apparents,
Se faisoyent esgorger au profit des parents :
Tout peril veut avoir la gloire pour salaire ;
Tels perils amenoyent l'infamie au contraire ;
Entre les valeureux ces cœurs n'ont point de lieu ;
Les anciens leur donnoyent pour tutelaire Dieu
Non Mars, chef des vaillans ; le chef de cette peste
Fut Saturne le triste, infernal et funeste.

    On debat dans le pré les contrats, les cedules ;
Nos jeunes Conseillers y descendent des mules ;
J'ai veu les Thresoriers du duel se coëffer,
Quitter l'argent et l'or pour manier le fer ;
L'Avocat desbauché du barreau se desrobbe,

    1. Libitina, divinité qui présidoit aux funérailles.

Souilie à bas le bourlet, la cornette et la robbe :
Quel heur d'un grand malheur, si ce brutal excez
Parvenoit à juger un jour tous nos procez !
Enfin, rien n'est exempt : les femmes en colère
Ostent au faux honneur l'honneur de se deffaire ;
Ces hommaces, plustost ces demons desguisez,
Ont mis l'espée au poing, les cottillons posez,
Trepigné dans le pré avec bouche embavée,
Bras courbé, les yeux clos, et la jambe levée ;
L'une dessus la peur de l'autre s'advançant
Menace de frayeur et crie en offençant.
    Ne contez pas ces traictz pour feinte ny pour songe,
L'histoire est du Poictou et de nostre Xaintonge ;
La Boutonne (1) a lavé le sang noble perdu,
Que ce sexe ignorant au fer a respandu.
    Des triomphans martyrs la façon n'est pas telle :
Le premier champion (2) de la haute querelle
Prioit pour ses meurtriers, et voioit en priant
Sa place au ciel ouvert, son Christ l'y conviant.
Celuy qui meurt pour soi, et en mourant machine
De tuer son tueur, void sa double ruine :
Il void sa place preste aux abysmes ouverts ;
Satan grinçant les dents le convie aux enfers.
    Depuis que telles lois sur nous sont establies,
A ce jeu ont vollé plus de cent mille vies :
La milice est perdue, et l'escrime en son lieu
Assaut (3) le vrai honneur, escrimant contre Dieu.
    Les quatre nations proches de nostre porte
N'ont humé ce venin, au moins de telle sorte,
Voisins qui par leur ruse, au defaut de vertus,
Nous ont pippez, pillez, effraiez et battus.
Nous n'osons nous armer, les guerres nous flestrissent,

1. Boutonne, rivière qui prend sa source à Chef-Boutonne,
en Poitou, et se jette dans la Charente.
2. Saint Etienne.
3. Assaillit.

Chacun combat à part et tous en gros perissent (¹).
   Voilà l'estat piteux de nos calamitez,
La vengeance des Cieux justement irritez;
En ce fascheux estat, France et François, vous estes
Nourris, entretenus par estrangères bestes,
Bestes de qui le but et le principal soing
Est de mettre à jamais au tyrannique poing
De la beste de Rome un sceptre qui commande
L'Europe, et encor plus que l'Europe n'est grande.
   Aussi l'orgueil de Rome est à ce point levé
Que d'un prestre, tout roi, tout empereur, bravé,
Est marchepied fangeux : on void, sans qu'on s'estonne,
La pantoufle crotter les fleurs de la couronne;
Dont, ainsi que Neron, ce Neron insensé
Rencherit sur les mots que l'ame avoit pensé :
   « Entre tous les mortels, de Dieu la prevoiance
M'a du haut Ciel choisi, donné sa lieutenance :
Je suis des nations juge, à vivre et mourir;
Ma main fait qui lui plaist et sauver et perir;
Ma langue, declarant les edits de Fortune,
Donne aux citez la joie ou la plainte commune;
Rien ne fleurit sans moi; les milliers enfermez
De mes gladiateurs sont d'un mot consumez;
Par mes arrests j'espars, je destruicts, je conserve
Tout païs, toute gent, je la rend libre ou serve :
J'esclave les plus grands; mon plaisir pour tous droicts
Donne aux gueux la couronne et le bissac aux rois. »
   Cet ancien loup romain n'en sçeut pas davantage;
Mais le loup de ce siècle a bien autre langage :
« Je dispence, dit-il, du droict contre le droict,

---

1. Suivant l'Estoile, depuis l'avènement de Henri IV (1589),
jusqu'en mars 1607, il avoit péri en duel quatre mille gentilshommes. (Voy. année 1607, p. 416.)
   Il est bon de remarquer que d'Aubigné, qui s'élève si fort
contre les duels, en avoit eu lui-même un certain nombre. Voy.
ses *Mémoires*, p. 23, 31 et suiv.

Celui que j'ai damné, quand le Ciel le voudroit,
Ne peut estre sauvé; j'autorise le vice,
Je fai le faict non faict, de justice injustice([1]);
Je sauve les damnez en un petit moment;
J'en loge dans le ciel à coup un regiment;
Je fai de bouë un roi, je mets les rois aux fanges,
Je fai les saincts, sous moi obeissent les anges;
Je puis (cause première à tout cet univers)
Mettre l'Enfer au Ciel et le Ciel aux Enfers. »
    Voilà vostre evangile, ô vermine espagnolle,
Je dis vostre evangile, engeance de Loyole,
Qui ne portez la paix sous le double manteau,
Mais qui empoisonnez l'homicide cousteau.
C'est vostre instruction d'establir la puissance
De Rome sous couleur de poincts de conscience,
Et, sous le nom menti de Jesus, esgorger
Les rois et les estats où vous pouvez loger.
Allez, preschez, courez, vollez, meurtrière trope([2]),
Semez le feu d'Enfer aux quatre coins d'Europe;
Vos succez paroistront quelque jour, en cuidant
Mettre en Septentrion le sceptre d'Occident.
Je voi comme le fer piteusement besogne
En Mosco, en Suède, en Dace et en Pologne.
Insensez, en cuidant vous avancer beaucoup,
Vous eslevez l'agneau, atterrans vostre loup.
O prince mal-heureux, qui donne au jesuite
L'accez et le credit que son peché merite !
    Or laissons là courir la pierre et le cousteau
Qui nous frappe d'en hault; voyons d'un œil nouveau
Et la cause et le bras qui justement les pousse;
Foudroiez, regardons qui c'est qui se courrouce;
Faisons paix avec Dieu pour la faire avec nous;
Soions doux à nous-mesm', et le ciel sera doux;

1. D'Aubigné met ici en vers quelques pensées qui se retrouvent dans le livre 1, chapitre 1, de *La Confession catholique du sieur de Sancy.*
   2. Troupe.

Ne tyrannisons point d'envie nostre vie,
Lors nul n'exercera dessus nous tyrannie ;
Ostons les vains soucis ; nostre dernier souci
Soit de parler à Dieu en nous plaignant ainsi :
    « Tu vois, juste vengeur, les fleaux de ton Eglise,
Qui, par eux mise en cendre et en masure mise,
A, contre tout espoir, son esperance en toy,
Pour son retranchement, le rempart de la foy.
    « Tes ennemis et nous sommes egaux en vice,
Si, juge, tu te sieds en ton lict de justice ;
Tu fais pourtant un choix d'enfans ou d'ennemis,
Et ce choix est celuy que ta grace y a mis.
    « Si tu leur fais des biens, ils s'enflent en blasphèmes
Si tu nous fais du mal, il nous vient de nous-mesmes ;
Ils maudissent ton nom quand tu leur es plus doux ;
Quand tu nous meurtrirois, si te benirons-nous.
    « Cette bande meurtrière à boire nous convie.
Le vin de ton courroux boiront-ils pour la lie ?
Ces verges qui sur nous s'esgayent, comm' au jeu,
Sales de nostre sang, vont-elles pas au feu ?
    « Chastie en ta douceur, punis en ta furie
L'escapade aux aigneaux, des loups la boucherie ;
Distingue pour les deux (comme tu l'as promis)
La verge à tes enfans, la barre aux ennemis.
    « Veux-tu long-temps laisser en cette terre ronde
Regner ton ennemi ? N'es-tu seigneur du monde,
Toy, Seigneur, qui abbas, qui blesses, qui gueris,
Qui donnes vie et mort, qui tue et qui nourris ?
    « Les princes n'ont point d'yeux pour voir ces grand'
        merveilles ;
Quand tu voudras tonner, n'auront-ils point d'oreilles ?
Leurs mains ne servent plus qu'à nous persecuter ;
Ils ont tout pour Satan, et rien pour te porter.
    « Sion ne reçoit d'eux que refus et rudesses,
Mais Babel les rançonne et pille leurs richesses ;
Tels sont les monts cornus, qui (avaricieux)
Monstrent l'or aux enfers et les neiges aux cieux.
    Les temples du payen, du Turc, de l'idolâtre,

Haussent dedans le ciel et le marbre et l'albastre,
Et Dieu seul, au desert pauvrement hebergé,
A basti tout le monde et n'y est pas logé!       [delles;

« Les moineaux ont leurs nids, leurs nids les hiron-
On dresse quelque fuye (¹) aux simples colombelles;
Tout est mis à l'abri par le soin des mortels,
Et Dieu, seul immortel, n'a logis ni autels.

« Tu as tout l'univers, où ta gloire on contemple,
Pour marchepied la terre et le ciel pour un temple.
Où te chassera l'homme, ô Dieu victorieux?
Tu possèdes le ciel et les cieux des haults cieux!

« Nous faisons des rochers les lieux où l'on te presche,
Un temple de l'estable, un autel de la creche;
Eux, du temple une estable aux asnes arrogants,
De la saincte maison la caverne aux brigands.

« Les premiers des chrestiens prioient aux cimetières:
Nous avons faict ouïr au tombeau nos prières,
Faict sonner aux tombeaux le nom de Dieu le fort,
Et annoncé la vie au logis de la mort.

« Tu peux faire conter ta louange à la pierre;
Mais n'as-tu pas tousjours ton marchepied en terre?
Ne veux-tu plus avoir d'autres temples sacrez
Qu'un blanchissant amas d'os de morts massacrez (²)?

« Les morts te louront-ils? Tes faicts grands et terri-
Sortiront-ils du creux de ces bouches horribles? [bles
N'aurons-nous entre nous que visages terreux,
Murmurans ta louange aux secrets de nos creux?

« En ces lieux caverneux tes chères assemblées,
Des ombres de la mort incessamment troublées,
Ne feront-elles plus resonner tes saincts lieux
Et ton renom voller des terres dans les cieux?

« Quoi! serons-nous muets, serons-nous sans oreilles,
Sans mouvoir, sans chanter, sans ouïr tes merveilles?

1. Fuie, petit colombier. Du latin *fuga*, pris dans le sen
de refuge. Voy. Ducange.
2. *Var.*: asserrez.

As-tu esteint en nous ton sanctuaire ? Non,
De nos temples vivans sortira ton renom.
    « Tel est en cet estat le tableau de l'eglise :
Elle a les fers aux pieds, sur les gehennes assise,
A sa gorge la corde et le fer inhumain,
Un pseaume dans la bouche et un luth en la main.
    « Tu aimes de ses mains la parfaicte harmonie :
Nostre luth chantera le principe de vie;          [sons,
Nos doigts ne sont point doigts que pour trouver tes
Nos voix ne sont point voix qu'à tes sainctes chansons.
    « Mets à couvert ces voix que les pluies enrouent;
Deschaîne donc ces doigts, que sur ton luth ils jouent;
Tire nos yeux ternis des cachots ennuyeux,
Et nous monstre le ciel pour y tourner les yeux.
    « Soyent tes yeux adoucis à guerir nos misères,
Ton oreille propice ouverte à nos prières,
Ton sein desboutonné à loger nos soupirs
Et ta main liberale à nos justes desirs.
    « Que ceux qui ont fermé les yeux à nos misères,
Que ceux qui n'ont point eu d'oreille à nos prières,
De cœur pour secourir, mais bien pour tourmenter,
Point de main pour donner, mais bien pour nous oster,
    « Trouvent tes yeux fermez à juger leurs misères;
Ton oreille soit sourde en oyant leurs prières;
Ton sein ferré soit clos aux pitiez, aux pardons;
Ta main sèche sterile aux bienfaicts et aux dons.
    « Soient tes yeux clair-voians à leurs pechez extrêmes,
Soit ton oreille ouverte à leurs cris de blasphèmes,
Ton sein deboutonné pour s'enfler de courroux
Et ta main diligente à redoubler tes coups.
    « Ils ont pour un spectacle et pour jeu le martyre;
Le meschant rit plus haut que le bon n'y souspire;
Nos cris mortels n'y font qu'incommoder leurs ris,
Leurs ris de qui l'esclat oste l'air à nos cris.
    « Ils crachent vers la lune, et les voûtes celestes
N'ont-elles plus de foudre et de feux et de pestes ?
Ne partiront jamais du throsne où tu te sieds

Et la Mort et l'Enfer qui dorment à tes pieds?
  « Lève ton bras de fer, haste tes pieds de laine;
Venge ta patience en l'aigreur de la peine :
Frappe du ciel Babel : les córnes de son front
Defigurent la terre et lui ostent son rond. »

## LIVRE SECOND.

# PRINCES.

Je veux, à coups de traits de la vive lumière,
Crever l'enflé Pithon au creux de sa tasnière ;
Je veux ouvrir au vent l'Averne vicieux,
Qui d'air empoisonné face noircir les cieux ;
Percer de ces infects les pestes et les roignes (1),
Ouvrir les fonds hideux, les horribles charongnes
Des sepulchres blanchis. Ceux qui verront ceci,
En bouchant les nazeaux, fronceront le sourci.
Vous qui avez donné ce subject à ma plume,
Vous-mesmes qui avez porté sur mon enclume
Ce foudre rougissant aceré de fureur,
Lisez-le, vous aurez horreur de votre horreur !
Non pas que j'aie espoir qu'une pudique honte
Vos pasles fronts de chien honteusement surmonte ;
La honte se perdit, vostre cœur fut taché
De la pasle impudence, en aimant le peché !

1. Rognes. — Malgré les licences que se donnoient les
poètes du XVIe siècle et malgré la différence d'orthographe,
on peut conclure de ce que d'Aubigné faisoit rimer ensemble
*roignes* et *charongnes* que ces deux mots se prononçoient alors
comme aujourd'hui.

Car vous donnez tel lustre à vos noires ordures
Qu'en fascinant vos yeux elles vous semblent pures.
J'en ai rougi pour vous, quand l'acier de mes vers
Burinoit vostre histoire aux yeux de l'univers :
Subject, stylle inconnu, combien de fois fermée
Ai-je à la Verité la lumière allumée ?
[Verité de laquelle et l'honneur et le droit,
Conu, loué de tous, meurt de faim et de froid ;
Verité qui, ayant son throne sur les nues,
N'a couvert que le ciel et traîne par les rues.]
Lasche jusques ici, je n'avois entrepris
D'attaquer les grandeurs, craignant d'estre surpris
Sur l'ambiguité d'une glose estrangère,
Ou de peur d'encourir d'une cause legére
Le courroux très-pesant des princes irritez.
Celuy-là se repent qui dit leurs veritez !
Celui qui en dit bien trahit sa conscience.
Ainsi, en mesurant leur ame à leur puissance,
Aimant mieux leur estat que ma vie à l'envers,
Je n'avois jamais faict babiller à mes vers
Que les folles ardeurs d'une prompte jeunesse ;
Hardi, d'un nouveau cœur, maintenant je m'adresse
A ce geant morgueur, par qui chacun trompé
Souffre à ses pieds languir tout le monde usurpé.
Le fardeau, l'entreprise, est rude pour m'abbattre,
Mais le doigt du grand Dieu me pousse à le combattre.
    Je voi ce que je veux, et non ce que je puis ;
Je voi mon entreprise, et non ce que je suis.
Preste-moi, Verité, ta pastorale fronde,
Que j'enfonce dedans la pierre la plus ronde
Que je pourrai choisir, et que ce caillou rond
Du vice-Goliath s'enchasse dans le front.
    L'ennemi mourra donc, puisque la peur est morte.
Le temps a creü (1) le mal ; je viens en cette sorte,
Croissant avec le temps de style, de fureur,
D'aage, de volonté, d'entreprise et de cœur.

1. A accru.

Et d'autant que le monde est roide en sa malice
Je deviens roide aussi pour guerroier le vice.

   Çà, mes vers bien–aimez, ne soiez plus de ceux
Qui, les mains dans le sein, tracassent, paresseux,
Les steriles discours dont la vaine memoire
Se noye dans l'oubli, en ne pensant que boire [1].

   Si quelqu'un me reprend que mes vers eschauffez
Ne sont rien que de meurtre et de sang estoffez,
Qu'on n'y lit que fureur, que massacre, que rage,
Qu'horreur, malheur, poison, trahison et carnage,
Je lui respons : Ami, ces mots que tu reprens
Sont les vocables d'art de ce que j'entreprens ;
Les flateurs de l'Amour ne chantent que leurs vices,
Que vocables choisis à prendre les delices,
Que miel, que ris, que jeux, amours et passe-temps,
Une heureuse follie à consommer son temps.
Quand j'estois fol heureux ( si cet heur est folie,
De rire aiant sur soi sa maison demolie ;
Si c'est heur d'appliquer son fol entendement
Au doux, laissant l'utile estre sans sentiment,
Lepreux de la cervelle, et rire des misères
Qui accablent le col du païs et des frères),
Je fleurissois comm' eux de ces mesmes propos,
Quand par l'oisiveté je perdois le repos.
Ce siècle, autre en ses mœurs, demande un autre style [2].
Cueillons des fruicts amers desquels il est fertile.
Non, il n'est plus permis sa veine desguiser ;
La main peut s'endormir, non l'ame reposer,
Et voir en mesme temps nostre mère hardie,
Sur ses costez jouer si dure tragedie,
Proche à sa catastrophe, où tant d'actes passez
Me font frapper des mains et dire : « C'est assez ! »
Mais où se trouvera qui à langue declose,
Qui à fer esmoulu, à front descouvert, ose
Venir aux mains, toucher, faire sentir aux grands

---

1. *Var. :* en ne pensant qu'y boire. — 2. La même idée
se retrouve dans le premier des *Iambes* de M. A. Barbier.

Combien ils sont petits et foibles et sanglants !
Des ordures des grands le poëte se rend sale
Quand il peint en Cæsar un ord (1) Sardanapale,
Quand un traistre Sinon pour sage est estimé,
Desguisant un Neron en Trajan bien-aimé ;
Quand d'eux une Thaïs (2) une Lucrèce est dite,
Quand ils nomment Achill' un infame Thersite ;
Quand, par un fat sçavoir, ils ont tant combatu
Que, souldoyez du vice, ils chassent la vertu.
Ceux de qui les esprits sont enrichis de graces (3)
De l'Esprit eternel, qui ont à pleines tasses
Beu du nectar des cieux (ainsi que le vaisseau (4)
D'un bois qui en poison change la plus douce eau),
Ces vaisseaux venimeux de ces liqueurs si belles
Font l'aconite noir et les poisons mortelles.

   Flateurs, je vous en veux ; je commence par vous
A desploier les traicts de mon juste courroux :
Serpents qui, retirez de mortelles froidures,
Tirez de pauvreté, eslevez des ordures
Dans le sein des plus grands, ne sentez leur chaleur
Plus tost (5) que vous picquez de venin sans douleur
Celui qui vous nourrit, celui qui vous appuie.
Vipereaux, vous tuez qui vous donne la vie.
Princes, ne prestez pas le costé aux flateurs (6) :

---

1. Vil, sale. Il nous est resté le mot *ordure*.

2. Célèbre courtisane grecque du IVe siècle av. J. C. Elle suivit Alexandre en Asie et devint ensuite une des femmes de Ptolémée, roi d'Egypte. Cf. Quinte Curce, l. 5, ch. 7, et Plutarque, *Vie d'Alexandre*.

3. *Var.* :

> Ils chassent les esprits trop enrichis des graces.

4. Le vase.

5. C'est-à-dire : Aussitôt que vous sentez leur chaleur vous piquez celui...

6. On peut comparer cette tirade avec le chœur d'Esther :

> Rois, chassez la calomnie.

Ils entrent finement, ils sont subtils questeurs,
Ils ne prennent aucun que celui qui se donne;
A peine de leurs lacqs voi-je sauver personne;
Mesmes en les fuyant nous en sommes deceus,
Et, bien que repoussez, souvent ils sont receus.
Mais en ce temps infect tant vaut la menterie,
Et tant a pris de pied l'enorme flatterie,
Que le flatteur, sans plus, est tenu pour ami.
C'est crime envers les grands que flatter à demi(1).
Et qui sont les flatteurs? Ceux qui portent les titres
De conseillers d'Estat; ce ne sont plus belistres,
Gnatons(2) du temps passé; en chaire les flatteurs
Portent le front, la grace et le nom de prescheurs;
Le peuple ensorcelé, dans la chaire esmerveille(3)
Ceux qui, au temps passé, chuchetoient à l'oreille,
Si que, par fard nouveau, vrais prevaricateurs,
Ils blasment les pechez desquels ils sont autheurs,
Coulent le moucheron, et ont appris à rendre
La louange cachée à l'ombre du reprendre.
[D'une feinte rigueur, d'un courroux simulé,
Donnent pointe d'aigreur au los(4) emmiellé.
De tels coups son enfant la folle mère touche
La cuisse de la main et les yeux de la bouche.]
Un prescheur mercenaire, hypocrite effronté,
De qui Sathan avoit le savoir acheté,
A-il pas tant cerché fleurs et couleurs nouvelles,
Qu'il habille en martyr le bourreau des fideles?
Il nomme bel exemple une tragique horreur,
Le massacre justice, un zèle la fureur;
Il plaint un roi sanglant(5), sur tout il le veut plaindre
Qu'il ne pût en vivant assez d'ames esteindre;

1. *Var.:*

> Que le flatteur honteux et qui flatte à demi
> Fait son Roy non demi, mais entier ennemi.

2. De γνάθος, mâchoire. C'est le nom d'un parasite, dans *l'Eunuque* de Térence.

3. Admire. — 4. A la louange. — 5. Charles IX.

Il faict vaillant celui qui n'a veu les hazards,
Studieux l'ennemi des lettres et des arts,
Chaste le mal-heureux (1), au nom duquel je tremble,
S'il lui faut reprocher les deux amours ensemble;
Et fidèle et clement il a chanté le roi (2)
Qui, pour tuer les siens, tua sa propre foi.
   Voilà comment le diable est faict par eux un ange,
Au chantre et au chanté vergongneuse louange.
Nos princes sont louez, louez et vicieux,
L'escume de leur pus leur monte jusqu'aux yeux,
Plustost qu'ils n'ont du mal quelque voix veritable;
Moins vaut l'utile vrai que le faux agreable;
Sur la langue d'aucun à present n'est porté
Cet espineux fardeau qu'on nomme Verité.
Pourtant suis-je esbahy comment il se peut faire,
Que de vices si grands on puisse encore extraire
Quelque goust pour louer, si ce n'est à l'instant
Qu'un roi devient infect, un flatteur quant et quant
Croist, à l'envi du mal, une orde menterie.
Voilà comment de nous la verité bannie,
Meurtrie et dechirée, est aux prisons, aux fers;
On esgare ses pas parmi les lieux deserts.
Si quelquefois un fol, ou tel au gré du monde,
La veut porter en Cour, la vanité abonde
De moiens familiers pour la chasser dehors;
La pauvrette soustient mille plaies au corps,
L'injure, le desdain, sa robbe deschirée,
Est des pauvres bannis et des saints reverée (3).
Je l'ai prise aux deserts, et, la trouvant au bord
Des isles des bannis, j'y ai trouvé la mort (4).

1. Henri III. — 2. Charles IX.
3. *Var.*:

> L'injure, le desdain dont elle n'est faschée,
> Souffrant tout à plaisir, hormis d'estre cachée.

4. D'Aubigné raconte dans ses *Mémoires* (p. 145) qu'il fut
condamné quatre fois à mort, et la dernière fois en 1623,
peu de temps avant son mariage avec Renée Burlamachi.

La voici par la main, elle est marquée en sorte
Qu'elle porte un cousteau pour celui qui la porte.
[Que je sois ta victime, ô celeste beauté,
Blanche fille du ciel, flambeau d'Eternité;
Nul bon œil ne la void qui transi ne se pasme;
Dans cette pasmoison s'eslève au ciel toute ame.
L'enthusiasme apprend à mieux cognoistre et voir;
De bien voir le desir, du desir vient l'espoir,
De l'espoir le dessein et du dessein les peines,
Et la fin met à bien les peines incertaines.]
Mais n'est-il question de perdre que le vent
D'un vivre mal-heureux qui nous fasche souvent,
Pour contenter l'esprit, rendre l'ame delivre
Des bourreaux, des menteurs, qui se perdent pour vivre?
Doi-je pour mes bastards tuer les miens, à fin
De fuir de ma vie une honorable fin?
Parricides enfans, poursuivez ma misère,
L'honorable mal-heur ou l'heur de votre père;
Mourons, et en mourant laissons languir tous ceux
Qui, en flatant nos rois, achètent, mal-heureux,
Les plaisirs de vingt ans d'une eternelle peine.
Qu'ils assiégent ardents une oreille incertaine,
Qu'ils chassent halletans; leur çurée et leur part
Seront dire, promettre, et un double regard:
Ces lasches serfs seront, au milieu des carnages
Et des meurtres sanglants, troublez en leurs courages;
Les œuvres de leurs mains (quoi qu'ils soient impiteux)
Feront dresser d'horreur et tomber leurs cheveux,
Transis en leurs plaisirs. O que la playe est forte
Qui mesm' empuantit le pourri qui la porte!
Cependant, au milieu des massacres sanglants
(Exercices et jeux aux desloyaux tyrans),
Quand le peuple gemit soubs le faix tyrannique,
Quand ce siècle n'est rien qu'une histoire tragique,
Ce sont farces et jeux toutes leurs actions;
Un ris sardonien peint leurs affections,
Bizarr' habits et cœurs, les plaisants se desguisent,
Enfarinez, noircis, et ces basteleurs disent:

*Tragiques.*                                          6

« Deschaussons le cothurne, et rions, car il faut
Jetter ce sang tout frais hors de nostre eschaflaut,
En prodiguant dessus mille fleurs espanchées,
Pour cacher nostre meurtre à l'ombre des jonchées. »
Mais ces fleurs secheront, et le sang recelé
Sera puant au nez, non aux yeux revelé.
Les delices des grands s'envolent en fumée,
Et leurs forfaicts marquez teignent leur renommée.
    Ainsi, lasches flatteurs, ames qui vous ployez
En tant de vents, de voix, que siffler vous oyez;
O ploiables esprits! ô consciences molles,
Temeraires jouets du vent et des parolles!     [cœurs;
Vostre sang n'est point sang, vos cœurs ne sont point
Mesme il n'y a point d'ame en l'ame des flatteurs:
Car leur sang ne court pas, duquel la vive source
Ne bransle pas pour soi, de soi ne prend sa course;
Et ces cœurs, non vrais cœurs, ces desirs, non desirs,
Ont au plaisir d'autrui l'aboi de leurs plaisirs.
Vous estes fils de serfs, et vos testes tondues
Vous font ressouvenir de vos mères vendues.
Mais quelle ame auriez-vous? Ce cinquiesme element
Meut de soi, meut autruy, source du mouvement;
Et vostre ame, flatteurs, serfve de vostre oreille
Et de vostre œuil, vous meut d'inconstance pareille
Que le cameleon : ainsi faut-il souvent
Que ces cameleons ne vivent que de vent.
    Mais ce trop sot mestier n'est que la theorique
De l'autre qui apporte après soi la practique;
Un nouveau changement, un office nouveau,
D'un flatteur idiot faict un fin macquereau.
Nos anciens, amateurs de la franche justice,
Avoient de fascheux noms nommé l'horrible vice:
Ils appelloient brigand ce qu'on dit entre nous
Homme qui s'accommode (¹), et ce nom est plus doux;
Ils tenoient pour larron un qui faict son mesnage,
Pour poltron un finet (²) qui prend son advantage;

---

1. Qui s'enrichit. — 2. Un finot.

Ils nommoient trahison ce qui est un bon tour ;
Ils appelloient putain une femme d'amour ;
Ils nommoient macquereau un subtil personnage
Qui sçait solliciter et porter un message.
Ce mot maquerellage est changé en poullets.
Nous faisons faire aux grands ce qu'eux à leurs valets ;
Nous honorons celui qui entr'eux fut infame ;
Nul esprit n'est esprit, nulle âme n'est belle âme,
Au periode infect de ce siècle tortu,
Qui à ce poinct ne faict tourner toute vertu.
On cerche donc une âme et tranquille et modeste,
Pour sourdement cacher cette mourante peste ;
On cerche un esprit vif, subtil, malicieux,
Pour ouvrir les moiens et desnouer les nœuds.
La longue experience assez n'y est experte ;
Là souvent se prophane une langue diserte ;
L'eloquence, le luth et les vers les plus beaux,
Tout ce qui louoit Dieu, ès mains des macquereaux
Change un pseaume en chanson, si bien qu'il n'y a chose
Sacrée à la vertu que le vice n'expose,
Où le desir bruslant, où la prompte fureur,
Où le traistre plaisir faict errer nostre cœur,
Et quelque feu soudain promptement nous transporte
Dans le sueil des pechez, trompez en toute sorte.
Le macquereau est seul qui peche froidement,
Qui, tousjours bourrelé de honte et de tourment,
Vilainement forcé, pas après pas s'advance,
Retiré des chaînons de quelque conscience.
Le vilain, tout tremblant, craintif et renfronché (1)
Mesme monstre en pechant le nom de son peché.
Tout vice tire à soi quelque prix ; au contraire,
Ce vice qui ne sent rien que la gibecière,
Le coquin, le bissac, a pour le dernier pris,
Par les veilles du corps et celle des esprits,
La ruine des deux. Le ciel pur, de sa place,
Ne void rien ici bas qui trouble tant sa face ;

1. Renfrogné.

Rien ne noircit si tost le ciel serain et beau
Que l'haleine et que l'œil d'un transi macquereau.
  Il est permis aux grands, pourveu que l'un ne face
De l'autre le mestier et ne change de place,
D'avoir renards, chevaux et singes et fourmis,
Serviteurs esprouvez et fidèles amis.
Mais le mal-heur advient que la sage finesse
Des renards, des chevaux la necessaire adresse,
La vistesse, la force et le cœur aux dangers ;
Le travail des fourmis, utiles mesnagers,
S'emploie aux vents, aux coups; ils se plaisent d'y estre ;
Tandis le singe prend à la gorge son maistre,
Le fait haïr, s'il peut, à nos princes mignons,
Qui ont beaucoup du singe et fort peu des lions.
Qu'advient-il de cela? Le bouffon vous amuse,
Un renard ennemi vous faict cuire sa ruse,
On a pour œconome un plaisant animal,
Et le prince combat sur un singe à cheval (1).
  Qu'ai-je dit des lions? Les eslevez courages
De nos rois abbaissoient et leur force et leurs rages,
Doctes à s'en servir; les sens effeminez
De ceux-ci n'aiment pas les fronts determinez,
Tremblent de leurs lions; car leur vertu estonne
De nos coulpables rois l'ame basse et poltronne.
L'esprit qui s'emploioit jadis à commander
S'emploie, degeneré, à tout apprehender.
Pourtant ce roi, songeant que les griffes meurtrières
De ses lions avoient crocheté leurs tannières
Pour le deschirer vif, prevoiant à ces maux,
Fit bien mal à propos tuer ces animaux (2).
  laissa le vrai sens, s'attachant au mensonge.

---

1. C'est-à-dire à cheval sur un singe.
2. L'Estoile, à la date du 21 janvier 1582, raconte que
Henri III, « après avoir fait pasques au couvent des Bons-
« hommes, à Nigeon (près Chaillot), s'en revint au Louvre,
« où, arrivé, il fist tuer à coups d'arquebuze les lions, ours,
« taureaux et autres semblables bestes qu'il souloit nourrir

Un bon Joseph eût pris autrement un tel songe,
Et eust dit : « Les lions superbes, indomptez,
Que tu dois redouter, sont princes irritez,
Qui briseront tes reins et tes foibles barrières,
Pour n'estre pas tournez aux proies estrangères.
Appren, Roi, qu'on nourrit de bien divers moiens,
Les lions de l'Afrique ou de Lion les chiens.
De ces chiens de Lion tu ne crains le courage,
Quand tu changes des rois et l'habit et l'usage,
Quand tu blesses des tiens les cœurs à millions ;
Mais tu tournes ta robbe aux yeux de tes lions,
Quand le royal manteau se change en une aumusse,
Et la couronne au froc d'un vilain picque-puce (1) »

« pour combattre contre les dogues ; et ce, à l'occasion d'un
« songe qui lui estoit advenu, par lequel lui sembla que les
« lions, ours et dogues le mangeoient et devoroient : songe
« qui sembloit presager (ce que depuis on a veu advenir),
« lorsque ces bestes furieuses de la Ligue, se ruans sur ce
« pauvre prince. l'ont deschiré et mangé avec son peuple.
« Que'ques-uns de ses serviteurs lui dirent sur ce sujet que
« ce n'etoient pas ces lions ou ces animaux-là qui lui en
« vouloient, mais les grands seigneurs du temps qui estoient
« contre son Etat et son service. » (P. 156, col. 2.)
On voit que d'Aubigné n'a fait que mettre en vers le mot
des courtisans.
1. On trouve dans Sauval (t. 3, Preuves, p. 220), un acte
daté du 29 août 1588, par lequel le vicaire général de l'évêque de Paris permet à Robert Reche, prêtre ermite religieux
de l'ordre de Saint-François, de se retirer au lieu de Picque-
puce, avec son frère, en leur interdisant toutefois de s'asso-
cier aucun autre religieux. Or il n'y avoit à cette
époque d'autres religieux dans cette localité, et Henri III
ayant été chassé de Paris le 14 mai 1588, c'est-à-dire plusieurs
mois avant l'acte cité plus haut, je crois que d'Aubigné a
commis un anachronisme en mentionnant ici les Picpus, qui
ne furent connus sous ce nom qu'en 1601. Il a voulu sans
doute parler de la confrérie des pénitents blancs (de l'Annoncia-
tion de Notre-Dame), instituée solennellement au mois de mars
1583 par Henri III, qui, le 25 du même mois, leur fit faire une
procession, où il assista, malgré une pluie battante, confondu

Les rois aux chiens flatteurs donnent le premier lieu,
Et, de cette canaille endormis au milieu,
Chassent les chiens de garde; en nourrissant le vice,
S'assiégent de trompeurs; l'estrangère malice
Jette par quelque trou sa richesse et ses os,
Pour nourrir aux muets le dangereux repos.
On void sous tels vallets, ou plutost sous tels maistres,
Du corps traistre les yeux et les oreilles traistres:
Car les plus grands, qui sont des princes le conseil,
Sont des princes le cœur, le sens, l'oreille et l'œil.
Si ton cœur est meschant, ta cervelle insensée,
Si l'ouïr et le voir trahissent ta pensée,
Qu'un precipice bas paroisse un lien bien seur,
Qu'une amère poison te soit une douceur,
Le scorpion un œuf, où auras-tu puissance
De fuir les dangers et guarder l'asseurance?

Si quelque prince un jour, justement curieux
D'ouïr de son oreille et de voir de ses yeux
Ses pechez sans nul fard (deguisant son visage
Et son habit), vouloit faire quelque voyage;
Sçavoir du laboureur, du rançonné marchant,
Si son prince n'est pas exacteur et meschant;
Sçavoir de quel renom s'eslève sa prouesse,
S'il est le roi des cœurs comme de la noblesse,

avec les autres religieux, et portant leur costume. L'Estoile
raconte (p. 1591 et suiv.) qu'un homme de qualité qui « re-
« gardoit passer la dite procession fist sur le sac mouillé du
« Roi le suivant quatrain, lequel aiant esté fait sur le champ
« et rencontré fort à propos, fut incontinent semé et divul-
« gué partout » :

> Après avoir pillé la France,
> Et tout son peuple despouillé,
> Est-ce pas belle penitence
> De se couvrir d'un sac mouillé?

Les statuts de la congrégation ont été imprimés à Paris,
1583, in-4. — Voy. encore dans le tome 844 des mss. de
Dupuy (p. 477) une note autographe de Henri III relative
à l'habillement des hiéronymites (1587).

Qu'il passe plus avant, et, pour se descharger
Du vouloir de connoistre, aille voir l'estranger,
Où, ainsi qu'autres-fois ce très-grand Alexandre,
Ce sage Germanic (¹), prindrent plaisir d'entendre,
Espions de leurs camps, soubs habits empruntez,
Dans l'obscur de la nuict, leurs claires veritez;
Desguisez, ils rouoyent (²) les tentes des armées
Pour, sans deguizemens, gouster leurs renommées.
Le prince, defardé du lustre de son vent,
Trouvera tant de honte et d'ire en se trouvant
Tyran, lasche, ignorant, indigne de louange
Du tiers Estat, du noble et en païs estrange,
Que, s'il veut estre heureux, à son heur advisé,
A jamais il voudra demeurer desguizé.
Mais, estant en sa cour, des maquereaux la troupe
Luy faict humer le vice en l'obscur d'une coupe.
   Les monts les plus hautains, qui de rochers hideux
Fendent l'air et la nue et voisinent les cieux,
Sont tous couverts de neige, et leurs cimes cornues
Des malices de l'air, des excremens des nues,
Portent le froid chappeau; leurs chefs tous fiers et hauts
Sont braves et fascheux, et steriles et beaux;
Leur cœur et leur milieu (³), on oit bruire des rages
Des tigres, des lions et des bestes sauvages,
Et, de leurs pieds hideux aux rochers crevassez,
Sifflent les tortillons des aspics enlassez.
Ainsi les chefs des grands sont faicts par les malices
Stériles, sans raison, couverts d'ire et de vices,
Superbes, sans esprit, et leurs seins et leur cœurs
Sont tigres impuissants, rugissans de fureurs (⁴);
En leurs faux estomacs sont les noires tasnières;
Dans ce creux les desirs, comme des bestes fières;
Desirs, dis-je, sanglants, grondent en devorant

1. Germanicus. Voy. Tacite, *Annales*, l. 2, ch. 13.
2. Parcouroient. — 3. Dans leur cœur et leur milieu.
4. Var. :

    Sont tigres impuissans et lyons devoreurs.

Ce que l'esprit volage a ravi en courant.
Leurs pas sont venimeux, et leur puissance impure
N'a soustien que le fer, que poison et qu'injure.
De ce superbe mont les serpents sont au bas,
La ruse du serpent conserve leurs Estats,
Et le poison secret va destruisant la vie
Qui, brave, s'opposoit contre la tyrannie.
  Dieu veut punir les siens quand il lève sur eux,
Comme sur des meschans, les princes vicieux,
Chefs de ses membres chers; par remède on asseure
Ce qui vient de dehors, la plaie exterieure;
Mais, si la noble part loge un pus enfermé,
C'est ce qui rend le cœur et mort et consumé;
Mesme si le mal est en haut, car la cervelle
A sa condition tous les membres appelle.
  Princes, que Dieu choisit pour, du milieu des feux,
Du service d'Egypte et du joug odieux
Retirer ses troupeaux, beaux pilliers de son temple,
Vous êtes de ce temple et la gloire et l'exemple!
Tant d'yeux sont sur vos pieds, et les ames de tous
Tirent tant de plaisirs ou de plainctes de vous!
Vos pechez (1) sont doublez et vos mal-heurs s'accrois-
D'un lieu plus eslevé plus haut ains ils paroissent. [sent;
Ha! que de sang se perd pour piteux payement
De ce que vous pechez! Qu'il volle de tourment
Du haut de vos couppeaux (2)! Que de vos cimes hautes
Dessus le peuple bas roullent d'amères fautes!
C'est pourquoy les sueurs et les labeurs en vain
Sans force et sans conseil delaissent vostre main:
Vous estes courageux, que sert vostre courage?
Car Dieu ne benit point en vos mains son ouvrage;
En vain, tout contristez, vous levez vers les cieux
Vos yeux, car ce ne sont que d'impudiques yeux!
Cette langue qui prie a parlé des ordures (3),    [res.
Les mains que vous joignez, ce sont des mains impu-

1. *Var. :* vos crimes. — 2. Coupeau, sommet.
3. *Var. :* est sallie en ordures.

[Dieu tout vrai n'aime point tant de feintes douleurs,
Il veut estre flechi par pleurs, mais autres pleurs ;
Il esprouve par feu, mais veut l'ame enflammée
D'un brasier pur et net et d'un feu sans fumée.]
Ce luth qui touche un pseaume à (1) un mestier nouveau,
Il ne plaist pas à Dieu, car il est maquereau (2);
Ces lèvres qui en vain marmottent vos requestes,
Vous les avez ternis en baizers deshonnestes,
Et ces genous ploiez dessus des licts vilains,
Prophanes, ont ploié parmi ceux des putains.
Si, depuis quelque temps, vos rhymeurs hypocrites,
Desguizez, ont changé tant de phrazes escrites
Aux prophanes amours, et de mesmes couleurs
Dont ils servoient Sathan, infames basteleurs,
Ils colorent encor leurs pompeuses prières
De fleurs des vieux paiens et fables mensongères,
Ces escoliers d'erreur n'ont pas le style appris
Que l'Esprit de lumière apprend à nos esprits,
De quell' oreille Dieu prend les phrases flatresses (3)
Desquelles ces pipeurs flechissoient leurs maistresses.
Corbeaux enfarinez, les colombes font choix
De vous, non à la plume, ains au son de la voix ;
En vain vous desploiez harangue sur harangue,
Si vous ne prononcez de Canaan la langue (4) ;
En vain vous commandez, et restez esbahis
Que, desobeissants, vous n'estes obeis :

1. Pour. — 2. Dans l'édition de 1616 on lit :

Il ne plaist pas à Dieu, ce luth maquereau.

Vers auquel il manque un pied.

3. De flatteurs.

4. « Catherine de Médicis, dit d'Aubigné dans son *Histoire universelle* (éd. de 1626, t. 2, l. 4, ch. 3), avoit appris par cœur plusieurs locutions qu'elle « appelloit Consis-
sistoriales, comme d'*approuver le conseil de Gamaliel*, dire
*que les pieds sont beaux de ceux qui portent la paix*; appeller
le roi *l'oinct du Seigneur, l'image du Dieu vivant*, avec plusieurs sentences de l'épistre saint Pierre en faveur des Domi-

Car Dieu vous faict sentir sous vous, par plusieurs testes
En leur rebellion, que rebelles vous estes;
Vous secouez le joug du puissant roy des rois !
Vous mesprisez sa loy, on mesprise vos loix !
   Or, si mon sein, rempli (¹) de crève-cœur extreme
Des taches de nos grands, a tourné sur eux-mesmes
L'œil de la verité ; s'ils sont picquez, repris,
Par le juste fouet de mes aigres escrits,
Ne tirez pas de là, ô tyrans, vos louanges,
Car vous leur donnez lustre, et pour vous ils sont anges ;
Entre vos noirs pechez n'y a conformité ;
Hommes, ils n'ont failli (2) que par infirmité,
Et vous, (comme jadis les bastards (3) de la terre )
Blessez le Sainct-Esprit et à Dieu faites guerre.
   Rois, que le vice noir asservit sous ses loix,
Esclaves de peché, forçaires(4), non pas rois,
De vos affections, quelle fureur despite (5)
Vous corrompt, vous esmeut, vous pousse et vous agite
A tremper dans le sang vos sceptres odieux,
Vicieux commencer, achever vicieux
Le règne insupportable et rempli de misères
Dont le peuple poursuit la fin par ses prières ?
Le peuple estant le corps et les membres du roi,
Le roi est chef du peuple ; et c'est aussi pourquoi
La teste est frenetique et pleine de manie
Qui ne garde son sang pour conserver sa vie ;
Et le chef n'est plus chef quand il prend ses esbats
A coupper de son corps les jambes et les bras.
Mais ne vaut-il pas mieux, comme les traistres disent,

nations; s'escrier souvent : *Dieu soit juge entre vous et nous;
j'atteste l'Eternel devant Dieu et ses anges.* Tout ce stile,
qu'ils appelloyent ( entre les dames ) *le langage de Canaan,*
s'estudioit au soir au coucher de la roine, et non sans rire;
la bouffonne Atrie presidente à cette leçon. »
  1. *Var. :* bouillant. — 2. *Var. :* Ils n'ont bronché.
  3. La guerre des géants, *terrigenae,* contre les dieux.
  4. Forçats. — 5. Cruelle.

Lors que les accidents les remèdes maistrisent (1),
Quand la plaie noircit et sans mesure croist,
Quand premier à nos yeux la gangrène paroist,
Ne vaut-il pas bien mieux d'un membre se deffaire
Qu'envoier laschement tout le corps au suaire ?
Tel aphorisme est bon alors qu'il faut curer (2)
Le membre qui se peut, sans la mort, separer,
Mais non lors que l'amas de tant de maladies
Tient la masse du sang ou les nobles parties,
Que le cerveau se purge et sente que de soi
Coule du mal au corps, duquel il est le roi.
Ce roi donc n'est plus roi, mais monstrueuse beste,
Qui au haut de son corps ne faict devoir de teste :
La ruine et l'amour sont les marques à quoi
On peut connoistre à l'œil le tyran et le roi :
L'un desbrise les murs et les loix de ses villes,
Et l'autre à conquerir met les armes civiles ;
L'un cruel, l'autre doux, gouvernent leurs subjets
En valets par la guerre, en enfants par la paix ;
L'un veut estre haï, pourveu qu'il donne crainte ;
L'autre se faict aimer, et veut la peur esteinte ;
Le bon chasse les loups, l'autre est loup du troupeau ;
Le roy veut la toison, l'autre cerche la peau :
Le roy faict que la voix du peuple le benie (3),
Mais le peuple en ses vœux maudit la tyrannie.
   Voici quels dons du ciel, quels thresors, quels moiens,
Requeroient en leurs rois les plus sages paiens.
Voici quel est un roy de qui le regne dure,
Qui establit sur soy pour royne la nature,
Qui craint Dieu, qui esmeut pour l'affligé son cœur,
Entreprenant, prudent, hardi executeur,
Craintif en prosperant, dans le peril sans crainte,
Au conseil sans chaleur, la parole sans feinte ;
Imprenable au flatteur, gardant l'ami ancien ;
Chiche de l'or public, très-liberal du sien ;

1. *Var. :* mesprisent. — 2. Soigner.
3. Le bénisse.

Seigneur de ses subjects, aux amis secourable (¹),
Terrible à ses haineux, mais à nul mesprisable ;
Familier, non commun, aux domestiques doux ;
Effroyable aux meschants, equitable envers tous ;
[Faisant que l'humble espère et que l'orgueilleux tremble
Portant au front l'amour et la peur tout ensemble,
Pour se voir des plus hauts et plus subtils esprits
Sans haine redouté, bien aimé sans mespris ;
Qui ait le cœur dompté, que sa main blanche et pure
Soit nette de l'autruy, sa langue de l'injure ;
Son esprit à bien faire employe ses plaisirs ;
Qu'il arreste son œil de semer des desirs.]
Debteur (²) aux vertueux, persecuteur du vice,
Juste dans sa pitié, clement en sa justice.
Par ce chemin l'on peut, regnant en ce bas lieu,
Estre dieu secondaire, ou image de Dieu.
   Ça esté, c'est encor une dispute antique,
Lequel, du roy meschant ou du conseil inique,
Est le plus supportable. Hé ! nous n'avons de quoy
Choisir un faux conseil ni un inique roy !
De ruiner la France au conseil on decide ;
Le François en est hors, l'Espagnol y preside ;
On foule l'orphelin, le pauvre y est vendu ;
Point n'y est le tourment de la vefve entendu ;
D'un cerveau feminin l'ambitieuse envie
Leur sert là de principe, et de tous est suivie ;
Là un prestre apostat (³), prevoyant et ruzé,
Veut, en ployant à tous, de tous estre excusé ;
L'autre, pensionnaire et vallet d'une femme,
Employe son esprit à engager son ame ;
L'autre faict le royal, et, flattant les deux parts,

1. *Var.* : ami du misérable. — 2. Redevable.
3. D'Aubigné veut probablement parler de Jacques Davy,
cardinal du Perron, évêque d'Evreux, puis archevêque de
Sens, né à Berne en 1556, mort en 1618. Fils d'un ministre
calviniste, il ne s'étoit converti qu'assez tard au catholicisme.
Cf. sur lui la *Confession catholique du sieur de Sancy.*

Veut trahir les Bourbons et tromper les Guisards.
Un charlatan de cour y vend son beau langage,
Un boureau froid, sans ire, y conseille un carnage ;
Un boiteux estranger (1) y bastit son tresor,
Un autre faux François troque son ame à l'or;
L'autre, pour conserver le profitable vice,
Ne promet que justice et ne rend qu'injustice.
Les princes là dessus achètent finement
Ces traistres, et sur eux posent leur fondement.
On traitte des moyens et des ruses nouvelles
Pour succer et le sang et les chiches moelles
Du peuple ruiné ; on fraude de son bien,
Un François naturel pour un Italien :
On traitte des moyens pour mutiner les villes,
Pour nourrir les flambeaux de nos guerres civiles,
Et le siége establi pour conserver le Roy
Ouvre au peuple un moyen pour luy donner la loy ;
Et c'est pourquoi on a pour cette commedie
Un asne italien, un oyseau d'Arcadie(2),
Ignorant et cruel, et qui, pour en avoir,
Sçait bien ne toucher rien, n'ouïr rien, ne rien voir.

    C'est pourquoi vous voyez sur la borne de France (3)
Passer à grands thresors cette chiche substance
Qu'on a tiré du peuple au milieu de ses pleurs.

1. Il s'agit probablement de Louis de Gonzague, duc de Nevers, mort en 1595, et l'un des principaux conseillers de la Saint-Barthélemy. Il avoit été estropié en 1567, dans un combat contre les huguenots, et, vingt ans plus tard, passant dans le même lieu, s'y cassa la cuisse. Cf. d'Aubigné, *Hist. univ.*, édit. de 1626, t. 1, l. 4, ch. 12, col. 14, et de Thou, l. 87.

2. René de Birague, Milanois, qui devint chancelier de France après la Saint-Barthelemy, à laquelle il avoit pris une grande part.—De Thou, l. 78, parle de son ignorance et de son peu d'éloquence, qui excitèrent les rires du Parlement au lit de justice tenu en 1583. — Voy. un quatrain à ce sujet dans l'Estoile, p. 80.

3. C'est-à-dire au delà des frontières de France.

François, qui entretiens et gardes tes voleurs,
Tu sens bien ces douleurs, mais ton esprit n'excède
Le sentiment du mal pour trouver le remède;
Le conseil de ton Roy est un bois arrangé
De familiers brigands, où tu es esgorgé.
    Encor *ce cardinal* (¹) au François redoutable,
Qui s'est lié les poings pour estre miserable (²),
Te faict prendre le fer pour garder tes bourreaux,
Inventeurs de tes maux journellement nouveaux.
Au conseil de ton Roy, ces poincts encor on pense
De te tromper tousjours d'une vaine esperance;
On machine le meurtre et le poison (³) de ceux
Qui voudroyent bien chasser les loups ingenieux:
On traitte des moyens de donner recompense
Aux maquereaux des rois, et, avant la sentence,
On confisque le bien au riche, de qui l'or
Sert en mesme façon de membre et de castor (⁴):
On reconnoist encor les bourreaux homicides,
Les verges des tyrans aux despens des subsides,
Sans honte, sans repos, les serfs plus abbaissez,
Humbles pour dominer, se trouvent avancez
A servir, adorer : une autre bande encore,
C'est le conseil sacré qui la France devore.
Ce conseil est meslé de putains et garçons,
Qui, doublans et triplans en nouvelles façons
Leur plaisir abruti du faix de leurs ordures,
Jettent sur tout conseil leurs sentences impures.
Tous veillent pour nourrir cet infame trafic,
Cependant que ceux-là qui, pour le bien public,

---

    1. C'est ainsi que ce blanc laissé dans les deux éditions se trouve rempli à la main sur un exemplaire appartenant à M. Beaupré, conseiller à la Cour impériale de Nancy. Sur un autre que possède M. Max. Du Camp, les mots *le cardinal* sont remplacés par ceux-ci : *la tyrannie*
    2. C'est-à-dire redoutable au François qui s'est lié.
    3. L'empoisonnement.
    4. J'ai dû renoncer à expliquer ce vers d'une manière satisfaisante.

Veillent à lequité, deffendent la justice,
Establissent les loix, conservent la police,
Pour n'estre de malheurs coulpables artisans,
Et pour n'avoir vendu leur ame aux courtisans,
Sont punis à la Cour, et leur dure sentence
Sent le poids inegal d'une injuste balance.

Ceux-là qui, despendans leurs vies en renom,
Ont prodigué leurs os aux rages (1) du canon, [bres,
Lorsque ces pauvres fols, esbranchez de leurs mem—
Attendent le conseil et les princes aux chambres,
Sont repoussez arrière, et un bouffon bravant
Blessera le blessé pour se pousser devant.
Pour ceux-là n'y a point de finance en nos comptes,
Mais bien les hochenez, les opprobres, les hontes,
Et au lieu de l'espoir d'estre plus renommez,
Ils donnent passetemps aux muguets parfumez.

Nos princes ignorans bouschent leurs tristes veües(2),
Courans à leurs plaisirs, ehontez, par les rües(3),
Tous ennuiez d'ouir tant de fascheuses voix,
De voir les bras de fer (4) et les jambes de bois,

1. *Var.:* aux bouches. — 2. *Var.:* tournent leurs louches veües.

3. « Le jour de quaresme–prenant (1583), dit l'Estoile (p. 158), le Roi avec ses mignons furent en masque par les rües de Paris, où ils firent mille insolences, et la nuit allèrent rôder de maison en maison voir les compagnies jusques à six heures du matin du premier jour de quaresme. » Ces scènes se renouvelèrent pendant plusieurs années à tous les carnavals. Voy. entr'autres l'Estoile, p. 92, 169, 181, 245, etc.

4. Il y eut au XVIe siècle plusieurs hommes qui portèrent des bras ou des mains de fer. Tels furent, par exemple, Göetz de Berlichingen, que Gœthe a pris pour héros de l'un de ses drames, et le brave François de la Noue, dit *Bras de fer*, qui, en 1570, avoit eu le bras cassé au siége de Fontenay. (De Thou, l. 47.) Voy. encore, sur le pied de bois d'Hégistrate, Hérodote, l. 9, ch. 36. Parmi les fabliaux publiés par Legrand d'Aussy (1781, t. 3, p. 323), il y en a un intitulé : *Les jambes de bois.*

Corps vivans à demi, nez pour les sacrifices
Du plaisir de nos rois ingrats de leurs services.
   Prince, coment peux-tu celuy abandonner,
Qui pour toy perd cela que tu ne peux donner?
Miserable vertu pour neant desirée,
Trois fois plus miserable et trois fois empirée,
Si la discretion n'apprend aux vertueux
Quels rois ont merité que l'on se donne à eux :
Pource que bien souvent nous souffrons peines telles,
Soustenans des plus grands les injustes querelles,
Valets de tyrannie, et combattons exprès,
Pour establir le joug qui nous accable après.     [ves,
Nos pères estoient francs(1) : nous qui sommes si bra-
Nous lairrons(2) des enfans qui seront nez esclaves !
Ce thresor precieux de nostre liberté
Nous est par les ingrats injustement osté.
Les ingrats, insolens à qui leur est fidelle,
Et liberaux de craincte à qui leur est rebelle :
Car à la force un grand conduit sa volonté,
Dispose des bien-faicts par la necessité,
Tient l'acquis pour acquis, et pour avoir ouy dire
Que le premier accueil aux François peut suffire,
Aux anciens serviteurs leur bien n'est desparti,
Mais à ceux qui sans dons changeroient de parti :
Garder bien l'acquesté n'est une vertu moindre
Qu'acquerir tous les jours et le nouveau adjoindre.
Les princes n'ont pas sçeu que c'est pauvre butin
D'esbranler l'asseuré pour cercher l'incertain ;
Les habiles esprits, qui n'ont point de nature
Plus tendre que leur prince, ont un vouloir qui dure
Autant que le subject, et en servant les rois
Sont ardens comme feu tant qu'ils trouvent du bois.
   Quiconque sert un Dieu dont l'amour et la crainte
Soit bride à la jeunesse et la tienne contrainte,
Si bien que vicieux, et non au vice né,
Dans le sueil du peché il se trouve estonné ;

   1. Libres. — 2. Laisserons.

Se polluant moins libre au plaisir de son maistre
Il n'est plus agreable, et tel ne sçauroit estre.
Nos rois ont appris à machiaveliser,
Au temps et à l'Estat leur ame deguiser,
Ploians la pieté au joug de leur service
Gardans (1) religion pour ame de police.
    O quel mal-heur du ciel, vengeance du destin,
Donne des rois enfans et qui mangent matin (2)!
O quel phenix du ciel est un prince bien sage,
De qui l'œil gracieux n'a forcené de rage!
Qui n'a point soif de sang, de qui la cruauté
N'a d'autrui la fureur par le sceptre herité!
Qui, philosophe et roi, regne par la science,
Et n'est fait impuissant par sa grande puissance!
Ceux-là regnent vraiment, ceux-là sont de vrais rois
Qui sur leurs passions establissent des lois,
Qui regnent sur eux-mesme, et d'une ame constante,
Domptent l'ambition volage et impuissante :
Non les hermaphrodits (monstres effeminez) (3),
Corrompus, bourdeliers (4), et qui estoient mieux nez
Pour valets de putains que seigneurs sur les hommes :
Non les monstres du siècle et du temps où nous som-
Non pas ceux qui sous l'or, sous le pourpre roial, [mes :
Couvent la lascheté, un penser desloial,
La trahison des bons, un mespris de la charge
Que sur le dos d'un roi un bon peuple descharge :
Non ceux qui souffrent bien les femmes avoir l'œil
Sur la saincte police et sur le sainct conseil,
Sur les faicts de la guerre et sur la paix esmeüe
De plus de changemens que de vents une nüe;

---

1. *Var. :* gardent.
2. Ceci est une répétition de ce que l'auteur a dit plus
haut, p. 53, vers 16.
3. Voy. *Les hermaphrodites*, pamphlet contre Henri III,
publié sans date vers 1605, in-12, et réimprimé sous le
titre de *l'Isle des hermaphrodites*. Il se trouve dans le 4e
volume du *Journal de Henri III* (édit. de 1744).
4. Bourdelier, qui tient un bordel.
    *Tragiques.* — I.

Cependant que nos rois doublement desguisez,
Escument une ruë en courant, attizez
A crocheter l'honneur d'une innocente fille,
Ou se faire estalons des bourdeaux de la ville.
Au sortir des palais (¹) le peuple ruiné
A ondes se prosterne, et le pauvre, estonné,
Coule honteusement, quand les plaisans renversent
Les foibles à genoux, qui, sans profiter, versent
Leurs larmes en leur sein, quand l'amas arrangé
Des gardes impiteux afflige l'affligé.
    En autant de mal-heurs qu'un peuple miserable
Traisne une triste vie en un temps lamentable,
En autant de plaisirs les rois voluptueux,
Yvres d'ire et de sang, nagent, luxurieux,
Sur le sein des putains, et ce vice vulgaire
Commence desormais par l'usage à desplaire :
Et comme le peché, qui le plus commun est,
Sent par trop sa vertu, aux vicieux desplaist :
Le prince est trop atteint de fascheuse sagesse
Qui n'est que le ruffien d'une salle princesse :
Il n'est pas gallant homme et n'en sçait pas assez,
S'il n'a tous les bordeaux de la Cour tracassez :
Il est compté pour sot s'il eschappe quelqu'une
Qu'il n'ait jà mesprisée (²) pour estre trop commune.
Mais pour avoir en Cour un renom grand et beau,
De son propre valet faut estre macquereau,
Esprouver toute chose, et hazardant le reste,
Imitant le premier, commettre double inceste.
Nul regne ne sera pour heureux estimé
Que son prince ne soit moins craint et plus aimé :
Nul regne pour durer ne s'estime et se conte
S'il a prestres sans crainte et les femmes sans honte ;
S'il n'a loy sans faveur, un roy sans compagnons,
Conseil sans estranger, cabinet sans mignons.
    « Ha ! Sarmates rasez (³), vous qui, estans sans rois,

1. Quand le roi sort du palais.
2. *Var. :* qu'il n'ait jà en desdain.
3. Les Polonois. On sait qu'après la mort de Sigismond.

Aviez le droit pour roy, et vous-mesmes pour lois (1),
Qui, dedans l'interrègne, observiez la justice
Par amour de vertu, sans crainte de supplice,
Quel abus vous poussa, pour venir de si loin
Priser ce mesprisé, lors qu'il avoit besoin,
Pour couvrir son malheur, d'une telle advanture !
Vostre manteau roial fut une couverture
D'opprobre et deshonneur, quand les bras desployez
Vengeoient la mort de ceux qui moururent liez (2).
Ha ! si vous eussiez eu certaine connoissance
D'un feminin sanglant, abattu d'impuissance (3),
Si vous n'eussiez ouy mentir les seducteurs
Qui pour luy se rendoyent mercenaires flatteurs,
Ou ceux qui en couvrant son orde vilenie
Par un mentir forcé, ont racheté leur vie,
Ou ceux qui, vous faisant un cruel tyran doux,
Et un poltron vaillant (4), deschargèrent en vous

●

Auguste, le dernier des Jagellons (7 juillet 1572), une am-
bassade polonoise vint offrir le trône de Pologne à Henri III,
qui avoit été élu roi dans la diète le 9 mai 1573. Henri arriva
à Cracovie le 10 février 1574, et, deux mois après, quitta
furtivement la Pologne, en apprenant la mort de Charles IX.

La *Bibliothèque historique* du P. Lelong contient (t. 2),
sous les numéros 18266 à 18299, une liste des nombreux
écrits que cette élection fit éclore. Voy. aussi *Archives cu-
rieuses*, t. 9, p. 149 ; *Revue rétrospective*, t. 4, p. 34, et le
tome 1 du Catalogue des imprimés de la Bibliothèque impériale, p. 289 à 294.

1. Voy. plus haut, p. 12.

2. Lorsque les Polonois arrivèrent en France, la guerre
civile duroit encore. Leur présence même fit traiter avec
moins de rigueur les défenseurs héroïques de Sancerre, qui
avoient résisté sept mois à l'armée catholique.

3. C'est-à-dire si vous aviez connu d'une manière certaine cet homme-femme.

4. D'Aubigné a fait remarquer que Henri III, qui, avant de
monter sur le trône, s'étoit signalé par sa bravoure, perdit
tout courage et toute énergie dès qu'il commença à se livrer
à ses infâmes voluptés. (*Hist. univ.*, t. 2, l. 5, p, 1117.)

Le faix qui leur pesoit : vous n'eussiez voulu mettre
Vos loix, vostre couronne et les droicts et le sceptre
En ces impures mains, si vous eussiez bien veu,
En entrant à Paris, les perrons et le feu
Meslé de cent couleurs, et les cahos estranges,
Bazes de ces tableaux où estoient vos louanges.
Vous aviez trouvé là un augure si beau,
Que vous n'emportiez rien de France qu'un flambeau
Qui en cendre eust bien tost vostre force reduicte,
Sans l'heur qui vous advint de sa honteuse fuite.
Si vous eussiez ouy parler les vrais François,
Si des plus eloquents les plus subtiles voix
N'eussent esté pour vous feintes et mercenaires,
Vous n'eussiez pas tiré de France vos misères.
Vous n'eussiez pas choisi pour dissiper vos loix,
Le monstre devorant la France et les François. »
Nous ne verrons jamais les estranges provinces,
Eslire à leur mal-heur nos miserables princes :
Celuy qui sans merite a obtenu cet heur
Leur donne eschantillon de leur peu de valeur :
Si leur corps sont *mezeaux, aussi le sont* leurs ames (¹),
Ne sentant plus le fer, s'endurcissent aux flames,
Et si leurs corps sont laids, plus laid, l'entendement
Les rend sots et meschans, vuides de sentiment.
    Encor, la tyrannie est un peu supportable,
Qu'un lustre de vertu faict paroistre agreable.
Bien heureux les Romains qui avoient les Cesars
Pour tyrans, amateurs des armes et des arts :
Mais mal-heureux celuy qui vit esclave infame
Soubs une femme hommace et soubs un homme femme :
Une *mère douteuse* (²), après avoir esté

1. Sur l'exemplaire de M. Du Camp nous lisons :

    Si leurs corps sont lépreux, lépreuses sont leurs ames.

    2. Sur l'exemplaire de M. Beaupré on lit : *Une reyne re-gente.*

Macquerelle à ses fils (1), en a l'un arresté
Sauvage dans les bois, et, pour belle conqueste,
Le faisoit triompher du sang de quelque beste (2):
Elle en fit un Esau, de qui le ris, les yeux
Sentoyent bien un tyran, un traistre, un furieux(3):
Pour se faire cruel, sa jeunesse esgarée
N'aimoit rien que le sang, et prenoit sa curée
A tuer sans pitié les cerfs qui gemissoient,
A transpercer les daims et les fans qui naissoient,
Si qu'aux plus advisez cette sauvage vie
A faict prevoir de lui massacre et tyrannie.

L'autre (4) fut mieux instruict à juger des atours
Des putains de sa Cour, et plus propre aux amours;
Avoir ras le menton, garder la face pasle,
Le geste effeminé, l'œil d'un Sardanapale:
Si bien qu'un jour des Rois, ce doubteux animal,
Sans cervelle, sans front, parut tel en son bal (5):
De cordons emperlez sa chevelure pleine,
Soubz un bonnet sans bord faict à l'italienne,
Faisoit deux arcs voutez; son menton pinceté (6),
Son visage de blanc et de rouge empasté,
Son chef tout empoudré, nous firent voir l'idée,

---

1. Cf. *Discours merveilleux de la vie de Catherine de Médicis*, dans le journal de Henri III, édit. de 1746, t. 2, p. 98.

2. Charles IX avoit une passion si effrénée pour la chasse qu'on lui fit cette épitaphe :

> Pour aymer trop Diane et Cythérée aussy,
> L'une et l'autre m'ont mis en ce tombeau icy.

Cf. Brantôme, édit. du Panthéon, t. 50, p. 565 et suiv.

3. *Var.*: un charretier furieux. — 4. Henri III.

5. Le portrait de Henri III en coiffure de femme se trouve en tête du pamphlet *Les hermaphrodites*. « Le Roy, dit l'Estoile, faisoit force masquarades où il se trouvoit ordinairement habillé en femme, ouyroit son pourpoint et descouvroit sa gorge, y portant un collier de perles et trois collets de toile, deux à fraize et un renversé, ainsi que lors portoient les dames de la cour. » (P. 84 et 78.)

6. Epilé avec une pince.

En la place d'un roy, d'une putain fardée.
Pensez quel beau spectacle, et comm' il fit bon voir
Ce prince avec un busc, un corps de satin noir
Couppé à l'espaignolle, où des dechiquetures
Sortoient des passemens et des blanches tireures,
Et afin que l'habit s'entresuivist de rang,
·Il montroit des manchons gauffrez de satin blanc,
D'autres manches encor qui s'estendoient fenduës,
Et puis jusques aux pieds d'autres manches perduës.
Pour nouveau parement, il porta tout ce jour
Cet habit monstrueux, pareil à son amour :
Si qu'au premier abord chacun estoit en peine
S'il voioit un roy femme ou bien un homme reyne.
    Si fut-il toutefois alaicté de poisons,
De ruzes, de conseils secrets et trahisons,
Rompu et corrompu au trictrac des affaires,
Et eut, encor enfant, quelque part aux misères.
Mais de ce mesme soin qu'autresfois il presta
Aux plus estroits conseils où, jeune, il assista,
Maintenant son esprit, son ame et son courage
Cerchent un laid repos, le secret d'un village (1),
Où le vice triplé de sa lubricité
Miserablement cache une orde volupté,
De honte de l'infame (2) et orde vilenie
Dont il a pollué son renom et sa vie :
Si bien qu'à la royalle il volle des enfans,
Pour s'eschauffer sur eux en la fleur de leurs ans,
Incitant son amour autre que naturelle,
Aux uns par la beauté et par la grace belle,
Autres par l'entregent, autres par la valeur,
Et la vertu au vice haste ce lasche cœur.
On a des noms nouveaux et des nouvelles formes
Pour croistre et desguiser ces passe-temps enormes,
Promettre et menacer, biens et tourmens nouveaux
Pressent, forcent, après les lasches macquereaux.
    Nous avons veu cela, et avons veu encore

1. A Ollainville. Voy. p. 103, note 5. — 2. *Var.* : De honte de la rage.

Un Neron marié avec son Pytagore (1),
Lequel, aiant fini ses faveurs et ses jours,
Traîne encor au tombeau le cœur et les amours
De nostre roi en deuil, qui, de ses aigres plainctes,
Tesmoigne ses ardeurs n'avoir pas esté feinctes (2).
On nous faict voir encor un contract tout nouveau,
Signé du sang de d'O, son privé macquereau (3):
Disons comme l'on dist à Neron l'androgame:
« Que ton père jamais n'eust cogneu d'autre fem-
me! (4) »
Nous avons veu nos grands en debat, en conflict,
Accorder, reprocher telles nopces, tel lict.
Nous avons veu nos rois se desrober des villes.
Neron avoit comm' eux de petits Olinvilles (5),
Où il cachoit sa honte, et eust encor comm' eux
Les Chicots en amour, les Hamons odieux (6);

1. Néron épousa publiquement un jeune homme nommé
Sporus. Voy Suétone, *Nero*, c. 28.
2. Voy. sur le duel et la mort de Quelus (1578), et sur les
regrets du roi, l'Estoile, p. 98 et suiv., et la *Confession de
Sancy*, l. 1, ch. 7.
3. « Si je contois les épousailles de Quélus, l'autre contract signé du sang du roi et du sang d'O pour témoin, par
lequel il épousoit monsieur Le Grand ( Bellegarde ), etc. »
(*Confession de Sancy*, l. 1, ch. 7.)
4. *Bene agi potuisse cum rebus humanis, si Domitius pa-
ter talem habuisset uxorem.* (Suetone, *Nero*, ch. 28.)
5. La terre d'Olinville ou Ollainville, située à 1 kilomètre
d'Arpajon (Seine-et-Oise), avoit été achetée 60,000 fr. au tré-
sorier B. Milon par Henri III, qui y bâtit un château. Voy. à
ce sujet l'Estoile, p. 74.
6. C'est-à-dire : eut en amour les Chicots et en haine les
Hamons.
Chicot, qu'Alexandre Dumas a fait figurer dans plusieurs
de ses romans, étoit un brave gentilhomme gascon, fort
bouffon, et qui se montra très attaché à Henri III d'abord,
puis à Henri IV. Il avoit à la Cour le privilége de tout dire
et de tout faire, et en profitoit largement. Les écrivains du
temps ont rapporté quelques unes de ses plaisanteries, et
les ligueurs firent courir sous son nom plusieurs pamphlets.

Ils eurent de ce temps un' autre *Florentine ;*
Mais nos princes, au lieu de tuer Agrippine (1),
Massacrent l'autre mère, et la France a senti
De ses fils le cousteau sur elle appesanti ;
De tous ces vipereaux les mains lui ont ravies,
Autant de jours, autant de mille chères vies.
Les Seneques chenus ont encor en ce temps,
Morts et mourans, servi aux rois de passe-temps.
Les plus passionnez qui ont gemi, fidelles,
Des vices de leurs rois, punis de leurs bons zèles,
Ont esprouvé le siècle où il n'est pas permis
D'ouvrir son estomac à ses privez amis,
Et où le bon ne peut, sans mort, sans repentence,
Ni penser ce qu'il void ni dire ce qu'il pense :
On paslit rencontrant ceux qui vestent (2) souvent
Nos saintes passions, pour les produire au vent.
Les Latiares (3) feincts, suppôts de tyrannie,
Qui, cerchants des Sabins la justice et la vie,
Prennent masque du vrai, et, fardés d'equité,
Au veritable font crime de verité.
Pour vivre, il faut fuir de son proche la veuë,
Fuir l'œil incognu et l'oreille incognuë :
Que di-je ? pour parler on regarde trois fois

—— Dans un combat livré par Henri IV à l'armée du duc de
Parme, en 1592, Chicot fut blessé à mort par Henri de Lorraine, comte de Chaligny, qu'il fit prisonnier. Celui-ci, qu'il
accabloit de railleries, ne pouvoit se consoler qu'un prince
de la maison de Lorraine fût au pouvoir d'un bouffon. Voy.
sur Chicot l'Estoile, p. 85, 194, 199, 210, 235 ; d'Aubigné,
*Hist. univ.,* t. 2, p. 361 ; *Fæneste,* ch. 12 ; De Thou, l.
CCII ; Sully, *Œcon. roy.,* ann. 1584, ch. 19 ; Brantôme,
Vie de Charles IX ; *Satire Ménippée,* éd. de 1711, t. 2, *Rem.,*
p. 99.
    Pierre Hamon, précepteur du roi, mis à mort pour cause
de religion par arrêt du Parlement de Paris, vers 1571.
(D'Aubigné, *Hist. univ.,* t. 2, l. 1, ch. 1, p. 526; Crespin,
fol. 701.)
    1. Cf. Suétone, *Nero,* c. 34. — 2. Revêtissent. — 3. *La-
tiares,* Latins.

Et les arbres muets(¹) et les pierres sans voix,
Si bien que de nos maux la complainte abolie
Eust d'un siècle estouffé, caché la tyrannie,
Qui eust peu la memoire avec la voix lier,
A taire nous forçant, nous forcer d'oublier.
Tel fut le second fils(²), qui n'herita du père
Le cœur, mais les poisons et l'ame de la mère.
    Le tiers(³) par elle fut nourri en faineant,
Bien fin, mais non prudent, et voulut, l'enseignant,
(Pour servir à son jeu) luy ordonner pour maistre
Un sodomite athée, un maquereau, un traistre(⁴).
    La discorde couppa le concert des mignons,
Et le vice croissant entre les compagnons
Brisa l'orde amitié mesme par les ordures
Et l'impure union par les choses impures.
Il s'enfuit despité, son vice avec lui court :
Car il ne laissa pas ses crimes à la cour.
Il coloroit ses pas d'astuce nompareille,
Changea de lustre ainsi que jadis la corneille
Pour hanter les pigeons(⁵); le faict fut advoüé
Par la confession du gosier enroüé (⁶);
On lui remplit la gorge, et le Sinon infame
Fut mené par le poing, triomphe d'une femme,
Que la mère tria d'entre tous les gluaux
Qu'elle a, pour, à sa cage, arrester les oiseaux.
Ceux qu'il avoit trouvez à son mal secourables,
Et pour lui et par lui devindrent miserables;
Sa foi s'envole au vent, mais il feignit après,
Ce qu'il faisoit forcé, l'avoir commis exprès.

1. *Var. :* les arbres sans oreilles.
2. Charles IX. — 3. François d'Alençon.
4. Le maréchal de Raiz, qui fut précepteur du roi Charles
IX et de ses frères. Voy. sur lui Brantôme, Vie de Charles
IX, p. 560. Cf. *Apologie pour Hérodote*, ch. 14; L'Estoile,
t. 1, p. 37.
5. Allusion aux intrigues de François avec les huguenots.
6. Allusion à la conspiration de La Mole et Coconnas,
suppliciés le 30 avril 1574.

C'est pource qu'en ce temps c'est plus de honte d'estre
Mal advisé qu'ingrat, mal pourvoyant que traistre,
Abusé qu'abuseur : bien plus est odieux
Le simple vertueux qu'un double vicieux ;
Le souffrir est bien plus que de faire l'injure :
Ce n'est qu'un coup d'Estat que d'estre bien parjure.
Ainsi, en peu de temps, cé lasche fut commis
Valet de ses haineux, bourreau de ses amis.
Sa ruse l'a trompé quand elle fut trompée,
Il vid sur qui, pour qui, il tournoit son espée ;
Son inutile nom devint son parement,
Comme si c'eust esté quelque blanc vestement.
Ils trempèrent au sang sa grand'robe ducale,
Et la mirent sur lui du meurtre toute sale.
Quand ils eurent taché la serve authorité
De leur esclave chef du nom de cruauté,
Il tombe en leur mespris ; à nous il fut horrible
Quand r'appeler sa foi il lui fut impossible.
Il fuit encore un coup, car les lièvres craintifs
Ont debat pour le nom de legers, fugitifs.
Nos princes des renards envient la finesse,
Et ne debattent point aux lions de prouesse (¹).
    Il y avoit long temps que dans les Païs-Bas
Deux partis, harassez de ruineux combats,
Haletoient les abois de leur force mi-morte ;
Cettui-ci print parti presqu'en la mesme sorte
Que le loup embusqué combattant de ses yeux
L'effort de deux taureaux, dont le choc furieux
Verse dans un chemin le sang et les entrailles.
Le poltron les regarde, et de ces deux batailles
Se faict une victoire, arrivant au combat
Quand la mort a vaincu la force et le debat.
Ainsi quelque advisé reveilla ceste beste,
D'un desespoir senti lui mit l'espoir en teste.
Mais quel espoir ? encor un rien au pris du bien,

1. C'est-à-dire ne rivalisent point de prouesses avec les
lions.

Un rien qui trouve lustre en ce siècle de rien.
On le pousse, on le traîne aux inutiles ruses,
Il trame mille accords, mariages, excuses,
Il trompe, il est trompé, il se repend souvent,
Et ce cerveau venteux est le jouet du vent;
Ce vipére eschauflé porte la mort traistresse
Dedans le sein ami; mais quand le sein le presse,
Le trahi fut vainqueur, et le traistre pervers
Demeure fugitif, banni de son Anvers (1).

Non, la palme n'est point contenance des membres
De ceux qui ont brouillé les premiers de leurs chambres,
Pour loin d'eux en secret de venin s'engorger,
Caresser un Bathille, en son lict l'heberger,
N'ayant, muet tesmoin de ses noires ordures,
Que les impures nuicts et les couches impures.

Les trois (2) en mesme lieu ont à l'envi porté
La premiere moisson de leur lubricité (3):
Des deux derniers aprés la chaleur aveuglée
A sans honte herité l'inceste redoublée,
Dont les projects ouverts, les desirs, comme beaux,
Font voleter l'erreur de ces crimes nouveaux
Sur les ailes du vent; leurs poetes volages
Nous chantent ces douceurs comme amoureuses rages (4),
Leur soupper s'entretient de leurs ordes amours,

1. François avoit essayé, le 17 janvier 1583, de s'empa-
rer par trahison de la ville d'Anvers. Il échoua, et cette
entreprise fut surnommée la *folie d'Anvers*. Cf. l'Estoile, p.
156; de Thou, l. 77; d'Aubigné, *Hist. univ.*, t. 2, l. 5,
ch. 22, et les Mémoires de Sully, Cheverny, du Plessis–
Mornay, etc.

2. Les trois derniers fils de Catherine.

3. Allusion aux amours de Marguerite de Valois avec ses
trois frères. Voy. à ce sujet le *Divorce satyrique*; la préface
de la *Ruelle mal assortie*, édit. Aubry, 1855, in–12, et les
*Anecdotes tirées de la bouche de M. le chancelier Du Vair*,
Biblioth. imp., ms. Bouhier, sup. fr., n. 55.

4. *Var.*:

   Arborent ces couleurs comme des paysages.

Les maquereaux enflez y vantent leurs beaux tours,
Le vice, possedant pour eschaffaut leur table,
Y dechire à plaisir la vertu desirable.
    Si depuis quelque temps les plus subtils esprits
A desguiser le mal, ont finement apris
A nos princes fardez la trompeuse manière
De revestir le Diable en Ange de lumière;
Encor qu'à leurs repas ils facent disputer
De la vertu, que nul n'oseroit imiter,
Qu'ils recerchent le los des affetez poëtes,
Quelques Sedecias, agreables prophètes,
Le boute-feu de Rome(1) en a bien fait ainsi,
Car il paioit mieux qu'eux, mieux qu'eux avoit souci
D'assembler, de cercher les esprits plus habiles,
Louer, recompenser leurs rencontres gentilles,
Et les graves discours des sages amassez,
Louez et contrefaicts il a recompensez.
L'arsenic ensucré de leurs belles paroles,
Leurs seins meurtris du poing aux pieds de leurs idoles,
Les ordres inventez, les chants, les hurlemens
Des fols capuchonnez, les nouveaux regiments
Qui, en procession, sottement desguisées,
Aux villes et aux champs vont semer des risées (2),
L'austerité des vœux, et des fraternitez,
Tout cela n'a caché nos rudes veritez.
[Tous ces desguisemens sont vaines mascarades
Qui aux portes d'enfer presentent leurs aubades,
Ribaus de la paillarde ou affaités (3) valets
Qui de processions lui donnent des balets :
Les uns, mignons muguets, se parent et font braves
De clincant et d'or trait (4); les autres, vils esclaves,
Fagottés d'une corde et pasles, marmiteux (5),
Vont, pieds nuds, par la rue abuser les piteux,
Ont pour masque le froc, pour vestemens des poches(6),

1. Neron. — 2. Cf., sur les processions de Henri III, L'Estoile, p. 75, 154, 142, 170, 228.
3. Affêtés. — 4. Filé. — 5. Tristes. — 6. Sacs.

Pour cadence leurs pas, pour violons des cloches,
Pour vers la letanie (1); un avocat nommé
A chaque pas, rend Christ, chaque pas, diffamé.]
  Aigle né dans le haut des plus superbes aires,
Ou bien œuf supposé, puis que tu degenères,
Degeneré Henri (2), hypocrite, bigot,
Qui aime moins jouer le roi que le cagot,
Tu vole un faux gibier, de ton droit tu t'eslongne (3).
Ces corbeaux se paistront un jour de ta charongne,
Dieu t'occira par eux : ainsi le fauconnier,
Quand l'oiseau trop de fois a quitté son gibier,
Le bat d'une corneille, et la foule à sa veue,
Puis d'elle (s'il ne peut le corriger) le tue (4).
Tes prestres par la rue à grands troupes conduicts
N'ont pourtant pu celer l'ordure de tes nuicts :
Les crimes plus obscurs n'ont pourtant peu se faire
Qu'ils n'esclattent en l'air aux bouches du vulgaire.
Des citoyens oisifs l'ordinaire discours
Est de sollenniser les vices de nos cours :
L'un conte les amours de nos salles princesses,
Garces de leurs valets, autrefois leurs maistresses (5).
Tel fut le beau senat des trois et des deux sœurs (6),
Qui jouoient en commun leurs gens et leurs faveurs,
Troquoient leurs estelons (7), estimoient à louange
Le plaisir descouvert, l'amour libre et le change;
Une autre, n'ayant peu se saouler de François,
Se coule à la mi-nuict au lict des Escossois,

1. Litanie. — 2. Henri III.
3. Tu t'éloignes.
4. De la vient l'expression, *battu de l'oiseau.*
5. Voy. le *Divorce satyrique*, et d'Aubigné, *Mémoires*,
p. 37. D'Aubigné parle de ce passage dans l'avis *Aux lecteurs.* Voy. p. 10.
6. Des trois, c'est-à-dire des trois fils de Henri II. Quant
aux deux sœurs, j'avoue ne pas savoir de qui d'Aubigné a
voulu parler. Est-ce de la duchesse de Montpensier et de
sa belle-sœur la duchesse de Guise? Je n'ose rien affirmer.
7. Etalons.

Le tison qui l'esveille et l'embrâse et la tue
Lui faict pour le plaisir mespriser bruit et veue :
Les jeunes gens, la nuict, pippez et enlevez (1)
Du lict au cabinet, las et recreus trouvez (2),
Nos princesses non moins ardentes que rusées,
Osent, dans les bordeaux, s'exposer desguisées :
Sous le chappron carré vont recevoir le prix
Des graces du Huleu (3), et portent aux maris
Sur le chevet sacré de leur sainct mariage,
La senteur du bordeau et quelque pire gage.
Elles esprouvent tout, on le void, on le dit,
Cela leur donne vogue et hausse leur credit :
Les filles de la cour sont galantes, honnestes,
Qui se font bien servir, moins chastes, plus secrettes,
Qui sçavent le mieux feindre un mal pour accoucher :
On blasme celle-là qui n'a pas sçeu cacher.
Du Louvre les retraits sont hideux cimetières
D'enfans vuidez, tuez par les apotiquaires :
Nos filles ont bien sçeu quelles receptes font
Massacre dans leur flanc des enfans qu'elles ont.
    Je sens les froids tressauts de frayeur et de honte,
Quand, sans crainte, tout haut, le fol vulgaire conte
D'un coche qui, courant Paris à la minuict,
Vole une sage femme, et la bande (4) et conduit
Prendre, tuer l'enfant d'une roine masquée (5),
D'une brutalité pour jamais remarquée,
Que je ne puis conter, croiant, comme François,
Que le peuple abusé envenime ses voix

1. *Confession de Sancy*, l. 1, ch. 7. — 2. Recru, fatigué, lassé.

3. Il y a à Paris deux rues anciennement connues sous les noms du *Grand* et du *Petit-Huleu* (et par corruption *Hurleur*). Elles étoient habitées par des filles de mauvaise vie.

4. Lui bande les yeux.

5. D'Aubigné veut sans doute parler de Marguerite de Valois, car dans le vers suivant il fait évidemment allusion à la *Sfrisata*, racontée dans la *Confession de Sancy*, part. 2, ch. 7, *in fine*.

De monstres inconnus. De la vie entamée
S'enfle la puanteur comme la renommée.
Mais je croi bien aussi que les plus noirs forfaicts
Sont plus secrettement et en tenèbres faicts :
Quand on monstre celui qui, en voulant attendre
Sa dame au galetas fut pris en pensant prendre,
Et puis, pour apaiser et demeurer amis
Le violeur souffrit ce qu'il avoit commis.

Quand j'oi qu'un roi transi, effraié du tonnerre (1),
Se couvre d'une voute et se cache sous terre,
S'embusque de lauriers, faict les cloches sonner ;
Son peché poursuivi, poursuit de l'estonner,
Il use d'eau lustralle, il la boit, la consomme
En clysteres infects ; il fait venir de Rome
Les cierges, les agnus que le pape fournit,
Bouche tous ses conduits d'un charmé grain benit :
Quand je voi composer une messe complette,
Pour repousser le ciel, inutile amulette :
Quand la peur n'a cessé par les signes de croix,
Le brayer de Massé, ni le froc de François (2),
Tels spectres inconnus font confesser le reste.
Le peché de Sodome et le sanglant inceste
Sont reproches joyeux de nos impures cours.

Triste, je trancherai ce tragique discours
Pour laisser aux pasquils ces effroiables contes,
Honteuses veritez, trop veritables hontes.

Plustost peut-on conter dans les bords escumeux
De l'Ocean chenu le sable, et tous les feux
Qu'en paisible minuict le clair ciel nous attize,
L'air estant balié (3) des froids soupirs de bize ;
Plustost peut-on conter du printemps les couleurs,
Les fueilles des forests, de la terre les fleurs,

1. Henry III. Voy. à ce sujet *Confession de Sancy*, l. 1,
ch. 7 : *Des reliques et dévotions du feu roi*, et les notes de
Le Duchat.
2. Saint François et le frère Macé. Voy. *Confession de
Sancy, ibid.* — 3. Balayé.

Que les infections qui tirent sur nos testes
Du ciel armé, noirci les meurtrières tempestes;
Qu'on doute des secrets, nos yeux ont veu comment
Ces hommes vont bravant des femmes l'ornement,
Les putains de couleurs, les pucelles de gestes(1),
Plus de frisons tortus deshonnorent les testes
De nos mignons parez, plus de fard sur leurs teins,
Que ne voudroient porter les honteuses putains.
On invente tousjours quelque traict plus habile
Pour effacer du front toute marque virile;
Envieux de la femme, on trace, on vient souiller
Tout ce qui est humain qu'on ne peut despouiller.
Les cœurs des vertueux à ces regards transissent,
Les vieillards advisez en leur secret gemissent;
Des femmes les mestiers quittez et mesprisez
Se font pour parvenir des hommes desguisez.
[On dit qu'il faut couler les execrables choses
Dans le puits de l'oubli et au sepulchre encloses,
Et que par les escrits le mal resuscité
Infectera les mœurs de la posterité.
Mais le vice n'a point pour mère la science,
Et la vertu n'est point fille de l'ignorance.
Mieux vaut à descouvert monstrer l'infection
Avec sa puanteur et sa punition.
Le bon père Afriquain(2) sagement nous enseigne
Qu'il faut que les tyrans de tout point on despeigne.
Monstrer combien impurs sont ceux-là qui de Dieu
Condamnent la famille aux couteaux et au feu.]
    Au fil de ces fureurs ma fureur se consume:
Je laisse ce sujet, ma main quitte la plume;
Mon cœur s'estonne en soi; mon sourcil refrongné,
L'esprit de son subjet se retire esloigné:

---

1. C'est-à-dire bravent par leurs couleurs et par leur
gestes.
(2) D'Aubigné veut-il parler de saint Augustin? Cela est
probable; mais je n'ai pu trouver dans l'illustre docteur un
passage pouvant s'appliquer à la pensée du poète.

Ici je vai laver ce papier de mes larmes;
Si vous prestez vos yeux au reste de mes carmes,
Ayez encor de moi ce tableau plein de fleurs,
Qui sur un vrai subject s'esgaie en ses couleurs.
   Un père, deux fois père, emploia sa substance
Pour enrichir son fils des thresors de science;
En couronnant ses jours de ce dernier dessein,
Joieux, il espuiza ses coffres et son sein,
Son avoir et son sang : sa peine fut suivie
D'heur, à parachever le present de la vie.
Il void son fils sçavant, adroict, industrieux,
Meslé dans les secrets de nature et des cieux,
Raisonnant sur les lois, les mœurs et la police :
L'esprit sçavoit tout art, le corps tout exercice.
Ce vieil François, conduict par une antique loy,
Consacra cette peine et son fils à son roy;
L'equippe, il vient en cour : là cette ame nouvelle
Des vices monstrueux ignorante et pucelle,
Void force hommes bien faicts, bien morgans(1), bien
Il pense estre arrivé à la foire aux vertus,         [vestus,
Prend les occasions qui sembloient les plus belles
Pour estaller premier ses intellectuelles :
Se laisse convier, se conduisant ainsi
Pour n'estre ni entrant ni retenu aussi.
Tousjours respectueux, sans se faire de feste,
Il contente celui qui l'attaque et l'arreste,
Il ne trouve auditeurs qu'ignorans envieux,
Diffamans le sçavoir des noms ingenieux;
S'il trousse l'epigramme ou la stance bien faicte,
Le voila descouvert, c'est faict, c'est un poëte:
S'il dict un mot salé, il est bouffon, badin :
S'il danse un peu trop bien, saltarin (2), baladin;
S'il a trop bon fleuret, escrimeur il s'appelle ; [delle;
S'il prend l'air d'un cheval (3), c'est un saltain- (4) bar-

1. Superbes.—2. Sauteur, de l'italien *saltarino.*—2. Terme
de manége, s'il manie bien un cheval.—3. *Var. :* Saltin. *Bar-
dello,* en italien, badin, sot. Dans la même langue, *salta-mar-
tino* désigne un petit maître.

   *Tragiques.* — I.                        8

Si avec art il chante, il est un musicien (1);
Philosophe, s'il presse en bon logicien;
S'il frappe là dessus et en met un par terre,
C'est un fendant (2) qu'il faut saller après la guerre;
Mais si on sçait qu'un jour, à part, en quelque lieu,
Il mette genouil bas, c'est un prieur de Dieu.
    Cet esprit offensé dedans soi se retire,
Et comme en quelque coin se cachant il soupire,
Voici un gros amas qui emplit jusqu'au tiers
Le Louvre de soldats, de braves chevaliers,
De noblesse parée : au milieu de la nue          [connue
Marche un duc (3), dont la face au jeune homme in-
Le renvoie au conseil (4) d'un page traversant,
Pour demander le nom de ce prince passant;
Le nom ne le contente, il pense, il s'esmerveille,
Tel mot n'estoit jamais entré en son oreille;
Puis, cet estonnement soudain fut redoublé,
Alors qu'il vit le Louvre aussitost depeuplé
Par le sortir d'un autre, au beau milieu de l'onde
De seigneurs l'adorans comm' un roy de ce monde.
Nostre nouveau venu s'accoste d'un vieillard,
Et pour en prendre langue il le tire à l'escart.
Là, il apprit le nom, dont l'histoire de France
Ne lui avoit donné ne vent ne connoissance.
Ce courtisan grison, s'esmerveillant de quoy
Quelqu'un mesconnoissoit les mignons de son Roy,
Raconte leurs grandeurs, comment la France entière,
Escabeau de leurs pieds, leur estoit tributaire.
A l'enfant qui disoit : « Sont-ils grands terriens (5)
Que leur nom est sans nom par les historiens? »
Il respond : « Rien du tout, il sont mignons du prince.

---

1. *Var.*: C'est un musicien.—2. On disoit encore *fendeur
de naseaux*. Cf. l'Estoile, p. 184.
    3. D'Aubigné désigne ici, sans aucun doute, Louis de
Lavalette, duc d'Epernon, son ennemi personnel.
    4. L'engage à questionner un page qui passe.
    5. Grands possesseurs de terres.

— « Ont-ils sur l'Espagnol conquis quelque province ?
Ont-ils par leurs conseils relevé un mal-heur ?
Delivré leur pays par extrême valleur ?
Ont-ils sauvé le Roi, commandé quelque armée,
Et par elle gaigné quelque heureuse journée ? »
A tout fut respondu : « Mon jeune homme, je croy
Que vous estes bien neuf : ce sont mignons du Roy. »
Ce mauvais courtisan, guidé par la colère,
Gaigne logis et lict ; tout vient à lui desplaire,
Et repas, et repos ; cet esprit transporté
Des visions du jour par idée infecté,
Void dans une lueur sombre, jaunastre et brune,
Sous l'habit d'un rezeul (1), l'image de fortune,
Qui entre à la minuict, conduisant des deux mains
Deux enfans nuds bandez ; de ces frères germains
L'un se peint fort souvent, l'autre ne se void guère,
Pource qu'il a les yeux et le cœur par derrière.
La bravache s'avance, envoye (2) brusquement
Les rideaux ; elle accolle et baize follement
Le visage effrayé. Ces deux enfans estranges,
Sautez dessus le lict, peignent des doigts les franges.
Alors Fortune, mère aux estranges amours,
Courbant son chef paré de perles et d'atours,
Desploye tout d'un coup mignardises et langue,
Faict de baizers les poincts d'une telle harangue :
        « Mon fils, qui m'as esté desrobé du berceau,
Pauvre enfant mal nourri, innocent jouvenceau,
Tu tiens de moy, ta mère, un assez haut courage,
Et j'ay veu aujourd'hui aux feux de ton visage
Que le dormir n'auroit pris ni cœur ni esprits
En la nuict qui suivra le jour de ton mespris.
Embrasse, mon enfant, mal nourri par ton père,
Le col et les desseins de Fortune ta mère ;
Comment, mal conseillé, pipé, trahi, suis-tu
Par chemin espineux la sterile vertu ?
Cette sotte, par qui me vaincre tu essayes

1. *Reseuil*, réseau, tissu avec mailles. — 2. Tire.

N'eut jamais pour loyer que les pleurs et les playes,
De l'esprit et du corps les assidus tourments,
L'envie, les soupçons et les bannissements,
Qui pis est, le desdain : car sa trompeuse attente
D'un vain espoir d'honneur la vanité contente.
De la pauvre vertu l'orage n'a de port
Qu'un havre tout vaseux d'une honteuse mort.
Es-tu poinct envieux de ces grandeurs romaines ?
Leurs rigoureuses mains tournèrent par mes peines
Dedans leur sein vaincu leur fer victorieux.
Je t'espiois ces jours lisant, si curieux,
La mort du grand Senèque et celle de Thrasée (1),
Je lisois par tes yeux en ton ame embrazée
Que tu enviois plus Seneque que Neron,
Plus mourir en Caton que vivre en Ciceron.
Tu estimois la mort en liberté plus chère
Que tirer en servant une haleine precaire.
Ces termes specieux sont tels que tu conclus
Au plaisir de bien estre ou bien de n'estre plus.
Or, sans te surcharger de voir les morts et vies
Des anciens, qui faisoyent gloire de leurs folies,
Que ne vois-tu ton siècle, ou n'aprehendes-tu
Le succès des enfans aisnez de la vertu ?
Ce Bourbon (2) qui, blessé, se renfonce en la presse,
Tost assommé, traisné sur le dos d'une asnesse ;
L'admiral (3), pour jamais sans surnom trop connu,
Meurtri, precipité, traisné, mutilé, nu ;
La fange fut sa voye au triomphe sacrée,
Sa couronne un colier, Mont-Faucon son trophée,

---

1. Cf. la préface des *Mémoires*, où d'Aubigné raconte le
mécontentement de Henri IV qui avoit trouvé un jour Neufvy
lisant Tacite.

2. Louis, prince de Condé, pris et tué à la bataille de
Jarnac. Avant le combat, il avoit eu la jambe brisée par un
coup de pied de cheval. Son corps fut mis sur une ânesse.
Cf. d'Aubigné, *Hist, univ.*, t. 1, l. 5, ch. 9.

3. Coligny.

Voy sa suitte aux cordeaux, à la roue, aux posteaux,
Les plus heureux d'entre eux quitte pour les couteaux,
De ta Dame loyers, qui paye, contemptible,
De rude mort la vie hazardeuse et penible.
Lis, curieux, l'histoire, en ne donnant poinct lieu
Parmi ton jugement au jugement de Dieu;
Tu verras ces vaillans, en leurs vertus extresmes,
Avoir vescu gehennez et estre morts de mesmes.
    « Encor, pour l'advenir, te puis-je faire voir
Par l'aide des dæmons, au magicien miroir,
Tels loyers receus; mais ta tendre conscience
Te faict jetter au loin cette brave science;
Tu verrois des valeurs le bel or monnoyé
Dont bien tost se verra le Parmesan(1) payé
En la façon que fut salarié Gonsalve(2),
Le brave duc d'Austrie et l'enragé duc d'Alve (3).
Je voy un prince anglois, courageux par excez,
A qui l'amour quitté fait un rude procez(4);
Licols, poizons, couteaux, qui payent en Savoye
Les prompts executeurs; je voy cette monnoye
En France avoir son cours; je voy lances, escus,
Cœurs et nom des vainqueurs soubs les pieds des vaincus.
O de trop de merite impiteuse memoire !

1. Alexandre Farnèse, prince de Parme, célèbre général
au service de Philippe II. Il vint deux fois en France, au
secours de Paris et de Rouen assiégés par Henri IV, et mourut en 1592.
    2. Gonsalve de Cordoue, dit le *grand capitaine*, né en 1443,
mort en 1515.
    3. Don Juan d'Autriche, fils naturel de Charles-Quint,
né à Ratisbonne en 1546, mort en 1578. Il fut l'un des plus
grands généraux du 16e siècle, et s'illustra surtout par la
victoire de Lépante sur les Turcs (1572).— Fernand Alvarez
de Tolède, duc d'Albe, célèbre par ses talents militaires et
ses cruautés, né en 1508, mort en 1582.—Voy. leurs vies
dans Brantôme.
    4. R. d'Evereux, comte d'Essex, favori d'Elisabeth, qui
le fit décapiter en 1601 comme coupable de conspiration.

Je voy les trois plus hauts instrumens de victoire,
L'un à qui la colère a pu donner la mort,
L'autre sur l'eschafaut, et le tiers sur le bord.
   « Jette l'œil droit ailleurs, regarde l'autre bande,
En large et beau chemin plus splendide et plus grande;
Au sortir des berceaux, ce prosperant troupeau
A bien tasté des arts, mais n'en prit que la peau;
Eut pour borne ce mot : Assez pour gentil-homme.
[Pour sembler vertueux en peinture, ou bien comme
Un singe porte en soi quelque chose d'humain,
Aux gestes, au visage, au pied et à la main.
Ceux-là blasment tousjours les affligés, les fuyent,
Flattent les prosperants, les suyvent, s'en appuyent (1).]
Ils ont veu des dangers assez pour en conter,
Ils en content autant qu'il faut pour se vanter;
Lisants, ils ont pillé les poinctes pour escrire,
Ils sçavent, en jugeant, admirer ou sousrire,
Louer tout froidement, si ce n'est pour du pain;
Renier son salut quand il y va du gain,
Barbets des favoris, premiers à les connoistre.
Singes des estimez, bons echos de leur maistre;
Voilà à quel sçavoir il te faut limiter,
Que ton esprit ne puisse un Jupin irriter.
Il n'ayme pas son juge, il le frape en son ire;
Mais il est amoureux de celuy qui l'admire.
Il reste que le corps, comme l'accoustrement,
Soit aux loix de la cour : marcher mignonnement,
Trayner les pieds, mener les bras, hocher la teste,
Pour branler à propos d'un pennache (2) la creste,
Garnir et bas et haut de roses et de nœuds,
Les dents de muscadins (3), de poudre (4) les cheveux;

---

1. Au lieu de ces cinq derniers vers on ne trouve dans
l'édition de 1616 que celui-ci :

Pour sembler vertueux comme un singe fait l'homme.

2. Panache. — 3. Pastille de musc.
4. Ce fut, dit-on, Marguerite de Valois qui introduisit
l'usage de la poudre en France.

Fais-toi dedans la foulle une importune voye,
Te monstre ardant à voir afin que l'on te voye,
Lance regardz tranchants pour estre regardé,
Le teint de blanc d'Espagne et de rouge fardé ;
Que la main, que le sein y prennent leur partage ;
Couvre d'un parasol en esté ton visage,
Jette (comme effrayé) en femme quelque cris,
Mesprise ton effroy par un traistre sousris,
Fais le bègue(1), le las, d'une voix molle et claire ;
Ouvre ta languissante et pesante paupière ;
Sois pensif, retenu, froid, secret et finet :
Voilà pour devenir garce du cabinet,
A la porte duquel laisse Dieu, cœur et honte,
Ou je travaille en vain en te faisant ce conte.
Mais quand ton fard sera par le temps decelé,
Tu auras l'œil rougi, le crane sec, pelé ;
Ni sois point affranchi par les ans du service,
Ny du joug qu'avoit mis sur ta teste le vice ;
Il faut estre garçon (2) pour le moins par les vœux ;
Qu'il n'y ait rien en toi de blanc que les cheveux ;
Quelque jour tu verras un chauve, un vieux eunuque,
Faire porter en cour aux hommes la perruque ;
La saison sera morte à toutes ces valeurs,
Un servile courage infectera les cœurs ;
La morgue fera tout, tout se fera pour l'aise,

1. D'Aubigné se rappeloit sans doute, en écrivant ce vers, un sonnet sur les *mignons de l'an* 1577, sonnet dont il étoit peut-être l'auteur, et qui est rapporté par l'Estoile (p. 91). On y lit :

> Montigni fait le bègue et voudroit bien sembler
> Estre honneste homme un peu : mais il n'y peult aller.

2. Libertin, sans mœurs. Les mots *garçon* et *garce* sont une preuve remarquable des changements bizarres que le temps amène dans le langage. Le premier, jusqu'au 17e siècle, étoit toujours pris en mauvaise part, tandis que *garce*, qui est devenue une injure, a eu pendant tout le moyen-âge la signification de jeune fille.

Le haussecol sera changé en portefraise (¹).
    « Je reviens à ce siècle où nos mignons vieillis,
A leur dernier mestier vouez et accueillis,
Pipent les jeunes gens, les gagnent, les courtisent.
Eux, autresfois produicts, à la fin les produisent,
Faisans, plus advisez, moins glorieux que toy,
Par le cul d'un coquin chemin au cœur d'un Roy (²). »
    Ce fut assez, c'est là que rompit patience
La Vertu, qui, de l'huis, escoutoit la science
De Fortune : si tost n'eut sonné le loquet,
Que la folle perdit l'audace et le caquet.
Ell' avoit apporté une clarté de Lune,
Voici autre clarté que celle de Fortune.
Voici un beau Soleil qui, de rayons dorez
De la chambre et du lict vid les coins honorez :
La Vertu paroissant en matrosne vestue,
La mère et les enfans ne l'eurent si tost veüe
Que chascun d'eux changea en Demon decevant,
De Demon en fumée et de fumée en vent,
Et puis de vent en rien. Cette hostesse dernière
Prit au chevet du lict pour sa place une chaire (³),
Saisit la main tremblante à son enfant transi,
Par un chaste baiser l'asseure (⁴) et dit ainsi :
    « Mon fils, n'attends de moy la pompeuse harangue
De la fausse Fortune, aussi peu que ma langue
Fascine ton oreille et mes presents tes yeux.
Je n'esclatte d'honneur ni de dons precieux ;
Je foulle ces beautez desquelles Fortune use
Pour ravir par les yeux une ame qu'elle abuse :
Ce lustre de couleurs est l'esmail qui s'espand
Au ventre et à la gorge et au dos du serpent.
Tire ton pied des fleurs soubs lesquelles se cœuvre (⁵),

1. Sur l'usage des fraises, Voy. l'Estoile, p. 113.
2. Dans le sonnet cité plus haut (note 1), on dit que Quélus
    Ne trouve qu'en son c.. tout son advancement.

3. Chaise. — 4. Le rassure. — 5. Couvre.

Et avec soy la mort, la glissante couleuvre.

« Reçoi pour faire choix des fleurs et des couleurs
Ce qu'à traits racourcis je dirai pour tes mœurs.
[Sois continent, mon fils, et circoncis (1), pour l'estre,
Tout superflu de toi, sois de tes vouloirs maistre,
Serre les à l'estroit, regle au bien les plaisirs.
Ottroye à la nature, et refuse aux desirs;
Qu'elle, et non ta fureur, soit ta loy, soit ta guide;
Que la concupiscence en reçoive une bride:
Fui les mignardes mœurs et cette liberté
Qui, fausse, va cachant au sein la volupté.
Tiens pour crime l'excés; sobre et prudent, eslogne (2)
Du manger le gourmand, et du boire l'ivrogne;
Hai le mortel loisir, tien le labeur plaisant;
Que Satan ne t'empoigne un jour en rien faisant.
Use, sans abuser, des delices plaisantes,
Sans cercher, curieux, les chères et pesantes.
Ne mesprise l'aisé, va pour vivre au repas,
Mais que la volupté ne t'y appelle pas.
Ton palais, convié par l'appetit, demande,
Non les morceaux fardés, mais la simple viande.
Le prix de tes desirs soit commun et petit,
Pour faire taire et non aiguiser l'appetit.
Par ces degrez le corps s'apprend et s'achemine
Au goust de son esprit, nourriture divine.
N'affecte d'habiter les superbes maisons,
Mais bien d'estre à couvert aux changeantes saisons;
Que ta demeure soit plus tost saine que belle,
Qu'elle ait renom par toi, et non pas toi par elle.
Mesprise un titre vain, les honneurs superflus.
Retire-toi dans toi; parois moins, et sois plus.
Prens pour ta pauvreté seulement cette peine
Qu'elle ne soit pas salle, et l'espargne (3) vilaine.
Garenti du mespris ta simple probité,
Et ta lente douceur du nom de lascheté.
Que ton peu soit aisé; ne pleure pour tes peines;

---

1. Retranches. — 2. Eloigne. — 3. L'économie.

Ne sois admirateur des richesses prochaines (1);
Hai et cognoi le vice avant qu'il soit venu;
Crains-toi plus que nul autre ennemi incognu.
N'aime les saletés sous couleur d'un bon conte (2) :
Elles te font souffrir, et non sentir la honte;
Oy plus tost le discours utile que plaisant.
Tu pourras bien mesler les jeus en devisant.
Sauve ta dignité; mais que ton ris ne sente
Ni le fat, ni l'enfant, ni la garce puante.
Tes bons mots n'ayent rien du bouffon effronté.
Tes yeux soyent sans fisson (3), pleins de civilité,
Afin que sans blesser tu plaises et tu ries.
Distingue le moquer d'avec les railleries.
Ta voix soit sans esclat, ton cheminer sans bruit;
Que mesmes ton repos enfante quelque fruit.
Évite le flatteur, et chasse comme estrange
La louange de ceux qui n'ont acquis louange.
Ris-toi quand les meschans t'auront à contrecœur;
Tien leur honneur (4) à blasme et leur blasme à honneur.
Sois grave sans orgueil, non contraint en ta grace;
Sois humble, non abject, resolu sans audace.
Si le bon te reprend, que ses coups te soyent doux,
Et soyent dessus ton chef comme bausme secoux (5):
Car qui reprend au vrai est un utile maistre,
Sinon il a voulu et essayé de l'estre.
Tire mesme profit et des roses, parmi
Les piquons outrageux d'un menteur ennemi.
Fai l'espion sur toi plus tost que sur tes proches.
Repren le defaillant sans fiel et sans reproches.
Par ton exemple instrui ta femme à son devoir,
Ne lui donnant soupçon, pour ne le recevoir;

1. Du prochain.
2. C'est une maxime que d'Aubigné n'a guère suivie, ni
dans le *Baron de Fæneste*, ni dans la *Confession de Sancy*.
3. Sans dards. — 4. Leur estime.
5. Et soient comme baume secoué sur sa tête.

Laisse-lui juste part du soin de la famille.
Cache tes gayetez et ton ris à ta fille ;
Ne te sers de la verge et ne l'employe point
Que ton courroux ne soit appaisé de tout point.
Sois au prince, à l'ami et au serviteur, comme
Tel qu'à l'ange, à toi-mesme, et tel qu'on doit à
Ce que tu as sur toi, aux costez, au dessous, [l'homme ;
Te trouve bien servant, chaud ami, seigneur doux.
De ces traits generaux maintenant je m'explique
Et à ton estre à part ma doctrine s'applique (1).]
    « J'ay voulu pour ta preuve un jour te despouiller,
Voir sur ton sein les morts et siffler et grouiller :
Sur toi, race du Ciel, ont esté inutiles
Les fissons des aspics, ainsi que sur les psylles (2).
Le Ciel faict ainsi choix des siens, qui ; sains et forts,
Sont à preuve (3) du vice et triomphent des morts.
Psylle bien approuvé, lève plus haut ta veue,
Je veux faire voller ton esprit sur la nue,
Que tu voie la terre en ce poinct que la vid
Scipion (4), quand l'amour de mon nom le ravit,
Ou mieux, d'où Coligny se rioit de la foulle
Qui de son tronc roullé se jouoit à la boulle (5),
Parmi si hauts plaisirs, que mesme en lieu si doux
De tout ce qu'il voioit il n'entroit en courroux.
Un jeu lui fut des rois la sotte perfidie,
Comique le succez de la grand' tragedie.
Il vid plus, sans colère, un de ses enfans chers,
Degeneré, lecher les pieds de ses bouchers (6).

---

1. Ces soixante-quatorze vers ajoutés dans l'édition s. d.
sont reproduits à la page 161 des *Petites œuvres meslées*
(1630), sous le titre de : *Imitation d'un Italien.*
    2. Charmeurs de serpents, en Egypte.
    3. A l'épreuve.
    4. Voy. le *Songe de Scipion*, dans Cicéron, *De Republica*,
l. 6.
    5. Voy., sur les outrages que le peuple fit subir au cada-
vre de Coligny, l'Estoile, p. 26.
    6. Charles de Coligny, marquis d'Andelot, fils puîné de

Là ne s'estime rien des règnes l'excellence,
Le monde n'est qu'un poix, un atome la France;
C'est là que mes enfans dirigent tous leurs pas
Dès l'heure de leur naistre à celle du trepas,
Pas qui foullent sous eux les beautez de la terre,
Cueillans les vrais honneurs et de paix et de guerre,
Honneur au poinct duquel un chacun se deçoit :
On perd bientost celui qu'aisement on reçoit.
La gloire qu'autrui donne est par autrui ravie;
Celle qu'on prend de soi vit plus loing que la vie.
Cerche l'honneur, mais non celui de ces mignons
Qui ne mordent au loup, bien sur leurs compagnons.
Qu'ils prennent le duvet, toi la dure et la peine;
Eux le nom de mignons, et toy de capitaine;
Eux le musc, tu auras de la meche le feu;
Eux les jeux, tu auras la guerre pour ton jeu.
[Ne porte envie à ceux de qui l'estat ressemble
A un tiède printemps, qui ne sue et ne tremble.
Les pestes de nos corps s'eschauffent en esté,
Et celle des esprits en la prosperité.]
Prenne donc ton courage à propos la carrière,
Et que l'honneur qui faict que tu laisses arrière
La lie du bas peuple et l'infame bourbier
Soit la gloire de prince, et non pas de barbier :
Car c'est l'humilité qui à la gloire monte,
Le faux honneur acquiert la veritable honte.
[Cerche la faim, la soif, les glaces et le chaud,
La sueur et les coups; aime-les, car il faut
Ou que tes jeunes ans soyent l'heur de ta vieillesse,
Ou que tes cheveux blancs maudissent ta jeunesse.]
Puis que ton cœur roial veut s'asservir aux rois,
Va suivre les labeurs du prince navarrois,
Et là tu trouveras mon logis chez Anange (¹),
Anange que je suis et (qui est chose estrange)

l'amiral, né en 1564, mort en 1632. Pris par les ligueurs,
lors du siége de Paris, il abjura et changea de parti.
    1. Nécessité, du grec ἀνάγκη.

Là où elle n'est plus , aussi tost je ne suis :
Je l'aime en la chassant, la tuant je la suis :
Là où elle prend pied la pauvrette m'appelle :
Je ne puis m'arrester ni sans ni avec elle.
Je crains bien que l'ayant bannie de ce roy
Tu n'y pourras plus voir bien tost elle ni moy.
Là tu imiteras (¹) ces eslevez courages
Qui cerchent les combats au travers des naufrages :
Là est le choix des cœurs et celui des esprits :
Là moi-mesme je suis de moi-mesme le prix.
Bref, là tu trouveras par la perseverance
Le repos au labeur, au peril l'asseurance.
Va, bien heureux, je suis ton conseil, ton secours,
J'offense ton courage avec si long discours. »
    Que je vous plains, esprits qui, au vice contraires,
Endurez de ces cours les sejours necessaires !
Heureux si, non infects en ces infections,
Rois de vous, vous regnez sur vos affections.
Mais quoi que vous pensez gaigner plus de louange
De sortir impolus hors d'une noire fange,
Sans tache hors du sang, hors du feu sans brusler,
Que d'un lieu non souillé sortir sans vous souiller,
Pourtant il vous seroit plus beau en toutes sortes
D'estre les gardiens des magnifiques portes
De ce temple eternel de la maison de Dieu,
Qu'entre les ennemis tenir le premier lieu;
Plutost porter la croix, les coups et les injures,
Que des ords cabinets les clefs à vos ceintures :
Car Dieu pleut sur les bons et sur les vicieux ;
Dieu frappe les meschans et les bons parmi eux.
    Fuyez, Lots, de Sodome et Gomorre bruslantes ;
N'ensevelissez pas vos ames innocentes
Avec ces reprouvez : car combien que vos yeux
Ne froncent le sourcil encontre les hauts cieux,
Combien qu'avec les rois vous ne hochiez la teste
Contre le Ciel esmeu, armé de la tempeste,

1. *Var.* : Va t'en donc imiter.

Pource que des tyrans le support vous tirez,
Pource qu'ils sont de vous comme dieux adorez,
Lors qu'ils veullent au pauvre et au juste mesfaire,
Vous estes compagnons du mesfaict pour vous taire.
Lorsque le fils de Dieu (1), vengeur de son mespris,
Viendra pour vendanger de ces rois les esprits,
De sa verge de fer brisant, espouvantable,
Ces petits dieux enflez en la terre habitable,
Vous y serez compris. Comme, lors que l'esclat
D'un foudre exterminant vient renverser à plat
Les chesnes resistans et les cèdres superbes,
Vous verrez là dessous les plus petites herbes,
La fleur qui craint le vent, le naissant arbrisseau,
En son nid l'escurieu (2), en son aire l'oiseau,
Sous ce daix qui changeoit les gresles en rosées,
La bauge du sanglier, du cerf la reposée,
La ruche de l'abeille et la loge au berger,
Avoir eu part à l'ombre, avoir part au danger (3).

1. *Var.:* Quand l'Agneau fait lyon...
2. L'écureuil.
3. La même pensée se retrouve dans ces vers de Victor
Hugo :
> Car lorsque l'aquilon bat ses flots palpitans
> L'océan convulsif tourmente en même temps
> Le navire à trois ponts qui tonne avec l'orage
> Et la feuille échappée aux arbres du rivage.

## LIVRE III.

# LA CHAMBRE DORÉE.

Au palais flamboyant, du haut ciel empirée
Reluit l'eternité en presence adorée
Par les anges heureux : trois fois trois rangs
    de vens,
Puissance du haut ciel, y assistent servans.
Les sainctes legions sur leurs pieds toutes prestes
Lèvent aux pieds de Dieu leurs precieuses testes
Sous un clair pavillon d'un grand arc de couleurs.
Au moindre clin de l'œil du Seigneur des Seigneurs,
Ils partent de la main : ce troupeau sacré vole
Comme vent descoché au vent de la parole,
Soit pour estre des Saincts les bergers curieux,
Les preserver du mal, se camper autour d'eux,
Leur servir de flambeau en la nuict plus obscure,
Les defendre d'injure et destourner l'injure
Sur le chef des tyrans : soit pour, d'un bras armé,
Desploier du grand Dieu le courroux animé.
D'un coutelas ondé, d'une main juste et forte
L'un defend aux pecheurs de Paradis la porte :
Uu autre fend la mer ; par l'autre sont chargez
Les pauvres de thresors, d'aise les affligez,

De gloire les honteux, l'ignorant de science,
L'abbattu de secours, le transi d'esperance.
Quelqu'autre va trouver un monarque en haut lieu,
Bardé de mille fers et, au nom du grand Dieu,
Assuré, l'espouvante : eslevé, l'extermine ;
Le faict vif devorer à la salle vermine.
L'un veille un regne entier, une ville, un chasteau,
Une personne seulle, un pasteur, un troupeau.
Gardes particuliers de la troupe fidèle,
De la maison de Dieu ilz sentent le vray zèle,
Portent dedans le ciel leurs larmes, les souspirs
Et les gemissemens des bien-heureux martyrs.
    A ce throsne de gloire arriva gemissante
La Justice fuitive (1), en sueurs, pantelante,
Meurtrie et deschirée, aux yeux serains de Dieu.
Les anges retirez lui aians donné lieu (2),
La pauvrette, couvrant sa face desolée,
De ses cheveux trempez faisoit, eschevelée,
Un voile entre elle et Dieu ; puis, souspirant trois fois,
Elle pousse avec peine et à genoux ces voix :
    « Du plus bas de la terre et du profond du vice,
Vers toi j'ai mon recours, te voici ; ta Justice,
Que, sage, tu choisis pour le droict enseigner,
Que roine tu avois transmise pour regner,
La voici à tes pieds en pièce deschirée.
Les humains ont meurtri sa face reverée :
Tu avois en sa main mis le glaive trenchant
Qui aujourd'hui forcène en celle du meschant.
Remets, ô Dieu ! ta fille en son propre heritage
Le bon sente le bien, le meschant son ouvrage.
L'un reçoive le prix, l'autre le chastiment,
Afin que devant toi chemine droictement
La terre ci-après : baisse en elle ta face,
Et par le poing me loge en ma première place. »
    A ces mots intervient la blanche Pieté,
Qui de la terre ronde au haut du ciel vouté

---

1. Fugitive. — 2. Place.

En courroux s'envola ; de ses luisantes ailes
Elle accreut la lueur des voutes eternelles :
Ses yeux estinceloyent de feux et de courroux.
Elle s'advance à coup, elle tombe à genoux,
Et le juste despit qui sa belle ame affole
Lui fit dire beaucoup en ce peu de parole :
    « La terre est elle pas ouvrage de ta main ?
Elle se mesconnoist contre son souverain :
La felonne blasphème, et l'aveugle insolente
S'endurcit et ne ploye à ta force puissante.
Tu la fis pour ta gloire, à ta gloire deffaicts
Celle qui m'a chassé. » Sur ce poinct vint la Paix,
La Paix, fille de Dieu : « J'ai la terre laissée
Qui me laisse (dict-elle) et qui m'a deschassée :
Tout y est abruti, tout est de moi quitté
En sommeil lestargic, d'une tranquillité
Que le monde cherit, et n'a pas connoissance
Qu'elle est fille d'Enfer, guerre de conscience,
Fausse Paix qui voulloit desrober mon manteau
Pour cacher dessous lui le feu et le couteau,
A porter dans le sein des agneaux de l'Eglise
Et la guerre et la mort qu'un nom de paix desguise. »
    A ces mots le troupeau des esprits fut ravi :
Ce propos fut reprins, et promptement suivi
Par les Anges, desquels la plaintive prière
Esmeut le front du Juge et le cœur du vray Père.
Ils s'ameutent ensemble, et firent, gemissans,
Fumer cette oraison d'un precieux encens :
    « Grand Dieu ! devant les yeux duquel ne sont cachées
Des cœurs plus endurcis les premières pensées,
Desploye ta pitié en ta justice, et fais
Trouver mal au meschant, au paisible la paix.
Tu voy que les geants, foibles dieux de la terre,
En tes membres te font une insolente guerre,
Que l'innocent perit par l'inique trenchant,
Par le couteau qui doit effacer le meschant.
Tu voi du sang des tiens les rivières changées,
Se rire les meschans des ames non vangées,

*Tragiques.* — I.                                    9

Ton nom foullé aux pieds, nom que-ne peut nommer
L'atheiste, sinon quand il veut blasphemer.
Ta patience rend son entreprise ferme,
Et tes jugements sont en mespris pour le terme.
Ne void ton œil (1) vengeur esclatter en tous lieux
Sur ses tendres agneaux les effroyables feux
Dont l'ardeur par les tiens se trouve consumée?
Et nous sommes lassez d'en boire la fumée.
Tes patiens tesmoins souffrent sans pleurs et cris,
Et sans trouble, le mal qui trouble nos esprits.
Nous sommes immortels, peu s'en faut que ne meure
Chacun qui les visite en leur noire demeure,
Aux puantes prisons où les saincts zelateurs
Quand nous les consolons nous sont consolateurs. »
    Là les bandes du ciel, humbles, agenouillées,
Presentèrent à Dieu mil ames despouillées
De leurs corps par les feux, les cordes, les couteaux,
Qui, libres au sortir des ongles des bourreaux,
Toutes blanches au feu volent avec les flames,
Pures dans les cieux purs, le beau pays des ames,
Passent l'ether, le feu, percent le beau des cieux ;
Les orbes tournoyans sonnent harmonieux :
A eux se joint la voix des anges de lumière,
Qui mènent ces presens en leur place première,
Avec elles voloyent, comme troupes de vents,
Les prières, les cris et les pleurs des vivants,
Qui, du nuage espais d'une amère fumée,
Firent des yeux de Dieu (2) sortir l'ire allumée.
    De mesme en quelques lieux vous pouvez avoir leu,
Et les yeux des vivants pourroient bien avoir veu
Quelque Empereur ou Roy tenant sa Cour planière,
Au milieu des festins, des combats de barrière,
En l'esclat des plaisirs, des pompes ; et alors
Qu'à ces princes cheris il monstre ses tresors,
Voici entrer à coup une vefve esplorée

1. Ton œil vengeur ne voit-il ?
2. *Var.:* Nareaux de Dieu. Nareaux, du latin *nares.*

Qui foulle tout respect, en dueil demesurée,
Qui conduict le corps mort d'un bien aimé mari,
Ou porte d'un enfant le visage meurtri,
Fait de cheveux jonchée, accorde (1) à sa requeste
Le trouble de ses yeux, qui trouble ceste feste.
La troupe qui la void change en plainte ses ris,
Elle change leurs chants en l'horreur de ses cris.
Le bon Roi quitte lors le sceptre et la seance,
Met l'espée au costé et marche à la vengeance.
    Dieu se lève en courroux, et au travers des cieux
Perça, passa son chef ; à l'esclair de ses yeux,
Les cieux se sont fendus tremblans, suans de crainte ;
Les hauts monts ont croullé. Cette Majesté saincte,
Paroissant, fit trembler les simples elements,
Et du monde esbranla les stables fondements.
Le tonnerre grondant frappa cent fois la nue :
Tout s'enfuit, tout s'estonne et gemit à sa veue :
Les Rois qui l'ont hai (2) laissent cheoir, paslissants,
De leurs sanglantes mains les sceptres rougissants ;
La mer fuit et ne peut trouver une cachette ;
Devant les yeux de Dieu, les vents n'ont de retraitte
Pour parer ses fureurs : l'Univers arresté
Adore en fremissant sa haulte Majesté ;
Et lors que tout le monde est en fraieur ensemble,
Il n'y a rien ça bas si ferme qui ne tremble (3).
Les chrestiens seulement affligez sont ouïs,
D'une voix de louange et d'un pseaume esjouis,
Au tocquement des mains faire comme une entrée
Au Roy, de leur secours et victoire assurée.
Le meschant le sentit plein d'espouventement,
Mais le bon le connut plein de contentement.
    Le Tout-Puissant plana sur le hault de la nue
Long-temps, jettant le feu et l'ire de sa veue
Sur la terre : et voici, le Tout-Voiant ne void,

1. Met d'accord avec sa requête.
2. *Var. :* les rois espouvantez. — 3. *Var. :*
    Que l'abysme profond en ses cavernes tremble.

En tout ce que la terre en son orgueil avoit,
Rien si prés de son œil que la brave rencontre
D'un gros amas de tours qui eslevé se monstre
Dedans l'air plus hautain. Cet orgueil tout nouveau
De pavillons dorez faisoit un beau chasteau (1),
Plein de lustre et d'esclat, dont les cimes poinctues,
Braves, contre le ciel mipartissoient (2) les nues.
Sur ce premier object Dieu tint longuement l'œil,
Pour de l'homme orgueilleux voir l'ouvrage et l'orgueil.
Il void les vents esmeus, postes du grand Eole,
Faire en virant gronder la girouette folle.
Il descend, il s'approche, et, pour voir de plus près,
Il met le doigt qui juge et qui punit après,
L'ongle dans la paroi, qui de loin reluisante
Eut la face et le front de brique rougissante.
Mais Dieu trouva l'estoffe et les durs fondemens
Et la pierre commune à ces fiers bastimens
D'os, de testes de morts; au mortier execrable
Les cendres des bruslez avoyent servi de sable,
L'eau qui les destrempoit estoit du sang versé;
La chaux vive dont fut l'edifice enlacé,
Qui blanchit ces tombeaux et les salles si belles,
C'est le meslange cher de nos tristes moëlles.
    Les poëtes ont feint que leur dieu (3) Jupiter
Estant venu du ciel les hommes visiter,
Punit un Lycaon mangeur d'homme, execrable,
En le changeant en loup à sa tragique table.
Dieu voulut visiter cette roche aux lions,
Entra dans la tanière et vit ces Lycaons,
Qui lors au premier mets de leurs tables exquises
Estoient servis en or, avoient pour friandises
Des enfans desguisez; il trouva là dedans
Des loups cachez aians la chair entre les dents.
Nous avons parmi nous cette gent canibale,

1. Le Palais de justice, à Paris.
2. Partageoient les nues en deux.
3. *Var. :* Que leur feinct Jupiter.

Qui de son vif gibier le sang tout chaud avalle,
Qui au commencement, par un trou en la peau,
Succe, sans escorcher, le sang de son troupeau,
Puis achève le reste, et de leurs mains fumantes
Portent à leurs palais bras et mains innocentes,
Font leur chair de la chair des orphelins occis;
Mais par desguisemens comme par un hachis,
Ostans l'horreur du nom, cette brute canaille
Fait tomber sans effroi entrailles dans entraille,
Si que dès l'œuf rompu, Thiestes en repas,
Tel s'abeche(1) d'humain qui ne le pense pas.
Des tais(2) des condamnez et coulpables sans coulpes
Ils parent leurs buffets et font tourner leurs coupes(3);
Des os plus blancs et nets leurs meubles marquetez
Resjouissent leurs yeux de fines cruautez;
Ils hument à longs traits dans leurs couppes dorées
Suc, laict, sang et sueurs des vefves esplorées;
Leur barbe s'en parfume, et aux fins du repas,
Yvres, vont degouttant cette horreur contre bas.
De si aspres forfaicts l'odeur n'est point si forte
Qu'ils ne facent dormir leur conscience morte
Sur des matras (4) enflez du poil des orphelins;
De ce piteux duvet leurs oreillers sont plains.
Puis de sa tendre peau faut que l'enfant vestisse
Le meurtrier de son père en tiltre de justice;
Celle qu'ils ont fait vefve arrache ses cheveux
Pour en faire un tissu horrible et precieux:
C'est le dernier butin que le volleur desrobe
A faire paremens de si funeste robe.
   Voilà en quel estat vivoyent les justiciers,
Aux meurtriers si benins, des benins les meurtriers,
Tesmoins du faux tesmoin, les pleiges(5) des faussaires,
Receleurs des larrons, maquereaux d'adultères,
Mercenaires, vendans la langue, la faveur,

1. Se nourrit. — 2. Test, crâne.
3. Ils font arranger en coupes les crânes des condamnés.
4. Matelas. — 5. Les cautions.

Raison, auctorité, ame, science et cœur.
   Encor falut-il voir cette Chambre Dorée
De justice jadis, d'or maintenant parée
Par dons, non par raison : là se void decider
La force et non le droit; là void-on presider
Sur un throsne eslevé l'Injustice impudente.
Son parement estoit d'escarlate sanglante
Qui goutte (1) sans repos; elle n'a plus aux yeux
Le bandeau des anciens, mais l'esclat furieux
Des regards fourvoyans; inconstamment se vire (2)
En peine sur le bon, en loyer (3) sur le pire;
Sa balance aux poids d'or trebusche faussement;
Près d'elle sont assis au lict de jugement
Ceux qui peuvent monter par marchandise impure (4),
Qui peuvent commencer par notable parjure,
Qui d'ame et de salut ont quitté le souci.
Vous les verrez depeints au tableau que voici :
   A gauche avoit seance une vieille harpye
Qui entre ses genoux grommeloit, accroupie;
Comptoit et recomptoit, approchoit de ses yeux
Noirs, petits, enfoncez, les dons les plus precieux
Qu'elle recache ès plis (5) de sa robe rompue.
Ses os en mille endroits repoussans sa chair nue.
D'ongles rouillez, crochus, son tappi tout cassé,
A tout propos panchant par elle estoit dressé :
L'avare en mangeant tout (6) est toujours affamée.
La Justice à ses pieds, en portraict diffamée,
Lui sert de marchepied : là, soit à droit à tort,
Le riche a la vengeance et le pauvre a la mort.
   A son costé triomphe une peste plus belle,
La jeune Ambition, folle et vaine cervelle,
A qui les yeux flambans, enflez, sortent du front
Impudent, enlevé, superbe, fier et rond,

1. Dégoutte. — 2. Tourne. — 3. En récompense.
4. C'est-à-dire qui peuvent acheter leur charge.
5. *Var.* : Au plis.
6. *Var.* : L'Avarice en mangeant.

Alors qu'elle trafique et pratique les yeux
Aux sourcils rehaussez : la prudente et ruzée
Se pare d'un manteau de toile d'or frisée,
Des dames, des galands et des luxurieux :
Incontinent plus simple elle vest(¹), desguisée,
Un modeste maintien, sa manteline usée,
Devant un cœur hautain, rude à l'ambition,
Tout servil pour gaigner la domination(²).

   Une perruque feinte en vieille elle appareille ;
C'est une Alcine(³) fausse et qui n'a sa pareille,
Soit à se transformer ou cognoistre comment
Doit la commediante (4) avoir l'accoustrement :
La gloire la plus grande est sans gloire paroistre,
L'ambition se tue en se faisant cognoistre.

   L'on void en l'autre siege estriper (5) les serpents,
Les crapaux, le venin entre les noires dents
Du conseiller suivant : car la mimorte Envie
Sort des rochers hideux et traine là sa vie.

   On cognoist bien encor ceste teste sans front,
Pointue en pyramide et cet œil creux et rond,
Ce nez tortu, plissé, qui sans cesse marmotte,
Rid à tous en faisant de ses doigts la marotte.
[Souffrirons-nous un jour d'exposer nos raisons
Devant les habitans des petites maisons ?
Que ceux qui ont esté liez pour leur manie
De là viennent juger et nos biens et nos vies ;
Que telles gens du roy troublent de leur caquet,
Procureurs de la mort, la cour et le parquet :
Que de sainct Mathurin (6) le fouët et voyage
Loge ces pelerins dedans l'areopage.]

   Là de ses yeux esmeus esmeut tout en fureur
L'Ire empourprée : il sort un feu qui donne horreur

---

1. Revêt. — 2. Tacite a dit : *Omnia serviliter pro domina-
tione.* — 3. Magicienne dont il est longuement question dans
l'Arioste, chants VI, VII et VIII.
   4. La comedienne. — 5. Déchirer, de *exstirpare.*
   6. Saint Mathurin étoit invoqué pour la guérison des fous.

De ses yeux ondoyans, comme au travers la glace
D'un chrystal se peut voir d'un gros rubi la face ;
Elle a dans la main droicte un poignard asseché
De sang qui ne s'efface ; elle le tient caché
Dessous un voile noir, duquel elle est pourveüe
Pour offusquer de soy et des autres la veue,
De peur que la pitié ne volle dans le cœur
Par la porte des yeux. Puis la douce Faveur
De ses yeux affetez chascun pipe et regarde,
Fait sur les fleurs de lis des bouquets ; la mignarde
Oppose ses beautez au droict, et aux flateurs
Donne à baiser l'azur, non à sentir ses fleurs.

    Comment d'un pas douteux en la trouppe bacchan-
Estourdie au matin, sur le soir violante,       [te,
Porte dans le Senat un tizon enflambé,
Folle, au front cramoisi, nez rouge, teint plombé.
Comment l'Yvrongnerie en la foulle eschauffée,
N'oyant les douces voix, met en pieces Orfée,
A l'esclat d'un cornet d'un vineux Evoué (1)
Bruit un arrest de mort d'un gosier enroué.

    Il y falloit encor cette seiche, tremblante,
Pasle, aux yeux chassieux, de qui la peur s'augmente,
Pour la diversité des remedes cerchez ;
Elle va traffiquant de pechez sur pechez,
A pris faict d'un chascun, veut paier Dieu de fueilles (2),
De mots non entendus bat l'air et les oreilles ;
Ceinture, doigts et sein sont plains de grains benits,
De comptes de bougie et de bagues fournis :
Le temple est pour ses fats la boutique choisie.
Maquerelle aux autels, telle est l'Hypocrisie,
Qui parle doucement, puis sur son dos bigot
Va par zelle porter au buscher un fagot.

    Mais quelle est cette teste ainsi longue en arriere,
Aux yeux noirs, enfoncez sous l'espaisse paupiere,
Si ce n'est la Vengeance au teint noir, palissant,
Qui croist et qui devient plus forte en vieillissant ?

---

1. Evohé. — 2. Allusion aux indulgences.

Que tu changes soudain, tremblante Jalousie,
Pasle comme la mort, comme feu cramoisie :
A la crainte, à l'espoir tu souhaites cent yeux,
Pour à la fois percer cent sujets et cent lieux :
Si tu sens l'aiguillon de quelque conscience,
Tu te metz au devant, tu troubles, tu t'advance,
Tu encheris du tout et ne laisses de quoi
Ton scelerat voisin se pousse devant toi.
    Cette fresle beauté qu'un vermillon desguise
A l'habit de changeant, sur un costé assise :
Ce fin cuir transparant qui trahit sous la peau
Mainte veine en serpent, maint artere nouveau :
Cet œil lousche, brillant, n'est-ce pas l'Inconstance ?
    Sa voisine qui enfle une si lourde panse
Ronfle la joue en paume, et d'un acier rouillé
Arme son estomac, de qui l'œil resveillé
Semble dormir encor ou n'avoir point de vie :
Endurcie, au teint mort, des hommes ennemie,
Pachuderme (1) de corps, d'un esprit indompté,
Astorge (2), sans pitié, c'est la Stupidité.
    Où fuis-tu en ce coin, Pauvreté demi-vive ?
As-tu la Chambre d'or pour l'hospital, chetive,
Asile pour fuir la poursuivante faim ?
Veux-tu paistrir de sang ton execrable pain ?
Ose ici mendier ta rechigneuse face (3),
Et faire de ses lis tappis à ta besace ?
    Et puis, pour couronner ceste liste de dieux,
Ride son frond estroit, offusqué de cheveux,
Present des courtisans, la cheveche du reste (4),

1. Pachyderme.
2. Sans soin. De α privatif et στοργή. D'Aubigné a employé
plusieurs fois ce mot dans les *Tragiques* et ses autres ouvrages.
3. Est-ce que ta face ose...?
4. Le second hémistiche de ce vers est pour moi très
obscur. Le mot *cheveche* a ordinairement la signification de
*chouette*, qui n'offre ici aucun sens satisfaisant.

L'Ignorance (1), qui n'est la moins fascheuse peste :
Ses petits yeux charnus sourcillent sans repos,
Sa grand bouche demeure ouverte à tous propos ;
Elle n'a sentiment de pitié ni misere :
Toute cause lui est indifferente et claire ;
Son livre est le commun ; sa loi ce qu'il lui plaist :
Elle dit *ad idem*, puis demande que c'est.

  Sur l'autre banc paroist la contenance enorme,
D'une impiteuse More, à la bouche difforme ;
Ses levres à gros bords, ses yeux durs de travers, [vers,
Flambans, veineux, tremblans, ses naseaux hauts, ou-
Les sourcils joints, espais, sa voix rude, enrouée :
Tout convient à sa robe à l'espaule nouée
Qui couvre l'un des bras gros et nerveux et courts ;
L'autre tout nud paroist semé du poil d'un ours ;
Ses cheveux mi-bruslez sont frisez comme laine,
Entre l'œil et le nez s'enfle une grosse veine,
Un portraict de Pitié à ses pieds est jetté :
Dessus ce throsne sied ainsi la Cruauté.

  Après, la Passion, aspre fusil des ames,
Porte un manteau glacé, sur l'estomac des flames ;
Son cuir trop delié, tout doublé de fureurs,
Changé par les objects en diverses couleurs (2) :
La brusque, sans repos, brusle en impatience
Et n'attend pas son tour à dire sa sentence.
[De morgues, de menace et gestes reserrés
Elle veut rallier les advis esgarés,
Comme un joueur badin qui d'espaule et d'eschine
Essaye à corriger sa boule qui chemine.]

  La Haine partisane envoye avec courroux
Ses regards aux avis qui lui semblent trop doux (3),

  1. Voy. dans le *Baron de Fæneste*, l. 4, le chapitre 18,
intitulé : *Triomphe de l'ignorance*, édit. Mérimée, p. 325.
  2. Allusion à la propriété que l'on attribuoit au caméléon
de refléter les couleurs des objets dont il étoit environné.
  3. *Var. :*

> La Haine, partisane aussi avec courroux,
> Condamne les avis qui lui semblent trop doux.

Menace pour raisons, ou du chef ou du maistre :
Ce qui n'est violent est criminel ou traistre.
   Encores en changeant d'un et d'autre costé
Tient là son rang la fade et sotte Vanité,
Qui porte au sacré lieu tout à nouvelle guise,
Ses cheveux affriquains, les chausses en valise,
La rotonde(1), l'empoix, double colet perdu,
La perruque du crin d'un honneste pendu
Et de celui qui part d'une honteuse place.
Le poulet enlacé(2) autour du bras s'enlace ;
On l'ouvre aux compagnons, tout y sent la putain,
Le geste effeminé, le regard incertain :
Fard et ambre par tout, quoiqu'en la saincte chambre
Le fard doit estre laid, puant doit estre l'ambre.
Maschant le muscadin, le begue on contrefaict ;
On fait paigne des mains ; la gorge s'y desfaict ;
Sur l'espaulle se joue une longue moustache.
Par fois le conseiller devient soldat bravache,
Met la robe et l'estat(3) à repos dans un coin,
S'arme d'esprons dorez pour n'aller gueres loin,
Se fourre en un berlan(4), d'un procez il renvie(5),
Et s'il faut s'acquitter fait reste d'une vie ;
Le tout pour acquerir un vent moins que du vent.
La Vanité s'y trompe, et c'est elle souvent
Qui, voulant plaire à tous, est de tous mesprisée.
   Mesmes la Servitude, à la teste rasée,
Sert sur le tribunal ses maistres, et n'a loy
Que l'injuste plaisir ou desplaisir d'un Roy.
[D'elle vient que nos loix sont ridicules fables,
Le vent se joue en l'air du mot IRREVOCABLES.

1. Collet empesé, monté sur du carton. Voy. *Loix de la Galanterie* (Paris, Aubry), p. 14.
2. Billet d'amour. A cette époque, beaucoup de lettres se fermoient encore au moyen de cordons ou de *lacs* de soie.
3. Son office. — 4. Brelan.
5. Terme de jeu. « Envier, dit le Dictionnaire de Trévoux, c'est mettre sur une carte une plus grosse somme qu'on n'y avoit mis d'abord. »

Le registre à signer et biffer est tout prest,
Et tout arrest devient un arrest sans arrest.]
　　Voici dessus les rangs uue autre courtisane,
Dont l'œil est attrayant et la bouche est profane :
Preste, beante à tout, qui rid et ne rid point,
Qui n'a de sérieux ni de seur un seul point ;
C'est la Bouffonnerie imperieuse, folle :
Son infame boutique est pleine de parolle
Qui delecte l'oreille en offensant les cœurs :
Par elle ce Senat est au banc des mocqueurs.
　　Il se faut bien garder d'oublier en ce compte
Le front de passereau, sans cheveux et sans honte,
De la chauve Luxure, à qui l'object nouveau
D'une beauté promise a mis les yeux en eau.
Elle a pour faict et droict et pour l'ame l'idée
Du but impatient (1) d'une putain fardée.
　　Et que faict la Foiblesse au tribunal des rois !
Car tout lui sert de crainte, et ses crainctes de loix.
Elle tremble, elle espère, elle est rouge, elle est blesme :
Elle ne porte rien et tombe sous soi-mesme.
　　Faut-il que cette porque (2) y tienne quelque rang,
La Paresse (3) accrouppie au marchepied du banc,
Qui, le menton au sein, les mains à la pochette,
Feint de voir et sans voir juge sur l'etiquette ?
　　Quel Demon sur le droict par force triomphant,
Dans le rang des vieillards a logé cet enfant ?
Quel senat d'escoliers, de bouillantes cervelles
Qu'on choisit par exprés aux causes criminelles ?
Quel faux astre produit en ces fades saisons
Des conseillers sans barbe et des lacquais grisons ?
La jeunesse est ici un juge d'advanture,
A sein deboutonné, qui sans loi ni ceinture
Rit en faisant virer un moulinet de noix,
Donne dans ce conseil sa temeraire voix,
Resve au jeu, court ailleurs, et respond tout de mesmes
Des advis esgarez à l'un des deux extresmes :

1. *Var.* : Le charme et le désir. — 2. Truie.
3. Cf. *Fæneste*, l. 4, ch. 19, édit. Mérimée, p. 330.

Son nom seroit Hebé si nous estions paiens :
C'est cet esprit qui meut par chauds et prompts moiens
Nos jeunes Roboans à une injuste guerre :
C'est l'eschanson de sang pour les dieux de la terre.
    Là, sous un sein d'acier, tient son cœur en prison
La taciturne, froide et lasche Trahison,
De qui l'œil esgaré à l'autre ne s'afronte :
Sa peau de sept couleurs faict des taches sans compte ;
De voix sonore et douce et d'un ton feminin
La magique en l'oreille attache son venin,
Prodigue avec serment, chere et fausse monnoie,
Et des ris de despit et des larmes de joie.
    Sans desir, sans espoir, a volé dans ce train,
De la plus vile boüe au throsne souverain,
Qui mesme en s'y voyant encor ne s'y peut croire,
L'Insolence (1) camuse et honteuse de gloire.
Tout vice fasche autrui, chascun le veut oster ;
Mais l'insolent ne peut soi-mesme se porter.
    Quel monstre voi-je encor ? une dame bigotte,
Maquerelle du gain, malicieuse et sotte :
Nulle peste n'offusque et ne trouble si fort
Pour subvertir le droit, pour establir le tort,
Pour jetter dans les yeux des juges la poussiere
Que cette enchanteresse, autresfois estrangere.
Son habit de couleurs et chiffre bigarré,
Sous un vieil chapperon un gros bonnet carré :
Ses faux poids, sa fausse aulne et sa regle tortue
Deschiffrent son enigme et la rendent connüe
Pour present que d'enfer la Discorde a porté
Et qui difforme tout : c'est la Formalité.
Erreur d'authorité, qui par normes (2) énormes
Oste l'estre à la chose, au contraire des formes.
Qui la hait, qui la fuit, n'entend pas le palais.
(Honorable reproche à ces doctes Harlais,
De Thou, Gillot, Thurin (3), et autres que je laisse,

---

1. Cf. *Fæneste*, l. 4, ch. 20, p. 335. — 2. Règles.
3. Achille de Harlay, premier président sous Henri III,

Immunes de ces maux, horsmis de la foiblesse,
Foiblesse qui les rend esclaves et contraints,
Bien que tordans le col, faire signer des mains,
Ce qu'abhorre le sens; mains qui font de la plume
Un outil de bourreau qui destruit et consume.
Ces plumes sont stilets des assassins gagés,
Dont on escrit au dos des captifs affligés,
Le noir qui tue, et le tueur tourmente (1).
Cette Formalité eut pour pere un Pedante,
Un charlatan vendeur, porteur de rogatons,
Qui devoit de son dos user tous les bastons,
    Au dernier coin, se sied la misérable Crainte (2):
Sa paslissante veue est des autres esteinte,
Son oeil morne et transi en voyant ne void pas,
Son visage sans feu a le teint du trespas.
Alors que tout son banc en un amas s'assemble,
Son advis ne dit rien qu'un triste oui qui tremble :
Elle a sous un tetin la playe où le Mal-heur
Ficha ses doigts crochus pour luy oster le cœur.
    Mais encor, pour mieux voir entière la boutique
Où de vie et de biens l'Injustice trafique,
L'occasion s'offrit que Henri, second roy,
En la Mercuriale ordonna par sa loy (3)

né en 1536, mort en 1616. — Christophe de Thou, premier
président, père de l'historien, né en 1508, mort en 1582.
Lors de la Saint-Barthélemy, lui qui, suivant d'Aubigné
(*Hist. univ.*, t. 2, l. 1, ch. 4), « pleuroit et souspiroit à la
maison, et detestoit le règne present, loua le roi de son action, discourant sur cette sentence : Qui ne sçait dissimuler
ne sçait regner. » — Jacques Gillot, l'un des auteurs de la
satyre Ménippée, mort en 1619. Il étoit conseiller clerc au
Parlement. — Thurin, conseiller. Il étoit âgé quand il se con-
vertit au calvinisme. Voy. sur lui l'Estoile, années 1607-
1608, p. 424, 448.
   1. Ce vers n'a que dix syllabes.
   2. Voy dans *Fæneste* le *Portrait de la poltronnerie*, l. 4,
ch. 19, p. 330.
   3. On appeloit *mercuriale* les séances tenues tous les trois
mois le *mercredi* par les cours réunies du Parlement. Le mer-

Le feu pour peine deüe aux ames plus constantes.
Là parurent en corps et en robes sanglantes
Ceux qui furent jadis juges et senateurs,
Puis du plaisir des rois lasches executeurs.
De là se peut la cour, en se faisant esgalle
A Mercure maqreau, dire Mercurialle.
Ce jour nos senateurs, à leur maistre vendus,
Luy presterent serment en esclaves tondus.
   Ce palais du grand juge avoit tiré la veüe
Par le lustre et l'esclat qui brilloit dans la nüe :
En voici un second(1), qui se fit par horreur
Voir de tous empereurs au supreme empereur,
Un funeste chasteau, dont les tours assemblées
Ne monstroyent par dehors que grilles redoublées,
Tout obscur, tout puant ; c'est le palais, le fort
De l'inquisition, le logis de la mort :
C'est le taureau d'airain(2) dans lequel sont esteintes
Et les justes raisons et les plus tendres plaintes :
Là mesme, aux yeux de Dieu, l'homme veut estouffer
La prière et la foi : c'est l'abrégé d'enfer.
Là, parmi les crapaux, en devinant leurs fautes,
Trempent les enchaînés ; des prisons les plus hautes
Est banni le sommeil : car les grillons ferrez
Sont les tapis velus et matras rembourrez.
La faim plus que le feu esteint en ces tasnieres
Et la vie et les pleurs des ames prisonnieres.
Dieu, au funeste jour de leurs actes plus beaux,
Void leurs trônes levés, l'amas de leurs posteaux,
Les arcs, les eschaffaux dont la pompe estoffée
Des paremens dorés preparoit un trophée.

credi, 14 juin 1559, le Parlement de Paris étant assemblé
pour une mercuriale, Henri II s'y transporta inopinément, y
parla contre les hérétiques, et à la suite de discours pronon-
cés devant lui, il fit arrêter le jour même les conseillers du
Faur, Anne du Bourg, P. de Foix, A. Fumée et Eust. de la
Porte. — Voy. de Thou, l. 22 ; La Place, l. 1 ; Théod. de
Beze, l. 2, p, 191, et d'Aubigné, *Hist. univ.*, t. 1., p. 113.
   1. La Bastille. — 2. Voy. plus haut, p. 57, note 6.

Puis il vid desmarcher à trois ordres divers
Les rangs des condamnez de sambenits couverts :
Dessous ces parements, les heritiers insignes
Du manteau, du roseau et couronne d'espines,
Portent les diables peints; les anges en effect
Leur vont tenant la main autrement qu'en portraict.
Les hommes sur le corps desployent leurs injures,
Mais ne donnent le ciel ne l'enfer qu'en peintures.
A leur Dieu de papier il faut un appareil
De paradis, d'enfer et demons tout pareil.
L'idolatre qui fait son sermon en image,
Par images anime et retient son courage,
Mais l'idole n'a peu le fidèle troubler,
Qui n'en rien esperant n'en peut aussi trembler.
　　Après, Dieu vid marcher de contenances graves
Ces guerriers hasardeux dessus leurs mules braves,
Les trompettes devant : quelque plus vieil soldat
Porte dans le milieu l'infernal estendart,
Où est peint Ferdinand, sa compagne Ysabelle (¹),
Et Sixte pape (²), autheurs de la secte bourrelle.
Cet oriflan (³) superbe, en ce poinct arboré,
Est du peuple tremblant à genoux adoré.
Puis au fond de la trouppe, à l'orgueil equippée,
Entre quatre herauts porte un comte l'espée :
Ainsi fleurit le choix des artisans cruels,
Hommes desnaturez, Castillans naturels :
Ces mi-mores hautains, honorez, effroyables,
N'ont d'autres points d'honneur que d'estre impitoya-
[Nourris à exercer l'astorge dureté　　　　　[bles,
A voir d'un front tetric (⁴) la tendre humanité,

1. Ferdinand V d'Aragon et sa femme Isabelle de Castille.
On connoît leurs persécutions contre les Maures.
　　2. Sixte V. Le 9 septembre 1585 il avoit publié contre le
roi de Navarre et le prince de Condé une bulle tellement
violente que le Parlement fit à ce sujet des remontrances
au roi. — 3. Oriflamme.
　　4. Sombre, sévère, du latin *tetricus*. L'Estoile a aussi employé ce mot (ann. 1610, p. 592).

Corbeaux courans aux morts et aux gibets en joye,
S'esgayants dans le sang et joüants de leur proye.]
  Dieu vid, non sans fureur, ces triomphes nouveaux
Des pourvoyeurs d'enfer, magnifiques bourreaux,
Et receut en son sein les ames infinies
Qu'en secret, qu'en public trainoyent ces tragedies,
Où le père en l'Oreste a produit sans effroy
L'heritier d'un royaume, et l'unique d'un Roy (¹).
  Les docteurs accusez du changement extreme
Qui parut à la mort du grand Charles cinquiesme (²),
Marchent de ce troupeau : comtes et grands seigneurs,
Dames, filles, enfans, compagnons en honneurs
D'un triomphe sans lustre et de plus d'efficace
Font au ciel leur entrée où ils trouvent leur place.
[Tremblez, juges; sachez que le juge des cieux
Tient de chacun des siens le sang tres-precieux :
Quand vous signez leur mort cette clause est signée :
Que leur sang soit sur nous et sur notre lignée.]
  Et vous, qui le faux nom de l'Eglise prenez,
Qui de faits criminels, sobres, vous abstenez,
Qui en ostez les mains et y trempez les langues,
Qui tirez pour couteau vos meurtrieres harangues,
Qui jugez en secret, publics soliciteurs,
N'estes-vous pas Juifs, race de ces docteurs
Qui confessoyent toujours, en criant : « Crucifie ! »
Que la loy leur defend de juger une vie ?
[Ou bourreaux ne vivans que de mort et de sang,
Qui en executant mettent dans un gant blanc
La destruisante main aux meurtres acharnée,
Pour tuer sans toucher à la peau condamnée.
Pour faire aussi jurer à ces doctes brigands,.

---

  1. Ces deux vers, fort obscurs, contiennent évidemment une
allusion à don Carlos, qui étoit, lorsqu'il mourut (1568),
fils unique de Philippe II. Carlos, comme on sait, avoit été
soupçonné de conspiration contre son père, qui fut accusé
de l'avoir fait périr.
  2. Charles-Quint.

*Tragiques.* — I.                              10

Que de leur main sacrée ils n'ont pris que des gants.
On en donne un plein d'or (1) sur la bonne esperance,
Et l'autre suit après, loyer de la sentence.]
   Ce venin espagnol aux autres nations .
Communique en courant telles inventions:
L'Europe se monstra : Dieu vid sa contenance,
Fumeuse par les feux esmeus sur l'innocence;
Vid les publiques lieux, les palais les plus beaux
Pleins de peuples bruyans, qui, pour les jeux nouveaux,
Estaloyent à la mort les plus entieres vies
En spectacles plaisans et feintes tragedies.
Là, le peuple amassé n'amolissoit son cœur;
L'esprit preoccupé de faux zele, d'erreur,
D'injures et de cris estouffoit la priere
Et les plaints des mourants : là, de mesme maniere
Qu'aux theatres on vid s'eschauffer les Romains,
Ce peuple desbauché applaudissoit des mains;
Mesme, au lieu de vouloir la sentence plus douce,
En Romains ils tournoyent vers la terre le pouce (2).
Ces barbares, esmeus des tisons de l'enfer
Et de Rome, ont crié : « Qu'il reçoive le fer! »
Les corps à demi-morts sont trainez par les fanges,
Les enfans ont pour jeu ces passe-temps estranges :
Les satellites fiers tout autour arrangez
Etouffoient de leurs cris les cris des affligez.
Puis les empoisonneurs des esprits et des ames,
Ignorans, endurcis, conduisent jusqu'aux flames
Ceux qui portent de Christ en leurs membres la croix.
Ils la souffrent en chair, on leur presente en bois.
De ces bouches d'erreur les orgueilleux blasphemes
Blessent l'agneau lié, plus fort que la mort mesme.
Or, de peur qu'à ce poinct les esprits delivrez,
Qui ne sont plus de crainte ou d'espoir enyvrez,

1. Un gant plein d'or.
2. Aux jeux du Cirque, les spectateurs qui vouloient la
mort d'un gladiateur blessé levoient une main dont le pouce
étoit dressé et dirigé vers le vaincu.

Des-ja proches du ciel, lesquels par leur constance
Et le mespris du monde ont du ciel connoissance,
Comme cygnes mourans ne chantent doucement,
Les subtils font mourir la voix premierement.
Leur priere est muette, au Pere seul s'envolle,
Gardans pour le louer le cœur, non la parolle.
Mais ces hommes, cuidans avoir bien arresté
Le vrai, par un baillon preschent la verité;
La verité du ciel ne fut onc baillonnée,
Et cette race a veu (qui l'a plus estonnée)
Que Dieu à ses tesmoings a donné maintesfois
(La langue estant couppée) une celeste voix,
Merveilles qui n'ont pas esté au siecle vaines.
  Les cendres des bruslez sont precieuses graines
Qui, après les hyvers noirs d'orage et de pleurs,
Ouvrent au doux printemps d'un million de fleurs
Le baume salutaire, et sont nouvelles plantes
Au milieu des parvis de Sion florissantes.
Tant de sang que les rois espanchent à ruisseaux
S'exalle en douce pluie et en fontaines d'eaux,
Qui, coulantes aux pieds de ces plantes divines,
Donnent de prendre (1) vie et de croistre aux racines.
Des obscures prisons les plus amers souspirs
Servent à ces beautez de gracieux zephirs.
L'Ouvrier parfaict de tout, cet Artisan supreme,
Tire de mort la vie et du mal le bien mesme;
Il resserre nos pleurs en ces vases plus beaux,
Escript en son registre eternel tous nos maux.
D'Italie, d'Espagne, Albion, France et Flandres,
Les anges diligens vont ramasser nos cendres:
Les quatre parts du monde et la terre et la mer
Rendront compte des morts qui (2) lui plaira nommer.
  Ceux-là mesmes seront vos tesmoins sans reproches:
Juges, où seront lors vos fuittes, vos acroches (3),

1. Donnent de quoi prendre.
2. Qu'il. — 3. Retardement.

Vos exoines(¹), delais, de chicane les tours?
Serviront-ils vers Dieu qui tiendra ses grands jours,
Devant un jugement si absolu, si ferme,
Lequel vous ne pourriez mespriser pour le terme?
Si vous sçaviez comment il juge dès-ici
Ses bien-aimez enfans, et ses haineux aussi!
Sachez que l'innocent ne perdra point sa peine,
Vous en avez chez vous une marque certaine.
Dans vostre grand palais, où vous n'avez point leu,
Oiants vous n'oiez point, voians vous n'avez veu
Ce qui pend sur vos chefs en sa voute effacée, .
Par un prophete ancien une histoire tracée
Dont les traits par dessus d'autres traits desguisez
Ne se descouvrent plus qu'aux esprits advisez.
    C'est la mutation qui se doit bien tost faire
Par la juste fureur de l'esmeu populaire,
Accidents tous pareils à ceux-là qu'ont soufferts
Les prestres de Babel, pour estre descouverts
Non seulement fauteurs de l'ignorance inique,
Mais sectateurs ardentz du meurtrier Dominique(²).
    C'est le triomphe sainct de la sage Themis,
Qui abat à ses pieds ses pervers ennemis:
Themis, vierge au teint net, son regard tout ensemble
Faict qu'on desire et craint, qu'on espere et qu'on
    tremble:
Ell' ha un triste et froid, mais non rude maintien:
Nemesis l'accompagne (³) et lui sert d'entretien.
On void aux deux costez et devant et derrière
Des gros de cavaliers de diverse manière.
Les premiers sont anciens juges du peuple Hebrieu
Qui n'ont point desmenti leur estat ni leur lieu,
Mais justement jugé. Premier de tous, Moyse,
Qui n'avoit que la loi de la nature apprise,

    1. Terme de palais. Excuse présentée en justice pour ne
pas comparoître.
    2. Saint Dominique.
    3. *Var.*: La loi de Dieu la guide.

Puis apporta du haut de l'effroiant Sina
Ce que le doit de Dieu en deux pierres signa ;
Et puis, executant du Seigneur les vengeances,
Prend en un poing l'espée, en l'autre les balances :
[Phinées, zelateur qui d'ire s'embrasa,
Et qui par son courroux le celeste appaisa ;
Le vaillant Josué, de son peuple le père,
De l'interdit d'Achan punisseur très severe,
Doux envers Israël ; Jephthé, que la rigueur
De son vœu eschappé fit desolé vainqueur (1).]
Samuel tient son rang, juge et prophète sage,
A qui ce peuple sot, friand de son dommage,
Demande un roi ; lui donc, instituant les rois,
Anonce leurs deffauts que l'on prend pour leurs droits.
   David s'advance après, guères loin de la teste,
Salomon decidant la doubteuse requeste.
Là sont peintes les mains qui font mesme serment :
L'une juste dit vrai, l'autre perfide ment.
On void l'enfant en l'air par deux soldats suspendre,
L'affamé coutelas qui brille pour le fendre ;
De deux mères les fronts : l'un pasle et sans pitié,
L'autre la larme à l'œil, toute en feu d'amitié.
De ce roi qui pecha point n'empesche le vice
Qu'il ne paroisse au rang des maistres de justice.
Josaphat, Ezechie et Josias en sont ;
Nehemias, Esdras, la retraitte parfont ;
Avec eux Daniel, des condamnez refuge,
Espeluchant (2) les cœurs, bon et celeste juge,
Trouveur de veritez, inquisiteur parfaict,
Procedent sans reproche en question de faict.
   A la troupe des Grecs, je voi luire pour guide,

---

1. Ces six vers remplacent dans l'édition s. d. les deux
suivants, que donne l'édition de 1616 :

> Le vaillant Josué ; Jephté, que la rigueur
> De son vœu eschappé fit desolé vainqueur.

2. Epluchant.

Sa coquille en la main, l'excellent Aristide,
Agesilas de Sparte, Ochus l'egyptien;
Thomiris a sa place avec ce peuple ancien;
Crœsus y boit l'or chaud; Crassus, farousche beste,
Noie dedans le sang son impiteuse teste;
Solon legislateur et celui qui eut dueil
D'esbrancher une loi plus qu'arracher son œil(¹);
Cyrus est peint au vif, près de lui Assuère,
Agatocle se rend dessous cette bannière,
[Qui, grand juge, grand roi, dans l'argille traitté(²),
Exerce en son repas la loy d'humilité;
Puis ferme le troupeau la bande juste et sage
Qui pour cloistre habitoit le sainct areopage.]
  Aussi de ceux qui ont gardé les droicts humains,
En un autre scadron(³), desmarchent les Romains:
La race des Catons, de justice l'escolle;
Manlius, qui gagna son nom de Capitole;
Ces Fabrices contans, ces princes laboureurs
Qu'on tiroit de l'arée(⁴) à les faire empereurs;
Pour autrui et pour soi le très heureux Auguste,
Qui regna justement en sa conqueste injuste,
Posseda par la paix ce qu'en guerre il conquit;
Soubs lui le Redempteur, le seul juste, nasquit.
Les Brutes, Scipions, Pompées et Fabies,
Qui, de Rome, prenoient les causes et les vies

1. Lycurgue, qui, dans une querelle soulevée par une de ses lois, eut un œil crevé par Alcander. Voy. Plutarque, *Vie de Lycurgue.*

2. Agathocle, tyran de Sicile, étoit fils d'un potier, et, en mémoire de son origine, se faisoit souvent servir dans de la vaisselle de terre. C'est du moins ce qu'Ausone rapporte dans sa 8e épigramme :

  Fama est fictilibus cœnasse Agathoclea regem.

3. Escadron.
4. Du labour, de la charrue, du latin *arare* ou *aratrum.* Empereur est pris ici dans le sens latin du mot *imperator.*

Des orphelins d'Egypte et des vefves qu'un roi
Des Bactres veut priver de ce que veut la loi (1).
Justinian se void, legislateur severe,
Qui clot la troupe avec Antonin et Severe.
Les Adrians, Trajans, sercient bien de ce rang
S'ils ne s'estoient pollus des fidèles au sang.      [des,
J'en voi qui, n'aians point les sainctes loix pour gui-
Furent justes mondains : ceux-là sont les Druides.
Charlemagne s'esgaie entre ces vieux François,
Les Saliens, autheurs de nos plus saintes loix :
[Loix que je voy briser en deux siècles infames (2),
Quand les masles seront plus lasches que les femmes,
Quand on verra les lis en pillules changer (3),
Le Tusque (4) estre Gaulois, le François estranger.]
De ces anciens Gaulois entre les mains fideles (5)
Les princes estrangers deposoient leurs querelles,
Les procez plus doubteux, et mesmes ceux en quoi
Il avoient pour partie et la France et le Roi.
     Voici venir après des modernes la bande,
Qui plus elle est moderne et moins se trouve grande.
Que rares sont ceux-là qui font, au grand besoin,
De l'outrage servir l'adresse de tesmoin !
Vous y voyez encor un viel juge d'Alsace
Auquel l'ami privé ne peut trouver de grace
Du perfide larcin que, par un sage tour,
Ce Daniel second mit de la nuict au jour.
La Bourgogne a son duc (6) qui, de ruse secrette,
Employe un chicaneur pour estouffer sa dette ;
Le fraudeur le promit ; voulant appareiller

---

1. Cléopâtre de Syrie, mère de Ptolémée Philométor et
de Ptolémée Evergète. Le sénat avoit donné pour tuteur à
ces princes M. Æmilius Lepidus. — 2. Allusions aux régen-
ces de Catherine et de Marie de Médicis. — 3. Les Médicis
portoient d'or à cinq boules (pillules) de gueules. — 4. *Tusco*,
le florentin. — 5. Dans l'éd. s d. ces cinq vers remplacent
le suivant :

     Dans ces justes cerveaux, entre ces mains fidèles.

    6. Charles le Téméraire.

Ses faussetés, le duc pendit son conseiller.
    Le mesme visitant trouve au bout d'un village
Une vefve esplorée, un desastré visage,
Qui lui cria : « Seigneur, mes ausmosniers amis
M'ont donné un linceul, où mon espoux est mis ;
Mais le pasteur avare, à faute de salaire,
Contraint le corps aimé pourrir dans le suaire. »
Le duc prend le curé, luy denonce comment
Il vouloit honorer ce pauvre enterrement ;
Qu'il fist de tous costez, des parroisses voisines
Accourir la prestraille aux hypocrites mines.
Le prince fit aux yeux de l'avare troupeau
Lier le prestre vif et le mort, peau à peau,
Front à front, bouche à bouche, et le clergé, qui trem-
Abria (1) de ses mains ces deux horreurs ensemble. [ble,
Où es-tu, juste duc, au temps pernicieux
Qui refuse la terre aux heritiers des cieux ?
Encor les nations de ces Alpes cornues
De ces fermes cerveaux ne sont pas despourveues.
Un Sforce (2) continent est au rang des anciens,
Et de cet ordre on voit les libres Venitiens.
Le bon prince de Melphe (3) apparoist davantage,
Excellent ornement, mais rare, de nostre aage.
Un indigne mari força de sa moitié
Par larmes le grand cœur, l'honneur par la pitié ;
Un tyran fit sa foy et le coulpable pendre,
Diffamant un renom ; lors sceut le prince rendre
Justice entière à Dieu, vengeance à la douleur,
L'honneur à la surprise et la mort au volleur.
    Enfin, à train de dueil, le vieil peintre et prophète,

---

1. Couvrit. → 2. F. A. Sforze, duc de Milan, mort en
1466. Voy. Fegose, *De dictis memorab.*, l. 4, ch. 3.
   3. Caracioli, prince de Melfi, maréchal de France, mort
en 1550. Voy. Brantôme (*Capitaines etrangers*, édit. du Panthéon, t. 1, p. 173), qui raconte plusieurs anecdotes au
sujet de la discipline sévère que ce prince avoit établie parmi
ses soldats. — Son fils Antoine, évêque de Troyes, abjura
le catholicisme.

Produit en froid maintien la troupe de retraite,
Ceux qui vont reprochants à leur juge leur sang,
Couronnez de cyprez, ensevelis de blanc.
Leurs mains tendent au ciel, et les ardentes veuës
Regardent preparer un throsne dans les nuës,
Tribunal de triomphe en gloire appareillé,
Un regard de Hasmal (1), de feu entortillé.
Des quatre coins sortoyent comme formes nouvelles
D'animaux qui portoyent quatre faces, quatre aisles;
Leurs pieds estoyent piliers, leurs mains prestes sortoyent.
Leur front d'airain poli quatre espèces portoyent,
Tournans en quatre endroits quatre semblances, comme
De l'Aigle, du Taureau, du Lion et de l'Homme;
Effrayants animaux qui, de toutes les parts
Où en charbons de feu ils lançoyent leurs regards,
Repartoyent comme esclairs, sans destourner la face,
Et foudroyoyent au loin, sans partir d'une place.
    Salomon fit armer son throne droit-disant,
Par douze fiers lions de metail reluisant,
Afin que chaque pas apportast une crainte;
Mais le siége pompeux de la Majesté sainte
Foule aux pieds cent degrés et cent lions vivans,
Qui, à la voix de Dieu, descochent comme vents.
    La bande que je dis paroissoit esblouie,
Et puis toquer des mains de nouveau resjouie,
Quand au throsne flambant, dans le ciel arboré,
Ils voyent arriver le grand juge adoré.
Et, comme elle marchoit sous la splendeur nouvelle,
Brillante sur leurs chefs et qui marche avec elle,
Ils relèvent en haut leurs appellations,
Procureurs advouez de seize nations.
Là les foudres et feux prompts au divin service,
S'offrent à bien servir la celeste justice.
Là s'advancent les vents diligents et legers

---

1. Hasmal. Ce mot hébreu est rendu par *electrum* (ambre) dans la traduction de la Vulgate. Voy. Ezéchiel, I, 4,
27; VIII, 2.

Pour estre les herauts, postes et messagers.
Là les esprits aislez adjournent de leurs aisles
Les juges criminels aux peines eternelles.

On pense remarquer en cet humble troupeau,
Cavagne et Briquemaut (¹), signalés du cordeau;
Mongommeri(²) y va s'appuyant d'une lance,
Le très-vaillant Montbrun (³), puni de sa vaillance;
Et mesmes à troupeaux marchent le demeurant
De ceux qui ont gagné leur procès en mourant.

Encor aux inhumains Nemesis inhumaine
Traisne sa forte, longue et très pesante chaisne,
Qui loge en son grand tour un senat prisonnier,
Que fait trotter devant un clerc, marchant dernier.
Une autre bouche tient une foule de juges
Fugitifs et cerchans leur cliens pour refuges.
Que dis-je, leurs cliens? la haute Majesté
Les meine aux prisonniers cercher la liberté,
Du pain aux confisqués, aux bannis la patrie,
L'honneur aux diffamés, aux condamnés la vie.
Puis un nœud entre deux, d'un pas triste et tardif,
Suyvoyent Brisson le docte, et l'Archer et Tardif(⁴).
Ils tirent leurs meurtriers, bien fraisés d'un chevaistre (⁵),

1. Gentilshommes calvinistes pendus en 1572. Voy. de
Thou, l. 53; d'Aubigné, *Hist. univ.*, t. 2, p. 566. Voy. encore les *Regrets et complaintes de Briquemault, avec son épitaphe,* 1572.

2. Gabriel de Montgomery, qui avoit blessé mortellement
Henri II dans le tournoi du faubourg Saint-Antoine. Pris dans
Domfront, il fut exécuté en 1576.

3. Célèbre chef protestant, pris et exécuté en 1575. Voy.
dans les ms. Godefroy (portef. 122, biblioth. de l'Institut)
diverses pièces importantes relatives à son procès.

4. Brisson, président, Larcher, conseiller, à la Grand'-
Chambre; Tardif, conseiller au Châtelet de Paris, pendus
par les Seize, le 15 novembre 1591. L'un des principaux
acteurs de cette tragédie fut Bussy-le-Clerc. Voy. l'Estoile à
cette date et de Thou.

5. Liçou, du latin *capistrum.*

Boucher, et Pragenat, et le sanglant Incestre (1).
Juges, sergens, curés, confesseurs et bourreaux,
Tels artisans un jour, par changemens nouveaux,
Metamorphoseront leurs temples venerables
En cavernes de gueux, les cloistres en estables,
En criminels tremblans les senateurs grisons,
En gibet le palais et le Louvre en prisons.
    De la fille du ciel telle paroist l'escorte,
A plus d'heur que d'esclat, moins pompeuse, plus forte;
Avec tels serviteurs et fidelles amis
Rien n'arreste les pas de la blanche Themis.
Son chariot vainqueur, effroiable et superbe,
Ne foulle en cheminant ni le pavé ni l'herbe,
Mais roulle sur les corps et va faisant un bris
Des monstres avortez par l'infidelle Ubris (2),
Ubris, fille d'Até (3), que les forces et fuites
N'ont peu sauver devant les poursuivantes Lites (4),
Que le vrai Jupiter decoupla sur ses pas.
Les joyaux de Mammon (5), à cette fois, n'ont pas
Corrompu les soldats qui font cette jonchée;
Ce sont les Cherubins par qui fut detranchée
La grand' force d'Assur. Voyez comme ces corps
De leurs boiaux crevez ne jettent que thresors!
Quel grincement de dents et rechigneuses moues
Les visages mourans font soubs les quatre roues!
L'une des dextres prend au poinct du droit pouvoir,
L'autre meine des loix la règle et le sçavoir;

1. Boucher, curé de Saint-Benoît; Pragenat ou Pigenat,
curé de Saint-Nicolas-des-Champs; Incestre ou Lincestre,
curé de Saint-Gervais, fougueux ligueurs dont l'Estoile a
rapporté souvent les sermons sanguinaires. Voy. entre autres
les années 1590 à 1594. — Lincestre finit par recevoir une
pension de Henri IV.
    2. Ὕβρις, l'Injure. — 3. Ἄτη, l'Injustice.
    4. Λιταί, les prières. Voy. l'*Iliade*, ch. 9, v. 502.
        Καὶ γάρ τε Λιταί εἰσι Διὸς κοῦραι μεγάλοιο.
    5. Dieu de Syrie qui présidoit aux richesses.

Des gauches la plus grande au poinct du faict s'engage
Et va poussant la moindre où est le tesmoignage.
La fille de la Terre et du Ciel met ses poids
En ses justes balances, et ses poids sont ses loix;
Elle a sous le bandeau sur les choses la veuë,
Mais là, personne n'est à ses beaux yeux connuë;
Encor par les presens ne s'ouvre le bandeau;
Son glaive tousjours prest n'est jamais au fourreau;
Elle met à la fange et biens-faicts et injures.
Qui tire ce grand char? Quatre licornes pures;
La vefve l'accompagne et l'orphelin la suit,
L'usurier tire ailleurs, le chicaneur la fuit,
Et fuit sans que derrière un des fuyards regarde
De la formalité la race babillarde :
Tout interlocutoire, arrest, appointement
A plaider, à produire un gros enfantement
De procez, d'interdits, de griefs; un compulsoire,
Puis le desrogatoire à un desrogatoire,
Visa, pareatis, replicque, exceptions,
Revisions, duplique, objects, salvations,
Hipothecques, guever, deguerpir, prealables,
Fin de non recepvoir(1). Fi des puants vocables
Qui m'ont changé mon style et mon sens à l'envers!
Cerchez-les au parquet et non plus en mes vers.
Tout fuit, les uns tirant en Basse-Normandie,
Autres en Avignon, où ce mal prit sa vie
Quand un contre-Antechrist (2) de son style romain
Paya nos rois bigots, qui lui tenoient la main.
Je crains bien que quelqu'un plus viste et plus habile
Dans le Poictou plaideur cerchera son azyle.
Vous ne verrez jamais le train que nous disons
Se sauver en la Suisse ou entre les Grisons,
Nation de Dieu seul et de nulle autre serve,
Et qui le droict divin sans autre droict observe.

1. Cette énumération rappelle quelque peu celle que fait
Chicaneau dans les *Plaideurs*, acte 1, sc. 7.
2. Un anti-pape.

Ces vices n'auront point de retraitte pour eux
Chez l'invincible Anglois, l'Escossois valeureux :
Car les nobles et grands la justice y ordonnent,
Les estats(1) non vendus comme charges se donnent.
[Mais comme il n'y a rien sous le haut firmament
Perdurable en son estre et franc du changement,
Souïsses et Grisons et Anglois et Bataves,
Si l'injustice un jour vous peut voir ses esclaves,
Si la vile chicane administre vos loix,
Alors Grisons, Souïsses, Bataves et Anglois,
N'atten point que la peur en tes esprits se jette
Par le regard affreux d'un menaçant comète ;
Pren ta mutation pour comète au malheur,
Ainsi que tu l'as eu pour astre de bonheur,]
Heureuse Elizabeth, la justice rendant,
Et qui n'a point vendu les droits en la vendant !

    Et puis que ce nom sainct, de tous bons rois l'idée,
Prend sa place en ce rang qui lui estoit gardée
Au roolle des martyrs, je dirai en ce lieu
Ce que sur mon papier dicte l'Esprit de Dieu.
    La main qui te ravit de la geole en ta salle,
Qui changea la sellette en la chaire roiale(2),
Et le sueil de la mort en un degré si haut,
Qui fit un tribunal d'un funeste eschafaut ;
L'œil qui vid les desirs aspirans à la flame,
Quand tu gardas ton ame en voulant perdre l'ame,
Cet œil vid les dangers, sa main porta le faix,
Te fit heureuse en guerre et ferme dans la paix ;
Le Paraclet(3) t'apprit à respondre aux harangues
De tous ambassadeurs, mesme en leurs propres langues.
C'est lui qui destourna l'encombre et le meschef
De vingt mortels desseins du règne et de ton chef(4),

---

1. Offices.
    2. Elisabeth avoit été emprisonnée en 1554 par sa sœur
Marie (à laquelle elle succéda en 1558), comme complice
de l'insurrection du duc de Suffolk. Elle avoit alors 16 ans.
    3. L'Esprit saint. — 4. C'est-à-dire : qui détourna de ton
royaume et de ta tête.

T'acquit le cœur des tiens, et te fit par merveilles
Tes lions au dehors domestiques oüeilles (1) :
Ces braves abatus au throsne où tu te sieds
Sont les lions que tient prosternez à ses pieds
La tendre humilité. Ton giron est la dorne (2)
De la vierge à qui rend ses armes la licorne.
Tels antiques tableaux predisoient, sans sçavoir,
Ta vertu virginale et ton secret pouvoir.
Par cet esprit, tu as repos en tes limites,     .
Tes haineux à tes bords brisent leurs exercites ;
Les mers avec les vents, l'air haut, moien et bas,
Et le ciel, partizans liguez à tes combats,
Les foudres et les feux choquent pour ta victoire,
Quand les tonnerres sont trompettes de ta gloire (3) ;
Tes guerriers hazardeux perdent, joieux, pour toi
Ce que tu n'eus regret de perdre pour la foi.
La Rose (4) est la première heureuse sans seconde
Qui a repris ses pas, circuissant (5) tout le monde :
Tes triomphantes nefs vont te faire nommer,

1. C'est-à-dire : rendit tes sujets lions au dehors et brebis
(ouailles) à l'intérieur.

2. Dorne, mot poitevin, signifiant encore aujourd'hui la
partie du tablier ou de la robe comprise depuis la ceinture
jusqu'aux genoux. On prétend qu'il vient du mot celtique
dorn ou dourn, main.

D'Aubigné fait ici allusion 1º aux armes d'Angleterre,
dont l'un des supports est une *licorne colletée et enchaînée
d'or;* 2º à la tradition d'après laquelle la licorne (animal fa-
buleux, comme on sait) perdoit toute sauvagerie à l'aspect
d'une vierge et venoit s'endormir dans son sein. On fait remonter au 12e siècle cette tradition qui eut cours si longtemps.
Voy. Gesner, *Historiæ animalium*, l. 1, *De monocerate*, édit.
de Francfort, p. 691.

3. Allusion au désastre de *l'invincible Armada* (1585).

4. Les maisons de Lancastre et d'York, que réunit en sa
personne Henri VII, grand-père d'Elisabeth, avoient pour
symbole, la première une rose blanche, la seconde une rose
rouge.

5. Environnant.

En tournoiant (1) le tout, grand'roine de la mer.
Puis, il faut qu'en splendeur neuf lustres te maintiennent,
Et qu'après septante ans (à quoi nos jours reviennent)
Debora d'Israël, Cherub sur les pervers,
Fleau des tyrans, flambeau luisant sur l'univers,
Pour regner bien plus haut, tout achevé, tu quitte
Dans les sçavantes mains d'un successeur d'eslitte (2),
Ton estat au dehors et dedans appuié,
Le cœur saoulé de vivre, et non pas ennuié (3).

Bien au rebours promet l'Eternel aux faussaires
De leur rendre sept fois et sept fois leurs salaires.
Lisez, persecuteurs, le reste de mes chants ;
Vous y pourrez gouster le breuvage aux meschants :
Mais, aspics, vous avez pour moi l'oreille close.
Or, avant que de faire à mon œuvre une pose,
Entendez ce qui suit tant d'outrages commis.
Vous ne m'escoutez plus, stupides endormis !
Debout, ma voix se tait : oyez sonner pour elle
La harpe qu'animoit une force eternelle :
Oyez David esmeu sur des juges plus doux ;
Ce qu'il dist à ceux-là, nous l'adressons à vous :

Et bien ! vous, conseillers des grandes compagnies,
Fils d'Adam qui jouez et des biens et des vies,
Dittes vrai, c'est à Dieu que compte vous rendez,
Rendez-vous la justice ou si vous la vendez ?

Plustost, ames sans loi, perjures, desloiales,
Vos balances, qui sont balances inesgalles,
Pervertissent la terre et versent aux humains
Violence et ruine, ouvrage de vos mains.

Vos mères ont conceu en l'impure matrice,

1. Le célèbre marin Drake fit, par ordre d'Elisabeth, un
voyage autour du monde, de 1577 à 1580.

2. Elisabeth mourut en 1603, à 70 ans, après 45 ans de règne. Elle eut pour successeur Jacques Ier.

3. Ce sont les propres expressions que d'Aubigné s'est
appliquées dans son testament. « Quand il plaira à Dieu...
appeler mon âme... rassasiée et non ennuyée de vivre. » Voy.
*Mémoires*, p. 423.

Puis avorté de vous tout d'un coup et du vice;
Le mensonge qui fut vostre lait au berceau,
Vous nourrit en jeunesse et abèche au tombeau.

Ils semblent le serpent à la peau marquetée
D'un jaune transparent, de venin mouchetée,
Ou l'aspic embusché qui veille en sommeillant,
Armé de soi, couvert d'un tortillon grouillant(¹).

A l'aspic cauteleux ceste bande est pareille,
Alors que de la queüe il s'estouppe(²) l'oreille :
Lui, contre les jargons de l'enchanteur sçavant,
Eux, pour chasser de Dieu les paroles au vent.

A ce troupeau, Seigneur, qui l'oreille se bouche
Brise leurs grosses dents en leur puante bouche :
Pren ta verge de fer, fracasse de tes fleaux
La machoire fumante à ces fiers lionceaux.

Que, comme l'eau se fond, ces orgueilleux se fondent :
Au camp leurs ennemis sans peine les confondent :
S'ils bandent l'arc, que l'arc avant tirer soit las,
Que leurs traits sans frapper s'envolent en esclats.

La mort, dès leur printemps, ces chenilles suffoque,
Comme le limaçon sèche dedans la coque,
Ou comme l'avorton qui naist en perissant
Et que la mort reçoit de ses mains en naissant.

Brusle d'un vent mauvais jusques dans leurs racines
Les boutons les premiers de ces tendres espines ;
Tout pourrisse, et que nul ne les prenne en ses mains
Pour de ce bois maudit rechauffer les humains.

Ainsi faut que le juste après ses peines voye
Desployer du grand Dieu les salaires en joye,
Et que, baignant ses pieds dans le sang des pervers,
Il le jette dans l'air en esclattant ces vers.

Le bras de l'Eternel, aussi doux que robuste,
Fait du mal au meschant et fait du bien au juste,
Et en terre ici bas exerce jugement,
En attendant le jour de peur et tremblement.

1. C'est-à-dire replié en cercle sur lui-même. — 2. Se bouche.

La main qui fit sonner cette harpe divine
Frappa le Goliath de la gent philistine,
Ne trouvant sa pareille au rond de l'univers,
En duel, en bataille, en prophetiques vers.
    Comme elle nous crions : «Vien, Seigneur, et te haste,
Car l'homme de peché ton eglise desgaste.
Vien (dit l'esprit), accours pour deffendre le tien :
Vien, dit l'espouse, et nous avec l'espouse : Vien. »

## LIVRE IV.

---

# LES FEUX.

Voici marcher de rang par la porte dorée
L'enseigne d'Israel dans le ciel arborée,
Les vainqueurs de Sion 1 , qui, au pris de
    leur sang,
Portans l'escharpe blanche, ont pris le caillou blanc 2.
Ouvre, Jerusalem, tes magnifiques portes :
Le lion de Juda, suivi de ses cohortes,
Veut regner, triompher et planter dedans toi
L'estendart glorieux, l'auriflam de la foy.
Valeureux chevaliers, non de la Table ronde,
Mais qui estes, devant les fondemens du monde,
Au roolle des esleus , allez, suivez de rang
Le fidelle, le vray, monté d'un cheval blanc.
Le paradis est prest, les anges sont vos guides,
Les feux qui vous brusloient vous ont rendus candides.
Tesmoins de l'Eternel, de gloire soyez ceints,
Vestus de crespe net (la justice des saincts)

1. Les calvinistes.
2. Le caillou blanc de l'Apocalypse (Apoc., 2, 17). Cf.
*Fæneste*, l. 4, ch. 14, édit. Mérimée, p. 302.

De ceux qui à Satan la bataille ont livrée,
Robe de nopce ou bien casaque de livrée.

    Condui mon œuvre, o Dieu, à ton nom; donne-moy
Qu'entre tant de martyrs, champions de la foy,
De chasque sexe, estat ou aage, à ton sainct temple
Je puisse consacrer un tableau pour exemple.

    Dormant sur tel desseing en mon esprit ravi,
J'eus un songe au matin, parmi lequel je vi
Ma conscience en face, ou au moins son image,
Qui au visage avoit les traicts de mon visage.
Elle me prend la main, en disant : « Mais comment
De tant de dons de Dieu ton foible entendement
Veut-il faire le choix ? Oses-tu bien eslire
Quelques martyrs choisis, leur triomphe descrire,
Et laisser à l'oubli, comme moins valeureux,
Les vainqueurs de la mort, comme eux victorieux ?
J'ai peur que cette bande ainsi par toi choisie
Serve au style du siècle et à sa poësie,
Et que les rudes noms, d'un tel style ennemis,
Aient entre les pareils la difference mis. »

    Je responds : « Tu sçais bien que mentir je ne t'ose,
Mirouer de mon esprit; tu as touché la cause
La première du choix, joinct que ma jeune ardeur
A de ce haut desseing espoinçonné mon cœur,
Pour au siècle donner les boutons de ces choses
Et l'envoier ailleurs en amasser les roses.
Que si Dieu prend à gré ces premices, je veux,
Quand mes fruicts seront meurs (1), lui paier d'autres
Me livrer aux travaux de la pesante histoire [vœux,
Et en prose coucher les hauts faits de sa gloire.
Alors ces heureux noms, sans eslite et sans choix,
Luiront en mes escrits plus que les noms des rois(2) »

    1. Mûrs.
    2. C'est ce que d'Aubigné a exécuté dans son *Histoire universelle*, dont le second livre contient un long martyrologe des réformés. Il a beaucoup augmenté cette partie dans la seconde édition.

Ainsi je fis la paix avec ma conscience.
Je m'advance au labeur avec cette asseurance
Que, plus riche et moins beau, j'escris fidellement
D'un style qui ne peut enrichir l'argument.
    Ames dessous l'autel victime des idoles,
Je preste à vos courroux le fiel de mes paroles,
En attendant le jour que l'ange delivrant
Vous aille les portaux du paradis ouvrant.
    De qui puis-je choisir l'exemple et le courage?
Tous courages de Dieu, j'honorerai vostre aage,
Vieillards de qui le poil a donné lustre au sang,
Et de qui le sang fut decoré du poil blanc:
Hus, Hyerome de Prague (1), images bien cogneues
Des tesmoins que Sodome a traisné par ses rues,
Couronnez de papier, de gloire couronnés,
Par le siége qui a d'or mitrés et ornés
Ceux qui n'estoient pasteurs qu'en papier et en tiltres,
Et aux evesques d'or fait de papier les miltres.
Leurs cendres, qu'on jetta au vent, à l'air, en l'eau,
Profitèrent bien plus que le puant monceau
Des charognes des grands que, morts, on emprisonne
Dans un marbr' ouvragé : le vent leger nous donne
De ces graines par tout ; l'air presqu'en toute part
Les esparpille, et l'eau à ses bords les despart.
    Les Pauvres de Lyon (2) avoient mis leur semence
Sur les peuples d'Alby ; l'invincible constance
Des Albigeois, frappez de deux cens mille morts,
S'espandit par l'Europe et en peupla ses bords.
L'Angleterre eut sa part, eut Gerard et sa bande (3),
Condamnez de mourir à la rigueur plus grande

---

1. Jean Hus, Jérôme de Prague, brûlés lors du concile de
Constance, le premier en 1415, le second en 1416.
2. Ou Vaudois, sectateurs de Pierre Valdo, bourgeois de
Lyon. Ils apparurent vers l'an 1160. Voy. Fleury, *Hist.
eccl.*, l. 73, ch. 55; d'Aubigné, *Hist. univ.*, l. 1 ; Crespin,
etc.; et la Bibliothèque du P. Lelong, t. 1, p. 373 et suiv.
3. Voy. *Hist. univ.*, t. 1, l. 2, ch. 8, p. 90.

De l'impiteux hyver, sans que nul cœur esmeu
Leur osast donner pain, eau, ny couvert ny feu :
Ces dix-huit tous nuds, à Londres, par les ruës,
Ravirent des Anglois les esprits et les veuës,
Et chantèrent ce vers jusqu'au point de mourir :
« Heureux qui pour justice a l'honneur de souffrir. »
    Ainsi la verité, par ces mains devoilée,
Dans le septentrion estendit sa volée ;
Dieu ouvrit sa prison et en donna la clef,
La clef de liberté, à ce vieillard Wiclef (1) :
De luy fut l'ouverture aux tesmoins d'Angleterre,
Encor' plus honnorée en martyre qu'en guerre.
    Là, on vid un Bainam (2) qui de ses bras pressoit
Les fagots embrasez, qui mourant embrassoit
Les outils de sa mort, instrumens de sa gloire,
Baisant, victorieux, les armes de victoire.
D'un celeste brasier ce chaut brasier esmeu
Renflamma ces fagots par la bouche de feu.
    Fricht après l'imita, quand sa main deliée
Fut au secours du feu ; il print une poignée
De bois et la baiza, tant luy semblèrent beaux
Ces eschallons (3) du ciel comm' ornemens nouveaux.
    Puis l'Eglise acoucha comme d'une ventrée
De Thorb, de Bewerland, de l'invaincu Sautrée (4) ;
Les uns doctes prescheurs, les autres chevaliers,
Tous à droit couronnez de celestes lauriers.
    Bien que trop de hauteur esbranlast ton courage
(Comme les monts plus hauts souffrent le plus d'orage),
Ta fin pourtant me fait en ce lieu te nommer,
Excellent conseiller et grand primat Krammer (5).
Pour ta condition plus haute et plus aimable,

1. Né dans le Yorkshire en 1324, mort en 1387.
2. *Hist. univ.*, t. 1, l. 2, ch. 10, p. 98. Ce chapitre est
fort augmenté dans l'édition de 1626. Voy. Crespin, fol. 99.
3. Echelons. — 4. D'Aubigné, *ibid.* Crespin, fol. 47 v°,
49 v°, 99.
5. C. Th. Crammer, archevêque de Cantorbéry, contribua à établir le schisme en Angleterre, et, sous le règne de

La vie te fut douce et la mort detestable.
A quoy semblent les cris dont esclatent si fort
Ceux qui, à col retors, sont traînez à la mort,
Sinon aux plaintes qu'ont les enfans à la bouche
Quand ils quittent le jeu pour aller à la couche ?
Les laboureurs lassez trouvent bien à propos
Et plus doux que le jeu le temps de leur repos.
Ainsi ceux qui sont las des langoureuses vies
Sont ravis de plaizir quand elles sont ravies :
Mais ceux de qui la vie a passé comme un jeu,
Ces cœurs ne sont point cœurs à digerer le feu :
C'est pourquoy de ces grands les noms dedans ce temple
Ne sont pour leur grandeur, mais pour un rare exemple,
Rare exemple de Dieu, quand par le chaz (1) estroict
D'un aiguille il enfille un cable qui va droict.
    Poursuivons les Anglois, qui de succez estranges
Ont faict nommer leur terre à bon droict terre d'Anges :
Tu as icy ton rang, o invincible Haux (2) !
Qui, pour avoir promis de tenir les bras hauts
Dans le milieu du feu, si du feu la puissance
Faisoit place à ton zèle et à ta souvenance.
Sa face estoit bruslée, et les cordes des bras
En cendres et charbons estoient cheutes en bas,
Quand Haux, en octroyant aux frères leur requeste,
Des os qui furent bras fit couronne à sa teste.
    O quels cœurs tu engendre ! o quel cœurs tu nourris !
Isle saincte, qui eus pour nourrisson Norris !
On dict que le chrestien, qui à gloire chemine,
Va le sentier estroict qui est jonché d'espine :
Cettuy-ci, sans figure, a pieds nuds cheminé
De l'huis de sa prison au supplice ordonné :

Marie, fut brûlé comme hérétique, en 1555. Cf. Crespin, fol.
378 et suiv.
    1. *Chaz.* « Quelques marchands merciers et aiguilliers, dit
le dictionnaire de Trévoux, appellent ainsi l'endroit troué de
l'aiguille. »
    2. *Hist. univ.*, t. 1, p. 105. Crespin, fol 306 et suiv.

Sur ces tapis aigus ainsi jusqu'à sa place
A ceux qui la suivront il a rougi la trace,
Vraye trace du Ciel, beau tapis, beau chemin,
A qui veut emporter la couronne à la fin :
Les pieds deviennent cœur, l'ame du ciel apprise
Fait mespriser les sens, quand le ciel les mesprise.

    Dieu vid en mesme temps ( car le prompt changement
De cent ans, de cent lieux, ne luy est qu'un moment),
Deux rares cruautez, deux constances nouvelles
De deux cœurs plus que d'homme, en sexe de femelles,
Angloises toutes deux, deux precieux tableaux,
Deux spectacles piteux, mais specieux et beaux.
L'une croupit long temps en la prison obscure,
Contre les durs tourmens elle fut la plus dure :
Elle fit honte au diable et aux noires prisons :
Elle alloit appuyant d'exemple et de raisons
Les esprits desfaillans ; nul inventeur ne treuve
Nul tourment qui ne soit surmonté par Askeuve (1).
Quand la longueur du temps, la laide obscurité
Des cachots, eut en vain sondé sa fermeté,
On presente à ses yeux l'espouvantable gehenne,
Et elle avoit pitié, en souffrant, de la peine
De ces faux justiciers, qui, ayans essayé
Sur son corps delicat leur courroux desployé,
Elle se teut, et lors furent bien entendues
Au lieu d'elle, crier les cordes trop tendues,
Achevé tout l'effort de tout leur appareil,
Non pas troublé d'un pleur le lustre de son œil (2)
(Œil qui, fiché au Ciel, au tourment qui la tue
Ne jette un seul regard pour eslongner sa veue
Du seul bien qu'elle croit, qu'elle aspire et pretend).
Le juge se despite, et lui-mesme retend
La corde à double nœud ; il met à part sa robe ;

    1. Anne Askeve. Cf. *Hist. univ.*, t. 1, p. 101 ; Crespin,
fol. 172 verso.
    2. C'est-à-dire : l'effort étant achevé.... le lustre de son
œil n'étant pas troublé.....

L'inquisiteur le suit; la passion desrobe
La pitié de leurs yeux; ils viennent remonter
La gehenne, tourmentez en voulant tourmenter;
Ils dissipent les os, les tendons et les veines,
Mais ils ne touchent point à l'ame par les gehennes.
La foy demeure ferme, et le secours de Dieu
Mit les tourmens à part, le corps en autre lieu;
Sa plainte seulement encor ne fut ouïe.
Hors l'ame, toute force en elle esvanouie,
Le corps fut emporté des prisons comme mort;
Les membres desfaillans, l'esprit devint plus fort.
Du lict elle instruisit et consola ses frères
Du discours animé de ses douces misères;
La vie la reprit et la raison aussi;
Elle acheva le tout : car aussi tost voici,
Pour du faux justicier couronner l'injustice,
De gloire le martyr, on dresse le supplice.
Quatre martyrs trembloient au nom mesme du feu;
Elle leur despartit des presens de son Dieu;
Avec son ame encor elle mena ces ames
Pour du feu de sa foy vaincre les autres flames.
Où est ton aiguillon ? où est ce grand effort ?
« O Mort! où est ton bras (disoit-elle à la mort)?
Où est ton front hideux de quoy tu espouvantes
Les hures des sangliers, les bestes ravissantes ?
Mais c'est ta gloire, ô Dieu! Il n'y a rien de fort
Que toy, qui sçays tuer la peine avec la mort.
Voicy les cieux ouverts, voicy son beau visage;
Frères, ne tremblez pas; courage, amis, courage! »
Elle disoit ainsi : et le feu violent
Ne brusloit pas encor son cœur en la bruslant;
Il court par ses costez; enfin, leger, il vole
Porter dedans le Ciel et l'ame et la parole.
  Or l'autre, avec sa foy, garda aussy le rang
D'un esprit tout royal, comme royal le sang [1].

---

1. Jane Gray, qui eut la tête tranchée le 12 février 1554.
Elle avoit régné neuf jours. Cf. Crespin, fol. 255 et suiv.

Un royaume l'attend, un autre roy luy donne
Grace de mespriser la mortelle couronne
En cherchant l'immortelle, et luy donna des yeux
Pour troquer l'Angleterre au royaume des Cieux :
Car elle aima bien mieux regner sur elle-mesme,
Plustost que vaincre tout, surmonter la mort blesme.
Prisonnière çà-bas, mais princesse là-haut,
Elle changea son throsne empour un eschafaut,
Sa chaire de parade en l'infime sellette,
Son carrosse pompeux en l'infame charrette,
Ses perles d'Orient, ses brassarts esmaillez
En cordeaux renouez et en fers tout rouillez (1).
Ce beau chef couronné d'oprobres et d'injures,
Et ce corps enlassé de chaines pour ceintures,
Par miracle fit voir que l'amour de la croix
Au sang des plus chetifs mesla celuy des roys.
Le peuple gemissant portoit part de sa peine,
En voyant demi-mort mourir sa jeune reyne,
Qui, dessus l'eschaffault, se voyant seulement
Ses gands et son livret pour faire testament,
Elle arrache ses mains et maigres et menues
Des cordes avec peine, et de ses deux mains nues
Fit present de ses gands à sa dame d'atour,

1. D'Aubigné, dans sa lettre *De la douceur de l'affliction*,
dont nous avons parlé plus haut, p. 4, avoit déjà publié
ces vers sous une forme un peu différente :

> Car elle avec sa foy garda aussi le rang
> D'un esprit tout royal, comme royal le sang.
> Un royaume l'attend, un autre roy lui donne
> Grâce de mespriser la mortelle couronne
> Pour chercher l'immortelle, et lui donna des yeux
> A troquer l'Angleterre au royaume des cieux.
> Elle aima mieux qu'ailleurs regner sur elle-mesme,
> Plustost que veincre tout, surmonter la mort blesme.
> Prisonnière çà-bas, mais princesse là-haut,
> Elle changea son throsne au sanglant eschaffaut,
> Sa chaire de parade en l'infime sellette,
> Son carosse pompeux en l'infame charrette,
> Ses perles d'Orient, ses brassars esmaillés
> En cordeaux renoués et en fers tout rouillés.

Puis donna son livret aux gardes de la tour,
Avec ces mots escrits : « Si l'ame deschargée
Du fardeau de la terre, au ciel demi-changée,
Prononce verité sur le seuil du repos,
Si tu fais quelque honneur à mes derniers propos,
Et lors que mon esprit pour le monde qu'il laisse,
Desjà vivant au ciel tout plain de sa richesse,
Doit monstrer par la mort qu'il ayme verité,
Pren ce dernier present, sceau de ma volonté :
C'est ma main qui t'escrit ces dernières parolles :
Si tu veux suyvre Dieu, fuy de loin les idoles;
Hay ton corps pour l'aymer, aprens à le nourrir
De façon que pour vivre il soit prest de mourir.
Qu'il meure pour celuy qui est rempli de vie,
N'aiant pourtant de mort ni craincte ni envie.
Tousjours règle à la fin de ton vivre le cours,
Chascun de tes jours tende au dernier de tes jours.
De qui veut vivre au ciel l'aize soit la souffrance
Et le jour de la mort celuy de la naissance.
Ces doigts victorieux ne gravèrent ceci
En cire seulement, mais en l'esprit aussi :
Et faut que ce geolier (1), captif de sa captive,
Bien tost à mesme cause et mesme fin la suive.
Achevant ces presens, l'executeur vilain
Pour la joindre au posteau voulut prendre sa main :
Ell' eut horreur de rompre encor la modestie
Qui jusqu'au beau mourir orna sa belle vie :
Elle aprehenda moins la mort et le couteau
Que le sale toucher d'un infame bourreau :
Elle appelle au secours ses pasles damoiselles
Pour descouvrir son col; ces fillettes nouvelles
Au funeste mestier, ces piteux instrumens
Sentirent jusqu'au vif leur part de ses tourmens.
   Cesar voyant, sentant sa poictrine blessée,
Et non sa gravité par le fer abbaissée,
Le sein et non l'esprit par les coups enferré,

1. *Var. :* se (ce) gardant.

Le sang plus tost du corps que le sens retiré,
Par honneur, il couvrit (¹) de sa robe percée
Et son cœur offensé et sa grace offensée,
Et ce cœur d'un Cesar, sur le sueil inhumain
De la mort, choisissoit non la mort mais la main.
Les mains qui la paroient (²) la parèrent encore :
Sa grace et son honneur quand la mort la devore
N'abandonnent son front, elle prend le bandeau :
Par la main on l'amène embrasser le posteau :
Elle demeure seulle en agneau despouillée :
La lame du bourreau de son sang fut mouillée :
L'ame s'en vole en hault : les anges gracieux
Dans le sein d'Abraham la ravirent aux cieux.
      Le ferme doigt de Dieu tint celuy de Bilnée (³),
Qui à sa penultime et craintive journée
Voulut prouver au soir s'il estoit assez fort
Pour endurer le feu instrument de la mort .
Le geolier, sur le soir, en visitant le treuve
Faisant de la chandelle et du doigt son espreuve :
Ce feu lent et petit d'indicible douleur
A la première fois luy affoiblit le cœur :
Mais après il souffrit brusler à la chandelle
La peau, la chair, les nerfs, les os et la moelle.
      Le vaillant Gardiner me contrainct cette fois
D'animer mon discours de ce courage anglois :
Tout son sang escuma luy reprochant son aise
En souffrant adorer l'idolle portugaise (⁴).
Au magnifique apprest des nopces d'un grand roy,
La loy de Dieu luy fit mettre aux pieds toute loy,
Toute crainte et respect, les tourmens et sa vie,
Et puis il mit aux pieds et l'idolle et l'hostie
Du cardinal sacrant : là, entre mille fers,

1. *Var.*: abria. — 2. Jane.
3. *Hist. univ.*, *ibid.*, p. 97; Crespin, fol. 98.
4. Suivant d'Aubigné, aux nocés du roi de Portugal,
« Gardiner arracha l'hostie d'entre les mains du cardinal ».
(*Hist. univ.*, t. 1, p. 103.)

Il desdaigna le front des portes des enfers :
Il vainquit en souffrant les peines les plus dures :
Les serfs des questions il lassa de tortures :
Contre sa fermeté rebouscha le tourment,
Le fer contre son cœur d'un ferme diamant :
Il avalla trois fois la serviette sanglante :
Les yeux qui le voyoient souffroient peine evidente :
Il beut plus qu'en humain les inhumanitez,
Et les supplices lents finement inventez :
On le traine au supplice, on coupe sa main dextre ;
Il la porte à la bouche avec sa main senestre,
La baise : l'autre poing luy est couppé soudain,
Il met la bouche à bas et baise l'autre main :
Alors il est guindé d'une haute poulie
De cent nœuds à cent fois son ame se deslie :
On brusle ses deux pieds tant qu'il eut le sentir ;
On cerche sans trouver en luy le repentir.
La mort à petit feu luy oste son escorce,
Et luy à petit feu oste à la mort la force (1).

    Passeray-je la mer de tant de longs propos,
Pour enrooller icy ceux-là qui, en repos,
Sont morts sur les tourmens des gehennes debrizantes
Par la faim sans pitié, par les prisons puantes ?
Les tenailles en feu, les enflambez tonneaux, [agneaux :
Les pleurs d'un jeune roy (2), trois Agnez (3), trois
Ailleurs nous cueillerons ces fleurons d'Angleterre,
Peuple qui a fait veoir (4) aux peuples de la terre
Des anges en vertus : mais ces vainqueurs anglois
Me donneront congé de detourner ma voix
Aux barbares esprits d'une terre deserte.

    Dieu poursuivit Satan et luy fit guerre ouverte
Jusques en l'Amerique, où ces peuples nouveaux
Ont esté spectateurs des faicts de nos bourreaux.
Leurs flots ont sceu noyer, ont servi de supplices,

---

1. *Hist. univ.*, t. 1, p. 103-106.— 2. Les regrets de la mort d'Edouard vi. — 3. *Hist univ.*, *ibid.*, p. 106, 107. — 4. *Var.:* Lions qui ont fait voir.

Et leurs rochers hautains presté leurs precipices.
Ces aigneaux, eslongnez en ce sauvage lieu,
N'estoient pas esgarez, mais dans le sein de Dieu,
Lors qu'eslevez si haut leurs languissantes veues
Vers leur païs natal furent de loin tendues.
Leurs desseings impuissans, pour n'estre assez legers,
Eurent secours des vents. Ces ailez messagers
En apportèrent l'air aux rives de la France.
La mer ne devora le fruict de leur constance.
Ce n'est en vain que Dieu desploya ses thresors
Des bestes du Bresil aux solitaires bords (1),
Afin qu'il n'y ait cœur ni ame si sauvage
Dont l'oreille il n'ait peu frapper de son langage ;
    Mais l'œil du Tout-Puissant fut enfin r'amené
Aux spectacles d'Europe : il la vit, retourné,
A soy-mesme estrangère, à ses bourgeois affreuse,
De ses meurtres rouillée et des brasiers fumeuse.
Son premier object fut un laboureur caché
Treize mois par moitié en un cachot panché,
Duquel la voute estroitte avoit si peu de place
Qu'entre ses deux genoux elle ploioit la face
Du pauvre condamné. Ce naturel (2) trop fort
Attendit treize mois la trop tardive mort.
    Venot (3), quatre ans lié, fut enfin six sepmaines
En deux vaisseaux pointus, continuelles gehennes ;
Ses deux pieds contremont avoient ployé leurs os ;
En si rude posture il trouva du repos.

1. C'est-à-dire aux solitaires bords des bêtes du Brésil.
Voy. *Hist. univ.*, t. 1, p. 42, 106 ; et dans Crespin, fol. 399
et suiv., le chapitre intitulé : *L'Estat de l'Eglise du Brésil*, et
ibid., fol. 414 et suiv. Voy. encore dans la *Biblioth. hist. de la
France*, t. 2, p. 238 (numéros 27,816-823), différents écrits
et pamphlets contre Villegagnon, qui avoit mené une colonie
de calvinistes au Brésil.
    2. Cet homme de la nature, ce paysan.
    3. « Florent Venot fut six semaines prisonnier dans un engin
pointu par le bas que les questionnaires appellent *chausse d'hy-
pocras.* » (*Hist. univ.*, t. 1, p. 102. Crespin, fol. 185 verso.)

On vouloit desrober aux peuples et aux veues
Une si claire mort; mais Dieu trouva les grues
Et les tesmoins d'Irus (1). Il demandoit à Dieu
Qu'au bout de tant de maux il peust au beau milieu
Des peuples l'anoncer en monstrant ses merveilles
Aux regards aveuglez et aux sourdes oreilles.
Non que son cœur vogast aux flots de vanité,
Mais, bruslant, il falloit luire à la verité.
L'homme est un cher flambeau : tel flambeau ne s'a-
Afin que soubs le muys sa lueur se consume.      [lume
Le ciel du triomphant fut le dais; le soleil
Y presta volontiers les faveurs de son œil.
Dieu l'ouït, l'exauça, et sa peine cachée
N'eust peu jamais trouver heure mieux recerchée :
Il fut la belle entrée et spectacle d'un Roy (2)
Ayant Paris entier spectateur de sa foy.

 Dieu des plus simples cœurs estoffa ses louanges,
Faisant revivre au Ciel ce qui vivoit aux fanges;
Il mit des cœurs de rois aux seins des artisans,
Et aux cerveaux des rois des esprits de paisans;
Il se choisit un Roy d'entre les brebiettes (3);
Il frape un Pharaon par les mouches infectes;
Il esveilla celui (4) dont les discours si beaux
Donnèrent cœur aux cœurs des quatorze de Meaux (5),
Qui (en voiant passer la charrette enchainée
En qui la saincte trouppe à la mort fut menée)
Quitta là son mestier, vint les voir, s'enquerir,

1. D'Aubigné a confondu Irus, le mendiant d'Ithaque
si maltraité par Ulysse, avec le poète grec Ibycus, dont la mort
est racontée dans la 745e épigramme de l'*Anthologie* dite
*palatine*, éd. Jacobs, 1813, p. 584. On connoît sur ce sujet
la belle ballade de Schiller.
2. Henri II, qui fit son entrée à Paris en juin 1549.
3. David.
4. Un paysan dans la forêt de Livry. (*Hist. univ.*, t. 1,
p. 101.)
5. En 1546. Voy. leurs noms dans l'*Hist. univ.*, *ibid.*,
p. 101, et Crespin, fol. 170.

Puis, instruict de leur droict, les voulut secourir,
Se fit leur compagnon, et en fin il se jette,
Pour mourir avec eux, luy-mesme en la charette. [mens
   C'est Dieu qui point ne laisse au milieu des tour-
Ceux qui soufrent pour luy. Les cieux, les elemens,
Sont serfz de cettuy-là qui a ouy le langage
Du paumier d'Avignon (1), logé dans une cage
Suspendue au plus hault de la plus haute tour.
La plus vive chaleur du plus chaud et grand jour,
Et la nuict de l'hyver la plus froide et cuisante,
Luy furent du printemps une haleine plaisante.
L'appuy le plus douillet de ses rudes carreaux
Estoit le fer trenchant des endurcis barreaux.
Mais, quand c'est pour son Dieu que le fidelle endure,
Lors le fer s'amolit, ou sa peau vient plus dure.
Sur ce corps nud la bise attiedist ses glaçons;
Sur sa peau le soleil rafraichist ses rayons;
Tesmoin deux ans six mois qu'en chaire si hautaine
Ce prescheur effraya ses juges de sa peine.
De vers continuels, joyeux, il louoit Dieu;
S'il s'amassoit quelqu'un pour le voir en ce lieu,
Sa voix forte preschoit : le franc et clair ramage
Des pures veritez sortoit de cette cage;
Mais sur tout on oyoit ses exhortations
Quand l'idolle passoit; en ses prosessions,
Soubs les pieds de son throsne, et le peuple prophane
Trembloit à cette voix plus qu'à la tramontane (2).
Les hommes cauteleux vouloient laisser le tort
De l'inique sentence et de l'injuste mort
Au ciel, aux vents, aux eaux; que de l'air les injures
Servissent de bourreaux; mais du ciel les mains pures
Se ployèrent au sein (3), et les trompeurs humains
Parfirent le procez, par leurs impures mains,

1. Je n'ai pu retrouver son nom.
2. La tramontane, nom que d'Aubigné a donné quelquefois au mistral. Cf. *Hist. univ.*, t. 2, p. 706.
3. C'est-à-dire restèrent oisives.

Au bout de trente mois, estouffant cette vie
Qu'ils voyoient par les cieux trop longuement cherie ;
Mains que contre le ciel arment les mutinez
Quand la faveur du ciel couvre les condamnez.
Non pas que Dieu ne puisse accomplir son ouvrage,
Mais c'est pour reprocher à ces mutins leur rage.
   Les Lyonnois ainsi resistèrent à Dieu,
Lors que deux frères saincts (1) se virent au milieu
Des feux estincelans, où le ciel et la terre,
Par contraires desseins, se livrèrent la guerre.
Un grand feu fut pour eux aux Terreaux preparé ;
Chacun donna du bois, dont l'amas asserré
Sembloit devoir pousser la flam' et la fumée
Pour rendre des hauts cieux la grand' voute allumée.
Ce qui fit monstrueux ce monceau de fagots,
C'est que deux jacopins, envenimez cagots,
Crioyent, vrais escolliers du meurtrier Dominique :
« Bruslons mesme le Ciel s'il fait de l'heretique ! »
Ces deux frères prioient quand, pour rompre leur voix,
Le peuple forcenant porta le feu au bois.
Le feu leger s'enlève, et bruyant se courrousse
Quand contre luy un vent s'eslève et le repousse.
Mettant ce mont du feu et sa rage à l'escart,
Les frères, achevans leurs prières à part,
Demeurent sans ardeur (2). La prière finie,
Le peuple envenimé (3) entreprend sur leur vie,
Perce de mille coups des fidelles les corps,
Les couvre de fagots. Ceux qu'on tenoit pour morts,
Quand le feu eut bruslé leurs cables, se levèrent,
Et leurs poulmons bruslans, pleins de feu, s'escrièrent
Par plusieurs fois : *Christ! Christ!* et ce mot, bien [sonné
Dans les costes sans chair, fit le peuple estonné.
Contre ces faicts de Dieu dont les spectateurs vivent
Estonnez, non changez, leurs fureurs ils poursuivent.

1. Cf. Crespin, fol. 235 verso.
2. Sans être atteints par le feu.
3. *Var. :* Le vulgaire animé.
  *Les Tragiques.*          12

Autres cinq de Lyon (1), liez de mesmes nœuds,
Ne furent point dissous par les fers et les feux :
Au fort de leurs tourmens ils sentirent de l'aize,
Franchise en leurs liens, du repos en la braize.
L'amitié, dans le feu, vous sceut bien embrazer,
Vous baisates la mort tous cinq d'un sainct baizer,
Vous baizates la mort. Cette mort gracieuse
Fut de vostre union ardemment amoureuse.

C'estoient (ce diroit-on) des hommes endurcis,
Acablez de labeurs et de poignans soucis ;        [dres,
Mais cerchons d'autres cœurs nez et nourris plus ten-
Voyons si Dieu les peut endurcir jusqu'aux cendres ;
Que rien ne soit exempt en ce terrestre lieu
De la force, du doigt et merveilles de Dieu.

Heureuse Graveron (2), qui ne sceut ton courage ?
Qui ne cogneut ton cœur non plus que ton voyage ?
L'hommage fut à Dieu qu'en vain tu aprestois
A un vain cardinal (3) ; ce fut au Roy des rois,
Qui en ta foy mimorte, en ame si craintive
Trouva si brave cœur et une foy si vive.
Dieu ne donna sa force à ceux qui sont si forts :
Le present de la vie est pour les demi-morts.

Il despart les plaisirs aux vaincus de tristesse,
L'honneur aux plus honteux, aux pauvres la richesse :
Cette-cy, en lisant avec frequens souspirs
L'incroyable constance et l'effort des martirs,
Doubtoit la verité en mesurant la crainte :
L'esprit la visita, la crainte fut esteinte.
Prise, elle abandonna dès l'huis de sa prison
Pour les raisons du ciel la mondaine raison :
Sa sœur la trouve en pleurs finissant sa prière,

1. Cinq écoliers de Lausanne suppliciés à Lyon. Voy. Crespin, fol. 235 verso.
2. Philippe de Luns, demoiselle de Graveron. Cf. Crespin,
fol. 431 verso, et *Hist. univ.*, t. 1, p. 107.
3. « Elle alloit à Paris, dit d'Aubigné, pour faire hommage au cardinal de Lorraine. » *Ibid.*

Elle en se relevant dict en telle manière :    [sœur?
« Ma sœur, vois-tu ces pleurs ? vois-tu ces pleurs, ma
Ces pleurs sont toute l'eau qui me restoit au cœur :
Ce cœur ayant jetté son humide foiblesse,
Tout feu, saute de joye et volle d'allegresse. »
La brave se para aux derniers de ses jours,
Disant : « Je veux jouir de mes sainctes amours :
Ces joyaux sont bien peu, l'ame a bien d'autre gage
De l'espoux qui luy donne un si haut mariage. »
  Son visage luisit de nouvelle beauté
Quand l'arrest luy fut leu : le bourreau presenté,
Deux qui l'accompagnoient furent pressez de tendre
Leurs langues au couteau : ils les vouloient deffendre
Aux termes (1) de l'arrest : elle les mit d'accord,
Disant : « Le tout de nous est sacré à la mort :
N'est-ce pas bien raison que les heureuses langues
Qui parlent avec Dieu, qui portent les harangues
Au sein de l'Eternel, ces organes que Dieu
Tient pour les instrumens de sa gloire en ce lieu,
Qu'elles, quand tout le corps à Dieu se sacrifie
Sautent dessus l'autel pour la première hostie.
Nos regards parleront, nos langues sont bien peu
Pour l'esprit qui s'explique en des langues de feu. »
Les trois donnent leur langue ; et la voix on leur bouche :
Les parolles de feu sortirent de leur bouche :
Chasque goutte de sang que le feu fit voller
Porta le nom de Dieu et aux cœurs vint parler.
Leurs regards violans engravèrent leurs zelles
Aux cœurs des assistans, hors-mis des infidelles.
  Le feu tant mesprizé par ces cœurs indomptez
Fit à ces leopards changer de cruautez,
Et pour tout esprouver, les inventeurs infames
Pour un exquis supplice enterrèrent les femmes (2),
Qui, vives, sans paslir et d'un cœur tout nouveau,
D'un œil non effrayé, regardoient leur tombeau,
Prenoient à gré la mort dont cette gent faussaire

---

1. Contre les termes. — 2. *Hist. univ.*, t. I, p. 106.

Diffamoit l'estomac de la terre , leur mère.
Le feu avoit servi tant de fois à brusler,
Ils avoient fait mourir par la perte de l'air,
Ils avoient changé l'eau à devenir cruelle (¹) :
Il falloit que la terre aussi fust leur bourelle (²).
    Parmy les roolles saincts, dont les noms glorieux,
Reproches de la terre , ont esjouy les Cieux,
Je veux tirer à part la constante Marie
Qui (voyant en mespris le tombeau de sa vie
Et la terre et le coffre et les barres de fer
Où elle alloit le corps et non l'ame estouffer)
« C'est (ce dit-elle), ainsi que le beau grain d'eslite
Et s'enterre et se seme affin qu'il ressuscite.
Si la moitié de moy pourrit devant mes yeux,
Je diray que cela va le premier aux Cieux :
La belle impatience et le desir du reste,
C'est de haster l'effect de la terre celeste.
Terre, tu es legère et plus douce que miel :
Saincte terre, tu es le droict chemin du Ciel. »
    Ainsi la noire mort donna la claire vie,
Et le ciel fut conquis par la terre ennemie.
    Entre ceux dont l'esprit peut estre traversé
De l'espoir du futur, du loyer du passé,
Du Bourg (¹) aura ce rang ; son cœur, pareil à l'aage ,
A sa condition l'honneur de son courage,
Son esprit indompté au Seigneur des seigneurs
Sacrifia son corps, sa vie et ses honneurs.
Des promesses de Dieu il vainquit les promesses
Des rois, et, sage à Dieu, des hommes les sagesses.
En allant à la mort, tout plein d'authorité,
Il prononça ces mots : « O Dieu de verité !
Monstre à ces juges faux leur stupide ignorance,

---

1. *Var. :* A donner mort par elle.

2. Féminin de bourreau. Les mêmes idées se retrouvent
dans le dernier livre, vers 750 et suiv.

3. Anne Dubourg, conseiller-clerc au Parlement de Paris,
pendu, puis brûlé en 1559, à l'âge de 38 ans.

Et je prononceray, condamné , leur sentence.
Vous n'estes, compagnons, plus juges, mais bourreaux,
Car, en nous ordonnant tant de tourmens nouveaux,
Vous prestez vostre voix : vostre voix inhumaine
Souffre peine en donnant la sentence de peine :
Comme à l'executeur le cœur s'oppose en vain
Au coup forcé qui sort de l'execrable main.
Sur le siége du droict vos faces sont transies
Quand, demi-vifs, il faut que vous ostiez les vies
Qui seules vivent bien : je prends tesmoins vos cœurs
Qui de la conscience ont ressenti les pleurs :
Mais ce pleur vous tourmente et vous est inutile ,
Et ce pleur n'est qu'un pleur d'un traistre crocodile.
La crainte vous domine , ô juges criminels !
Criminels estes-vous , puis que vous estes tels :
Vous dictes que la loy du Prince publiée
Vous a lié les mains : l'ame n'est pas liée :
Le front du Juge droict, son sévère sourci,
Deust-il souffrir ces mots : *Le Roy le veut ainsi* (1).
— Ainsi as-tu, Tyran (2), par ta fin miserable
En moy fini le coup d'un règne lamentable. »
Dieu l'avoit abatu, et cette heureuse mort
Fut du persecuteur tout le dernier effort :
Il avoit faict mentir la superbe parole ,
Et fait voler en vain le jugement frivole
De ce Roy qui avoit juré que de ses yeux
Il verroit de Du-Bourg et la mort et les feux (3) :
Mais il faut advoüer que, prés de la bataille,

1. Voy. le discours prononcé par Dubourg dans la *Vraye histoire*, etc. (Mém. de Condé, t. 1, édit. de Londres.)
2. Henri II.
3. Henri II mourut le 10 juillet 1559, et Dubourg fut exécuté le 23 décembre de la même année. Voy., sur le procès, de Thou, l. 22 et 23 ; Régnier de la Planche et P. de La Place, année 1559 ; d'Aubigné, *Hist. univ.*, t. 1, p. 114 ; Crespin, fol. 467 et suiv., et l'excellent article de *la France protestante,* par MM. Haag. Diverses relations du procès ont été publiées en 1560, 1561 et 1562.

Ce cœur tremblant revint à la voix d'une Caille (1) :
Pauvre femme, mais riche, et si riche que lors
Un plus riche trouva l'aumosne en ses tresors.
   O combien d'efficace est la voix qui console,
Quand le conseiller joinct l'exemple à la parole,
Comme fit celle-là qui, pour ainsi prescher,
Fit en ces mesmes jours sa chaire d'un buscher !
   Du-Bourg, prés de la mort, sans qu'un visage blesme
L'habillast en vaincu, se devestit soy-mesme
La robe, en s'escriant : « Cessez voz bruslemens,
Cessez, ô senateurs ! Tirez de mes tourmens
Ce proffit, le dernier, de changer de courage
En repentance à Dieu. » Puis, tournant son visage
Au peuple, il dit : « Amis, meurtrier je ne suis poinct :
C'est pour Dieu l'immortel que je meurs en ce poinct. »
Puis comme on l'eslevoit, attendant que son ame
Laissast son corps heureux au licol, à la flame :
« Mon Dieu, vray juge et père, au milieu du trespas
Je ne t'ay poinct laissé, ne m'abandonne pas :
Tout-Puissant, de ta force assiste ma foiblesse :
Ne me laisse, Seigneur, de peur que je te laisse. »
   O François, ô Flamens, (car je ne fay de vous
Qu'un peuple, qu'une humeur, peuple benin et doux),
Anvers, Cambray, Tournay, Mons et Valenciennes,
De voz braves tesmoings nos histoires sont plaines.
Pourrois-je desployer vos morts, vos brulemens,
Vos tenailles en feu, vos vifs enterremens !

1. Ce vers, fort obscur et de bien mauvais goût, est expliqué
par le passage suivant de l'*Histoire universelle* (t. 1, p. 122) :
« Après quelques fuittes sur les formalitez de juge·, quelques confessions en termes ambigus, selon que nous ont
rapporté aucuns prisonniers avec lui, la dame de la Caille,
Parisienne, prisonnière et depuis bruslée, lui ayant reproché
par une fenestre que ses fuittes sentoyent le regnard du
monde, et non l'agneau de Christ, il prit dès lors toutes lon-
gueurs à contre-cœur, reforma sa confession, la rendit plus
claire et plus franche, etc., etc. » Voy. sur Marguerite Le
Riche, dite dame de la Caille, Crespin, fol. 465 et suivants.

Je ne fay qu'un indice à un plus gros ouvrage
Auquel vous ne pourrez qu'admirer davantage,
Comment ce peuple tendre a trouvé de tels cœurs,
Si fermes en constance ou si durs en rigueurs.

   Mais Dieu voulut encor à sa gloire immortelle
Prescher dans l'Italie et en Rome infidelle,
Donner à ces felons les cœurs de ses agneaux
Pour mourir par leurs mains, prophètes de leurs maux.
Vous avez veu du cœur? Voulez-vous de l'adresse,
Et veoir le fin Satan vaincu par la finesse?

   Montalchine, l'honneur de Lombardie (¹), il faut
Qu'en ce lieu je t'eslève un plus brave eschafaut
Que celuy sur lequel aux portes du grand temple
Tu fus martyr de Dieu et des martyrs l'exemple.

   L'Antechrist descouvrant que peu avoient servi
Les vies que sa main au jour avoit ravi :
Voyant qu'au lieux publics de Dieu les tesmoignages,
Au lieu de donner peur, redoubloient les courages,
Resolut de cacher ses meurtres desormais
De la secrette nuict soubs les voilles espais.
Le geolier qui alors detenoit Montalchine,
Voyant que contre luy l'injustice machine
Une secrette mort, l'en voulut advertir.
Ce vieil soldat de Christ feignit un repentir,
Fait ses juges venir, et après la sentence
Leur promet d'anoncer l'entière repentance
De ses fausses erreurs, et que publicquement
Il se desisteroit de ce que faussement
Il avoit enseigné. On asseura sa vie,
Et sa promesse fut de promesses suivie.
Or, pour tirer de luy un plus notable fruict,
On publia partout sur les aisles du bruit
L'heure et le lieu choisi : chacun vient pour s'instruire,
Et Montalchine fut conduict pour se desdire
Sur l'eschafaut dressé : là du peuple il fut veu

   1. Jean Molle, né à Montalcino (Toscane). Voy. Crespin,
fol. 258, verso, et *Hist. univ.*, t. 1, p. 104.

En chemise, tenant deux grands torches en feu :
Puis ayant de sa main commandé le silence (1)
D'un grand peuple amassé, en ce poinct il commence :
     « Mes frères en amour et en soin mes enfans,
Vous m'avez escouté des-ja par divers ans
Preschant et enseignant une vive doctrine,
Qui a troublé vos sens; voyez-ci Montalchine,
Lequel homme et pecheur subject à vanité,
Ne peut avoir tousjours prononcé verité :
Vous orrez sans murmure à la fin la sentence
Des deux oppinions et de leur difference.
     « Trois mots feront partout le vray departement
Des contraires raisons, SEUL, SEULE et SEULEMENT.
J'ay presché que Jesus nous est SEUL pour hostie,
SEUL sacrificateur, qui SEUL se sacrifie :
Les docteurs autrement disent que le vray corps
Est sans pain immolé pour les vifs et les morts,
Que nous avons besoin que le prestre sans cesse
Resacrifie encor Jesus-Christ en la messe.
J'ay dict que nous prenons, prenans le sacrement,
Cette manne du ciel par la foy SEULEMENT ;
Les docteurs, que le corps en chair et en sang entre,
Ayant souffert les dents, aux offices du ventre.
J'ay dict que Jesus SEUL est nostre intercesseur,
Qu'à son père l'accez par luy SEUL nous est seur :
Les docteurs disent plus, et veulent que l'on prie
Les saincts mediateurs et la Vierge Marie.
J'ay dict qu'en la foy SEULE on est justifié,
Et qu'en la SEULE grace est le salut fié :
Les docteurs autrement, et veulent que l'on face
Les œuvres pour aider et la foy et la grace.
J'ay dict que Jesus SEUL peut la grace donner,
Qu'autre que luy ne peut remettre et pardonner :
Eux, que le pape tient, soubs ses clefs et puissances,
Tous thresors de l'eglise et toutes indulgences.
J'ay dict que l'Ancien et Nouveau Testament

     1. *Var.* : obtenu l'oreille et le silence.

Sont la SEULE doctrine et le SEUL fondement :
Les docteurs ont glosé ces règles très certaines (1),
Et veulent adjouster les doctrines humaines.
J'ay dict que l'autre siècle (2) a deux lieux SEULEMENT,
L'un, le lieu des heureux ; l'autre, lieu de tourmens :
Les docteurs trouvent plus et jugent qu'il faut croire
Le limbe des enfans, des grands le purgatoire.
J'ay presché que le pape en terre n'est poinct Dieu
Et qu'il est SEULEMENT evesque d'un SEUL lieu :
Les docteurs, luy donnans du monde la maîtrise,
Le font visible chef de la visible eglise.
[Le tyran des esprits veut nos langues changer
Nous forçant de prier en langage estranger :
L'esprit distributeur des langues nous appelle
A prier seulement en langue naturelle.
C'est cacher la chandelle en secret sous un muy :
Qui ne s'explique pas est barbare à autruy.
Mais nous voyons bien pis en l'ignorance extrême
Que qui ne s'entend pas est barbare à soy-mesme.]
   « O chrestiens ! choisissez : vous voyez d'un costé
Le mensonge puissant, d'autre la verité :
D'une des parts l'honneur, la vie et recompense :
De l'autre ma première et dernière sentence :
Soyez libres ou serfs sous les dernières loix
Ou du vray ou du faux : pour moy, j'ay faict le choix.
Vien, Evangile vray, va-t-en, fausse doctrine.
Vive Christ ! vive Christ ! et meure Montalchine ! »
   Les peuples, tous esmeus, commençoient à troubler :
Il jette gayement ses deux torches en l'air,
Demande les liens, et cette ame ordonnée
Pour l'estouffer de nuict, triomphe de journée (3).
   Tels furent de ce siècle, en Sion, les agneaux
Armez de la prière, et non poinct des couteaux :
Voicy un autre temps, quand des pleurs et des larmes

1. *Var.:* Veulent plus que ces règles certaines.
2. L'autre monde. — 3. En plein jour.

Israel irrité courut aux justes armes.
On vint des feux au fer; lors il s'en trouva peu
Qui, de lions aigneaux, vinssent du fer au feu :
En voicy qui la peau du fier lion posèrent,
Et celle des brebis encores espousèrent.
    Vous, Gastine et Croquet, sortez de voz tombeaux;
Icy je planteray vos chefs luisans et beaux :
Au milieu de vous deux je logeray l'enfance
De vostre commun fils, beau mirouer de constance.
Il se fit grand docteur en six mois de prisons;
Dans l'obscure prison par les claires raisons
Il vainquit l'obstiné, redressa le debile;
Asseuré de sa mort, il prescha l'Evangile.
L'escole de lumière en cette obscurité
Donnoit aux enferrez l'entière liberté.
Son ame de l'enfer au paradis ravie,
Aux ombres de la mort eut la voix de la vie;
A Dieu il consacra sa première fureur,
Il fut vif et joyeux : mais la jeune verdeur
De son enfance tendre et l'aage coustumière
Aux folles gayetez n'eut sa vigueur première
Qu'à consoler les bons et s'ejouir en Dieu.
Cette estoile si claire estoit au beau milieu
Des compagnons captifs, quand du seuil d'une porte
Il se haussa les pieds pour dire en cette sorte :
    « Amis, voicy le lieu d'où sortirent jadis
De l'enfer des cachots dans le haut paradis
Tant de braves tesmoings, dont la mort fut la vie,
Les tormens les plaisirs, gloire l'ignominie.
Ici on leur donnoit nouvelle du trespas :
Marchons sur leurs desseins ainsi que sur leurs pas.
Nos pechez ont chassé tant de braves courages,
On ne veut plus mourir pour les saincts tesmoignages :
De nous s'enfuit la honte et s'aproche la peur :
Nous nous vantons de cœur et perdons le vray cœur.
Degenerés enfans, à qui la fausse craincte
Dans le foyer du sein glace la braize esteinte,

Vous perdez le vray bien pour garder le faux bien,
Vous craignez un exil qui est rien, moins que rien :
Et, pensans conserver ce que Dieu seul conserve,
Aux serfs d'iniquité vendez vostre ame serve :
Ou vous, qui balancez dans le choisir douteux
De l'un ou l'autre bien, cognoissez bien les deux.
Vous perdez la richesse et vaine et temporelle :
Choisissez : car il faut perdre le ciel ou elle :
Vous serez appauvris en voulans servir Dieu,
N'estes-vous point venus pauvres en ce bas lieu ?
Vous aurez des douleurs, vos douleurs et vos doutes
Vous lairront sans douleur ou vous les vaincrez toutes.
Car de cette tourmente il n'y a plus de port
Que les bras estendus du havre de la mort.
Cette mort, des payens bravement desprisée,
Quoy qu'elle fust d'horreurs fièrement desguisée,
N'espouvantoit le front, mais ils disoient ainsi :
Si elle ne fait mieux, elle oste le souci,
Elle esteint nos tourmens si mieux ne peut nous faire,
Et n'y a rien si doux pour estre necessaire.
L'ame cerche tousjours de sa prison les huis
D'où, pour petits qu'ils soient, on trouve les pertuis.
Combien de peu de peine est grand aise ensuyvie,
A moins de mal on sort que l'on n'entre en la vie :
La coustume rend douce une captivité.
Nous trouvons le chemin bref à la liberté :
L'amère mort rendra toute amertume esteinte :
Pour une heure de mort avoir vingt ans de crainte !
Tous les pas que tu fais pour entrer en ce port
Ce sont autant de pas au chemin de la mort.
Mais crains-tu les tourmens qui, à ta dernière heure,
Te font mourir de peur avant que tu te meure ?
S'ils sont doux à porter, la peine n'est qu'un jeu,
Ou s'ils sont violens ils dureront fort peu.
[Ce corps est un logis par nous pris à louage
Que nous devons meubler d'un fort leger mesnage,
Sans y clouer nos biens ; car après les trespas
Ce qui est attaché nous ne l'emportons pas.]

Toy donc, disoit Senèque, avec tes larmes feintes
Qui vas importunant le grand Dieu de tes plaintes,
Par toy tes maux sont maux, qui sans toy ne sont tels.
Pourquoy te fasches-tu? Car entre les autels
Où tu ouvres de cris ta poictrine entamée,
Où tu gastes le bois, l'encens et la fumée,
Venge-toy de tes maux, et au lieu des odeurs
Fais y fumer ton ame avec tous tes malheurs.
Par là ces braves cœurs devindrent autochires(¹):
Les causes seulement manquoient à leurs martires.
Cet ignorant troupeau estoit precipité
De la crainte de craindre en l'autre extremité.
Sans sçavoir quelle vie iroit après leurs vies,
Ils mouroient doucement pour leurs douces patries.
Par là Caton d'Utique et tant d'autres Romains
S'occirent (mais malheur! car c'estoit par leurs mains).
Quels signalez tesmoings du mespris de la vie
De Lucresse le fer, les charbons de Porcie(²).
Le poison de Socrate estoit pure douceur.
Quel vin qui ait cerché la plus froide liqueur
Des glaçons enterrez, et quelle autre viande
De cent desguisemens se fit onc si friande?
    Mais vous, qui d'autres yeux que n'avoient les payens
Voyez les cieux ouverts, les vrais maux, les vrais biens,
Quels vains noms de l'honneur, de liberté, de vie
Ou d'aize vous ont peu troubler la fantaisie?
Serfs de Satan le serf, estes-vous en honneur?
Aurez-vous liberté enchainans vostre cœur?
Deslivrez-vous vos fils, vos filles et vos femmes,
Les livrant à la gehenne, aux enfers et aux flames?

1. C'est-à-dire se donnèrent la mort eux-mêmes.
2. Suivant Valère Maxime (l. 4, ch. 6), Porcia, femme de
Brutus, s'ôta la vie en avalant des charbons ardents, lorsqu'elle eut appris la défaite et la mort de son époux à Philippes. Mais, suivant une lettre même de Brutus, rapportée
par Plutarque (Vie de Brutus), il paroîtroit que Porcia s'étoit
tuée avant la bataille.

Si la prosperité dont le meschant jouit
Vous trompe et vous esmeut, vostre sens s'esblouit,
Comme l'œil d'un enfant qui, en la tragedie,
Voit un coquin pour roy : cet enfant porte envie
Aux habits empruntez que, de peur de souiller,
Mesme à la catastrophe il faudra despouiller.
Ce meschant de qui l'heur à ton deuil tu compare
N'est pas en liberté, c'est qu'il court et s'esgare :
Car si tost qu'il pecha en ce temps, en ce lieu,
Pour jamais il fut clos en la prison de Dieu :
Cette prison le suit quoy qu'il court à la chasse,
Quoy que mille païs comme un Caïn il trasse (¹),
Qu'il fende au gré du vent les fleuves et les mers,
Sa conscience n'est sans cordes et sans fers :
Il ne faut esgaller à l'eternelle peine,
Et aux souspirs sans fin un poinct de courte haleine.
Vous regardez la terre et vous laissez le ciel !
Vous succez le poizon et vous crachez le miel !
Vostre corps est entier et l'ame est entamée !
Vous sautez dans le feu esquivans la fumée !
Haïssez les meschans, l'exil vous sera doux :
Vous estes bannis d'eux, bannissez-les de vous :
[Joyeux que de l'idole encor ils vous bannissent,
Des sourcils des tyrans qu'en menace ils herissent,
De leurs pièges, aguets, ruses et trahisons
De leur devoir la vie; et puis de leurs prisons.]
Vous estes enferrez(²), ce qui plus vous consolle
L'ame, le plus de vous, où elle veut s'enroolle.
S'ils vous ostent vos yeux, vos esprits verront Dieu,
Vostre langue s'en va, le cœur parle en son lieu :
L'œil meure sans avoir eu peur de la mort blesme,
La langue soit couppée avant qu'elle blasphème.
Or, si d'exquises morts les rares cruautez,
Si tormens sur tormens à vos yeux presentez
Vous troublent, c'est tout un. Quel front, quel esqui-
Rend à la laide mort encor plus laid visage ?    [page

1. Parcourre.— 2. Chargés de fers.

Qui mesprise la mort (¹), que luy fera de tort
Le regard asseuré des outils de la mort ?
L'ame, des yeux du ciel, void au ciel l'invisible,
Le mal horrible au corps ne luy est pas horrible;
Les ongles de la mort n'apporteront que feu
A qui se souviendra que ce qu'elle oste est peu.
Un caterre (²) nous peut oster(³) chose pareille;
Nous en perdons autant d'une douleur d'oreille;
Une humeur corrompue, un petit vent mauvais,
Une veine picquée, ont de pareils effects.
Et ce fascheux apprest pour qui le poil nous dresse,
C'est ce qu'à pas contez (4) traine à soy la viellesse.
L'assassin condamné à souffrir seulement
Sur chasque membre un coup, pour languir longuement,
Demande le cinquiesme à l'estomach (5), et pense
Par ce coup plus mortel adoucir la sentence.
[La mort à petit feu est bien autre douleur
Qu'un prompt embrasement, et c'est une faveur
Quand pour faire bien tost l'ame du corps dissoudre
On met sous le menton du patient la poudre.]
Les sevères prevosts, choisissans les tourmens,
Tiennent les courts plus doux, et plus durs les plus lents,
Et quand la mort à nous d'un brave coup se joüe,
Nous desirons languir long-temps sur nostre roüe (6).
Le sang de l'homme est peu, son mespris est beaucoup :
Qui le mesprisera pourra voir tout à coup
Les canons, la fumée et les fronts des batailles :
Ou mieux les fers, les feux, les couteaux, les tenailles,
La roüe et les cordeaux; cettuy-là pourra voir
Le precipice bas dans lequel il doit choir;
Mespriser la montagne, et de libre secousse,

---

1. A celui qui méprise.
   2. Catairhe. — 3. *Var.* : ravir. — 4. Comptés.
   5. C'est-à-dire demande qu'on lui donne le cinquième
coup sur la poitrine.
   6. *Var. :*

   Le petit feu nous plaist, et languir sur la roüe.

En regardant en haut sauter quand on le pousse.
Nos frères bien instruicts ont l'appel reffuzé,
Et Le Brun, Dauphinois, doctement advisé,
Quand il eut sa sentence avec plaisir ouye,
Respondit qu'on l'avoit condamné à la vie (¹).
  « Tien ton ame en tes mains : tout ce que les tyrans
Prennent, n'est poinct la chose, ains seulement le temps :
Que le nom de la mort autrement effroyable,
Bien cogneu, bien pesé, nous devienne agreable.
Heureux qui la cognoist ! Or il faut qu'en ce lieu,
Plain de contentement, je donne gloire à Dieu.
  « O Dieu ! quand tu voudras cette charongne prendre,
Par le cousteau en pièce ou par le feu en cendre,
Dispose, ô Eternel; il n'y a nul tombeau,
Qui à l'œil et au cœur ne soit beau s'il t'est beau. »
  Il faisoit ces leçons, quand le geolier l'appelle
Pour recevoir sentence en la noire chappelle :
L'œil de tous fut troublé, le sien en fut plus beau ;
Ses yeux devindrent feu, ceux des autres de l'eau :
Lors, serenant son front et le teint de sa face,
Il rit à ses amis, pour à Dieu (²) les embrasse,
Et à peu de loisir, redoubloit ce propos :
« Amis, vous me voyez sur le seuil du repos :
Ne pleurez pas mon heur : car la mort inhumaine,
A qui vaincre la sçait ne tient plus rang de peine:
La douleur n'est le mal, mais la cause pourquoy (¹).
Or, je voy qu'il est temps d'aller prouver par moy
Les propos de ma bouche. Il est temps que je treuve
En ce corps bien-heureux la pratique et l'espreuve. »
Il vouloit dire plus : l'huissier le pressa tant
Qu'il courut tout dispos vers la mort en sautant.
Mais dès le seuil de l'huis le pauvre enfant advise
L'honorable regard et la vieillesse grise
De son père et son oncle à un posteau liez.
Alors premierement les sens furent ployez :
L'œil si gay laisse en bas tomber sa triste veüe,

1. *Hist. univ.*, t. 2, p. 99. — 2. Adieu.

L'ame tendre s'esmeut, encores non esmeüe :
Le sang sentit le sang, le cœur fut transporté,
Quand le père, rempli de mesme gravité
Qu'il eut en un conseil, d'une voix grosse et grave
Fit à son fils pleurant cette harangue brave :
« C'est donc en pleurs amers que j'iray au tombeau,
Mon fils, mon cher espoir, mais plus cruel bourreau
De ton père affligé : car la mort pasle et blesme
Ne brise point mon cœur comme tu fais toy-mesme :
Regretteray-je donc le soing de te nourrir ?
N'as-tu peu bien vivant apprendre à bien mourir ? »
    L'enfant rompt ces propos : « Seulement mes en-
Vous ont senti, dit-il, et les rudes batailles    [trailles
De la prochaine mort n'ont point espouvanté
L'esprit instruit de vous, le cœur par vous planté.
Mon amour est esmeu, l'ame n'est pas esmeüe,
Le sang, non pas le sens, se trouble à vostre veüe :
Vostre blanche vieillesse a tiré de mes yeux
De l'eau, mais mon esprit est un fourneau de feux :
Feux pour brusler les feux que l'homme nous appreste.
Que puissé-je trois fois pour l'un' et l'autre teste
De vous et de mon oncle, et plus jeune et plus fort,
Aller faire mourir la mort avec ma mort ! »
« Donc, dict l'autre vieillard, ô que ta force est molle,
O Mort, à ceux que Dieu entre tes bras console !
Mon neveu, ne plain pas tes pères perissans :
Ils ne perissent pas. Ces cheveux blanchissans,
Ces vieilles mains ainsi en malfaicteurs liées
Sont de la fin des bons à leurs fins honorées :
Nul grade, nul estat ne nous lève si haut
Que donner gloire à Dieu au haut d'un eschafaut.
—Mourons, pères, mourons ce dict l'enfant à l'heure.»
L'homme est si inconstant à changer de demeure,
La nouveauté luy plaist, et quand il est au lieu
Pour changer cette fange à la gloire de Dieu,
L'homme commun se plainct de pareille parolle :
Ils consolent leur fils et leur fils les console.
    Voicy entrer l'amas des sophistes docteurs,

Qui aux fronts endurcis s'aprochent seducteurs,
Pour vaincre de raisons (1) les precieuses ames
Que la raison celeste a mené dans les flames.
Mais l'esprit tout de feu du brave et docte enfant
Voloit dessus l'erreur d'un sçavoir triomphant,
Et malgré leurs raisons, leurs fuites et leurs ruzes,
Il laissoit les caphards sans mot et sans excuses.
La mort n'apeloit point ce bel entendement
A regarder son front, mais sur chasque argument
Prompt, aigu, advizé, sans doubte et sans refuge,
En les rendant transis il eût grace de juge.
A la fin du combat ces deux Eleazars
Sur l'enfant à genoux couchant leurs chefs vieillards,
Sortirent les premiers du monde et des misères,
Et leur fils en chantant courut après ses pères (2).

O cœurs, mourans à vie indomptez et vainqueurs,
O combien vostre mort fit revivre de cœurs!

Nostre grand Beroald'(3) a veu, docte Gastine,
Avant mourir, ces traits fruicts de sa discipline.

1. *Var.* : d'arguments.
2. Philippe de Gastine étoit un riche marchand de la rue
Saint-Denis, à Paris. Au mois de juin 1569, il fut arrêté
avec ses fils Richard, Jacques et François de Gastine, et Nicolas Croquet, comme ayant ouvert sa maison aux assemblées des réformés. — Par arrêt du 28 juin, Croquet, Philippe
et Richard, furent condamnés au gibet, Jacques aux galères
perpétuelles, et François au bannissement. On avoit, en mémoire de leur supplice, érigé une croix sur l'emplacement de
leur maison, qui avoit été démolie. Cette croix, dite la *croix
de Gastine*, par suite de l'édit de pacification, dut être détruite,
et fut, à la fin de décembre 1571, enlevée la nuit et transportée au cimetière des Saints-Innocents. Il en résulta quelques troubles le lendemain. Voy. le *Discours de ce qui advint
touchant la croix de Gastine*, par René Benoist, dans les
*Mémoires de Charles IX*, t. 1, p. 88. — Cf. de Thou, l. 50;
l'Estoile, 1569, p. 23; Crespin, 609, 701, et Haag, *la France
protestante*, t. 5, p. 231.
3. Mathieu Brouart, plus connu sous le nom de Béroalde,
que lui fit prendre son oncle Vatable, né à Saint-Denis vers

Ton privé compagnon(¹) d'escoles et de jeux
L'escript : le face Dieu ton compagnon de feux.
　O bien-heureux celuy qui, quand l'homme le tue,
Arrache de l'erreur tant d'esprits par sa veüe :
Qui monstre les thresors et graces de son Dieu,
Qui butine en mourant tant d'esprits, au milieu
Des spectateurs esleus : telle mort est suivie
Presque tousjours du gain de mainte belle vie,
Mais les martyrs ont eu moins de contentement,
De qui la laide nuict cache le beau tourment.
Non que l'ambition y soit quelque salaire :
Le salaire est en Dieu à qui la nuict est claire,
Pourtant beau (2) l'instrument de qui l'exemple sert
A gaigner, en mourant, la brebis qui se perd.
　Je ne t'oublieray pas, ô ame bien-heureuse,
Je tireray ton nom de la nuict tenebreuse,
Ton martyre secret, ton exemple caché
Sera par mes escrits des ombres arraché.
　Du berceau, du tombeau, je relève une fille,
De qui je ne diray le nom ni la famille (3) :
Le père encor vivant, plain de graces de Dieu,
En païs estranger dira en quelque lieu
Quelle fut cette mort dont il forma la vie.
　Le subject du massacre (4) et non pas la furie,
Laissoit dedans Paris reposer les cousteaux,
Les lames, et non pas les ames des bourreaux :
D'entre les sons piteux de la grand boucherie
Un père avoit tiré sa miserable vie ;
Sa femme le suivit, et hors des feux ardans

1520, mort à Genève en 1576. Il avoit été le maître de
d'Aubginé et aussi, d'après les vers ci-dessus, de Richard
de Gastine.
　1. D'Aubigné.
　2. Beau est l'instrument.
　3. D'Aubigné n'a pas toujours été aussi réservé ; ailleurs
il nous apprend qu'il s'agit de deux filles du ministre Serpon,
torturées par une de leurs tantes. (*Hist. univ.*, t. 2, p. 552.)
　4. De la Saint-Barthélemy.

Sauva le moins aagé de trois de ses enfans (1).
Deux filles, qui cuidoient que le nœu de la race (2)
Au sein de leurs parens trouveroit quelque place,
Se vont jetter aux bras de ceux de qui le sang
De la tendre pitié devoit brusler le flanc.
Ces parens, mais bourreaux, par leurs douces paroles,
Par menaces après, contraignoient aux idoles
Ces cœurs voüez à Dieu, puis l'aveugle courroux
Des inutiles mots les fit courir aux coups.
Par trente jours entiers ces filles deschirées
De verges et fers chaux demeurent asseurées :
La nuict on les espie, et leurs sanglantes mains
Joinctes tendoient au ciel; ces proches inhumains
Dessus ces tendres corps impiteux s'endurcirent,
Si que hors de l'espoir de les vaincre ils sortirent.
En plus noire mi-nuict, ils les jettent dehors,
La plus jeune, n'ayant place entière en son corps,
Est prise de la fièvre et tombe à demi-morte,
Sans poulx, sans mouvement, sur le seuil d'une porte;
L'autre s'enfuit d'effroy, et ne peut ce discours
Poursuivre plus avant le succès de ses jours (3).
Le jour estant levé, le peuple esmeu advise
Cet enfant que les coups et que le sang desguise,
Inconnu, pour autant qu'en la nuict elle avoit
Fuy de son logis plus loing qu'elle pouvoit.
On porte à l'hospital cette ame esvanouie,
Mais si tost qu'elle eut pris la parolle et la vie,
Elle crie en son lict : « O Dieu, double ma foy,
C'est par les maux aussi que les tiens vont à toy :

---

1. Ces sept vers sont remplacés par les suivants dans l'édition sans date :

> Ce père avoit trié de la grand'boucherie
> Sa fidelle moitié d'une tremblante main,
> Et un de leurs enfans qui luy pendoyent au sein,
> Deux filles qui cuidoyent...

2. Le lien de la parenté.
3. C'est-à-dire : je ne puis en dire davantage.

Je ne t'oublieray poinct, mais, mon Dieu, fay en sorte
Qu'ainsi que le mal croist (¹) je devienne plus forte. »
Ce mot donna soupçon : on pense incontinent
Que les esprits d'erreur n'alloient pas enseignant
Les enfans de neuf ans, pour, de chansons si belles,
Donner gloire au grand Dieu, au sortir des mamelles.
Jesus-Christ, vray berger, sçait ainsi faire choix
De ses tendres brebis, et les marque à la voix.
Au bout de quelques mois des-jà la maladie
Eut pitié de l'enfant, et luy laissoit la vie :
La fievre s'enfuit, et le dard de la mort
Laissa ce corps si tendre avec un cœur si fort.
L'aveugle cruauté enflamma, au contraire,
A commettre la mort que la mort n'a peu faire
Les gardes d'hospital, qui un temps par prescheurs,
Par propos importuns d'impiteux seducteurs,
Par menaces après, par piquantes injures
S'essayerent plonger cette ame en leurs ordures.
L'enfant aux seducteurs disoit quelques raisons,
Contre les menaçans se targuoit d'oraisons :
Et comme ces tourmens changoient de leur maniere,
D'elle mesme elle avoit quelque propre priere.
Pour dernier instrument ils osterent le pain,
La vie à la mi-morte, en cuidant par la faim,
En ses plus tendres ans, l'attirer ou contraindre.
Il fut plus malaisé la forcer que l'esteindre :
La vie et non l'envie ils presserent si fort
Qu'elle donne en trois jours les signes de la mort.
Cet enfant, non enfant, mais ame des-jà saincte,
De quelque beau discours, de quelque belle plainte,
Estonnoit tous les jours et n'amolissoit pas
Les vilains instrumens d'un languissant trespas.
Il advint que ses mains encores deschirées
Receloient quelque sang aux playes demeurées :
A l'effort de la mort sa main gauche seigna,
Entiere dans son sang inocent se baigna :

1. *Var.* : Qu'à la force du mal.

En l'air elle haussa cette main degouttante,
Et pour derniere voix elle dist, gemissante :
« O Dieu, prens-moy la main, prens-la, Dieu secourant,
Soustien-moy, conduy-moy au petit demeurant
De mes maux achevez : il ne faut plus qu'une heure
Pour faire qu'en ton sein à mon aise je meure,
Et que je meure en toy comme en toy j'ay vescu.
Le mal gaigne le corps, pren l'esprit invaincu. »
Sa parole affoiblit, à peine elle profere
Les noms demi-sonnez de sa sœur et sa mere
D'un visage plus gay elle tourna les yeux
Vers le ciel de son lict, les plante dans les Cieux,
Puis à petits soupirs, l'ame vive s'advance
Et aprés les regards et aprés l'esperance.
Dieu ne refuza point la main de cet enfant,
Son œil vid l'œil mourant, le baisa triumphant,
Sa main luy prit la main, et sa derniere haleine
Fuma au sein de Dieu qui, present à sa peine,
Luy sousteint le menton, l'esveilla de sa voix;
Il larmoya sur elle, il ferma de ses doigts
La bouche de loüange, achevant sa priere,
Baissant des mesmes doigts pour la fin la paupiere :
L'air tonna, le ciel plut, les simples elemens
Sentirent à ce coup tourment de ces tourmens.

    O François desreglez, où logent vos polices,
Puis que vos hospitaux servent à tels offices ?
Que feront vos bourdeaux et vos berlans pilleurs,
La forest, le rocher, la caverne aux voleurs ?
    Mais quoy ? des saincts tesmoins la constance affermie
Avoit lassé les poings de la gent ennemie,
Noyé l'ardeur des feux, seché le cours des eaux,
Emoussé tous les fers, usé tous les cordeaux,
Quand des autels de Dieu l'inextinguible zele
Mit en feu l'estomac de maint et maint fidele :
Sur tout de trois Anglois (1), qui, en se complaignant
Que des affections le grand feu s'esteignant,

    1. Je n'ai pu retrouver leurs noms.

Avec luy s'estouffoit l'autre flame ravie,
Qui est l'ame de l'ame et l'esprit de la vie.
Ces grands cœurs ne voulans que l'ennemi ruzé
Par un siecle de guerre eust, plus fin, desguizé
En des combats de fer les combats de l'Eglise
Poussez du doigt de Dieu, ils firent entreprize
D'aller encor livrer un assaut hazardeux
Dans le nid de Satan (1) : mais de ces trois, les deux
Prescherent en secret, et la ruze ennemie
En secret estouffa leur martyre et leur vie.
Le tiers, aprés avoir essayé par le bruit
A cueillir sur leur cendre encore quelque fruict,
Rendit son coup public et publique sa peine.
    Humains, qui prononcez une sentence humaine,
Contre cette action, nommans temerité
Ce que le Ciel despart de magnanimité.
Vous dites que ce fut un effort de manie
De porter de si loin le thresor de sa vie,
Aller jusques dans Rome, et aux yeux des Romains
Attaquer l'Antechrist, luy arracher des mains
L'idole consacrée, aux pieds l'ayant foulée,
Consacrer à son Dieu son ame consolée ;
Vous qui, sans passion, jugez les passions,
Dont l'esprit tout de feu esprend nos motions,
Lians le doigt de Dieu aux principes ethiques,
Les tesmoignages saincts ne sont pas politiques
Assez à vostre gré : vous ne cognoissez point
Combien peut l'Esprit sainct, quand les esprits il
Que blasmez-vous ici ? l'entreprise boüillante, [poinct(2).
Le progrez sans changer, ou la fin triomphante ?
Est-ce entreprendre mal d'aller annoncer Dieu
Du grand siege d'erreur au superbe milieu (1) ?
Est ce mal avancé la chose encommencée
De changer cinq cens lieux sans changer de pensée(2) ?
Est–ce mal achever de piller tant de cœurs

1. A Rome. — 2. Aiguillonne.
3. C'est-à-dire au milieu du siége.

Dedans les seins tremblans des pasles spectateurs ?
Nous avons veu les fruicts et ceux que cette escole
Fit, en Rome, quitter et Rome et son idole.
Ouy, mais c'est desespoir, avoir la liberté
En ses mains et choisir une captivité.
Les trois enfans vivoient libres et à leur aise :
Mais l'aise leur fut moins douce que la fournaise.
On refusoit la mort à ces premiers chrestiens
Qui recerchoient la mort sans fers et sans liens :
Paul (1), mis en liberté d'un coup du ciel, refuse
La douce liberté. Qui est-ce qui l'accuse ?
Aprenez, cœurs transis, esprits lents, juges froids,
A prendre loy d'enhaut, non y donner des loix :
Admirez le secret que l'on ne peut comprendre :
En loüant Dieu, jettez des fleurs sur cette cendre. ₒ

   Ce tesmoin endura du peuple esmeu les coups,
Il fut laissé pour mort, non esmeu de courroux,
Et puis voyant cercher des peines plus subtiles,
Pour desguiser sa peine il dit : « Cerchez, Perilles 1 :
Cerchez quelques tourmens longs et ingenieux,
Le coup de l'Eternel n'en paroistra que mieux :
Mon ame, contre qui la mort n'est gueres forte,
Aime à la mettre bas de quelque brave sorte. »
Sur un asne on le lie, et six torches en feu
Le vont de rue en rue assechant peu à peu.
On brusle tout premier (2) et sa bouche et sa langue :
A un des boutte-feux il fit cette harangue :
« Tu n'auras pas l'esprit : Qui t'a, chetif, appris
Que Dieu n'entendra point les voix de nos esprits ? »
Les flambeaux traversoient les deux joües rosties
Qu'on entendit : « *Seigneur, pardonne à leurs folies :* »
Ils bruslent son visage, ils luy crevent les yeux,
Pour chasser la pitié en le monstrant hideux :
Le peuple s'y trompoit, mais le Ciel de sa place
Ne contempla jamais une plus claire face :
Jamais le paradis n'a ouvert ses thresors

  1. Saint Paul. — 2. En premier lieu.

Plus riant à esprit separé de son corps :
Christ luy donna sa marque, et le voulut faire estre
Imitateur privé des honneurs de son maistre,
Estant ainsi monté (¹), pour entrer tout en paix
Dans la Hierusalem permanente à jamais·
　Oui, le ciel arrosa ces graines espandües,
Les cendres que fouloit Rome parmi ses rues :
Tesmoin ce blanc vieillard que trois ans de prisons
Avoient mis par delà le roolle des grisons :
Qui à ondes couvroit de neiges sans froidure
Les deux bras de cheveux (²), de barbe la ceinture.
Ce cygne fut tiré de son obscur estuy
Pour gagner par l'effroy ce que ne peut l'ennuy :
De près il vit briser si douloureuse vie (³),
Et tout au lieu de peur anima son envie :
Le docte confesseur qui au feu l'assista,
Changé, le lendemain, en chaire presenta
Sa vie au mesme feu, maintenant l'innocence
De son vieillard client : la paisible assistance
Sans murmure escouta les nouvelles raisons,
Apprit de son prescheur comment, dans les prisons,
Celuy qui eut de solde un escu par journée,
Avoit entre les fers sa despence ordonnée,
Vivant d'un sol de pain : ainsi le prisonnier
En un pauvre croton le fit riche ausmosnier.
Ce peuple pour ouïr ces choses eut oreilles,
Mais n'eut pour l'accuser de langue. Les merveilles
De Dieu font quelquesfois en la constante mort
Ou en la liberté quelques fois leur effort.
　De mesme escole vint, après un peu d'espace,
Lemaigre, capucin : cestuicy en la face
Du pape non clement (4), l'appella ante-Christ,

---

1. *Var. :* monté dessus l'asnon.
2. C'est-à-dire dont les cheveux blancs couvroient les épaules.
3. La vie de celui dont d'Aubigné vient de parler.
4. Probablement Clément VII, ce qui donne occasion à d'Aubigné de faire un jeu de mots.

Faisant de vive voix ce qu'autre par escrit.
Il avoit recerché dedans le cloistre immonde
La separation des ordures du monde;
Mais y ayant trouvé du monde les retraits,
Quarante jours entiers il desploia les traits,
En la chaire d'erreur, de la verité pure,
La robbe de mensonge estant sa couverture.
Un sien juge choisi, par lui jugé, appris
Et depuis fugitif, nous donna dans Paris
La suite de ces morts, à esclorre des vies,
Pour l'honneur des Anglois contre les calomnies.
Mais il se ravissoit sur ce qu'avoit presché
L'esprit sans corps, par qui le corps bruslé, seiché,
N'estoit plus sa maison, mais quelque tendre voile,
Comme un guerrier parfaict, campant dessous la toile.
Qu'on menace de feu ces corps des-jà brisés:
Ô combien sont ces feux par ceux-là mesprisez!
Ceux-là battent aux champs, ces ames militantes
Pour aller au combat, mettent le feu aux tentes.
    Le printemps de l'Eglise et l'esté sont passez,
Si serez-vous par moi, vers(1) bouttons, amassez;
Encor esclorrez-vous, fleurs si franches, si vives,
Bien que vous paroissiez dernières et tardives:
On ne vous lairra pas, simples de si grand pris,
Sans vous voir et flairer au celeste pourpris;
Une rose d'automne est plus qu'une autre exquise.
Vous avez esjouy l'automne de l'Eglise:
Les grands feux de la chienne(2) oublioient à bruler,
Le froid du scorpion rendoit plus calme l'air,
Cet air doux qui tout autre en malices excède
Ne fit tièdes vos cœurs en une saison tiède.
Ce fut lors que l'on vid les lions s'embrazer
Et chasser, barriquez, leur Nebucadnezer (3),
Qui à son vieil Bernard (4) remonstra sa contraincte

1. Verts. — 2. Canicule.
3. Nabuchodonosor (Henri III). Allusion à la journée des
Barricades. — 4. Le célèbre Bernard Palissy.

De l'exposer au feu si mieux n'aymoit par feinte
S'accommoder au temps : le vieillard chevelu
Respond : « Sire, j'estois en tout temps resolu
D'exposer sans regret la fin de mes années,
Et ores les voyant en un temps terminées
Où mon grand Roy a dict : *Je suis contrainct*, ces voix (1)
M'osteroient de mourir le deuil si j'en avois.
Or vous et tous ceux-là qui vous ont peu contraindre
Ne me contraindrez pas, car je ne sçay pas craindre,
Puis que je sçay mourir (2). » La France avoit mes-
Que ce potier fust roy, que ce roy fust potier.  [tier (3)
[ De cet esprit royal la bravade gentille
Mit en fièvre Henry. De ce temps, la Bastille
N'emprisonnoit que grands, mais à Bernard il faut
Une grande prison et un grand eschafaut (4).]
Vous eustes ce vieillard conseiller en vos peines,
Compagnon de liens, ames parisiennes (5).
On vous offrit la vie aux despens de l'honneur :
Mais vostre honneur marcha soubs celuy du Seigneur
Au triomphe immortel, quand du tyran la peine
Plustost que son amour vous fit choisir la haine.
Nature s'employant sur cette extremité

1. Ces mots.

2. D'Aubigné n'a guère fait que mettre en vers le discours qu'il a rapporté en prose dans son *Hist. univ.*, t. 3,
p. 298. Cf. *Confession de Sancy*, l. 2, ch. 7.

3. Besoin.

4. Bernard Palissy mourut en 1590, prisonnier à la Bastille, « de misère, necessité et mauvais traitemens », dit
l'Estoile, auquel il légua une tête de mort pétrifiée qu'il appeloit sa *pierre philosophale* ( L'Estoile, année 1590, p. 41).
Il étoit âgé de 90 ans.

5. Les âmes parisiennes. D'Aubigné veut parler de deux
sœurs qui furent pendues et brûlées à Paris le 28 juin 1588.
Leur supplice causa une profonde sensation dans l'armée du
roi de Navarre (*Vie de M. Duplessis*, t. 1, p. 116). Suivant
d'Aubigné (*Hist. univ.*, t. 3, p. 298), elles étoient filles de
Sureau. Suivant l'Estoile (1588, p. 258), de Foucaud, procureur au Parlement.

En ce jour vous para d'angelique beauté :
Et pource qu'elle avoit en son sein preparées
Des graces pour vous rendre en vos jours honorées,
Prodigue, elle versa en un pour ses enfans
Ce qu'elle reservoit pour le cours de vos ans.
Ainsi le beau soleil monstre un plus beau visage,
Faisant un soutre(¹) clair soubs l'espais du nuage,
Et se faict par regrets, et par desirs aimer,
Quand ses rayons du soir se plongent en la mer.
On dit du pèlerin, quand de son lict il bouge,
Qu'il veut le matin blanc, et avoir le soir rouge.
Vostre naissance, enfance, ont eu le matin blanc :
Vostre coucher heureux rougit en vostre sang.
Beautez, vous advanciez d'où retournoit Moïse
Quand sa face parut si claire et si exquise.
D'entre les couronnez, le premier couronné
De tels rayons se vid le front environné.
Tel, en voyant le ciel, fut veu ce grand Estienne (²),
Quand la face de Dieu brilla dedans la sienne (³).

1. Un dessous clair. — 2. Saint Etienne.

3. Ces vers avoient déjà été imprimés, mais avec de notables différences, dans la lettre à Madame *sur la douceur des afflictions*. Les voici avec les quelques lignes qui les précèdent dans ce petit écrit :

« Tout Paris est tesmoin que telles beautés non accoustumées parurent au visage de la damoiselle de Graveron et de ses (lisez *ces*) deux sœurs qui furent couronnées du martyre au temps des barricades. Bien-heureux sont ceux que l'esprit de Dieu esclaircit et polit, et qui, comme un cristal reluisant, ou plus tost comme les astres, renvoyent les rayons de la face de Dieu, qui se mire en eux, aux yeux des anges et des humains !

« L'auteur cy-dessus allegué (d'Aubigné), escrivant de ces sœurs, dit en ces termes :

> Nature s'employant à cette trinité,
> A ce point vous para d'angelique beauté ;
> Et pource qu'elle avoit en son sein preparées
> Des beautés pour vous rendre en vos jours honorées,
> Elle prit tout d'un coup l'amas fait pour tousjours

O astres bien heureux, qui rendent à nostre œil
Ses mirouers et rayons, lunes (1) du grand soleil!
  Dieu vid donc de ses yeux, d'un moment dix mil
Rire à sa verité, en despitant les flames :        [ames
Les uns qui, tous chenus d'ans et de saincteté,
Mouroient blancs de la teste et de la pieté ;
Les autres mesprisans au plus fort de leur aage
L'effort de leurs plaisirs, eurent pareil courage
A leurs virilitez, et les petis enfants,
De qui l'ame n'estoit tendre comme les ans,   [velles
Donnoient gloire au grand Dieu, et de chansons nou-
S'en couroient à la mort au sortir des mamelles.
Quelques uns des plus grands, de qui Dieu ne voulut
Le salut impossible, et d'autres qu'il esleut,
Pour prouver par la mort, constamment recerchée,
La docte verité comme ils l'avoient preschée.
Mais beaucoup plus à plain qu'aux doctes et aux grands,
Sur les pauvres abjects sainctement ignorans
Parut sa grand bonté, quand les braves courages
Que Dieu voulut tirer des fanges des villages,
Vindrent faire rougir devant les yeux des rois

En donnant à un jour l'apprest de tous vos jours ;
Elle prit à deux mains les beautés sans mesure,
Beautés que vous donnez au Roy de la nature,
Et à ce coup prodigue en vous, ses chers enfans,
Ce qu'elle reservoit pour le cours de vos ans.
Ainsi le beau soleil monstre un plus beau visage
Dans le centre plus clair sous l'espais du nuage,
Et ce par regretter et par desirs aimer,
Quand ses rayons du soir se plongent en la mer.
Ce coucher en beaux draps que le soleil decore
Promet le lendemain une plus belle aurore :
Aussi ce beau coucher tesmoigne à ces martyrs
La resurrection sans pluye et sans souspirs.
Ces martyrs s'avançoyent d'où retournoit Moïse
Quand sa face parut si belle et si exquise.
D'entre les couronnés le premier couronné
De tels rayons se vid le front environné :
Tel en voyant son Dieu fut veu le grant Estienne
Quand la face de Dieu brilla dedans la sienne.

1. *Var.* : livrés.

La folle vanité, l'esprit donna des voix
Aux muets pour parler, aux ignorans des langues,
Aux simples des raisons, des preuves, des harangues,
Ne les fit que l'organe (¹) à prononcer les mots
Qui des docteurs du monde effaçoient les propos.
Des inventeurs subtils les peines plus cruelles,
N'ont attendri le sein des simples damoiselles :
Leurs membres delicats ont souffert, en maint lieu,
Le glaive et les fagots, en donnant gloire à Dieu.
Du Tout-puissant la force au cœur mesme des femmes
Donna vaincre la mort et combattre les flames :
Les cordes des geoliers deviennent leurs carquans,
Les chaines des posteaux leurs mignards jaseranz (²),
Sans plaindre leurs cheveux, leur vie et leurs delices,
Elles les ont à Dieu rendus en sacrifices.
  Quand la guerre, la peste et la faim s'aprochoient,
Les trompettes d'enfer plus eschauffez preschoient
Les armes, les fagots, et, pour apaiser l'ire
Du ciel, on presentoit un fidelle au martyre.
« Nous serions, disoient-ils, paisibles, saouls et sains,
Si ces meschans vouloient faire prière aux saincts. »
Vous eussiez dict plus vray, langues fausses et foles,
En disant : Ce mal vient de servir aux idoles :
Parfaicts imitateurs des abusez payens,
Apaisez-vous le Ciel par si tristes moyens?
Vous deschirez encor et les noms et les vies
Des inhumanitez et mesmes calomnies
Que Romme la payenne infidelle, inventa,
Lors que le fils de Dieu sa bannière y planta.
Nous sommes des premiers images veritables :
Imprudens, vous prenez des Nerons les vocables.
Encontre ces chrestiens, tout s'esmeut par un bruict
Qu'ils mangeoient les enfans, qu'ils s'assembloient la
Pour tuer la chandelle et faire des meslanges    [nuict
D'inceste, d'adultère et de crimes estranges.

1. C'est-à-dire ils ne furent que les organes de Dieu.
2. Chaînes d'or, bracelets.

Ils voyoient tous les jours ces chrestiens accusez
Ne cercher que l'horreur des grands feux embrasez,
Et Ciprian (¹) disoit : « Les personnes charnelles
Qui aiment leurs plaisirs cherchent-ilz des fins telles ?
Comment pourroit la mort loger dans les desirs
De ceux qui ont pour Dieu la chair et les plaisirs ? »
Jugez de quel crayon, de quelle couleur vive
Nous portons dans le front l'Eglise primitive.
    O bien heureux esprits, qui, en changeant de lieu,
Changez la guerre en paix, et qui, aux yeux de Dieu,
Souffrez, mourez pour tel de qui la recompense
N'a le vouloir borné non plus que la puissance !
Ce Dieu-là vous a veus et n'a aimé des cieux
L'indicible plaisir, pour approcher ses yeux
Et sa force de vous : cette constance extrême
Qui vous a faict tuer l'enfer et la mort blesme,
Qui a fait les petits resister aux plus grands,
Qui a fait les bergers vainqueurs sur les tyrans,
Vient de Dieu, qui, present au milieu de vos flames,
Fit mespriser les corps pour delivrer les ames.
Aussi, en ces combats, ce grand chef souverain
Commande de la voix et combat de sa main :
Il marche au rang des siens ; nul champion en peine
N'est sans la main de Dieu qui par la main le meine.
    Quand Dieu eut tournoyé (2) la terre toute en feu
Contre sa verité, et après qu'il eut veu
La souffrance des siens, au contraire il advise
Ceux qui tiennent le lieu et le nom de l'Eglise
Yvres de sang, de vin, qui, enflez au milieu
Du monde et des malheurs, blasphement contre Dieu ;
Presidans sur le fer, commandent à la guerre,
Possedans les grandeurs, les honneurs de la terre,
Portoient la croix en l'or et non pas en leurs cœurs,
N'estoient persecutez, mais bien persecuteurs.
Au conseil des tyrans ils eslevoient leurs crestes,

1. Saint Cyprien.
2. Fait le tour de la terre.

Signoient et refusoient du peuple les requestes ;
Jugeoient et partageoient, en grondans comme chiens,
Des pauvres de l'Eglise et les droicts et les biens.
[Sel sans saveur, bois verd qui sans feu rend fumée,
Nuage sans liqueur, abondance affamée,
Comme l'arbre enterré au dessus du nombril,
Offusqué par sa graisse et par elle steril.]
D'ailleurs, leurs fautes sont descouvertes et nues :
Dieu les vid à travers leurs fueilles mal cousues,
Se disans conseillers, desquels l'ordre et le rang
Ne permet de tuer et de juger au sang :
Ceux-là changeans de nom et ne changeans d'office,
Après soliciteurs, non juges des supplices,
Furent trouvez sortans des jeux et des festins
Ronfler aux seins enflés de leurs pasles putains.
     Dieu voulut en veoir plus, mais de regret et d'ire
Tout son sang escuma : il fuit, il se retire,
Met ses mains au devant de ses yeux en courroux.
Le Tout-Puissant ne peut resider entre nous :
Sa barbe et ses cheveux de fureur herissèrent,
Les sourcils de son front en rides s'enfoncèrent,
Ses yeux changez en feu jettèrent pleurs amers,
Son sein enflé de vent vomissoit des esclairs.
     Il se repentit donc d'avoir formé la terre :
Tantost il prit au poing une masse de guerre,
Une boeste de peste et de famine un vent ;
Il veut mesler la mer et l'air en un moment,
Pour faire encor un coup, en une arche recloze,
L'eslection des siens : il pense, il se propose
Son alliance saincte : il veut garder sa foy
A ceux qui n'en ont point, car ce n'est pas un roy
Tel que les tyranneaux qui remparent leur vie
De glaives, de poisons et de la perfidie.
Il tient encor serrez les maux, les eaux, les feux,
Et pour laisser combler le vice au vicieux
Souffrit et n'aima pas, permit et ne fut cause
Du reste de nos maux : puis d'une longue pause,
Pensant profondement  courba son chef dolent,

Finit un dur penser d'un sanglot violent :
Il croisa ses deux bras, vers le Ciel les relève :
Son cœur ne peut plus faire avec le monde trève :
Lors d'un pied depité refrapant par sept fois
La poudre, il fit venir quatre vents soubs les loix
D'un chariot volant, puis sans ouvrir sa veüe
Il sauta de la terre en l'obscur de la nuë :
La terre se noircit d'espais aveuglement,
Et le Ciel rayonna d'heureux contentement.

## LIVRE V.

# LES FERS.

**D**ieu retira ses yeux de la terre ennemie :
La justice et la foy, la lumière et la vie
S'envolèrent au Ciel : des tenèbres l'espais
Jouissoit de la terre et des hommes en paix.
Comme un roy justicier quelques fois abandonne
La royalle cité, siége de sa couronne,
Pour, en faisant le tour de son royaume entier,
Voir si ses vices-rois exercent leur mestier,
Aux lieux plus eslongnez refrener la licence
Que les peuples mutins prennent en son absence :
Puis, ayant parfourni sa visite et son tour,
S'en reva desiré en son premier sejour.
Son Parlement, sa Cour, son Paris ordinaire
A son heureux retour ne sçavent quelle chère
Ne quels gestes mouvoir, pour au roy tesmoigner
Que tout plaisir voulut avec luy s'eslongner,
Tout plaisir retourner au retour de sa face.
Ainsi (sans definir de l'Eternel la place,
Mais comme il est permis aux tesmoignages saincts
Comprendre le celeste aux termes des humains)
Ce grand Roy de tous rois, ce Prince de tous princes,

*Tragiques.* — I. 14

Lassé de visiter ses rebelles provinces,
Se rassit en son throsne, et d'honneur couronné
Fit aux peuples du Ciel voir son chef rayonné.
Les celestes bourgeois, affamez de sa gloire,
Volent par milions à ce palais d'ivoire :
Les habitans du Ciel comparurent à l'œil
Du grand soleil du monde et de ce beau soleil :
Les Seraphins ravis le contemploient à veüe,
Les Cherubins couverts (ainsi que d'une nüe)
L'adoroient soubs un voile : un chacun en son lieu,
Extatic (1), reluisoit de la face de Dieu,
Cet amas bien-heureux mesloit de sa presence
Clarté dessus clarté, puissance sur puissance :
Le haut pouvoir de Dieu sur tout pouvoir estoit,
Et son throsne eslevé sur les throsnes montoit.
    Parmi les purs esprits survint l'esprit immonde,
Quand Satan, haletant d'avoir tourné le monde
Se glissa dans la presse : aussi tost l'œil divin
De tant d'esprits benins tria l'esprit malin.
Il n'esbloüit de Dieu la clarté singulière
Quoy qu'il fust desguisé en ange de lumière :
Car sa force estoit belle, et ses yeux clairs et beaux,
Leur fureur adoucie ; il desguisoit ses peaux
D'un voile pur et blanc de robes reluisantes :
Sur ses reins retroussez les pennes (2) blanchissantes
En elles se croisoient sur l'eschine en repos :
Ainsi que ses habits il farda ses propos,
Et composoit encor sa contenance douce
Quand Dieu l'empoigne au bras, le tire, se courouce,
Le separe de tous et l'interroge ainsi :
« D'où viens-tu, faux Satan ? que viens-tu faire icy ? »
Lors le trompeur trompé d'asseuré devint blesme,
L'enchanteur se trouva desenchanté luy-mesme ;
Son front se seillonna, ses cheveux herissez,
Ses deux yeux en la teste horribles, enfoncez (3),

---

1. En extase. — 2. Ailes. — 3. *Var. :*
    Ses yeux flamboyent dessous les sourcils refroncés.

Le crespe blanchissant qui les cheveux luy cœuvre
Se change en mesme peau que porte la couleuvre
Qu'on appelle coëffée(1), ou bien en telle pcau
Que le serpent mué despoüille au temps nouveau.
La bouche devint pasle ; un changement estrange
Luy donna front de diable et osta celuy d'ange.
L'ordure le flestrit, tout au long se respend,
La teste se descoëffe et se change en serpent :
Le pennache luisant et les plumes si belles
Dont il contrefaisoit les angeliques ailes,
Tout ce blanc se ternit, ces ailes, peu à peu
Noires, se vont tachans de cent marques de feu,
En Dragon affriquain ; lors sa peau mouchetée,
Comme un ventre d'aspic se trouve marquetée :
Il tomba sur la voute, où son corps s'alongeant,
De diverses couleurs et venin se chargeant,
Le ventre jaunissant et noirastre la queüe,
Pour un ange trompeur (2) mit un serpent en veüe.
La parolle luy faut, le front de l'effronté
Ne pouvoit supporter la saincte majesté.
Qui a veu quelques fois prendre un coupeur de bourse
Son œuvre dans ses mains, qui ne peut à la course
Se sauver, desguisant ou niant son forfaict ?
Satan n'a plus les tours desquels il se desfaict :
S'il fuit, le doigt de Dieu par tout le monde vole :
S'il ment, Dieu preuve tout et connoist sa parole (3).
Le criminel pressé, repressé plusieurs fois,
Tout enroué trouva l'usage de la voix,
Et respond en tremblant : « Je vien de voir la terre
La visiter, la ceindre et y faire la guerre ;
Tromper, tenter, ravir, tascher à decevoir
Le riche en ses plaisirs, le pauvre au desespoir :

1. C'est l'aspic de Cléopâtre, le *coluber haje* (de Linnée),
congénère de l'espèce indienne appelée par les Portugais
*cobra capello,* couleuvre chaperonnée.
2. Au lieu d'un ange. — 3. *Var.* :

    S'il ment, Dieu juge tout, et penser et parole.

Je vien de redresser emprise sur emprise,
Les fers après les feux encontre ton Eglise :
Je vien des noirs cachots, tristes d'obscurité,
Piper les foibles cœurs du nom de liberté,
Fasciner le vulgaire en estranges merveilles,
Assieger de grandeur des plus grands les oreilles,
Peindre aux cœurs amoureux le lustre des beautez,
Aux cruels par mes feux doubler les cruautez,
Apaster (¹) (sans saouler) le vicieux de vice,
D'honneurs l'ambition, de presens l'avarice.
    — Pourtant (dit l'Éternel), si tu as esprouvé
La constance des miens, Satan, tu as trouvé
Toute confusion sur ton visage blesme,
Quand mes saincts champions, en tuant la mort mesme,
Des cœurs plus abrutis arrachent les soupirs :
Tu as grincé les dents en voyant ces martyrs
Te destruire la chair, le monde et ses puissances
Et les tableaux hideux de leurs noires offences
Que tu leur affrontois ; et quand je t'ay permis
De les livrer aux mains de leurs durs ennemis,
La peine et la douleur sur leur chair augmentée
A veu le corps destruit, non l'ame espouvantée. »
    Le calomniateur respondit : « Je sçay bien
Qu'à un vivre fascheux la mort est moins que rien :
Ces cerveaux à qui l'heur et le plaisir tu ostes,
Sechez par la vapeur qui sort des fausses costes,
S'affligent de terreurs, font en soy des prisons
Qui ferment le guichet aux humaines raisons.
Ils sont chassez par tout et si las de leur fuite
Qu'au repos des crotons la peine les invite :
On leur oste les biens, ils sont pressez de faim,
Ils aiment la prison qui leur donne du pain.
Puis, vivans sans plaisir, n'auroient-ilz point envie
De guerir par la mort une mortelle vie ?
Aux cachotz estouffez on les va secourir
Quand on leur va donner un peu d'air pour mourir.

    1. Nourrir.

La pesanteur des fers quand on les en delivre
Leur est quelque soulas au changement de vivre :
L'obscur de leurs prisons à ces desesperez
Faict desirer les feux dont ilz sont esclairez :
Mais si tu veux tirer la preuve de ces ames,
Oste-les des couteaux, des cordeaux et des flames :
Laisse l'aize venir, change l'adversité
Au favorable temps de la prosperité ;
Mets-les à la fumée et au feu des batailles,
Verse de leurs haineux à leurs pieds les entrailles ;
Qu'ilz manient du sang (1) : enflame un peu leurs yeux
Du nom de conquerans ou de victorieux ;
Pousse les gouverneurs des villes et provinces,
Jette dans leurs troupeaux l'excellence des princes,
Qu'ils soient solliciteurs de l'honneur et du bien (2) ;
Meslons l'estat des rois un peu avec le tien.
Le vent de la faveur passe sur ces courages,
Que je les ploye au gain et aux maquerelages ;
Qu'ils soient de mes prudens, et, pour le faire court,
Je leur montre le ciel au mirouër de la court.
Puis après, tout soudain que ta face changée
Abandonne sans cœur la bande encouragée,
Et lors, pour essayer ces haults et braves cœurs,
Laisse-les chatouiller d'ongles de massacreurs ;
Laisse-les deschirer : ils auront leur fiance
En leurs princes puissans et non en ta puissance.
Des princes les meilleurs aux combats periront,
Les autres au besoin, lasches, les trahiront.
Ils ne cognoistront plus ni la foy ni la grace,
Ains te blasphemeront, Eternel, en ta face :
Si tout ne reüssit, j'ay encor un tison
Dedans mon arcenal, qui aura sa saison ;
C'est la guerre d'argent qu'après tout je prepare.
Quand le règne sera hors les mains d'un avare,

1. D'Aubigné confondant toujours l'*i* et le *j*, peut-être faut-
il lire qu'ils *mangent* du sang.
2. *Var. :* d'honneur, d'or et de bien.

De tant de braves cœurs et d'excellens esprits
Bien peu refuseront du sang juste le pris :
C'est alors que je tiens plus seure la deffaitte,
Quand le mal d'Israel viendra par le prophette.
[Que je face toucher l'hypocrite pasteur
L'impure pension (1) ; si bien qu'esprit menteur,
J'entre aux chefs des Achabs par langues desbauchées,
De mes cornus (2) donnans des soufflets aux Michées.
Ces faux Sedecias, puissans d'or et faveur,
Vaincront par doux propos sous le nom du Sauveur :
Flatteurs, ils poliront de leurs friandes limes
Le discours equivoque et les mots homonimes.]
Deschaine-moy les poings, remets entre mes mains
Ces chrestiens obstinez qui, parmi les humains,
Font gloire de ton nom ; si ma force est esteinte,
Lors je confesseray que ton Eglise est saincte.
     — Je te permets, Satan (dist l'Eternel alors),
D'esteindre par le fer la plus-part de leur corps :
Fay, selon ton dessein, les ames reservées,
Qui sont en mon conseil, avant le temps sauvées.
Ta ruse n'enclorra que les abandonnez
Qui furent nez pour toy premier que feussent nez :
Mes champions vainqueurs, vaisseaux de ma victoire,
Feront servir ta ruse et ta peine à ma gloire. »
     Le ciel pur se fendit ; se fendant il eslance
Ceste peste du ciel aux pestes de la France :
Il trouble tout, passant : car, à son devaller,
Son precipice (3) esmeut les malices de l'air,
Leur donne pour tambour et chamade un tonnerre :
L'air qui estoit en paix confus se trouve en guerre.
Les esprits des humains, agitez de fureurs,
Eurent part au changer des corps superieurs.
L'esprit dans un tiphon (4) piroüettant arrive
De Seine, tout poudreux, à l'ondoyante rive.
     Ce que premier il trouve à son advenement

---

1. Que je fasse le pasteur toucher une pension.— 2. De mes doigts cornus ? — 3. Sa chute. — 4. Un tourbillon.

Fut le preparatif du brave bastiment
Que desseignoit pour lors la peste *florentine,*
De dix mille maisons il voüa la ruine
Pour estoffe au dessein : le serpent captieux
Entra dans cette *reine*, et, pour y entrer mieux,
Fit un corps aëré de colomnes parfaites,
De pavillons hautains, de folles giroüettes,
De domes accomplis, d'escaliers sans noyaux,
Fenestrages dorez, pilastres et portaux,
De sales, cabinets, de chambres, galeries,
En fin d'un tel project que sont les Thuilleries.
Comme idée, il gaigna l'imagination.
Du chef de cette *rane* il print possession ;
L'ardent desir logé avorte d'autres vices.
Car, ce que peut troubler ces desseins d'edifices
Est condamné à mort par ces volans desirs,
A qui le sang n'est cher pour servir aux plaisirs.
Ce butin conquesté, cet œil ardant descouvre
Tant de gibier pour soy dans le palais du Louvre,
Il s'acharne au pillage, et l'enchanteur ruzé,
Tantost en conseiller finement desguisé,
En prescheur penitent et en homme d'eglise,
Il mutine aisement, il conjure, il attize.
Le sang, l'esprit, le cœur et l'oreille des grands,
Rien ne luy est fermé, mesme il entre dedans
Le conseil plus estroit (¹) : pour mieux filer sa trame,
Quelquefois il se vest d'un visage de femme,
Et pour piper un cœur s'arme d'une beauté ;
S'il faut s'authoriser, il prend l'authorité
D'un visage chenu qu'en rides il assemble,
Penchant son corps vouté sur un baston qui tremble ;
Donne au proverbe vieux ce que peut faire l'art
Pour y accommoder le style d'un vieillard.
Pour l'œil d'un fat bigot, l'affronteur hypocrite
De chapelets s'enchaine en guise d'un hermite,
Chaussé de capuchons et de frocs incognus

1. Dans le conseil le plus intime.

Se fait palir de froid par les pieds demi-nus ;
Se fait Frère ignorant pour plaire à l'ignorance,
Puis souverain des rois par poincts de conscience,
Fait le sçavant, despart aux siècles la vertu,
Ment le nom de Jesus ; de deux robes vestu,
Il fait le justicier pour tromper la justice,
Il se transforme en or pour vaincre l'avarice
Du grand temple romain ; il eslève aux hauts lieux
Ses esclaves gaignez, les fait roüer des yeux (1),
Les precipite au mal où cet esprit immonde
D'un haut mont leur promet les royaumes du monde ;
Il desploye en marchand à ses (2) jeunes seigneurs,
Pour traffic de peché, de France les honneurs.
Cependant, visitant l'ame de maint fidèle,
Il pippe un zelateur de son aveugle zèle :
Il desploye, piteux, tant de mal-heurs passez,
En donne un goust amer à ces esprits lassez :
Il desespère l'un, l'autre il perd d'esperance,
Il estrangle en son lict la blanche patience :
Et cette patience il reduit en fureur.
Il monstre son pouvoir d'efficace (3) d'erreur :
Il fait que l'assaillant en audace persiste,
Et l'autre à la fureur par la fureur resiste.
    Ce project establi, Satan en toutes parts
Des règnes d'occident despescha ses soldats :
Les ordes legions d'anges noirs s'envolèrent,
Que les enfers esmeus à ce poinct decouplèrent :
Ce sont ces esprits noirs qui de subtils pinceaux
Ont mis au Vatican les excellens tableaux,
Où l'Antechrist, saoulé de vengeance et de playe,
Sur l'effect de ses mains en triomphant s'esgaye ?
    Si l'enfer fut esmeu, le ciel le fut aussi.
Les esprits vigilans qui ont tousjours soucy
De garder leurs agneaux, le camp sacré des anges,
Destournoit des chrestiens ces accidens estranges.
Tels contraires desseins produisirent çà-bas

---

1. Tourner, *rotare*.— 2. Ces.— 3. Par la force de l'erreur.

Des purs et des impurs les assidus combats.
Chacun des esprits saincts ayant fourni sa tasche,
Et retourné au ciel comme à prendre relasche,
Representoit au vif, d'un compas mesuré,
Dans le large parvis du haut ciel azuré,
Aux yeux de l'Eternel, d'une science exquise,
Les hontes de Satan, les combats de l'Eglise.
Le paradis, plus beau de spectacles si beaux,
Aima le parement de tels sacrez tableaux,
Si que, du vif esclat de couleurs immortelles,
Les voutes du beau ciel reluisirent plus belles.
Tels serviteurs de Dieu, peintres ingenieux,
Par ouvrage divin representoient aux yeux
Des martyrs bien-heureux une autre saison pire
Que la saison des feux n'avoit fait le martyre.
En cela fut permis aux esprits triomphans
De voir l'estat piteux ou l'heur de leurs enfans ;
Les pères contemploient l'admirable constance
De leur posterité, qui, en tendrette enfance,
Pressoient les mesmes pas qu'ils leur avoient tracez.
Autres voyoient du ciel leurs portraits effacez
Sur leur race doubteuse (1), en qui l'ame deteste
Les degenerez cœurs, jaçoit (2) qu'il ne leur reste
De passion charnelle, et qu'en ce sacré lieu
Il n'y ait zèle aucun que la gloire de Dieu.
Encor pour cette gloire à leurs fils ils prononcent
Le redoutable arrest de celuy qu'ils renoncent,
Comme les dons du ciel ne vont de rang en rang
S'attachans à la race, à la chair et au sang.
Tantost ils remarquoient le bras pesant de Moyse,
Et d'Israel fuyant l'enseigne en terre mise :
Puis Dieu lève ses bras et cette enseigne, alors
Qu'afoiblis aux moyens, par foy nous sommes forts :
Puis elle deperit quand, orgueilleux, nous sommes,

1. Allusion au fils de Coligny, dont il a été parlé plus haut,
p. 124, note 6.
2. Bien que.

Sans le secours de Dieu, secourus par les hommes.
    Les zelateurs de Dieu, les citoyens peris
En combattant pour Christ, les loix et le pays,
Remarquoient aisement les batailles, les bandes,
Les personnes à part et petites et grandes.
Ceux qui de tels combats passèrent dans les cieux,
Des yeux de leurs esprits voient leurs autres yeux :
Dieu met en cette main la plume pour escrire
Où un jour il mettra le glaive de son ire.
Les conseils plus secrets, les heures et les jours,
Les actes et le temps sont, par songneux (1) discours
Adjoutez au pinceau : jamais à la memoire
Ne fut si doctement sacré une autre histoire :
Car le temps s'y distingue, et tout l'ordre des faitz
Est si parfaitement par les-anges parfaitz
Escrit, desduit, compté, que par les mains sçavantes
Les plus vieilles saisons encor y sont presentes.
La fureur, l'ignorance, un prince redouté,
Ne font en ces discours tort à la verité.
    Les yeux des bien–heureux aux peintures advisent
Plus qu'un pinceau ne peut, et en l'histoire lisent
Les premiers fers tirez et les emotions
Qui brusloient d'un subject diverses nations.
Dans le ciel desguisé, historien des terres,
Ils lisent en leur paix les efforts de nos guerres :
Et les premiers objectz de ses yeux sainctz et beaux
Furent au rencontrer de ces premiers tableaux.
    [Le premier vous presente une aveugle Belonne
Qui s'irrite de soy, contre soy s'enfelonne,
Ne souffre rien d'entier, veut tout voir à morceaux.
On la void deschirer de ses ongles ses peaux :
Ses cheveux gris, sans loy, sont grouillantes vipères
Qui lui crèvent le sein, dos et ventre d'ulcères,
Tant de coups qu'ils ne font qu'une playe en son corps.
La louve boit le sang, et fait son pain de morts.
Voici de toutes parts du circui de la France,

1. Soigneux.

Du brave Languedoc, de la sèche Provance,
Du noble Dauphiné, du riche Lyonnois,
Des Bourguignons testus, des legers Champenois,
Des Picards hazardeux, de Normandie forte :
Voici le Breton franc, le Poictou qui tout porte :
Le Xaintongeois heureux, et les Gascons soldats(1),
Des bords à leur milieu(2) branslent de toutes parts,
Par troupeaux departis, et payés de leurs zèles,
Gardent secret et foy en trois mille cervelles(3) :
Secret rare aujourd'huy en trois fronts de ce temps.
Et le zèle et la foy estoyent en leur printemps,
Ferme entre les soldats, mais sans loy et sans bride
En ceux qui respiroyent l'air de la cour perfide.
Voici les doux François l'un sur l'autre enragés,
D'ame, d'esprit, de sens et courage changés.
Tel est l'hideux portraict de la guerre civile,
Qui produit sous ses pieds une petite ville (4)
Pleine de corps meurtris en la place estendus,
Son fleuve de noyés, ses creneaux de pendus.
Là, dessus l'eschafaut qui tient toute la place,
Entre les condamnés, un eslève sa face
Vers le ciel, luy monstrant le sang fumant et chaud
Des premiers etestés (5) : puis s'escria tout haut,
Haussant les mains du sang des siens ensanglantées :
« O Dieu puissant vengeur, tes mains seront ostées

1. Dans les deux éditions, *soldats* rime avec *parts*.
2. C'est-à-dire des extrémités au centre de la France.
3. Allusion à la troisième guerre civile, qui éclata le 28 septembre 1567. « Deux jours avant, la cour, qui avoit quelques soupçons des projets des calvinistes, envoya à Châtillon-sur-Loing, résidence de Coligny, un espion, Thoré. Celui-ci trouva l'amiral « habillé en ménagier, faisant ses vendanges ». Et le jour de la Saint-Michel (28), toute la France se trouva couverte de gendarmes et de compagnies huguenotes. » (Pasquier, *Lettres*, l. 5, lett. 2, édit. de 1723, t. 2, p. 117.)
4. Allusion au massacre de Vassy. Voy. plus loin.
5. Décapités.

De ton sein, car ceci du haut ciel tu verras,
Et de cent mille morts à poinct te vengeras. »]
   Ils contemplent s'enfler (1) une puissante armée,
Remarquable de fer, de feux et de fumée,
Où les reistres couverts de noir et de fureurs
Despartent (2) des François les tragiques erreurs.
Les deux chefs y sont prins, et leur dure rencontre
La desfaveur du ciel à l'un et l'autre monstre.
Vous voyez la victoire, en la plaine de Dreux,
Les deux favoriser pour ruyner les deux (3).
Comme en large chemin le pantelant yvrongne
Ondoye çà et là, s'aprochant, il s'esloigne,
Ainsi les deux costez heurte et fuit à la fois
La victoire troublée, yvre de sang françois :
L'insolente parmi les deux camps se pourmeine,
Les faict vaincre vaincus tout à la Cadmèene.
[C'est le vaisseau noyé qui versé au profond,
Ne laisse aux plus heureux que l'heur d'estre second :
L'un ruine, en vainquant, sa douteuse victoire,
L'autre au debris de soi et des siens prend sa gloire.]
Dieu eut à desplaisir tels moyens pour les siens,
Affoiblit leurs efforts pour monstrer ses moyens.
Comme on voit en celuy (4) qui prodigua sa vie
Pour tuer Holoferne assiegeant Bethulie,
Où, quand les abatus succomboient soubs le faix,
La mort des turbulens donne vie à la paix.
   L'homme sage pour soy fait quelque paix en terre,
Et Dieu non satisfait commence une autre guerre.

1. *Var.:* Après se vient enfler...
2. Partagent.
3. Bataille à moitié gagnée d'abord, puis perdue par les potestants, le 19 décembre 1562. Le connétable de Montmorency et Condé, chefs des deux armées, y furent faits prisonniers.
4. Le duc de Guise assiégeoit Orléans, dont il étoit sur le point de se rendre maître, quand il fut assassiné par Poltrot, le 18 février 1563. Un mois après, la paix fut signée à Amboise.

L'homme pense eviter les fleaux du ciel vengeur
N'ayant la paix à Dieu ni la paix en son cœur.
   Une autre grand'peinture est plus loing arrangée
Où, pour le second coup, Babel (1) est assiegée.
Un fort petit trouppeau, peu de temps, peu de lieu,
Font de très grands effets : celuy qui trompoit Dieu,
Son roy et ses amis, son sang et sa patrie,
Perdit l'Estat, l'honneur, le combat et la vie.
Là vous voyez comment la chrestienne vertu
Par le doigt du grand Dieu a si bien combatu,
Que les meschans troublez de leurs succès estranges
Pensèrent, esbahis, faire la guerre aux anges.
   Voicy renaistre encor des ordres tous nouveaux,
Des guerres ici-bas et au ciel des tableaux,
Où s'est peu voir celuy (2) qui, là doublement prince,
Mesprise soubs ses pieds le règne et la province.
Il remarque Jarnac (3), et contemple, joyeux,
Pour qui, comment et quel il passe dans les cieux :
Il void comme il perça une trouppe pressée,
Brisant encor sa jambe auparavant cassée,
Ailé de sa vertu, il volle au ciel nouveau,
Et son bourreau demeure à soy-mesme bourreau.
   Les autres, d'autrepart, marquent au vif rangées
Mille troupes en feu, les villes assiegées,
Les assauts repoussez et les saccagemens,
Escarmouches, combats, meurtres, embrasemens :
[Combat de Saint-Yrier (4), ici tu fais paroistre

---

1. Les réformés attaquèrent et prirent les faubourgs de Paris en 1562. La seconde attaque (qui ne fut pas un siége) eut lieu en 1567, et fut appelée la bataille de Saint-Denis. Le connétable de Montmorency, désigné ici par d'Aubigné, y fut blessé à mort.

2. Le prince de Condé.

3. La bataille de Jarnac (13 mars 1569), où le prince de Condé, blessé et fait prisonnier, fut tué de sang-froid par Montesquiou. Avant le combat, il avoit eu la jambe cassée d'un coup de pied de cheval.

4. En Limousin. Les royalistes, qui assiégeoient Saint-

Que quand la pluye eut mis en fange le salpestre,
Le camp royal, aux mains arresté et battu,
Esprouva des chrestiens le fer et la vertu.]
Puis en grand marge luit, sans qu'un seul trait y faille,
Du sanglant Montcontour la tragique bataille.
Là on joua de sang, là le fer inhumain,
Insolent, besongna dans l'ignorante main,
Plus à souffrir la mort qu'à la donner habile,
Moins propre à guerroyer qu'à la fureur civile.
Dieu fit la force vaine et l'appuy vain perir
Quand l'Eglise n'eut plus la marque de souffrir,
Cognoissant les humains qui n'ont leur esperance
En leur puissant secours que vaincus d'impuissance.
Ainsi d'autres combats moindres mais violens
Amolissent le cœur des tyrans insolens.
Des camps les plus enflez (1) les rencontres mortelles
Tournent en defaveur et en deuil aux fidelles;
Mais les petits troupeaux (2), favorisez des cieux,
Choisis des Gedeons, chantent victorieux.
Aussi Dieu n'a pas mis ses vertus enfermées
Au nombre plus espais des puissantes armées:
Il veut vaincre par soy et rendre consolez
Les camps tous ruinez et les cœurs desolez:
Les tirer du tombeau afin que la victoire
De luy et non de nous eternize la gloire;
C'est pourquoy Dieu maudit les rois du peuple hebreu
Qui contoient leurs soldats, non la force de Dieu.
    Ici prend son tableau la pieuse Renée (3)
Fille de ce Loys, qui par la renommée

---

Yrier, défendue par Pierre Buffière de Chambaret, y furent
battus, en 1591. Cf. de Thou, l. 101; d'Aubigné, *Hist.
univ.*, t. 3, l. 4, ch. 20, p. 543.
    1. Des armées les plus nombreuses.
    2. Les petites troupes.
    3. Renée, duchesse de Ferrare, fille de Louis XII. Mon-
targis, qui lui avoit été donné en apanage, étoit devenu un
asile pour les réformés.

Fut dit père du peuple : entre ses bras royaux
Estoyent cachés de Dieu les serviteurs loyaux,
Mais le nombre estant creu jusqu'à mille familles,
Du grand puits infernal les puantes chenilles
Infectèrent le sein de Charles sans pitié,
Lui firent mettre aux pieds l'honneur et l'amitié.
Il perdit le respect d'une tante si saincte.
Un messager de mort (1) lui porta la contrainte
De desgarnir cinq cens ou foyers ou logis,
Et d'en vuider les murs du triste Montargis.
Voici femmes, vieillards et enfans qui n'ont armes
Que des cris vers le ciel, vers la terre des larmes,
Dans le chemin de mort. Telle qui autresfois
Avoit en grand langueur fait ses couches d'un mois,
Les fait sans s'arrester heureuse, et sans peine :
Une tient d'une main un enfant qu'elle meine,
L'autre lui tient la robe, et le tiers sur les bras ;
Le quart s'appuye en vain sur son vieux père las ;
Le malade se traîne, ou par ordre se jette
Sur le rare secours d'une vile charrette.
Ce troupeau harassé et de vivre et d'aller,
Vid sur les bords de Loire eslever dedans l'air
De poussière un grand corps, et puis dans le nuage
Leur parut des meurtriers le hideux equippage,
Trois cornettes, et sous les funestes drapeaux,
Brilloyent les coutelas dans les mains des bourreaux.
Mais encor, à la gauche, une autre moindre troupe
S'avance de plus près, et tout espoir leur coupe,
Horsmis celui du Ciel : là vont les yeux de tous,
Qui, ployans cœurs et mains, atterrent (2) les genoux.
Et le pasteur Beaumont, comme on fait aux batailles,
Harangua de ces mots un escadron d'ouailles :
« Que fuyons-nous ? la vie. A quoi cercher ? la mort.
Cerchons-nous la tempeste ? Avons-nous peur du port ?
Tendons les mains à Dieu puisqu'il nous les veut tendre,

1. Malicorne.
2. Mettent les genoux en terre.

Et luy disons : Mon ame en tes mains je viens rendre,
Car tu m'as racheté, ô Dieu de verité ! »
De gauche le troupeau jà s'estoit arresté,
Admirant le spectacle, et comme il s'avoisine,
L'un recognoist sa sœur, et l'autre sa cousine.
C'estoyent cent chevaliers qui depuis Moncontour,
Ayant tracé de France un presque demi-tour
Vers leur pays natal à poinct se vindrent rendre
Pour des gorges du loup ces agnelets deffendre.
Leur loisir fut de faire une haye audevant
Des prosternés, et puis mettre l'espée au vent.
Bien que l'ennemi fust au double et davantage,
Au changer de gibier se fondit leur courage.
Ils s'estoyent apprestés à fendre du couteau
L'estamine ninomple (1) et la tendrette peau :
Mais ils trouvent du fer, qui à peu de defense
Mit en pièces le tout, horsmis un qui s'eslance
Dedans un arbre creux, eschappant de ce lieu,
Pour effrayer les siens des merveilles de Dieu (2).]
     Mais je voy Navarrin (3) : sa delivrance estrange
Fait sonner de Béarn une voix de louange :
Le haut ciel aujourd'huy a peint en ses pourpris
Dix mille hommes desfaits, vint et deux canons pris,
Une ville (4), un chasteau, dans l'effroy du desordre
Soubs trente cavalliers perdre l'honneur et l'ordre :
Un seul soleil esclaire à seize cens soldats
Qui conduits d'un lion (5) rendent tous ces combats.
     Lusson (6), tu y es peint avec la troupe heureuse
Qui, dès le poinct du jour, chante victorieuse :

1. Je n'ai pu, malgré mes recherches, déterminer le sens
du mot *ninomple*, que je n'ai trouvé employé nulle part, et
sur lequel personne n'a pu me donner de renseignements.
   2. Voy. le récit que fait d'Aubigné, *Hist. univ.*, t. 1, l. 5,
ch. 13, p. 415 et suiv., de cet événement, qui se passa en 1569.
   3. Navarreins, en Béarn. Voy. sur ce fait d'armes *Hist.*
*univ.*, t. 1, l. 5, ch. 14, p. 419-420.
   4. Orthez. — 5. Montgommeri,
   6. Combat livré en juin 1570 à Sainte-Gemme, près Lu-

Tes cinq cens renfermez dans l'estroit de ce lieu
Paroissent à genoux levans les mains à Dieu.
Ils en rompent cinq mil choisis par excellence [France.
Soubs les deux drappeaux blancs de Piedmont et de
   Ainsi voy-je un combat de plus de dix contre un,
Les Suisses vaincus de la main de Montbrun (1):
Montbrun, qui n'a reçeu du temps et de l'histoire
Que Cesar et François (2) compagnons de victoire,
   Encor ay-je laissé vers le Rosne bruyant
Une ville assiegée et un camp s'enfuyant:
La fleur de l'Italie ayant quitté Sainct-Gille (3),
Là trois cens et les eaux en font perir six mille.
[Qui voudra se sauver de l'Egypte infidelle,
Conquerir Canaan et habiter en elle,
O tribus d'Israël, il faut marcher de rang,
Dedans le golfe rouge et dans la mer de sang;
Et puis à reins troussés passer, grimper, habiles,
Les deserts sans humeur (4), et les rocs difficiles.
Le pillier du nuage à midi nous conduit,
La colonne de feu nous guidera la nuict.
Nous avons employé jusques ici nos carmes
Pour donner gloire à Dieu par le succès des armes,
Il prend sa gloire encor aux funèbres portraits,
Où les lions, armés de foudres et de traits,
De la ruse du siècle et sales perfidies,
Combattans sans parti, se sont joués des vies.
Vous vistes opposer les cousteaux aux couteaux;
Voyez entre les dents des tigres les aigneaux,

çon. Les caholiques y furent battus par La Noue. Voy. *Hist. univ.*, t. 1, l. 4, ch. 26; p. 467, et de Thou, l. 47.
   1. Auprès de Die, en 1574. Cf. *Hist. univ.*, t. 2, p. 708.
   2. Pour compagnons.
   3. Les catholiques, commandés par le comte de Somma-riva, furent défaits devant Saint-Gilles par les protestants, en septembre 1562. D'Aubigné exagère ici comme ailleurs la foiblesse des vainqueurs et les pertes des vaincus. Cf. de Thou, l. 22, et d'Aubigné, t. 1, l. 3, ch. 8, fol. 212.
   4. Sans eau.

Dieu benit les vertus, comme Dieu des armées :
Les forces des meschans par force consumées (1).]
    D'une autre part, au ciel, en spectacles nouveaux,
Luisoient les cruautez vives en leurs tableaux,
En tableaux eternels, afin que l'ire esmeue
Du Tout-puissant vainqueur fume par telle veue :
Ce ne sont plus combats, le sang versé plus doux
Est d'odeur plus amère au celeste courroux.
    On void au bout d'un rang une trouppe fidelle
Qui oppose à la peur la pieté, le zelle,
Qui, au nez de Satan, voulant louer son Dieu,
Sacrifie en chantant sa vie au triste lieu
Où la bande meurtrière arrive impitoyable,
Farouche de regards et d'armes effroyable,
Deschire le troupeau qui, humble, ne deffend
Sa vie que de cris : l'un perce, l'autre fend
L'estomach et le cœur et les mains et les testes,
Qui n'ont fer que le pleur, ny boucliers que requestes.
Les autres, de flambeaux embrasent en cent lieux
Le temple, à celle fin que les aveugles feux
Ne sentent la pitié des faces gemissantes
Qui troublent, sans changer, les ames paslissantes.
Là mesme, on void flotter un fleuve, dont le flanc
Du chrestien est la source, et le flot est le sang.
Un cardinal sanglant (2), les trompettes, les prestres,
Aux places de Vassi et (3) au haut des fenestres,
Attisent leur ouvrage, et, meurtriers de la voix
Guettent les eschappez pour les montrer aux doigts.
Les grands, qui autrefois avoient gravé leurs gloires

1. Les forces sont...
2. Le cardinal Charles de Guise.
3. Le massacre de Vassy eut lieu le 1er mars 1562. Il y
a de nombreuses relations de ce massacre, qui donna le signal des guerres civiles. Voy. de Thou, l. 29 ; Castelnau,
Crespin, Davila, etc., etc., et surtout *Mémoires de Condé*,
t. 3. La *Bibliothèque hist. de la France* contient (t. 2, p. 239),
sous les numéros 17,843-48, l'indication de diverses pièces
relatives à cet événement.

Au dos de l'Espagnol, recerchent pour victoires
Les combats sans parti, recevans pour esbats
Un monceau descoupé de testes et de bras :
Et de peur que les voix tremblantes, lamentables,
Ne tirent la pitié des cœurs impitoiables,
Comme au taureau d'airain du subtil Phalaris,
L'airain de la trompette oste l'air à leurs cris.

Après, se void encor une grand troupe armée
Sur les agneaux de Dieu qui passe, envenimée,
La vieillesse, l'enfant et les femmes au fil
De leur acier trenchant : celuy est plus subtil,
Le plus loué de tous qui, sans changer de face,
Pousse le sang au vent avec meilleure grace,
Qui brise sans courroux la loi d'humanité.
L'on void dedans le sein de l'enfant transporté
Le poignard chaud qui sort des poulmons de la mère :
Le fils s'oppose au plomb, foudroyé pour le père,
Donne l'ame pour l'ame, et ce trait d'amitié
Des brutaux impiteux est mocqué sans pitié.

Et toy, Sens (1) insensé, tu appris à la Seine
Premier à s'engraisser de la substance humaine,
A faire sur les eaux un bastiment nouveau,
Presser un pont de corps, les premiers cheus dans l'eau,
Les autres sur ceux-là. La Mort ingenieuse
Froissoit de tests les tests; sa manière doubteuse
Faisoit une dispute aux playes du martyr
De l'eau qui veut entrer, du sang qui veut sortir.

Agen se monstre là, puante, environnée
Des charongnes des siens, bien plustost estonnée
De voir l'air pestifère, empoisonné de morts,
Qu'elle ne fut puante à estrangler les corps.

Cahors y represente une insolente audace
D'un peuple desbauché, une nouvelle face
Des ruisseaux cramoisis, la pasle Mort courant,

---

1. Voy., sur ces massacres des protestants en 1562, de Thou, l. 29, 30 et 31; d'Aubigné, t. 1, l. 3, ch. 1, p. 183 et suiv.

Qui crie à depescher son foible demeurant.
Puis Satan, eschauffant la bestise civile (1)
A fouler soubs les pieds tout l'honneur de la ville,
N'espargne le couteau sur ceux mesme des leur (2)
Qui, malheureux, cuidoient moderer le malheur.
  Mais du tableau de Tours (3) la marque plus hideuse
Effaçoit les premiers, auquel, impetueuse,
Couroit la multitude aux brutes cruautez
Dont les Scytes gelez feussent espouvantez.
Là, de l'œil tout-puissant brilla la claire veue,
Pour remarquer la main et le couteau qui tue;
C'est là qu'on voit tirer d'un temple des faux-bourgs
Trois cens liez, mi-morts, affamez par trois jours,
Puis delivrez ainsi, quand la bande bouchère
Les assomma, couplez, au bord de la rivière;
Là, les tragiques voix l'air sans pitié fendoient;
Là, les enfans dans l'eau un escu se vendoient,
Arrachez aux marchans, mouroient sans cognoissance
De noms, erreurs et temps, marques et difference.
Mais quel crime, avant vivre, ont-ils peu encourir?
C'est assez pour mourir que de pouvoir mourir :
Il faut faire gouster les coups de la tuerie
A ceux qui n'avoient pas encor gousté la vie.
Ainsi, bramans, tremblans, trainez dessus le port
Du fleuve et de leurs jours estalez à la mort,
Ils avisoient percer les tetins de leurs mères,
Embrassoient les genoux des tueurs de leurs pères;
Leurs petits pieds fuyoient le sang, non plus les eaux;
D'un *nenny*, d'un *jamais*, ils chantoient aux bourreaux
Que la verge, sans plus, supplice d'un tel aage,
Les devoit anoblir (4) du sang et du carnage.

1. La stupidité des citoyens.
2. Des leurs.
3. D'Aubigné, *ibid.*, p. 183. Le poète n'a guère fait que mettre en vers le récit de l'historien.
4. C'est-à-dire exempter, comme la noblesse exemptoit des tailles.

Des mères qu'on fendoit un enfant avorté
S'en alla sur les eaux, et sur elles porté,
Autant que les regards le pouvoient loin conduire,
Leva un bras au Ciel pour appeler son ire.
Quelques uns, par pitié, vont reperçant les corps
Où les esprits et cœurs ont des liens trop forts.
Ces fendans ayant faict rencontre d'un visage
Qui de trop de beauté affligeoit leur courage,
Un moins dur laissa cheoir son bras et puis son fer ;
Un autre le relève, et, tout plain de l'enfer,
Desfiant la pitié de pouvoir sur sa veue,
Despouilla la beauté pour la dechirer nue,
Print plaisir à souiller la naïve couleur,
Voyant ternir en mort cette vive blancheur.
Les jeunes gens, repris autresfois de leur vice,
Fouilloient au ventre vif du chef de la justice (1)
L'or qu'ils pensoient caché, comme on vid les Romains
Desmeler des Juifs les boyaux de leurs mains.
      Puis on void esclater, montant cette rivière,
Un feu rouge qui peint Loire, autrefois si claire ;
L'eau d'Orleans devint un palais embrazé,
Par les cœurs attisez espris et attisé (2).
Ils brisent leurs prisons et leurs loix violées,
Pour y faire perir les ames desolées
Des plus paisibles cœurs, qui cerchoient en prison
Logis pour ne se voir tachez de trahison,
Trouvans dedans les bras de la fausse justice
Pour autel de refuge autel de sacrifice.
Là, vous voyez jetter des eslevez crenaux
Par les mères les fils, guettez en des manteaux (3) ;

1. Le président Jean Bourgeau. Voy. de Thou (l. 30),
dont le récit est sur ce point conforme à celui de d'Aubigné.
   2. L'incendie de la tour de Martinville, à Orléans, où
étoient renfermés les réformés. (*Hist. univ.*, l. 5, ch. 13, p.
416.)
   3. C'est-à-dire les mères jettent leurs fils, que des personnes placées en bas cherchent à recevoir dans leurs manteaux. Cf. *Hist. univ.*, *ibid.*

L'arquebusier tirant celle qui prend envie
De laisser après soy une orpheline vie;
Puis les piquiers bandés, tellement affustez (1)
Qu'ils recevoient aux fers (2) les corps precipitez.
   Tout ce que Loire, Seine, et que Garonne abreuve,
Estoit par rang despeint comme va chaque fleuve;
Cinquante effects pareils flamboyoient en leurs lieux,
Attirans jusqu'à soy par la suitte les yeux.
Le Rosne n'est exempt, qui par sa fin (3) nous guide
A juger quelle beste est un peuple sans bride.
Je laisse à part un pont rempli de condamnez,
Un gouverneur (4), ayant ses amis festinez,
Qui leur donne plaisir de deux cens precipices (5).
Nous voyons de tels sauts represailles, justices.
En suivant, l'œil arrive où deux divers portraits
Representent un peuple armé de divers traits
Bandez pour deschirer, l'un Mouvant (6), l'autre Ten-
Il faùt que la justice et l'un et l'autre rende    [de (7).
Aux ongles acharnés des affamez mutins.
Ceux-là veullent offrir leurs bergers aux mastins;
Mais les chiens, respectans le cœur et les entrailles,
Furent, comme chrestiens, punis par ces canailles,
Qui, en plusieurs endroits, ont rosti et masché,
Savouré, avalé tels cœurs en plain marché.
Si quelqu'un refusoit, c'estoit à son dommage

---

1. Postés à l'affut. — 2. Sur la pointe de leurs piques. –
3. Aux lieux où il finit son cours.

4. Le baron des Adrets. Ce fait se passa à la prise de
Montbrison (1562). Cf. de Thou, l. 31 ; d'Aubigné, l. 3, ch.
7, p. 206.

5. C'est-à-dire de deux cents hommes précipités du haut
du château. Un seul homme de la garnison fut épargné ; ce
fut celui qui, hésitant à faire le saut, dit au baron le mot si
connu : « Monseigneur, je vous le donne en dix. »

6. Paul de Richien, sieur de Mouvans, célèbre chef calviniste tué dans un combat contre Brissac, en 1568, près
de Riberac. — 7. Honoré de Savoie, comte de Tende, mort
en 1580.

Qu'il n'estoit pas bien né pour estre antropophage (1).
  Point ne sont effacez, encor qu'ils soient plus vieux,
Les traits de Merindol et Cabrière (2) en feux.
L'œil, suivant les desirs, aux montagnes s'eslongne
Qu'il voyoit tapisser des beaux combats d'Angrongne (3):
Il contemploit changer en lions les agneaux,
Quand celuy qui jadis fut berger des troupeaux,
De l'agneau faict lyon, amiral admirable (4),
Sachant en autre part la suitte espouvantable
Des succès de sa mort, à ce poinct arriva
Que le troupeau ravi sur ses erres trouva (5).
Mais il leur fit quitter, pour venir à nos aages,
Tels spectacles entiers qui, d'image en images,
De pas en pas menoient les celestes bourgeois
A voir Zischa (6), Bohême, enfin les Albigeois.
Ils quittent à regret cette file infinie
Des merveilles de Dieu pour voir la tragedie (7)
Qui efface le reste. Estans arrivez là,
De prophetique voix son ame ainsi parla:
« Venez voir comme Dieu chastia son Eglise,
Quand sur nous, non sur luy, sa force fut assize;
Quand, devenus prudens, la paix et nostre foi
Eurent pour fondement la promesse du roy.
Il (8) se monstra fidèle en l'orde perfidie
De nos haineux, et fit, en nous ostant la vie,
Rester si abbatu et foible son troupeau,
Qu'en terre il ne trainoit que les os et la peau.

1. De Thou (l. 50) raconte qu'il y eut des enfants mangés
par les soldats.
2. Sur les massacres de Mérindol et de Cabrières, en 1546,
voy. de Thou, l. 6, et Crespin, fol. 133.
3. Voy. plus haut, p. 21, note 2.
4. Coligny.
5. Arriva à ce point qu'il trouva le troupeau.
6. Jean Ziska, célèbre chef des hussites, mort de la peste
en 1424.
7. La Saint-Barthélemy.
8. Dieu.

Nous voulions contraster du peuple les finesses,
Nous enfans du royaume; et Dieu mit nos sagesses
Comme folie au vent; encor l'homme obstiné,
Voyant tout ce qui est de l'homme condamné
Et les effets du ciel loin de son esperance,
Ne peut jamais tirer du mortel sa fiance.
O humains insensez! o fols entendemens!
O decret bien certain des divins jugemens! »
    Telle resta l'Eglise, aux sangliers eschappée,
Que d'un champ tout foullé la face dissipée,
Dont les riches espis tous meurs et jaunissans
Languissent soubs les pieds des chevaux fracassans :
Ou bien ceux que le vent et la foudre et la gresle
Ont hachés à morceaux, paille et grain pesle-mesle.
Rien ne se peut sauver du milieu des seillons (1) :
Mais bien quelques espics, levez des tourbillons
Dans les buissons plus forts, soubs qui la vive guerre
Que leur ont faict les vents les a fichez en terre.
Ceux-ci, dessoubs l'abri de ces haliers espais,
Prennent vie en la mort, en la guerre la paix,
Se gardent au printemps, puis leurs branches dressées,
Des tuteurs aubepins (2) rudement caressées,
Font passer leurs espics par la fascheuse main
Des buiçons ennemis, et parviennent en grain.
La branche qui s'oppose au passer de leur testes
Les fasche et les retient, mais les sauve des bestes.
C'est ainsi que serons gardez des inhumains,
Pour resemer l'Eglise encore quelques grains,
Armez d'afflictions, grains que les mains divines
Font naistre à la faveur des poignantes espines,
Moisson de grand espoir : car c'est moisson de Dieu
Qui la fera renaistre en son temps, en son lieu.
    Jà les vives splendeurs de diversitez peintes
Tiroient, à l'aprocher, les yeux des ames sainctes;

1. Sillons.
2. De la haie d'aubépine qui les protége. Voy., sur le mot
*aubépine*, le *Dictionnaire de Trévoux*.

L'aspect, en arrivánt, plus fier apparoissoit,
L'esclatante lueur près de l'œil acroissoit.
Premierement, entroit en Paris l'infidelle
Une troupe funèbre : on void au milieu d'elle
Deux princes(¹), des chrestiens l'humain et foible espoir ;
Pour presage et pour marque, ils se paroient de noir,
Sur le coup de poison qui de la tragedie
Joüa l'acte premier, en arrachant la vie
A nostre Debora(²). Après est bien despeint
Le sumptueux apprest, l'amas, l'apareil feint,
La pompe, les festins de doubles mariages
Qui desguisoient les cœurs et masquoient les visages(³).
La flute qui joua fut la publique foy ;
On pipa de la paix et d'amour de son roy,
Comme un pescheur, chasseur, ou oiseleur appelle,
Par l'appast, le gaignage (⁴) ou l'amour de femelle,
Soubz l'herbe, dans la nasse, aux cordes, aux gluaux,
Le poisson abusé, les bestes, les oiseaux.
Voicy venir le jour, jour que les destinées
Voyoient, à bas sourcilz, glisser de deux années,
Le jour marqué de noir, le terme des appas.
Le soleil s'arresta, voulut tourner ses pas(⁵).
[Jour qui avec horreur, parmi les jours se conte,
Qui se marque de rouge et rougit de sa honte :

1. Henri de Navarre et le prince de Condé portant le deuil de Jeanne d'Albret.

2. Jeanne d'Albret, morte, à ce que l'on disoit, empoisonnée, le 9 juin 1572. Il est beaucoup plus probable qu'elle mourut d'une pleurésie.

3. Le mariage de Henri de Navarre avec Marguerite de Valois, célébré le 28 août 1572, et celui de Henri de Bourbon, prince de Condé, avec Marie de Clèves. Cette dernière union eut lieu au château de Blandy, au commencement de juillet de la même année.

4. Terme de vénerie, terre chargée de grains, où les bêtes fauves vont se repaître.

5. *Var.* :

Qui voulut estre nuict et tourner sur ses pas.

L'aube se veut lever, aube qui eut jadis
Son teint brunet orné des fleurs du Paradis;
Quand, par son treillis d'or, la rose cramoisie
Esclatoit, on disoit : « Voici ou vent, ou pluye. »
Cett' aube que la mort vient armer et coiffer
D'estincelans brasiers ou de tisons d'enfer,
Pour ne dementir point son funeste visage,
Fit ses vents de souspirs, et de sang son orage ;
Elle tire en tremblant du monde le rideau :
Et le soleil, voyant le spectacle nouveau,
A regret esleva son pasle front des ondes] (1)
Transi de se mirer en nos larmes profondes,
De rougir ses raions, le pur et beau soleil
Y presta, condamné, la torche de son œil;
Encor, pour n'y montrer le beau de son visage,
Tira le voile en l'air d'un louche et noir nuage (2).
Satan n'attendit pas son lever, car voici,
Le front des spectateurs s'advise, à coup transi,
Qu'en paisible minuict, quand le repos de l'homme
Les labeurs et le soin en silence consomme,
Comme si du profond des esveillez enfers
Grouillassent·tant de feux, de meurtriers et de fers,
La cité où jadis la loy fut reverée,
Qui, à cause des loix, fut jadis honorée,
Qui dispensoit en France et la vie et les droicts,
Où fleurissoient les arts, la mère de nos rois,
Vit et souffrit en soy la populace armée
Trepigner la justice, à ses pieds diffamée.
Des bruteaux desbridez les monceaux herissez,

1. Ces treize vers, dans l'édition sans date, remplacent le
suivant :

  A regret il tira son front pasle des ondes.

2. *Var.* :

  D'y baigner ses rayons, oui, le pasle soleil
  Presta non le flambeau, mais la torche de l'œil
  Encor, pour n'y montrer le beau de son visage,
  Tira le voile en l'air d'un louche, espais nuage.

Des ouvriers mechanics les scadrons amassez
Diffament à leur gré trois mille chères vies,
Tesmoins, juges et rois, et bourreaux et parties.
Ici les deux partis ne parlent que françois;
Les chefs qui, redoubtez, avoient fait autresfois
Le marchant, delivré de la crainte d'Espagne,
Avoir libre au traffic la mer et la campagne,
Par qui les estrangers, tant de fois combattus,
Le roy deprisonné (1) de peur de leurs vertus,
Qui avoient entamé les batailles rangées,
Qui n'avoient aux combats cœurs ni faces changées,
L'appuy des vrais François, des traistres la terreur,
Moururent delaissez de force et non de cœur,  [bres,
Ayant pour ceps leurs licts, detenteurs de leurs mem-
Pour geolier leur hoste et pour prison leurs chambres,
Par les lièvres fuyards, armez à millions,
Qui trembloient en tirant la barbe à ces lions,
De qui la main poltronne et la craintifve audace
Ne les pouvoit, liez, tuer de bonne grace.
Dessoubs le nom du roy, parricide des loix,
On destruisoit les cœurs par qui les rois sont rois:
Le coquin possesseur de royalle puissance
Dans les fanges traînoit les senateurs de France.
Tout riche estoit proscrit; il ne falloit qu'un mot
Pour ronger son despit (2) soubs le nom d'huguenot.
Des procès ennuyeux fut la longueur finie:
La fille oste à la mère et le jour et la vie:
Là le frère sentit de son frère la main,
Le cousin esprouva pour bourreau son germain:
L'amitié fut sans fruict, la cognoissance esteinte,
La bonne volonté utile comme feinte.
    D'un visage riant, nostre Caton (3) tendoit
Nos yeux avec les siens et le bout de son doigt
A se voir transpercé; puis il nous monstra comme
On le couppe à morceaux; sa teste court à Rome;

1. François Ier.
2. *Var.*: pour venger sa rancœur (rancune). — 3. Coligny.

Son corps sert de jouet aux badaux ameutez,
Donnant le bransle au cours des autres nouveautez.
La cloche qui marquoit les heures de justice(1),
Trompette des voleurs, ouvre aux forfaicts la lice :
Ce grand palais du droict fut contre droict choisi
Pour arborer au vent l'estendart cramoisi :
Guerre sans ennemi, où l'on ne trouve à fendre
Cuirasse que la peau ou la chemise tendre.
L'un se deffend de voix, l'autre assaut de la main :
L'un y porte le fer, l'autre y porte le sein :
Difficile à juger qui est le plus astorge (2),
L'un à bien esgorger, l'autre à tendre la gorge.
Tout pendart parle haut ; tout equitable craint,
Exalte ce qu'il hait ; qui n'a crime le feint.
Il n'est garçon, enfant qui quelque sang n'espanche,
Pour n'estre veu honteux s'en aller la main blanche.
Les prisons, les palais, les chasteaux, les logis,
Les cabinetz sacrez, les chambres et les licts
Des princes, leur pouvoir, leur secret, leur sein mesme(3)
Furent marquez des coups de la tuerie extrême.
Rien ne fut plus sacré quand on vit par le roy
Les autels violez, les pleiges de la foy.
Les princesses s'en vont de leurs lits, de leurs chambres,
D'horreur, non de pitié, pour ne toucher aux membres
Sanglants et detranchez que le tragique jour
Mena cercher la vie au nid du faux amour.
Libithine marqua de ses couleurs son siége,
Comme le sang des fans rouille les dents du piége,
Ces lits, pieges fumans, non pas lits, mais tombeaux
Où l'Amour et la Mort troquèrent de flambeaux.
Ce jour voulut monstrer au jour par telles choses
Quels sont les instrumens, artifices et causes
Des grands arrests du Ciel. Or des-jà vous voyez

1. Les cloches de Saint-Germain-l'Auxerrois et du Palais
donnèrent le signal du massacre. — 2. Sans souci.

3. Voy les Mémoires de Marguerite de Navarre, année
1572. Cf. Hist. univ., t. 1, p. 547.

L'eau couverte d'humains, de blessez mi-noyez.
Bruyant contre ses bords, la detestable Seine,
Qui des poisons du siècle a ses deux chantiers pleine,
Tient plus de sang que d'eau ; son flot se rend caillé,
A tous les coups rompu, de nouveau resouillé
Par les precipitez : le premier monceau noye,
L'autre est tué par ceux que derniers on envoye :
Aux accidents meslez de l'estranger forfaict,
Le tranchant et les eaux debattent qui l'a faict.
Le pont (1), jadis construict pour le pain de sa ville,
Devint triste eschafaut de la fureur civile ;
On voit, à l'un des bouts, l'huis funeste choisi
Pour passage de mort, marqué de cramoisi ;
La funeste vallée à tant d'agneaux meurtrière,
Pour jamais gardera le titre de misère (2).
Et tes quatre bourreaux porteront sur leur front
Leur part de l'infamie et de l'horreur du pont,
Pont, qui eus pour ta part quatre cens precipices,
Seine veut engloutir, louve (3), tes edifices.
Une fatale nuict en demande huict cens,
Et veut aux criminels mesler les innocens.
    Qui marche au premier rang des hosties rangées ?
Qui prendra le devant des brebis esgorgées ?
    Ton nom demeure vif, ton beau teint est terny,
Piteuse, diligente et devote Yverny (4),

1. Le pont qui conduisoit aux moulins construits sur la rivière. (Cf. *Hist. univ.*, p. 552.) Il porta successivement les noms de *Pont aux Colombes*, *Pont aux Meuniers* et *Pont-Marchand*. Détruit et rebâti plusieurs fois, il fut brûlé en 1621 avec le Pont au Change. Lorsqu'on reconstruisit ce dernier en pierre, on y comprit l'emplacement du Pont-Marchand. — Cf. *Confession de Sancy*, l. 2, ch. 8.
    2. La *Vallée de misère* étoit le nom que l'on donnoit souvent à la rue Trop-va-qui-dure, qui longeoit le Grand-Châtelet. Elle commençoit à la rue de la Saunerie et finissoit à la rue de Saint-Leufroi.
    3. Louve dans les deux éditions. Il faut évidemment lire Louvre.
    4. Nièce du cardinal Briçonnet. Elle se sauvoit, déguisée

Hostesse à l'estranger, des pauvres aumonière,
Garde de l'hospital, des prisons tresorière.
Point ne t'a cet habit de nonnain garenti,
D'un patin incarnat trahi et dementi :
Car Dieu n'aprouva pas que sa brebis d'eslite
Devestit le mondain pour vestir l'hypocrite ;
Et quand il veut tirer du sepulcre les siens,
Il ne veut rien de salle·à conferer ses biens.

    Mais qu'est-ce que je voi ? Un chef (1) qui s'entortille,
Par les volans cheveux, autour d'une cheville
Du pont tragique, un mort qui semble encore beau,
Bien que pasle et transi demi caché en l'eau ;
Ses cheveux, arrestans le premier precipice,
Lèvent le front en haut, qui demande justice.
Non, ce n'est pas ce poinct que le corps suspendu,
Par un sort bien conduict, a deux jours attendu ;
C'est un sein bien aymé qui traîne encor en vie
Ce qu'attend l'autre sein pour chère compagnie.
Aussi voy-je mener le mari condamné,
Percé de trois poignards aussi tost qu'amené,
Et puis poussé en bas, où sa moitié pendue
Receut l'aide de luy qu'elle avoit attendue :
Car ce corps en tombant des deux bras l'empoigna,
Avec sa douce prise accouplé se baigna (2).
Trois cens, precipitez droict en la mesme place,
N'ayant peu recevoir ni donner cette grace,
Apren, homme de sang, et ne t'esforce point
A des-unir les corps que le Ciel a conjoint.

en religieuse, quand elle fut reconnue à ses chaussures de
velours rouge. D'Aubigné, t. 2, l. 1, ch. 4, p. 549 ; Crespin, fol. 708.

    1. Une tête.

    2. Voy. cette histoire dans d'Aubigné, t. 2, p. 552. Il
s'agit d'une femme dont le cadavre, précipité dans la Seine,
resta accroché par les cheveux à une cheville. Deux jours
après, son mari, précipité dans le fleuve au même endroit,
entraîna en tombant le corps de sa femme.

Je voy·le viel Rameau (1) à la fertile branche,
Chappes (2), caducs, rougir leur perruque si blanche ;
Briou, de pieté comme de poil tout blanc,
Son vieil col embrassé par un prince du sang (3),
Qui aux coups redoublez s'oppose en son enfance ;
On le perce au travers de si foible deffence :
C'estoit faire perir une nef dans le port,
Desrober le mestier à l'aage et à la mort.
    Or, cependant qu'ainsi par la ville on travaille,
Le Louvre retentit, devint champ de bataille,
Sert après d'eschafaut, quand fenestres, creneaux
Et terrasses servoient à contempler les eaux,
Si encores sont eaux. Les dames, mi–coiffées,
A plaire à leurs mignons s'essayent eschauffées,
Remarquent les meurtris, les membres, les beautez,
Bouffonnent sallement sur leurs infirmitez (4).
A l'heure que le Ciel fume de sang et d'ames,
Elles ne pleignent rien que les cheveux des dames ;
C'est à qui aura lieu à marquer de plus près
Celles que l'on esgorge et que l'on jette après.
Les unes qu'ils forçoient avec mortelles pointes
D'elles mesmes tomber, pensant avoir esteintes
Les ames quand et quand que, Dieu, ne pouvant voir
Le martyre forcé, prendroit pour desespoir
Le cœur bien esperant. Nostre Sardanapale (5)
Ridé, hideux, changeant, tantost feu, tantost pasle,
Spectateur, par ses cris tous enrouez, servoit
De trompette aux maraux ; le hasardeux avoit
Armé son lasche corps ; sa valeur estonnée

1. Le célèbre philosophe et mathématicien P. de la Ra-
mée, dit Ramus.
    2. Conseiller au Parlement. Il avoit plus de 80 ans.
    3. Le prince de Conti, dont Briou étoit gouverneur. Cf.
de Thou et d'Aubigné, t. 1, p. 546.
    4. Les dames de la cour allèrent regarder le corps de Sou-
bise, à qui sa femme, Catherine de Parthenay, avoit intenté
un procés d'impuissance.
    5. Charles IX.

Fut, au lieu de conseil, de putains entournée;
Ce roy, non juste roy, mais juste harquebusier,
Giboyoit aux passans trop tardifs à noyer,
Vantant ses coups heureux; il deteste, il renie,
Pour se faire vanter à telle compagnie.
On voyoit par l'orchestre en tragique saison
Des comiques Gnatons, des Taïs, un Trazon (1).
La mère (2) avec son train hors du Louvre s'eslongne,
Veut jouir de ses fruits, estimer la besogne.
Une de son troupeau (3) trotte à cheval trahir
Ceux qui soubs son secret avoient pensé fuir.
En tel estat la cour, au jour d'esjouissance,
Se pourmène au travers des entrailles de France.
    Cependant que Neron amusoit les Romains,
Au theatre et au cirque à des spectacles vains,
Tels que ceux de Bayonne ou bien des Tuilleries,
De Bloys, de Bar-le-Duc, aux forts, aux mommeries,
Aux ballets, carrousels, barrières et combats,
De la guerre naissant les berceaux, les esbats,
Il fit par boutte-feux Romme reduire en cendre ;
Cet appetit brutal print plaisir à entendre
Les hurlemens divers des peuples affolez,
Rioit sur l'affligé, sur les cœurs desolez,
En attisant tousjours la braise mi-esteinte
Pour, sur les os cendreux, tyranniser sans craincte.
Quand les feux, non son cœur, furent saouls de malheurs,
Par les pleurs des martyrs il appaisa les pleurs
Des Romains abusez : car, des prisons remplies
Arrachant les chrestiens, il immola leurs vies,
Holocaustes nouveaux, pour offrir à ses Dieux

1. Thrason, soldat fanfaron, dans l'*Eunuque* de Térence.
Sur Gnathon et Thaïs, voy. les notes des pages 78 et 79.
    2. Catherine.
    3. Elle s'appeloit Royan. « Elle sauta sur un courtaut en
homme », dit d'Aubigné (*ibid.*), et alla livrer aux assassins
un de ses parents et un gentilhomme huguenot qu'elle avoit
aimé, et qui tous deux s'étoient cachés dans son logis.

Les saints expiateurs et cause de ses feux.
Les esbats coustumiers de ses après-disnées
Estoient à contempler les faces condamnées
Des chers tesmoings de Dieu, pour plaisir consummés
Par les feux, par les dents des lyons affamés.
Ainsi l'embrasement des masures de France
Humilie le peuple, eslève l'arrogance
Du tyran : car au pris que l'impuissance naist,
Au pris peut-il pour loy prononcer : *Il me plaist.*
Le peuple n'a des yeux à son mal ; il s'aplique
A nourrir son voleur en cherchant l'heretique ;
Il faict les vrais chrestiens, cause de peste et faim,
Changeans la terre en fer et le ciel en airain.
Ceux-là resvent d'hostie, injustes sacrifices
Dont il faut expier de nos princes les vices,
Qui, fronçants en ce lieu l'espais de leurs sourcils,
Resistent aux souspirs de tant d'hommes transis :
Comme un Domitian, pourveu de telles armes,
Des Romains qui trembloient espouvantoit les larmes,
Devoyant la pitié, destournant autrepart
Les yeux à contempler son flamboiant regard.
    Charles tournoit en peur, par des regards semblables,
De nos princes captifs (1) les regrets lamentables,
Tuoit l'espoir en eux, en leur faisant sentir
Que le front qui menace est loin du repentir.
Aux yeux des prisonniers, le fier changea de face,
Oubliant le desdain de sa fière grimace,
Quand, après la sepmaine, il sauta de son lict,
Esveilla tous les siens, pour entendre à minuict
L'air aboyant de voix, de tel esclat de plaintes
Que le tyran, cuydant les fureurs non esteintes,
Et qu'après les trois jours pour le meurtre ordonnez,
Se seroient les felons encores mutinez,
Il depescha par tout inutiles deffences.
Il void que l'air seul est l'echo de ses offenses,
Il tremble, il faict trembler par dix ou douze nuicts

1. Henri de Navarre et le prince de Condé.

Les cœurs des assistans quels qu'ils fussent, et puis
Le jour effraye l'œil quand l'insensé descouvre
Les corbeaux noircissans le pavillon du Louvre (1).
  Catherine, au cœur dur, par feinte s'esjouit,
La tendre Elisabeth (2) tombe et s'esvanouit;
Du roy, jusqu'à la mort, la conscience immonde
Le ronge sur le soir, toute la nuict luy gronde,
Le jour siffle en serpent; sa propre ame luy nuit,
Elle mesme se craint, elle d'elle s'enfuit.
  Toy, Prince(3), prisonnier, tesmoin de ces merveil-
Tu as de tels discours enseigné nos oreilles;     [les,
On a veu à ta table, en publicq, tes cheveux
Herisser en contant tels accidents affreux.
Si un jour, oublieux, tu en perds la memoire,
Dieu s'en souviendra bien à ta honte, à sa gloire.
L'homme ne fut plus homme, ains le signe plus grand
D'un excez sans mesure aparut quant et quant :
Car il ne fut permis aux yeux forcez du père
De pleurer sur son fils; sans parole, la mère
Voyoit traîner le fruict de son ventre et son cœur;
La plainte fut sans voix, muette la douleur.
L'espion attentif, redouté, prenoit garde
Sur celuy qui, d'un œil moins furieux, regarde.
L'oreille de la mousche (4) espie en tous endroicts
Si quelque bouche preste à son ame la voix.
Si quelqu'un va chercher en la barge (5) commune
Son mort, pour son tesmoin il ne prend que la lune.
Aussi bien au clair jour ses membres destranchez
Ne se dicernent plus fidellement cerchez.
Que si la tendre fille ou bien l'espouse tendre
Cherchent père ou mary, crainte de se mesprandre,

----

  1. Voy. à ce sujet *Hist. univ.*, t. 2, l. 1, ch. 6, p. 566,
D'Aubigné affirme tenir ce récit de Henri IV, et, ajoute-t-il,
« j'ai force témoins vivants qu'il n'a jamais fait ce discours
qu'en sentant et nous montrant ses cheveux hérissés. »
  2. Elisabeth d'Autriche, femme de Charles IX.
  3. Henri de Navarre. — 4. Du mouchard. — 5. Berge.

En tirent un semblable, et puis disent : « Je tien,
Je baise mon espoux, ou du moins un chrestien. »
   Ce fut crime sur tout de donner sepulture
Aux repoussés des eaux, somme que la nature,
Le sens, le sang, l'honneur, la loy d'humanité,
L'amitié, le devoir et la proximité,
Tout esprit et pitié delaissés par la crainte
Virent l'ame immortelle à cette fois esteinte.
   A ce luisant patron, au grand commandement
Pressé par les Amans (¹), porté legerement,
Mille folles cités, à faces desguisées,
Se trouvent aussi tost à tuer embrazées.
Le mesme jour esmut à mesme chose Meaux
Qui, pour se delecter de quelques traits nouveaux,
Parmi six cens noyez, victimes immolées,
Vit au pas de la mort vingt femmes violées.
   On void Loire, inconu tant farouche (²), laver
Les pieds d'une cité qui venoit d'achever
Seize cens poignardés, attachez à douzaines;
Le palais d'Orleans en vid les sales plaines
Dont l'amas fit une isle, une chaussée, un mont,
Lequel fit refouler le fleuve contremont,
Et dessus et dessous; et les mains et les villes
Qui n'avoient pas trempé dans les guerres civiles
Troublent à cette fois Loire d'un teint nouveau,
Chacun ayant gaigné dans ce rang un tableau.
   Lyon, tous les lions reffuzèrent l'office ;
Le vil executeur de la haute justice,
Le soldat, l'estranger, les braves garnisons
Dirent que leur valeur ne s'exerce aux prisons ;
Quand les bras et les mains, les ongles detestèrent
D'estre les instrumens qui la peau deschirèrent,
Ton ventre te donna dequoy percer ton flanc,

1. Il s'agit de l'Aman de la Bible. Le sens est : D'après
les ordres du roi, pressé par ses perfides conseillers, expé-
diés en toute hâte dans les provinces.
2. La Loire, que l'on ne connoissoit pas si farouche.

L'ordure des boyaux se creva dans ton sang (1).
    Voilà Tournon, Viviers et Vienne et Valence
Poussans avec terreur de Lyon l'insolence,
Troublez de mille corps qu'ils esloignent ; et puis
Arles, qui n'a chez soy ne fontaines ne puits,
Souffrit mourir de soif, quand du sang le passage
Dix jours leur deffendit du Rosne le breuvage (2).
[Ici, l'ange troisiesme estandit à son rang
Au Rosne sa fiole, et ce fleuve fut sang.
Ici, l'ange des eaux cria : « Dieu qu'on adore,
Qui es, qui as esté et qui seras encore,
Ici tu as le droit pour tes saincts exercé,
Versant le sang à boire à ceux qui l'ont versé (3). »]
    Seine le rencherit ; ses deux cornes distantes
Ne souffrirent leurs gens demeurer innocentes ;
Troye d'un bout, Roüan de l'autre, se font voir
Qui ouvrent leurs prisons pour un funeste espoir,
Et puis, par divers jours et par le rolle, ils nomment
Huict cens testes qu'en ordre et desordre ils assom-
    Thoulouze y adjousta la foy du Parlement, [ment.
Fit crier la seurté, pour plus desloyaument
Conserver le renom de Royne des cruelles.
    Mais tant d'autres citez jusques alors pucelles,
De qui l'air ou les arts amolissent les cœurs,
De qui la mort bannie haïssoit les douceurs,
N'ont en fin resisté aux dures influences
Qui leur donnent le bransle aux communes cadences.
    Angers, tu l'as senti ; mère des escoliers,
Tu l'as senti, courtois et delicat Poictiers,
Favorable Bordeaux, le nom de favorable

---

1. Le bourreau et la garnison de Lyon refusèrent de massacrer les réformés. Ce furent les arquebusiers de la ville qui
s'en chargèrent. (*Hist. univ.*, t. 2, l. 1, ch. 5, p. 557.)
    2. *Ibid.*, p. 558.
    3. Ces vers dans l'édition sans date remplacent les deux
suivants :
        Puis ces coups tant blamez enfin par ces citez
        Furent à moins de nombre à regret imitez.

Se perdit en suivant l'exemple abominable.
Dax suivit mesme jeu (1). Leurs voisins belliqueux
Prirent autre patron et autre exemple qu'eux.
Tu as (dis-tu) soldats, et non bourreaux, Bayonne (2);
Tu as de liberté emporté la couronne,
Couronne de douceur, qui, en si dur meschef,
De cloux de diamans est ferme sur ton chef.
   Où voulez-vous, mes yeux, courir ville après ville,
Pour descrire des morts jusques à trente mille?
Quels mots trouverez-vous, quel style, pour nommer
Tant de flots renaissans de l'impiteuse mer?
Œil, qui as leu ces traits, si tu escoute, oreille,
Encor un peu d'haleine à sçavoir la merveille
De ceux que Dieu tira des ombres du tombeau.
Nous changeons de propos. Voy encor ce tableau
De Bourge (3) : on y connoit la brigade constante
De quelques citoyens, bien contez pour quarante,
Et recontez après, afin qu'il n'arrivast
Que par mesgarde aucun condamné se sauvast.
Au naistre du soleil, un à un on les tue;
On les met cinq à cinq, exposez à la veue
Du transi magistrat. Le conte (4), bien trouvé,
Acertena (5) la mort que rien n'estoit sauvé.
Cette injuste justice, au tiers jour amassée,
Oit le son estouffé, la voix triste et cassée
D'un gosier languissant. Ceux qui, par plusieurs fois,

---

1. Voy. dans l'*Hist. univ.* (t. 2, l. 3, ch. 15) la sanglante vengeance que d'Aubigné tira de la part que les habitants de Dax avoient prise au massacre des huguenots.

2. L'authenticité du texte de l'admirable lettre par laquelle le vicomte d'Orthez, gouverneur de Bayonne, répondit aux ordres de Charles IX, a été révoquée en doute. Elle n'est rapportée que par d'Aubigné (*Hist. univ.*, p. 560). Je croirois volontiers que notre historien, en relatant un fait vrai au fond, lui a donné la forme sous laquelle il nous l'a fait connoître.

3. Cf. *Hist. univ.*, *ibid.*, p. 557. — 4. Le compte. — 5. Assura.

Cerchèrent, curieux, d'où partoit cette voix,
Descouvrent à la fin qu'un vieillard, plein d'envie
D'alonger les travaux, les peines de la vie,
S'estoit precipité dans un profond pertuis.
La faim fit resonner l'abysme de son puis,
Estant un des bouchers depesché en sa place.
Ces juges contemploient avec craintive face
Du siècle un vray portrait, du malheur le miroir;
Il luy donne du pain, pour en luy faire voir
Comment Dieu met la vie aux perils plus extrêmes,
Parmi les os et nerfs de la mort pasle et blesme,
Relève l'estonné, affoiblit le plus fort,
Pour donner au meurtrier, par son couteau, la mort(1).

   Caumont(2), qui à douze ans eus ton père et ton frère
Pour cuirasse pesante, appren ce qu'il faut faire,
Quel prince t'a tiré, quel bras fut ton secours:
Tes père et frères sont dessus toy tous les jours.
Nature vous forma d'une mesme substance,
La mort vous assembla comme fit la naissance,
Cousu, mort avec eux et vif, tu as de quoy
Tes compagnons de mort faire vivre par toy.
Ton sein est pour jamais teint du sang de tes proches,
Dieu t'a sauvé par grace ou bien c'est pour reproches:
Grace, en mettant pour luy l'esprit qui t'a remis;
Reproche, en te faisant serf de tes ennemis.

   De pareille façon, on void couché en terre,
Celuy qu'en trente lieux son ennemi enferre (3):
Une troupe y accourt, dont chacun fut lassé

---

1. Les prisonniers avoient été comptés avant d'être mas-
sacrés. L'un d'eux s'étant caché, les meurtriers complétèrent
le nombre des victimes en mettant à mort un prêtre détenu
pour dettes. (*Hist. univ., ibid.*)

2. Jacques Nompar de Caumont, duc de la Force, maréchal de France, né en 1559, mort en 1652. Ses Mémoires
ont été publiés en 1843 par M. le marquis de la Grange,
4 vol. in-8. On sait qu'il échappa au massacre en se cachant
sous les cadavres de son père et de ses frères.

3. Perce en trente endroits.

De repercer encor le sein des-jà percé :
Puis l'ennemi retourne, et couché face à face,
Il met de son poignard la poincte sur la place
Où il juge le cœur; en redoublant trois fois
Du gosier blasphemant luy sortit cette voix :
« Va t'en dire à ton Dieu qu'il te sauve à cette heure. »
Mais, homme, tu mentis, car il faut que tu meure
Premier que ton meurtri : certes le Dieu vivant
Pour ame luy donna de sa bouche le vent ;
Et cette voix qui Dieu et ses forces deffie
Donne mort au meurtrier et au meurtri la vie.

 Voicy, de peur d'Achas, un prophète caché (1)
En un lieu hors d'accez, en vain trois jours cerché.
Une poulle le trouve, et, sans faillir, prend cure
De pondre dans sa main, trois jours, sa nourriture.
O chrestiens fugitifs, redoubtez-vous la faim ?
Le pain est don de Dieu qui sçait nourrir sans pain :
Sa main depeschera commissaires de vie,
La poulle de Merlin ou les corbeaux d'Helie.

 Reniers (2) eut tel secours et vid un corbeau tel,
Quand Vesins furieux, son ennemi mortel,
Luy fit de deux cens lieues escorte et compagnie :
Il attendoit la mort dont (3) il receut la vie,
N'ayant, tout le chemin, ni propos ni devis
Sinon, au separer, ce magnifique advis :
« Je te reprocheray, Reniers, mon assistance
Si du faict de Paris tu ne prens la vengeance. »

 Moy, qui rallie ainsi les eschapez de mort,
Pour prester voix et mains au Dieu de leur support,
Qui chante à l'advenir leurs frayeurs et leurs peines,
Et puis leurs libertez, me tairay-je des miennes ?

1. Merlin, ministre de l'amiral. Cf. *Hist. univ.*, t. 2, l. 1,
p. 552. Son *Diaire* ou journal a été publié par M. A. Crot-
tet ; Genève, Cherbuliez, 1855, 65 p. in-8.
 2. Il avoit commandé dans le Quercy contre le lieutenant
de roi Vesins, qui étoit son ennemi mortel et qui le sauva du
massacre. Cf. *Hist. univ., ibid.*, p. 553.
 3. De celui dont.

Parmi ces âpres temps, l'esprit, ayant laissé
Aux assassins mon corps en divers lieux percé([1]),
Par l'ange consolant mes amères blessures,
Bien qu'impur, fut mené dans les regions pures.
Sept heures (2) luy parut le celeste pourpris
Pour voir les beaux secrets et tableaux que j'escris,
Soit qu'un songe au matin m'ait donné ces images,
Soit qu'en la pamoison l'esprit fît cés voyages,
Ne t'enquiers (mon lecteur) comment il vid et fit,
Mais donne gloire à Dieu en faisant ton profit.
Et cependant qu'en luy, extaticq, je me pasme ;
Tourne à bien les chaleurs de mon enthousiasme.

Doncques, le front tourné vers le Midi ardant,
Paroissent du zenit, panchant vers l'Occident,
Les spectacles passez qui tournoient sur la droicte.
Ce qui est audevant est cela qui s'exploite.
Là esclatent encor cent portraicts eslongnez,
Où se monstrent les fils du siècle embesongnez :
On void qu'en plusieurs lieux les bourreaux refusèrent
Ce que bourgeois, voisins et parens achevèrent.
L'esprit, lassé par force, advisa le monceau
Des chrestiens condamnez qui (nuds jusqu'à la peau)
Attendent par deux jours quelque main ennemie,
Pour leur venir oster la faim avec la vie.
Puis, voicy arriver secours aux enfermez :
Les bouchers, aux bras nuds, au sang accoustumez,
Armez de leurs couteaux qui apprestent les bestes,
Et ne font qu'un corps mort de bien quatre cens testes.

Les temples des Baalins (3) estoient remplis de cris
De ceux de qui les corps, comme vuides d'esprits,
Vivans du seul sentir par force, par paroles,
Par menaces, par coups s'enclinoient aux idoles ;

1. D'Aubigné, blessé à cette époque, suivit Montferrand,
qui, quelques jours avant le massacre, avoit été prendre congé de l'amiral, « aimant mieux estre au rang des fols que
des sots ». (Ibid., p. 537.)
2. Durant sept heures. — 3. Des sectateurs de Baal.

Et, à pas regrettez, les infirmes de cœur,
Pour la peur des humains de Dieu perdoient la peur.
Ces desolez, transis par une aveugle envie
D'un vivre malheureux, quittoient l'heureuse vie,
La pluspart preparans, en se faisant ce tort,
Les ames à la gehenne et les corps à la mort,
Quand Dieu juste permit que ces piteux exemples
N'alongeassent leurs jours que sur le seuil des temples.
Non pourtant que son œil de pitié fust osté,
Que le Sainct-Esprit fust blessé d'infirmité :
Sa grace y met la main. Tels estoient les visages
Des jugemens à terme, accomplis en nos aages.
   A la gauche du ciel, au lieu de ces tableaux,
Esblouissent les yeux les astres clairs et beaux ;
Infinis millions de brillantes estoilles
Que les vapeurs d'embas n'offusquoyent de leurs voilles,
Font par lignes et ronds, caractères parfaicts,
Desquels nous ne lisons d'icy bas les effects (1).
L'ange m'en faict leçon (disant) : « Voilà les restes
Des hauts secrets du ciel : là les bourgeois celestes
Ne lisent qu'aux rayons de la face de Dieu ;
C'est de tout l'advenir le registre, le lieu
Où la harpe royalle estoit lors eslevée
Qu'elle en sonna ces mots : *Pour jamais engravée*
*Est dedans le haut ciel que tu creas jadis*
*La vraye eternité de tout ce que tu dis.*
[C'est le registre sainct des actions secrètes,
Formé d'autant de seaux qu'il y a de planètes.
Le prophète (2) dompteur des lions indomptés
Le nomme en ses escrits l'escrit des verités.]
Tout y est bien marqué, nul humain ne l'explique.
Ce livre n'est ouvert qu'à la troupe angelique,
Puis aux esleus de Dieu, quand en perfection

1. *Var. :*

   En lignes, points et ronds, parfaicts ou imparfaicts,
   Font ce que nous lisons après dans les effects.

2. Daniel.

L'ame et le corps goustront la resurrection.
Cependant ces portraits leur mettent en presence
Les biens et maux presens de leur très chère engeance. »
Je romps (1) pour demander : « Quoy ! les ressuscitez
Pourront-ils discerner de leurs proximitez (2),
Les visages, les noms, se souvenans encore
De ceux-là que la mort, oublieuse, devore ? »
L'Ange respond : « L'estat de la perfection
Ravit à l'Eternel toute l'affection (3) :
Mais puis qu'ils sont parfaicts en leur comble, faut croire
Parfaicte cognoissance et parfaite memoire.
Cependant sur le poinct de ton heureux retour,
Esprit, qui as de Dieu eu le zèle et l'amour,
Voi-tu ce rang si beau de luisants caractères ?
C'est le cours merveilleux du succez de tes frères. »
  Voilà un camp maudit, à son malheur planté,
Aux bords de l'Océan, abayant (4) la cité,
La saincte Bethulie, aux agnelets defence,
Des petits le bouclier, des hautains la vengeance.
Là finissent leurs jours, l'espoir et les fureurs,
Tués, mais non au lict, vingt mille massacreurs.
Dieu fit marcher, voulant delivrer sans armée,
La Rochelle poudreuse et Sancerre (5) affamée,

1. Interromps. — 2. De leurs proches.
3. Reporte sur l'Eternel toute l'affection.
4. Baignant. — Siége de La Rochelle en 1572. Cf. *Hist. univ.*, t. 2, p. 569. Voy. aussi *Histoire de La Rochelle*, etc., à *Maillé, sur les ruines du d'Oignon*, 1621, 8. D'après l'indication du lieu d'impression, cette brochure, faite par un catholique ardent, semble avoir été une réponse au récit de d'Aubigné : car Maillé est le lieu où il imprima son Histoire universelle, et le château de d'Oignon avoit été vendu par lui au duc de Rohan en 1619.—Il paroît que l'on trouve encore aujourd'hui à Maillé, situé sur la Sèvre, des caractères d'imprimerie mêlés à la vase du fleuve.
5. Le siége de Sancerre commença en janvier 1573. La ville se rendit le 19 août. Voy. la Relation de Jean de Lery, 1574. Elle a été réimprimée en 1842, à Bourges, par les soins de M. L. Raynal.

Les visages nouveaux des Sarmates razez
Secourables aux bons, pour eux mal advisés(1).
[Que vois-je ? L'Océan, à la face incognue,
Qui, en contrefaisant la nourrissière nue,
D'où le desert blanchit par les celestes dons (2)
Veut blanchir le rivage abrié (3) de sourdons (4).
Dites, physiciens, qui faites Dieu nature,
Comment la mer, n'ayant mis cette nourriture
Dans ce havre jamais, trouva ce nouveau pain
Au poinct que dans le siege entroit la pasle faim :
Et pourquoi cette manne et pasture nouvelle,
Quand la faim s'en alla, s'enfuit avec elle.
Le ciel prend à plaisir, Rochelois, vos tableaux (5),
Memoires du miracle, et en fait de plus beaux.]
Voi -tu dessoubs nos pieds une flame si nette,
Une estoille sans nom, sans cheveux un comette (6),
Phanal sur le Bethleem, mais funeste flambeau
Qui mène par le sang Charles-Herode au tombeau.
Sa mère (7) par poisons et par prisons besongne

1. Les ambassadeurs polonois qui venoient offrir a couronne au duc d'Anjou. Ils arrivèrent à Paris le jour même
de la reddition de Sancerre, et ce fut à leur présence en
France que les habitants de cette ville durent d'être épargnés.

2. Par la manne.

3. Couvert. Il ne peut y avoir de doute sur le sens de ce
mot. Voy. la variante de la page 182.

4. Sourdon, nom vulgaire d'un coquillage bivalve, de l'espèce des bucardes. Voy. sur ce fait *Hist. univ.*, t. 2, p. 595.

5. « Les réformés, dit d'Aubigné, ont encore les tableaux
(de ce fait) en leurs maisons, pour mémoire, comme d'un
miracle. » (*Ibid., ibid.*)

6. Cette comète fut visible à Paris au mois de novembre
1572. « Bèze et autres poètes huguenots, dit l'Estoile, com-·
paroient cette étoile à celle qui apparut aux Mages, et le roy
Charles à Hérode. » Voy. la liste des écrits que fit éclore
son apparition, dans la *Bibliothèque astronomique* de Lalande,
p.98-100.

7. L'exemplaire de M. Beaupré fournit pour cette lacune
les mots *mère qui.*

Pour sur le throsne voir le fuitif de Poulongne :
Il trouve, à son retour, non des agneaux craintifs,
Mais des lions trompez, retraitte aux fugitifs.
   De la mer du midi et des Alpes encore,
L'esprit va resveiller qui (1) en esprit adore
Aux costeaux de la Clergue, aux Pirènes gelez,
Aux Sevènes d'Auvergne : en voilà d'appelez.
Les cailloux et les rocs prennent et forme et vie,
Pour guerroyer de Dieu la lignée ennemie,
Pour estre d'Abraham tige continuel,
Et relever sur pieds l'enseigne d'Israël ;
Conduicts par les bergers, destituez de princes,
Partagent par moitié du règne les provinces,
Contre la vanité les fils des vanitez
S'arment ; leurs confidents par eux sont tourmentez (2).
   Je voy l'amas des rois et conseillers de terre
Qui changent une paix au progrez d'une guerre,
Un roy (3) mangeant l'hostie et l'idole en jurant (4)
D'achever des chrestiens le foible demeurant,
N'y espargner le sang du peuple ni la vie,
Les promesses, les voix, la foy, la perfidie.
   François (5), mauvais François, de l'affligé troupeau
Se faict le conducteur, et puis, traistre et bourreau,
Porte au septentrion ses infidelles trames ;
Vaincu par les agneaux, il engage les ames,
Complices des autheurs de ses desseins pervers,
A paver en un jour de charongnes Anvers (6) :
Car Dieu faict tout mentir, menaces et injures ;
Tant de subtils conseils font tous ces rois parjures,

1. Celui qui.
2. Allusion à l'alliance des mécontents catholiques et des réformés.
3. Allusion au serment que prêtoient les rois de France à leur sacre.
4. *Var.* : L'idole va jurant.
5. François, duc d'Alençon.
6. L'entreprise du duc d'Anjou sur Anvers. Voy. p. 107, note 1.

Frappez d'estonnement, et bien punis dequoy
Ils ont mis en mespris la parole de foy.
Par la force, il les rend perfides à eux-mesmes ;
Le vent fit un joüet de leurs braves blasphèmes.

« Voilà vers le midy trois rois (1) en pièces mis,
Les ennemis de Dieu pris par ses ennemis.
Le venin de la cour, preparé, s'achemine
Pour mener à Sanson Dalila Philistine (2).

« Un roy, cherchant secours parmi les serfs, n'a rien
Que pour rendre vainqueur le grand Iberien (3) :
Celuy-là prend de l'or, en faict une semence
Qui contre les François reconjure la France ;
Ses peuples tost après contre luy conjurez (4),
Par contrainctes vertus vangez et delivrez.
Celuy qui de regner sur le monde machine
S'engraisse pour les poux, curée à la vermine, [mant,

« Voy deux camps dont l'un prie et souspire en s'ar-
L'autre, presumptueux, menace en blasphemant.
O Coutras ! combien tost cette petite plaine
Est de cinq mille morts et de vengeance pleine (5) !

« Voicy Paris armé soubs les loix du Guysard ;
Il chasse de sa cour l'hypocrite renard (6),
Qui tire son chasseur après en sa tasnière (7).
Les noyeurs n'ont tombeau que la trouble rivière,

---

1. Le roi de Portugal dom Sébastien, qui périt en Afrique, dans une bataille contre le roi de Fez, en 1578. Il avoit dans son armée Muley-Mahamet, roi détrôné de Fez. Sébastien périt sur le champ de bataille, son allié se noya en fuyant, et le roi ennemi, Muley-Moluc, mourut, dit-on, le jour même, de maladie. Cette bataille est connue sous le nom de *bataille des trois rois.*

2. Allusion au voyage que Catherine fit en 1578, pour mener à Henri de Navarre Marguerite de Valois.

3. Philippe II. — 4. Révolte des Pays-Bas.

5. La bataille de Coutras, gagnée par Henri de Navarre, en 1587. Cf. *Hist. univ.*, t. 3, p. 75.

6. Henri III.

7. Assassinat des Guise à Blois, en 1589.

Les maistres des tueurs perissent de poignards,
Les supports des brusleurs par les brusleurs sont ards.
Loire, qui fut bourelle, aura le soing de rendre
Les brins esparpillés de leur infame cendre.
Aussi tost leur boucher, de ses bouchers pressé,
Des proscrits secouru (1), se void des siens laissé ;
Son procureur, jadis des martyrs la partie,
Procure et mène au roy le trancheur de sa vie(2),
Au mois, jour et logis, à la chambre et au lieu
Où à mort il jugea la famille de Dieu (3).
Fait gibier d'un cagot, vilain porte-bezace (4),
Il quitte au condamné (5) ses fardeaux et sa place.
   « Arques n'est oublié, ny le succez d'Ivry.
Conois par qui tu fus victorieux, Henry ;
Tout ploye soubs ton heur ; mais il est predit comme
Ce qu'on devoit à Dieu fut pour le Dieu de Rome.
   « Paris, tu es reduitte à digerer l'humain (6) ;
Trois cens mille des tiens perissent par la faim
Dans le tour des dix lieüs, qu'à chasque paix frivole
Tu donnois pour limite au pain de la parole.
   « Si tu pouvois conoistre, ainsi que je conois,
Combien je voy lier de princes et de rois,
Par les venins subtils de la bande hypocrite,
Par l'arsenic qu'espand l'engeance loyolite !
O Suède ! o Mosco ! Poulongne, Austriche, helas !
Quels changemens premier que vous en soyez las !
   « Que te diray-je plus ? Ces estoilles obscures
Escrivent à regret les choses plus impures.

1. Des calvinistes.
2. Jacques Clément fut amené à Henri III par Jacques La
Guesle, procureur général.
3. « Quelques curieux, dit d'Aubigné, ont remarqué qu'il
reçut le coup de la mort en la mesme maison, chambre et
place, et au même mois que, dix-sept années auparavant, il
avoit consulté violemment, sollicité et résolu le massacre de
la Saint-Barthélemy. V. *Hist. univ.*, t. 3, p. 253.
4. Henri III fait le gibier. — 5. Henri IV.
6. C'est-à-dire à manger de la chair humaine.

O qu'après long travail, long repos, longue nuict
La lassitude en France et à ses bords produict !
Que te proffitera, mon enfant, que tu voye
Quelque peu de fumée au fond de la Savoye,
Un sursaut de Genève (¹), un catharreux sommeil,
Venise voir du jour une aube sans soleil ?
Quoy plus ? La main de Dieu douce, docte et puis rude,
A parfaire trente ans l'entière ingratitude,
Et puis à la punir : ô funestes apprets !
Flambeau luisant, esteint, ne voy rien de plus près (²).
   « Tu verrois bien encor, après un tour de sphère,
Un double deuil forcé, le fils de l'adultère (³),
Berceau, tombeau, captifs, gouster tout et vomir,
Albion, desireux, non puissant, de dormir.
[Je voy jetter, des bords de l'infidèle terre,
La planche aux assassins aux costes d'Angleterre ;
La peste des esprits qui arrive à ses bords
Pousse devant la mort et la peste des corps.]
Revolte en l'Occident, au plus loin de la terre,
Les François impuissans et de paix et de guerre.
[Un prince Apollyon (⁴), un Pericle en sermens,
Fait voir au grand soleil les anciens fondemens
De ses nobles cités qu'il reduit en masures.
Roy de charbons, de cendre, et morts sans sepultures,]
Les Bataves pipez, Ottoman combatu,
Les Allemans par eux contraincts à la vertu (⁵).
Quoy ! la porque Italie à son rang fume et souffre
L'odeur qui luy faschoit de la mèche et du souffre,

1. L'escalade de Genève, tentée le 12 décembre 1602 par
les soldats du duc de Savoie.
2. Allusion à la conversion et à l'assassinat d'Henri IV.
3. Jacques Ier, fils de Marie Stuart.
4. Philippe II. Apollyon est le nom d'une bête de l'Apocalypse.
5. Var. :

> Les Bataves font faute, Ottoman combatu ;
> Les Allemans contraints à l'ancienne vertu.

Et l'Europe d'un coup peut porter et armer
Trente armées sur terre et sept dessus la mer.
Voy de Jerusalem la nation remize,
L'antechrist abbatu, en triumphe l'Eglize.
Holà! car le grand juge en son throsne est assis
Si tost que l'aere(1) joinct à nos mille trois six (2).
    « Retourne à ta moitié, n'attache plus ta veue
Au loisir de l'Eglize, au repos de Capue.
Il te faut retourner satisfaict en ton lieu,
Employer ton bras droict aux vengeances de Dieu.
Je t'ay guidé au cours du celeste voyage;
Escripts fidellement que jamais autre ouvrage,
Bien que plus delicat, ne te semble plaisant
Au pris des hauts secrets du firmament luisant.
Ne chante que de Dieu, n'oubliant que luy-mesme
T'a retiré : voilà ton corps, sanglant et blesme,
Recueilly à Thalcy (1), sur une table, seul,
A qui on a donné pour suaire un linceul.
Rapporte-luy la vie en l'amour naturelle
Que, son masle, tu doibs porter à ta femelle. »
[Tu m'as montré, o Dieu, que celuy qui te sert
Sauve sa vie alors que pour toy il la perd.
Ta main m'a delivré, je te sacre la mienne :
Je remets en ton sein cette ame qui est tienne :

1. L'ère.
2. C'est-à-dire en l'an 1666. Ces vers, fort obscurs, font
allusion à un petit livre dont parle l'Estoile, comme d'une
*bagatelle nouvelle,* à la date du 23 mai 1608. « C'étoit, dit-
il, un advertissement à tout chrétien sur le grand et espouvantable advenement de l'Antechrist et fin du monde en l'an
1666. » D'après l'Apocalypse, 666 étoit le nombre de l'Antechrist : *Qui habet intellectum computet numerum bestiæ:
numerus enim hominis est, et numerus ejus sexcenti sexa-
ginta sex* (ch 13, vers. 18).
    3. Talcy, à 16 kilom. de Blois. Voy., sur l'aventure à la-
quelle il fait allusion, ses *Mémoires,* p. 25-26.
    4. Allusion à la tendre affection de d'Aubigné pour sa
femme, Suzanne de Lezay, qu'il perdit en 1596, et qu'il
pleura longtemps. Voy. *Mémoires,* p. 92 et 368.

Tu m'as donné la voix, je te louerai, mon Dieu! (¹)]
Je chanteray ton los et ta force, au milieu
De tes sacrez parvis; je feray tes merveilles, ·
Ta deffence et tes coups retentir aux oreilles
Des princes de la terre, et si le peuple bas
Sçaura par moy comment les tyrans tu abas.
Mais, premier que d'entrer à prevoir et descrire
Tes derniers jugemens, les arrests de ton ire,
Il faut faire une pose et finir ces discours,
Par une vision qui couronne ces jours,
L'esprit ayant encor congé, par son extaze,
De ne suivre, escrivant, du vulgaire la phraze.
   L'Ocean donc estoit tranquille et sommeillant
Au bout du sein breton, qui s'enfle en recueillant
Tous les fleuves françois, la tournoyante Seine,
La Gironde, Charente et Loire et la Vilaine.
Ce vieillard refoulloit ses cheveux gris et blonds,
Sur un lict relevé dans son paisible fonds.
Marqueté de coral et d'unions exquises (²),
Les sachets d'ambre gris dessoubs ses tresses grises.
Les vents les plus discrets luy chatouillent le dos;
Les lymphes (³), de leurs mains, avoient faict ce repos,
La paillasse de mousse et le matras d'esponge :
Mais ce proffond sommeil fut resveillé d'un songe;
La lame de la mer estant comme du laict,
Les nids des alcions y nageoient à souhait :
Entre les flots sallez et les ondes de terre
S'esmeut par accidents une subite guerre :

---

1. Dans l'édition s. d. ces cinq vers remplacent le suivant :

   Ta main m'a délivré, je te loueray, mon Dieu.

Voy., sur la captivité et la délivrance de d'Aubigné, *Mémoires*.
p. 76, 331 et suiv.
   2. Union, perle en forme de poire, du latin *unio*.
   3. Les nymphes.

   *Tragiques.* — I.                                    17

Le dormant pense ouïr un contraste de vents
Qui, du bout de la mer jusqu'aux sables mouvants,
Troubloient tout son royaume, et sans qu'il le consente,
Vouloient, à son desceu, ordonner la tourmente.
« Comment? (dist le vieillard) l'air volage et leger
Ne sera-il jamais lassé de m'outrager,
De ravager ainsi mes provinces proffondes?
Les ondes font les vents, comme les vents les ondes,
Ou bien l'air pour le moins ne s'anime en fureurs
Sans le consentement des corps superieurs :
Je pousse les vapeurs causes de la tourmente,
L'air soit content de l'air, l'eau de l'eau est contente.»
Le songe le trompoit, comme quand nous voyons
Un soldat s'afuster, aussitost nous oyons
Le bruit d'une fenestre ou celuy d'une porte,
Quand l'esprit va devant les sens : en mesme sorte
Le songeur print les sons de ces flots mutinez
Encontre d'autres flots, jappans, enfelonnez
Pour le trouble de l'air et le bruit de tempeste.
Il eslève en frottant sa venerable teste :
Premier un fer pointu paroist, et puis le front;
Ses cheveux regrissez (¹) par sa colère en rond,
Deux testes de dauphins et les deux balais (²) sortent
Qui nagent à fleur d'eau et sur leur dos le portent :
Il trouva cas nouveau, lorsque son poil tout blanc
Ensanglanta sa main : puis, voyant à son flanc
Que l'onde refuiant laissoit sa peau rougie :
«À moy! (dist-il) à moy! pour me charger d'envie.
A moy! qui dans mon sein ne souffre point les morts,
La charongne, l'ordure, ains la jette à mes bords :
Bastardes de la terre et non filles des nues,
Fièvres de la nature, allons, testes cornues
De mes beliers armez, repoussez-les, hurtez

1. Hérissés. Probablement du latin *regressus*, retourné.
2. Balai, en terme de fauconnerie, signifie queue d'un oiseau.

Qu'ils s'en aillent ailleurs purger leurs cruautez. »
  Ainsi la mer alloit, faisant changer de course
Des gros fleuves amont vers la coulpable source,
Dont sortit par leurs bords un deluge de sang,
A la teste des siens : l'Ocean, au chef blanc,
Vid les cieux s'entr'ouvrir et les anges à troupes
Fondre de l'air en bas ayans en main des coupes
De precieux rubis qui, plongez dedans l'eau,
En chantant rapportoient quelque present nouveau.
Ces messagers ailés, ces anges de lumière
Trioyent le sang meurtri d'avec l'onde meurtrière,
Dans leurs vases remplis qui prenoient, heureux, lieu (¹)
Aux plus beaux cabinets du palais du grand Dieu :
Le soleil, qui avoit mis un espais nuage
Entre le vilain meurtre et son plaisant visage,
Ores de chaux rayons exale à soy le sang,
Qu'il faut qu'en rouge pluye il renvoye à son rang (²).
L'Ocean, du soleil et du troupeau qui vole
Ayans prins sa leçon, change advis et parole.
  « Venez, enfans du ciel (s'escria le vieillard),
Heritiers du royaume à qui le ciel despart
Son champ pour cimetière : o saincts que je repousse !
Pour vous, non contre vous, juste, je me courrouce. »
Il s'advance dans Loire, il rencontre les bords,
Les sablons cramoisis, bien tapissez de morts.
Curieux, il assemble, il enlève, il endure
Cette chère despouille, au rebours de nature.
Ayant tout arrangé, il tourne, avec les yeux
Et le front serené, ces paroles aux cieux :
« Je garderay ceux-cy, tant que Dieu me commande
Que les fils du bonheur à leur bonheur je rende ;
Il n'y a rien d'infect, ils sont purs, ils sont nets :

1. Prenoient place.
2. Suivant de Thou, l. 47 et 50, et d'Aubigné, *Hist. univ.*,
t. 3, l. 2, p. 143, il y eut des pluies de sang en 1570 et
1575.

Voici les paremens de mes beaux cabinetz :
Terre qui les trahis, tu estois trop impure
Pour des saincts et des purs estre la sepulture. »
A tant il plonge au fond ; l'eau rid en mille rais,
Puis, aiant faict cent ronds, crache le sable après.
   Ha ! que nos cruautez fussent ensevelies
Dans le centre du monde ! Ha ! que nos ordes vies
N'eussent empuanti le nez de l'estranger !
Parmi les estrangers nous irions sans danger,
L'œil guay, la teste hault, d'une brave assurance
Nous porterions au front l'honneur ancien de France.
   Estrangers irritez, à qui sont les François
Abomination, pour Dieu, faictes le choix
De celuy qu'on trahit et de celuy qui tue ;
Ne caressés chés vous d'une pareille veüe
Le chien fidelle et doux et le chien enragé,
L'atheiste affligeant, le chrestien affligé.
Nous sommes plains de sang, l'un en perd, l'autre en
L'un est persecuteur, l'autre endure martyre : [tire,
Regardés qui reçoit ou qui donne le coup ;
Ne criés sur l'agneau quand vous criés au loup.
Venés, justes vangeurs : vienne toute la terre,
A ces Caïns françois, d'une immortelle guerre,
Redemander le sang de leurs frères occis :
Qu'ils soient conus (¹) par tout aux visages transis ;
Que l'œil lousche, tremblant, que la grace estonnée
Par tout produise en l'air leur ame empoizonnée.
Estourdis, qui pensez que Dieu n'est rigoureux,
Qu'il ne sçait foudroier que sur les langoureux,
Respirez d'une pause, en souspirant pour suivre
La rude catastrophe et la fin de mon livre.
Les fers sont mis au vent, venés savoir comment
L'Eternel faict à poinct justice et jugement.
Vous sçaurés que tous-jours son ire ne sommeille,
Vous le verrés debout pour rendre la pareille,

   1. Reconnus à leurs visages.

Partager sa vervaine et sa barre de fer,
Aux uns portes (¹) du ciel, aux autres de l'enfer (²).

1. *Var.*: Arres du ciel.
2. Après ces vers, dans l'édition de 1616, se trouve une petite gravure sur bois au bas de laquelle on lit : *Virtutem claudit carcere pauperies*.

## LIVRE VI.

# VENGEANCES.

Ouvre tes grands thresors, ouvre ton sanc-
    tuaire,
Ame de tout, soleil, qui aux astres esclaire;
Ouvre ton temple sainct à moy, Seigneur, qui
Ton sacré, ton secret enfumer de mes vœux: [veux
Si je n'ay or ne myrrhe à faire mon offrande,
Je t'apporte du laict; ta douceur est si grande
Que de mesme œil et cœur tu voix et tu reçois
Des bergers le doux laict et la myrrhe des rois.
Sur l'autel des chetifs ton feu pourra descendre,
Pour y mettre le bois et l'holocauste en cendre,
Tournant le dos aux grands, sans oreilles, sans yeux
A leurs cris esclatans, à leurs dons precieux.
  Or soient du ciel riant les beautez descouvertes,
Et à l'humble craintif ces grand's portes ouvertes:
Comme tu as promis, donne, en ces derniers ans,
Songes à nos vieillards, visions aux enfans.
Fay paroistre aux petis les choses inconues,
Du vent de ton esprit trousse les noires nues,
Ravis-nous de la terre au beau pourpris des cieux,
Commençant de donner autre vie, autres yeux

A l'aveugle mortel ; car sa masse mortelle
Ne pourroit vivre et voir une lumière telle.
    Il fault estre viellard, caduc, humilié,
A demi-mort au monde, à luy mortifié,
Que l'esprit recommence à retrouver sa vie,
Sentant par.tous endroicts sa maison desmolie ;
Que ce corps, ruyné de brèches en tous lieux,
Laisse voler l'esprit dans le chemin des cieux,
Quitter jeunesse et jeux, le monde et les mensonges,
Le vent, la vanité, pour songer ces beaux songes.
Or je suis un enfant, sans aage et sans raison,
Ou ma raison se sent de sa neuve prison ;
Le mal bourgeonne en moy, en moy fleurit le vice,
Un printemps de pechés, espineux de malice :
Change-moy, refai-moy, exerce ta pitié,
Rens-moy mort en ce monde, oste la mauvaistié
Qui possède à son gré ma jeunesse première,
Lors je songeray songe et verray ta lumière.
    Puis il faut estre enfant pour voir des visions (1),
Naistre et renaistre après, net de polutions ;
Ne sçavoir qu'un sçavoir, se sçavoir sans science
Pour consacrer à Dieu ses mains en innocence.
Il faut à ses yeux clairs estre net, pur et blanc,
N'avoir tache d'orgueil, de rapine et de sang.
Car nul n'heritera les hauts cieux desirables
Que ceux-là qui seront à ces petis semblables,
Sans fiel et sans venin ; donc, qui sera-ce, o Dieu,
Qui en des lieux si laids tiendra un si beau lieu ?
Les enfans de ce siècle ont Sathan pour nourrice,
On berce en leurs berceaux les enfans et le vice,
Nos mères ont du vice avec nous accouché,
Et en nous concevant ont conceu le peché.
    Que si d'entre les morts, père, tu as envie
De m'esveiller, il faut mettre à bas l'autre vie.
Par la mort d'un exil, fay-moy revivre à toy,

---

1. D'Aubigné fait allusion à une vision qu'il eut à l'âge de
six ans. Voy. ses *Mémoires*, p. 4.

Separé des meschans, separe-moy de moy :
D'un sainct enthousiasme appelle aux cieux mon ame,
Mets au lieu de ma langue une langue de flame.
Que je ne sois qu'organe à la celeste voix
Qui l'oreille et le cœur anime des François :
Qu'il n'y ait sourd rocher qui, entre les deux poles,
N'entende clairement magnifiques paroles
Du nom de Dieu ; j'escrips à ce nom triumphant
Les songes d'un vieillard, les fureurs d'un enfant ;
L'esprit de verité despouille de mensonges
Ces fermes visions, ces veritables songes.
Que le haut ciel s'accorde en douces unissons
A la saincte fureur de mes vives chansons.
Quand Dieu frappe l'oreille, et l'oreille n'est preste
D'aller toucher au cœur, Dieu nous frappe la teste (1) :
Qui ne fremit au son des tonnerres grondans
Fremira quelque jour d'un grincement de dents.
  Ici le vain lecteur des-jà en l'air s'esgare,
L'esprit mal preparé, fantastic, se prepare
A voir quelques discours de monstres inventés,
Un spectre imaginé aux diverses clartez
Qu'un nuage conçoit, quand un rayon le touche
Du soleil cramoisi, qui bizarre se couche :
Ou bien il cuide ici rassasier son cœur
D'une vaine caballe ; et ses esprits d'erreur
Ici ne saouleront l'ignorance maligne :
Ainsi dict le Sauveur : Vous n'aurez point de signe,
Vous n'aurez de nouveau (friands de nouveauté)
Que des abysmes creux, Jonas ressuscité ;
Vous y serez trompez, la fraude profitable
Au lieu du desiré donne le desirable.
Et comme il renvoya les scribes, amassez
Pour voir des visions aux spectacles passez,
Ainsi les visions qui seront ici peintes
Seront exemples vrais de noz histoires sainctes
Le roolle des tyrans de l'Ancien-Testament,

1. Voy. plus haut p. 27, note 3.

Leur cruauté sans fin, leur infini tourment.
Nous verrons deschirer, d'une couleur plus vive,
Ceux qui ont deschiré l'Eglise primitive ;
Nous donnerons à Dieu la gloire de nos ans
Où il n'a pas encor espargné les tyrans.
    Puis une pause après, clairons de sa venüe,
Nous les ferons ouïr dans l'esclair de la nüe.
    Encor faut-il, Seigneur, ô Seigneur qui donnas
Un courage sans peur à la peur de Jonas,
Que le doigt qui esmeut cet endormi prophète
Resveille en moy le bien qu'à demi je souhaitte,
Le zelle qui me faict du fer de verité
Fascher avec Sathan, le fils de Vanité.
J'ay fuy tant de fois, j'ay desrobé ma vie,
Tant de fois j'ay suyvi la mort que j'ay fuye,
J'ay fait un trou en terre et caché le talent (¹),
J'ay senti l'esguillon, le remors violent
De mon ame blessée, et ouy la sentence
Que dans moy contre moy chantoit ma conscience.
Mon cœur vouloit veiller, je l'avois endormi ;
Mon esprit estoit bien de ce siècle ennemi.
Mais, au lieu d'aller faire au combat son office,
Satan le destournoit au grand chemin du vice :
Je m'enfuyois de Dieu, mais il enfla la mer,
M'abysma plusieurs fois sans du tout m'abysmer :
J'ay veu des creux enfers la caverne profonde,
J'ay esté balancé des orages du monde ;
Aux tourbillons venteux des guerres et des cours,
Insolent, j'ay usé ma jeunesse et mes jours :
Je me suis pleu au fer, David m'est un exemple
Que qui verse le sang ne bastit pas le temple ;
J'ay adoré les rois, servi la vanité,
Estouffé dans mon sein le feu de verité.
J'ay esté par les miens precipité en l'onde,

1. Allusion à la parabole de l'Evangile S. Mathieu (ch. 25) :
Qui autem unum talentum acceperat, abiens fodit in terram
et abscondit pecuniam domini sui.

Le danger m'a sauvé en sa panse profonde,
Un monstre de labeurs à ce coup m'a craché
Aux rives de la mer, tout souillé de peché.
[J'ay fait des cabinets sous esperances vertes,
Qui ont esté bien tot mortes et descouvertes,
Quand le ver de l'envie a percé de douleurs
Le quicajon (1) seché, pour m'envoyer ailleurs.
Tousjours tels Semeis font aux Davids la guerre
Et sortent des vils creux d'une trop grasse terre,
Pour, d'un air tout pourri, d'un gosier enragé
Infecter le plus pur, sauter sur l'affligé.]
Le doigt de Dieu me lève, et l'ame encore vive
M'anime à guerroyer la puante Ninive,
Ninive qui n'aura sac ne gemissement,
Pour changer le grand Dieu qui n'a de changement.
   Voicy l'Eglise encor en son enfance tendre,
Satan ne faillit pas d'essayer à surprendre
Ce berceau consacré ; il livra mille assaux
Et feit de sa jeunesse à l'enfant mille maux.
Les anges la gardoient en ces peines estranges ;
Elle ne fut jamais sans que le camp des anges
La conduisist par tout, soit lors que dessus l'eau
L'arche d'eslection luy servit de berceau,
Soit lors qu'elle espousa la race de Dieu saincte,
Ou soit lors que de luy elle fuyoit enceinte
Aux lieux inhabitez, aux effroyans deserts,
Chassée, et non vaincue, en despit des enfers.
La mer la circuit (2) ; et son espoux luy donne
La lune soubs les pieds, le soleil pour couronne.
   O bien-heureux Abel, de qui premier au cœur
Cette vierge esprouva sa première douleur :
De Cain fugitif et d'Abel je veux dire
Que le premier bourreau et le premier martyre,
Le premier sang versé, on peut veoir en eux deux
L'estat des agneaux doux, des loups outrecuideux ;
En eux deux on peut voir (beau pourtrait de l'Eglise)

1. Voy. *Jonas*, c. 4, vers. 6 et suiv. — 2. L'entoure.

Comme l'ire et le feu des ennemis s'atize
De bien fort-peu de bois et s'augmente beaucoup.
Satan fit ce que fait en ce siècle le loup
Qui querelle l'agneau beuvant à la rivière,
Luy au haut de la source et l'agneau plus arrière.
L'Antechrist affamé dit-il pas que son eau (1)
Se trouble au contre-flot par l'innocent agneau ?
La source des grandeurs et des biens de la terre
Descoulle de leurs chefs, et la paix et la guerre
Balancent à leur gré dans leurs impures mains ;
Et toutes fois alors que les loups inhumains
Veulent couvrir de sang le beau sein de la terre,
Les pretextes communs de leur injuste guerre
Sont nos autels sans fard, sans feinte, sans couleurs,
Que Dieu ayme d'enhaut l'offerte (2) de nos cœurs.
Cela leur croist la soif du sang de l'innocence.
Ainsi Abel offroit en pure conscience
Sacrifices à Dieu ; Caïn offroit aussi :
L'un offroit un cœur doux, l'autre un cœur endurci ;
L'un fut au gré de Dieu, l'autre non agreable :
Caïn grinça les dents, paslit, espouvantable,
Il massacra son frère, et de cet agneau doux
Il fit un sacrifice à son amer courroux.
Le sang fuit de son front et honteux se retire,
Sentant son frère sang que l'aveugle main tire ;
Mais quand le coup fut faict, sa première·pasleur
Au prix de la seconde estoit vive couleur :
Ses cheveux vers le Ciel herissez en furie,
Le grincement de dents en sa bouche flestrie,
L'œil sourcillant de peur descouvroit son ennuy.
Il avoit peur de tout, tout avoit peur de luy :
Car le Ciel s'affeubloit du manteau d'une nue
Si tost que le transi au Ciel tournoit la veüe ;
S'il fuyoit au desert, les rochers et les bois,

1. *Var.*:
    L'Antechrist et ses loups reprochent que leur eau.
2. L'offrande.

Effrayez, abayoient au son de ses abois.
Sa mort ne peut avoir de mort pour recompence :
L'enfer n'eut point de morts à punir cette offence,
Mais autant que de jours il sentit de trespas :
Vif, il ne vescut point, mort, il ne mourut pas.
Il s'enfuit effrayé, transi (1), tremblant et blesme,
Il fuit de tout le monde, il s'enfuit de soy-mesme.
Les lieux plus asseurez luy estoyent des hazards,
Les fueilles, les rameaux et les fleurs des poignards,
Les plumes de son lict des esguilles piquantes,
Ses habits plus aisez des tenailles serrantes ;
Son eau jus de ciguë, et son pain des poisons ;
Ses mains le menaçoient de fines trahisons :
Tout image de mort, et le pis de sa rage
C'est qu'il cerche la mort et n'en voit que l'image.
De quelqu'autre Caïn il craignoit la fureur :
Il fut sans compagnon et non pas sans frayeur.
Il possedoit le monde et non une asseurance ;
Il estoit seul par tout, hors mis sa conscience,
Et fut marqué au front, afin qu'en s'enfuiant
Aucun n'osast tuer ses maux en le tuant.

Meurtriers de vostre sang, apprehendez ce juge,
Apprehendez aussi la fureur du deluge.
Superbes, eventés, tiercelets (2) de geants,
Du monde espouvantaux (3), vous, braves de ce temps,
Outrecuidez galans, ô fols à qui il semble
Qu'en regardant le Ciel que le Ciel de vous tremble,
Jadis voz compagnons, compagnons en orgueil,
(Car vous estes moins forts), virent venir à l'œil
Leur salaires des cieux : les cieux dont les ventailles (4)
Sans se forcer, gaignoient tant de fortes batailles :
Babilon, qui devoit mi-partir les hauts cieux,

---

1. *Var. :* Il fuit, d'effroy transi, troublé.
2. On disoit un tiercelet de gentilhomme. C'est un terme
de fauconnerie.
3. Epouvantails.
4. Ventaille, ouverture du heaume, près de la bouche.

Aller baiser la lune et se perdre des yeux
Dans la voute du ciel; Babel de qui les langues
Firent en mesme jour tant de sottes harangues;
Sa hauteur n'eust servi, ny les plus forts chasteaux
Ni les cèdres gravis (¹), ni les monts les plus hauts.
L'eau vint, pas après pas, combattre leur stature,
Va des pieds aux genoux, et puis à la ceinture.
Le sein, enflé d'orgueil, souspire au submerger;
Ses bras roides, meurtriers, se lassent de nager.
Il ne reste sur l'eau que le visage blesme;
La mort entre dedans la bouche qui blasphème,
Et ce pendant que l'eau s'enfle sur les enflez,
En un petit troupeau les petits assemblez
Se joüent sur la mort, pilotez par les anges;     [ges,
Quand les geants hurloyent, ne chantoient que loüan-
[Disans, les mesmes flots qui, en executant
La sentence du Ciel, s'en vont precipitant
Les geans aux enfers, aux abysmes les noyent,
Ceux-là qui aux bas lieux ces charongnes convoyent
Sont les mesmes qui vont dans le haut se mesler,
Mettre l'arche et les siens au suprême de l'air,
Laissent la nue en bas, et si haut les attirent
Qu'ils vont baiser le ciel, le ciel où ils aspirent.]
    Dieu fit en son courroux pleuvoir des mesmes cieux,
Comme un deluge d'eaux, un deluge de feux:
Cet arsenal d'en haut, où logent de la guerre
Les celestes outils, couvrit toute une terre
D'artifices de feu, pour punir des humains
Par le feu le plus net les pechez plus vilains.
Un pays abruty, plain de crimes estranges,
Vouloit, après tout droict, violer jusqu'aux anges (²):
Ils pensoient soüiller Dieu; ces hommes des-reiglez
Pour un aveugle feu moururent aveuglez;
Contr'eux s'esmeut la terre encores non esmeüe,
Si tost qu'elle eut appris sa leçon de la nue:

1. *Var.*: gravez.
2. Allusion à l'histoire de Lot. (*Genèse*, ch. 19.)

Elle fondit en soy et cracha en un lieu,
Pour marquer à jamais la vengeance de Dieu,
Un lac de son bourbier ; là mit, à la mesme heure,
La mer par ses conduicts ce qu'elle avoit d'ordure,
Et, pour faire sentir la mesme ire de l'air,
Les oiseaux tombent morts quand ils pensent voler
Sur ces noires vapeurs, dont l'espesse fumée
Monstre l'ire celeste encores allumée.

Venez, celestes feux, courez, feux eternels,
Volez ; ceux de Sodome oncques ne furent tels :
Au jour du jugement ils leveront la face
Pour condamner le mal du siècle qui les passe (¹),
D'un siècle plus infect : notamment il est dict
Que Dieu de leurs pechez tout le comble attendit.
Empuantissez l'air, ô vengeances celestes,
De poizons, de venins et de volantes pestes,
[Soleil, baille ton char aux jeunes Phaëtons,
N'anime rien çà bas, si ce n'est des Pithons ;
Vent, ne purge plus l'air ; brise, renverse, escrase,
Noye au lieu d'arrouser, sans eschaufer embrase.]
Nos pechez sont au comble, et jusqu'au ciel montez
Par dessus le boisseau versent de tous costez.
Terre, qui sur ton dos porte à peine nos peines,
Change en cendre et en os tant de fertiles plaines,
En bourbe nos gazons, nos plaisirs en horreurs,
En souffre nos guerets, en charongne nos fleurs.
Deluges, retournez, vous pourrés par vostre onde
Noyer, non pas laver, les ordures du monde.

Mais ce fut vous encor, ô justicières eaux,
Qui sceustes distinguer les lions des agneaux :
Moïse l'esprouva, qui, pour arche seconde (²),
En un tissu de joncs se joua dessus l'onde.
Eaux, qui devinstes sang et changeastes de lieu,
Eaux, qui oyez très-clair quand on parle de Dieu,
Ce fut vous, puis après lors que les maladies,

1. Qui les surpasse.
2. Comme une seconde arche.

Les gresles et les poux et les bestes choisies
Pour de petits moyens abbatre les plus grands,
Quand la peste, l'obscur et les eschecs sanglants
De l'ange foudroyant n'eurent mis repentence
Aux cœurs des Pharaons, poursuivans l'innocence,
Ce fut vous, sainctes eaux, eaux qui fistes de vous
Un pont pour les agneaux, un piége pour les loups.
   Le Jordin (¹) vostre fils, entr'ouvrit ses entrailles
Et fit à vostre exemple au peuple des murailles.
   Les hommes sont plus sourds à entendre la voix
Du Seigneur des seigneurs, du Monarque des rois,
Que la terre n'est sourde et n'est dure à se fendre
Pour dans ses gouffres noirs les faux parjures prendre.
Le feu est bien plus prompt à partir de son lieu
Pour mettre à rien le rien des rebelles à Dieu.
Dathan et Abiron (²) donnèrent tesmoignage
De leur obéissance et de leur prompt ouvrage.
L'air fut obéissant à changer ses douceurs
En poison respirée aux braves ravisseurs
De la chère alliance; et Dieu en toute sorte
Par tous les elements a monstré sa main forte.  [dents,
   Quoy! mesme les desmons, quoy que grinçans les
A la voix du grand Dieu logèrent au dedans
De Saül l'enragé ; quelles rouges tenailles
Sont telles que l'enfer qui fut en ses entrailles ?
   Princes, un tel enfer est logé dedans vous,
Quand un cœur de caillou d'un fusil de courroux
Vous faict persecuter d'une haine mutine
Vos David, triumphans de la gent philistine.
[Absalon, qui faisoit delices des cheveux,
Par eux enorgueilli, et puis pendu par eux ;
Et ton Achitophel, renommé en prudence,
Par elle s'est acquis une infame potence.
   Dans le champ de Nabot, Achab monstre à son rang
Que tout sang va tirant après soi d'autre sang;
Jezabel marche après, et de près le veut suivre,

1. Jourdain. — 2. *Var.* Abiran.

Bruslante en soif de sang, encor qu'elle en fust yvre;
Jezabel, vif miroir des ames de nos grands,
Portrait des coups du ciel, salaire des tyrans.]

Donne gloire au grand Dieu et te monstre à ton rang,
Jesabel alterée et puis yvre de sang.
Flambeau de ton pays, piége de la noblesse,
Peste des braves cœurs, que servit ta finesse,
Tes ruses, tes conseils et tes tours *florentins?*
Les chiens se sont soullez des superbes tetins
Que tu enflois d'orgueil, et cette gorge unie,
Et cette tendre peau fut des mastins la vie (1).
De ton sein sans pitié ce chaud cœur fut ravy,
Luy qui n'avoit esté de meurtres assouvy.
Ha! les chiens assouvis, de ton fiel le carnage
Aux chiens osta la faim et leur donna la rage;
Vivante, tu n'avois aymé que le combat;
Morte, tu attisois encore du debat
Entre les chiens grondans qui donnoyent des batailles
Au butin dissipé de tes vives entrailles;
Le dernier appareil de ta feinte beauté
Ne te servit de rien, et fut precipité,
Aussi bien que ton corps, de ton fier edifice,
Ton ame et ton estat d'un mesme precipice.

Quand le baston qui sert pour attiser le feu
Travaille à son mestier, il brusle peu à peu;
Il vient si noir, si court, qu'il n'y a plus de prise,
On le jette en la braize et un autre l'attise.
Athalia suivit le train de cette-cy,
Elle attisa le feu et fut bruslée aussi.

Après, de ce troupeau je sacre à la memoire
L'effroyable discours, la veritable histoire(2),
De cet arbre eslevé, refoulé par les cieux,
De qui les rameaux longs s'estendoient ombrageux
D'orient au couchant, du midy à la bise:

1. La nourriture.
2. La vision de Nabuchodonosor. — Voy. Daniel, ch. 4,
versets 7 et suiv.

La terre large estoit en son ombre comprise,
Et fut ce pavillon de superbes rameaux
Des bestes le grand parc, le grand nid des oyseaux ;
Ce tronc est esbranché, ce monstre est mis à terre ;
Ce qui logeoit dedans miserablement erre
Sans logis, sans retraitte : un roy victorieux (1),
De cent princes l'idole, enflammé, glorieux,
Ne cognoissant plus rien digne de sa conqueste,
Levoit contre le ciel son orgueilleuse teste.
Dieu ne daigna lancer un des mortels esclats
De ses foudres volans, mais ploya contre-bas
Ce visage eslevé ; ce triumphant visage
Perdit la forme d'homme et de l'homme l'usage.
Nos petits geanteaux, pour estre furieux (2),
Font un bizarre orgueil d'ongles et de cheveux,
Et Dieu sur cettuy-ci, pour une peine dure,
Mit les ongles crochuz et la grand chevelure.
Aprenez de luy, rois, princes et potentats,
Quelle peine a le ciel à briser vos estats.
Ce roy n'est donc plus roy, de prince il n'est plus prince ;
Un desert solitaire est toute sa province ;
De noble il n'est plus noble, et en un seul moment
L'homme des hommes roy n'est homme seulement ;
Son palais est le souïl (3) d'une puante boüe,
La fange est l'oreiller parfumé pour sa joüe ;
Ses chantres, les crapaux, compagnons de son lict,
Qui de cris enrouez le tourmentent la nuict ;
Ses vaisseaux d'or ouvrez furent les ordes fentes
Des rochers serpenteux, son vin les eaux puantes ;
Les faisans, qu'on faisoit galopper de si loin,
Furent les glans amers, la racine et le foin ;
Les orages du ciel roullent sur la peau nüe ;
Il n'a daix, pavillon ni tente que la nüe.
Les loups en ont pitié ; il est de leur troupeau,
Et il envie en eux la durté de la peau.

1. Nabuchodonosor. — 2. *Var.* : Par vanité, par vœux.
— 3. Bourbier, fange.

Au bois où, pour plaisir, il se mettoit en queste,
Pour se joüer au sang d'une innocente beste,
Chasseur, il est chassé ; il fit fuir, il fuit ;
Tel qu'il a poursuyvi maintenant le poursuit.
Il fut roy abruti, il n'est plus rien en somme :
Il n'est homme ne beste et crainct la beste et l'homme ;
Son ame raisonnable irraisonnable fut.
Dieu refit ceste beste un roy quand il luy pleut.
Merveilleux jugement et merveilleuse grace
De l'oster de son lieu, le remettre en sa place !
    Le doigt qui escrivit, devant les yeux du fils (1)
De ce roy abesti, que Dieu avoit prefix (2)
Ses vices et ses jours, sceut l'advenir escrire,
Luy-mesme executant ce qu'il avoit peu dire.
    O tyrans, apprenez, voyez, resolvez-vous
Que rien n'est difficile au celeste courroux ;
Apprenez, abbatus, que le Dieu favorable
Qui verse l'eslevé hausse le miserable ;
Qui faict fondre de l'air (3) d'un Cherub le pouvoir,
De qui on sent le fer et la main sans la voir ;
L'œil d'un Sennacherib voit la lame enflammée
Qui faict en se joüant un hachis d'une armée ;
Que c'est (4) celuy qui faict, par secrets jugemens,
Vaincre Ester en mespris les favoris Amans ;
Sur le seuil de la mort et de la boucherie,
La chetive (5) receut le throne avec la vie ;
L'autre (6), mignon d'un roy, tout à coup s'est trouvé
Enlevé au gibet qu'il avoit eslevé.
Ainsi (7) le fol malin journellement appreste
Pour la teste d'autruy ce qui frappe sa teste.
    Ainsi le doigt de Dieu avoit couppé les doigts
D'un Adonibesec (8), comme à septante rois

1. Balthasar, petit-fils de Nabuchodonosor. — 2. Fixé.
3. *Var.:* Qui fait fondre en l'air.
4. Apprenez que. — 5. Esther. — 6. Aman .— 7. *Var.:*
Comme.
8. Voy. *Juges*, ch. 1, vers 6. et 7.

Il (¹) les avoit couppez; j'ay laissé les vengeances
Que ce doigt exerça par les foibles puissances
Des femmes, des enfans, des vallets desreglez,
Des Gedeons choisis, des Samsons aveuglez;
Le desespoir d'Antioch (²) et sa prompte charongne.
Mon vol impetueux d'un chaud desir s'eslongne
A la seconde Eglise, et laisse entre les mains
Des saincts le jugement aux tesmoignages saincts (³).
Sortez, persecuteurs de l'Eglise première,
Et marchez enchainez au pied de la bannière
De l'agneau triumphant; vos sourcils indomptez,
Vos fronts, vos cœurs si durs, ces fières majestez,
Du Sion de Juda honorent la memoire,
Trainez au charriot de l'immortelle gloire.

  Hausse du bas enfer l'aigreur de tes accents,
Hurle, en grinçant les dents, des enfans innocens
Herode le boucher (⁴); lève ta main impure
Vers le ciel, du profond de ta demeure obscure;
Aujourd'huy, comme toy, les abusez tyrans
Pour blesser l'Eternel massacrent ses enfants,
Et sont imitateurs de ta forcenerie,
Qui pensois ployer Dieu parmy la boucherie.
Les cheveux arrachez, les effroyables cris
Des mères qui pressoient à leur sein leurs petits,
Ces petits bras liez aux gorges de leurs mères,
Les tragiques horreurs et les raisons des pères,
Les voix non encor voix, bramantes en tous lieux,
Ne sonnoient la pitié dans les cœurs impiteux.
Des tueurs resolus point ne furent ouyes
Ces petites raisons qui demandoient leurs vies [mains,
Ainsi qu'elles pouvoient : quand ils monstroient leurs
Ces menottes monstroient par signe aux inhumains,

---

1. Adonibezec. — 2. Voy. Machabées, l. 2, ch. 19.
3. *Var.*:

> A la seconde eglise et outrageuse main
> Que luy a fait sentir le grand siége romain.

4. Hérode le Grand.

Cela (¹) n'a point peché, cette main n'a ravie
Jamais nulle rançon et jamais nulle vie (²).
Mais ce cœur sans oreille et ce sein endurcy
Que la tendre pitié et que l'amer soucy (³)
N'avoient sceu transpercer, fut transpercé d'angoisses;
Ses cris, son hurlement, son soucy, ses adresses
Ne servirent de rien. Ces indomptez esprits,
Qui n'oyent point crier, en vain jettent des cris.
Il fit tuer son fils (4) et par luy fut esteinte
Sa noblesse, de peur qu'il ne mourût sans plainte.
Sa douleur fut sans pair. L'autre Herode, Antipas,
Après ses cruautez et avant son trespas
Souffrit l'exil, la honte, une crainte Caïne
La pauvreté, la fuite et la fureur divine,
   Puis le tiers (5) triomphant, eslevé sur le haut
D'un peuple adorateur et d'un brave eschafaut
Au poinct que l'on cria : O voix de Dieu, non d'homme!
Un gros de vers et poux l'attaque et le consomme.
La terre qui eut honte esventa tous les creux
Où elle avoit les vers; l'air lui creva les yeux;
Luy-mesme se pourrit et sa peau fut changée
En bestes, dont la chair de dessoubs fut mangée;
Et comme les demons d'un organe enroué
Ont le sainct et sauveur par contraincte advoué,
Cettuy-ci s'escria au fonds de ses misères :
« Voicy celuy que Dieu vous adoriez nagueres. »
Somme, au lieu de ce corps idolatré de tous
Demeurent ses habits un gros amas de poux,

1. Montroient que cela n'a point péché.
2. *Var.* :

    Jamais le bien, jamais nulle rançon ni vie.

3. *Var.* :

    Que l'humaine pitié, que la tendre merci.

4. Antipater, fils d'Hérode le Grand. Il fut étranglé par l'ordre de son père quelques jours avant la mort de celui-ci, arrivée le 28 mars de l'an de Rome 750.
5. Hérode Agrippa.

Tòut regrouille de vers, le peuple esmeu s'eslongne :
On adoroit un roy, on fuit une charongne.

   Charongnes de tyrans, balancés en haut lieu,
Fantastiques rivaux de la gloire de Dieu,
[Que ferez-vous des mains, puis que vos foibles veües
Ne sceurent onc passer la region des nues ?
Vous ne disposez pas, magnifiques mocqueurs,
Ni de vos beaux esprits, ni de vos braves cœurs ;
Ces dons ne sont que prests, que Dieu tient par sa longe ;
Si vous en abusés, vous n'en usés qu'en songe.
Quand l'orgueil va devant, suivez le bien à l'œil,
Vous verrez la ruine aux talons de l'orgueil.]
Vous estes tous subjects, ainsi que nous le sommes,
A repaistre les vers des delices des hommes.
[Paul (¹), pape incestueux, premier inquisiteur,
S'est veu mangé des vers, sale persecuteur.
Philippe (²), incestueux et meurtrier, cette peste
T'en veut, puis qu'elle en veut au parricide inceste.]
   Neron (³), tu mis en poudre et en cendre et en sang
Le venerable front et la gloire et le flanc

---

1. Paul III, que l'*Apologie pour Hérodote* (ch. 39) accuse
d'inceste avec sa fille Constance. Ce fut lui, suivant de Thou
(l. 15), qui établit l'*index*.

2. Philippe II, d'Espagne. Il avoit épousé, en 1543, Marie
de Portugal, sa cousine germaine. On sait que les alliances
entre proches parents furent long-temps regardées comme
incestueuses. Peut-être y a-t-il encore une allusion à son
mariage avec Elisabeth de France, qui avoit d'abord été
destinée au fils du roi, Don Carlos.

3. D'Aubigné dit dans son *Hist. univ.* (l. 2, ch. 2, p.
3) : « Il courut un livre qui s'appeloit *Dan*, c'est-à-dire
*Jugement*, dans lequel, après une grande liste de Neron,
Domitian, etc..., desquels ils remarquoit les inhumanitez et
les morts horribles..., il en produisoit une de ceux qui
en ce temps s'estoient monstrez plus ardents à l'extinction
des reformés, observant la mesme proportion de leur façon
de vivre et leur manière de mourir. » C'est là probablement
que d'Aubigné a puisé une partie des faits qu'il raconte. Je
ne sais si ce livre, que je n'ai pu trouver, est le même que

De ton vieux precepteur (1), ta patrie et ta mère,
Trois que ton destin fit avorter en vipère,
Chasser le docte esprit par qui tu fus sçavant,
Mettre en cendre ta ville, et puis la cendre au vent;
Arracher la matrice à qui tu doibs la vie.
Tu devois à ces trois la vie aux trois ravie,
Miroüer de cruauté, duquel l'infame nom
Retentira cruel, quand on dira Neron.
Homme tu ne fus point à qui t'avoit faict homme;
Tu ne fus pas Romain envers ta belle Rome;
D'où l'ame tu receus l'ame tu fis sortir.
Si ton sens ne sentoit le sang devoit sentir.
Mais ton cœur put vouloir, et put ta main meurtrière
Tuer, brusler, meurtrir precepteur, ville et mère.
Bourreau de tes amis, du meurtre seul amy,
Ta mort n'a sceu trouver amy ni ennemy :
Il fallut que ta main à ta fureur extrême,
Après tout violé, te violast toy-mesme.
    Domitian morgueur, qui pris plaisir à voir
Combien la cruauté peut contre Dieu pouvoir,
Quand tu oyois gemir le peuple pitoyable,
Spectateur des mourans, tu ridois, effroyable,
Les sillons de ton front ; tu fronçois les sourcis
Aux yeux de ta fureur ; les visages transis
Laissoient là le supplice, et les tremblantes faces
Adoroient la terreur de tes fières grimaces.
Subtil, tu desrobois la pitié par la peur.
On te nommoit le Dieu, le souverain seigneur !
Où fut ta deité, quand tu te vis, infame,
Dejetté par les tiens, condamné par ta femme,
Ton visage foulé des pieds de tes valets ?
Le peuple despouilla tes superbes palais

la *Sentence redoutable et arrêt rigoureux du jugement de Dieu
à l'encontre de l'impiété des tyrans;* Lyon, 1564. Cf. Chas-
sanion, *Histoires mémorables des grands et merveilleux jugements de Dieu,* 1586, in-8.
    1. Sénèque.

De tes infames noms; et ta bouche et ta joüe
Et l'œil adoré n'eut de tombeau que la boüe.

　Tu sautois de plaisir, Adrian, une fois,
A remplir de chrestiens jusqu'à dix mille croix ;
Dix mille croix après, dessus ton cœur plantées,
Te firent souhaitter les peines inventées.
Sanglant, ton sang coula ; tu recerchas en vain
Les moyens de fuir les douleurs par ta main ;
Tu criois, on rioit ; la pitié t'abandonne ;
Nul ne t'en avoit faict, tu n'en fis à personne.
Sans plus, on delaissa les ongles à ta peau ;
Alteré de poison, tu manquas de couteau ;
On laissa dessus toy joüer la maladie,
On refusa la mort ainsi que toy la vie (¹).

　Sévère fut en tout successeur d'Adrian,
En forfaict et en mort. Après, Herminian (²),
Armé contre le Ciel, sentit en mesme sorte
La vermine d'Herode encores n'estre morte.
Perissant mi-mangé, de son dernier trespas,
Les propos les derniers furent : « Ne dites-pas
La façon de mes maux à ceux qui Christ advoüent ;
Que (³) Dieu, mon ennemy, mes ennemis ne loüent. »

　Tyrans, vous dresserez sinon au Ciel les yeux (⁴),
Au moins l'air sentira herisser vos cheveux,
Si quelqu'un d'entre vous à quelque heure contemple
Du vieux Valerian (⁵) le specieux exemple,
N'aguères empereur d'un empire si beau,
Aussi tost marchepied, le fangeux escabeau

---

　1. L'empereur Adrien, accablé par les souffrances, voulut se faire tuer par un gladiateur, qui s'enfuit pour échapper à ses instances. Voy. Dion Cassius, et Spartien, *Vie d'Adrien*, ch. 22.

　2. Claudius Herminianus. Voy. Tertullien, *Ad Scapulam*, édit. Rigault, 1675, fol. p. 70.

　3. Pour que. — 4. Si vous ne dressez pas.

　5. L'empereur Valérien tomba, en 260, au pouvoir de Sapor Ier, roi de Perse, qui, dit-on, l'abreuva d'outrages. Toutefois, le fait a été révoqué en doute. Voy Lenain de Tillemont, *Hist. des empereurs*, t. 3, p. 739.

Du Perse Saporés. Quand cet abominable (1)
Avoit sa face en bas, au montoüer de l'estable,
Se souvenoit-il point qu'il avoit tant de fois
Des chrestiens prosternez mesprisé tant de voix ;
Que son front eslevé, si voisin de la terre,
Contre le fils de Dieu avoit ozé la guerre ;
Que ces mains, ores pieds, n'avoyent faict leur devoir
Lors qu'elles emploioient contre Dieu leur pouvoir ?
    Princes, qui maniez dedans vos mains impures,
Au lieu de la justice une fange d'ordures,
Ou qui s'il faut ouvrer les plaines de (2) vos seins,
Voyez de quel mestier devindrent ces deux mains (3) :
Elles changeoient d'usage en traictant l'injustice,
La justice de Dieu a changé leur office.
Plus luy devoit peser sang sur sang, mal sur mal,
Que ce roy sur son dos qui montoit à cheval,
Qui en fin l'escorcha vif, le despouillant comme,
Vif, il fut despoüillé des sentimens de l'homme.
    Le haut Ciel t'advertit, pervers Aurelian,
Le tonnerre parla, ô Diocletian ;
Ce trompette enroüé de l'effroyant tonnerre ;
Avant vous guerroyer vous denonça la guerre ;
Ce heraut vous troubla et ne vous changea pas ;
Il vous fit chanceler, mais sans tourner vos pas ;
Avant que se vanger, le Ciel cria vengeance ;
Il vous causa la peur, et non la repentance.
    Aurelian traittoit les hommes comme chiens ;
Ce qu'il fit envers Dieu, il le receut des siens (4).
Et quel prince à bon droict se pourra plaindre d'estre
Mescogneu par les siens, s'il mescognoit son maistre ?
Mesmes mains ont meurtri et servi cettui-ci.
Le second (5) fut vaincu d'un trop ardant soucy ;

1. Valérien. — 2. *Var.* : les ployez *(plis)* dans vos seins. —
3. Les mains de Valérien. — 4. Il périt assassiné l'an 276.
Cf. Vopiscus, *Vie d'Aurélien*, ch. 36 ; Sosime, etc.
    5. Dioclétien, qui s'empoisonna, s'il faut en croire Aure-
lius Victor.

L'impuissant se tua, abattu de la rage
De n'avoir peu dompter des chrestiens le courage.
   Maximian, les feux de vingt mille enfermez,
La ville et les bourgeois en un tas consumez
Firent un si grand feu que l'espaisse fumée
Dans les nareaux (1) de Dieu esmeut l'ire enflammée :
Des citoyens meurtris la charongne et les corps
Empuantirent tout de l'amas de ces morts,
L'air estant corrompu te corrompit l'haleine,
Et le flanc respirant la vengeance inhumaine :
Ta puanteur chassa tes amis au besoin,
Chassa tes serviteurs qui fuirent si loin
Que nul n'oyoit tes cris, et faut que ta main torde
L'infame nœud, le tour d'une villaine corde (2).
   Aussi puant que toi, Maximin frauduleux (3),
Forgeur de fausse paix, sentit saillir des yeux
Sa prunelle eschappée, et commença par celle
Qui ne vit onc pitié, la part la plus cruelle :
La première perit, on saoula de poisons
Le cœur qui ne fut onc saoulé de trahisons.
Ces bourreaux furieux eurent des mains fumantes,
Du sang tiède versé. Mais voicy des mains lentes,
Voicy un froid meurtrier (4), un arsoine (5) si blanc
Qu'on le gousta pour sucre ; et sans tache de sang
L'ingenieux tyran, de qui la fraude a mise
A plus d'extremitez la primitive Eglise :
Il ne tacha de sang sa robe ne sa main,

   1. Narines.
   2. Maximien-Hercule, après s'être démis de l'empire et avoir plusieurs fois tenté de le ressaisir, se révolta en 310 contre son gendre Constantin, qui l'assiégea dans Marseille. Livré à ce prince, il n'obtint d'autre grâce que le choix du supplice, et s'étrangla.
   3. Maximin-Daia, vaincu par Licinius en 311, mourut natu-rellement suivant Zosime ; mais Lactance (*De mortibus perse-cutorum*, ch. 45-50) attribue sa fin à la vengeance divine.
   4. L'empereur Julien.
   5. *Var. :* arsenic.

Il avoit la main pure, et le cœur fut si plain
De meurtres desrobez : il n'allumoit les flammes :
Ses couteaux et ses feux n'ataquoient que les ames :
Il n'entamoit les corps, mais privoit les esprits
De pasture de vie : il semoit le mespris
Aux plus volages cœurs, estouffant par la craincte
La sainte deité dedans les cœurs esteinte.
Le chevalier du ciel, au milieu des combats,
Descendit de si haut pour le verser à bas.
L'apostat Julian son sang fuitif empoigne,
Le jette vers le ciel; l'air de cette charongne
Empoisonné fuma : puis l'infidelle chien
Cria : « Je suis vaincu par toi, Nazarien (1). »
  Tu n'as point eu de honte, impudent Libanie (2),
De donner à ton Roi tel patron pour sa vie,
Exaltant et nommant cet exemple d'erreurs
Des philosophes roi, maistre des empereurs.
  Pacifiques meurtriers, Dieu descouvre sa guerre
Et ne faict comme vous, qui cuidez de la terre
L'estouffer sans seigner, et de traistres appas
Empoisonner l'Eglise et ne la blesser pas.
  Je laisse arrière-moy les actes de Commode
Et Valantinian, qui, de pareille mode,
Depouillèrent sur Christ leurs courroux aveuglez,
Pareils en morts, tous deux par valets estranglez.
  Galerian aussi rongé par les entrailles,
Et Decius, qui trouve au milieu des batailles
Un Dieu qui avoit pris le contraire parti,
Puis le gouffre tout prest dont il fut englouti.
  Je laisse encore ceux qu'un faux nom catholique

---

1. Julien fut blessé mortellement dans un combat contre les Perses. Voy. le récit de sa mort dans Ammien Marcellin (l. 25, ch. 3), témoin oculaire. Il diffère de tout point avec celui des légendes chrétiennes que le poète a adoptées.
2. Libanius, célèbre sophiste grec, mort vers 390. D'Aubigné le fait figurer dans *Fœneste*, l. 4, ch. 17 (édit. Mérimée, p. 323).

A logez dans Sion, un Zenon Izaurique (1),
Vif enterré des siens; Honorique (2) pervers,
Qui eschauffoit sa mort en nourrissant les vers.
    Constant (3), par trop constant à suivre la doctrine
D'Arius, qui versa en une orde latrine
Ventre et vie à la fois, et luy, en pareil lieu,
En blasphèmes pareils creva par le milieu.
Tous ceux-là sont peris par des pestes cachées
Comme ils furent aussi des pestes embuschées,
Que le Sinon d'enfer establit par moyens
En cheval duratée (4), au rempart des Troyens.
    Quand Satan guerroyoit d'une ouverte puissance
Contre le monde jeune et encor en enfance,
Il trompoit cette enfance; or, ses traits descouverts
A ce siècle plus fin descouvrent les enfers
Dès la première veue, et faut que la malice
D'un plus espais manteau cache le fond du vice.
    Nous verrons cy après les effects moins sanglants,
Mais des coups bien plus lourds et bien plus violants,
En ce troisiesme rang d'ennemis de l'Eglize,
Masquans leur noir courroux d'une douce feintize,
Satans vestus en anges et serpents enchanteurs,
De Julian le fin subtils imitateurs.
Ils n'ont pas trompé Dieu; leurs frivoles excuses,
La nuit qui les couvroit, les frauduleuses ruses,
Leur feinte pieté et masque ne put pas
Rendre sèche leur mort, ni heureux leur trespas.
    Il faut que nous voyons si les hautes vengeances
S'endorment au giron des celestes puissances,
Et si (comme jadis) le veritable Dieu

1. Zénon l'Isaurien. Sa femme Ariadne le fit enterrer vivant en 491.
2. Honorius.
3. Fils de Constantin le Grand, tué à Elne en 350.
4. De bois. Du grec δουράτειος, ou du latin *durateus*, épithète employée par Lucrèce (1, 477), et qui ne s'appliquoit guère, comme d'Aubigné l'emploie ici, qu'au cheval de Troie.

Distingua du gentil son heritage hebrieu,
S'il separe aujourd'huy par les marques anciennes (1)
Des troupes de l'enfer l'eslection des siennes.
    O martyres aimez! o douce affliction!
Perpetuelle marque à la saincte Sion,
Tesmoignage secret que l'Eglise en enfance
Eut au milieu du sein (2), à sa pauvre naissance,
Pour choisir du troupeau de ses bastardes sœurs
L'heritière du ciel au milieu des mal'heurs!
    Qui a leu aux romans les fatales misères
Des enfans exposez de peur des belles-mères,
Nourris par les forests, gardez par les mastins,
A qui la louve ou l'ourse ont porté leurs tetins,
Et les pasteurs après du laict de leurs oueilles
Nourrissent, sans sçavoir, un prince et des merveilles?
Au milieu des trouppeaux on en va faire choix,
Le vallet des bergers va commander aux rois,
Une marque en la peau où l'oracle descouvre
Dans le parc des brebis l'heritier du grand Louvre.
    Ainsi l'Eglise ainsi accouche de son fruict;
En fuyant aux deserts le dragon la poursuit;
L'enfant chassé des rois est nourri par les bestes;
Cet enfant brisera de ces grands rois les testes
Qui l'ont proscript, banny, outragé, dejetté,
Blessé, chassé, battu de faim, de pauvreté.
[Or ne t'advienne point, espouse et chère Eglise,
De penser contre Christ ce que dit sur Moyse
La simple Sephora, qui, voyant circoncir
Ses enfans, estima qu'on les vouloit occir:
Tu m'es mari de sang, ce dit la mère fole (3):
Temeraire et par trop blasphemante parole:
Car cette effusion qui lui deplaist si fort,

---

1. *Var.:* Par les couleurs anciennes.
2. *Var.:* Au front et au sein.
3. Tulit illico Sephora acutissimam petram et circumcidit præputium filii sui... et ait : Sponsus sanguinum tu mihi es.
(Exode, ch. 4, vers. 25.)

Est arre de la vie, et non pas de la mort.]
    Venez donc, pauvreté, faim, fuittes et blessures,
Bannissemens, prison, proscriptions, injures,
Vienne l'heureuse mort, marque (¹) pour tout jamais
De la fin de la guerre et de la douce paix.
Fuyez, triumphes vains, la richesse et la gloire,
Plaisirs, prosperité, insolente victoire,
O pièges dangereux et signes evidens
De l'eternel jouir d'un grincement de dents (2)!
    Entrons dans une piste et plus vive et plus fresche
Du temps qu'au monde impur la pureté se presche,
Où le siècle qui court nous offre et va contant
Autant de cruautez, de jugemens autant
Qu'aux trois mille ans premiers de l'enfance du monde,
Qu'aux quinze cens après de l'Eglise seconde (3).
Que si les derniers traicts ne semblent à nos yeux
Si hors du naturel ne si malicieux
Que les plus esloignez, voyons que les oracles
Des vives voix de Dieu, les monstrueux miracles
N'ont plus esté frequens dès que l'Eglise prit
En des langues de feu la langue de l'Esprit.
Si les pauvres Juifs les eurent en grand nombre,
Très apropos à eux qui esperoient en ombre,
Ces ombres profitoient; nous vivons en clarté,
Et à l'œil regardons (4) le corps de verité.
Ou soit que la nature en jeunesse, en enfance,
Vit plus propre à souffrir le change et l'inconstance,
Que quand ces esprits vieux, moins prompts, moins vio-
Jeunes, n'avortoient plus d'accidens insolens;  [lens,
Ou soit que nos esprits, tous abrutis de vices,
Les malices de l'air surpassent en malices,
Ou trop meslez au corps, ou de la chair trop plains,

1. *Var.:* Gage.
2. *Var.:* Des ténèbres, du ver et grincement de dents.
3. C'est-à-dire que pendant les quinze siècles qui suivirent l'ère chrétienne.
4. *Var.:* Regardons.

Susceptibles ne soient d'enthousiasmes saincts,
Encores trouvons-nous les exprès tesmoignages
Que Nature ne peut avouer pour ouvrages :
Encores le chrestien aura ici dedans
Pour chanter ; l'atheiste en grincera les dents.
    Archevesque Arondel (1), qui en la Cantorbie
Voulus boucher le cours des paroles de vie,
Ton sein encontre Dieu enflé d'orgueil souffla,
Ta langue blasphemante encontre toy s'enfla :
Et, lors qu'à verité le chemin elle bousche,
Au pain elle ferma le chemin et la bouche.
Tu fermois le passage au subtil vent de Dieu,
Le vent de Dieu passa, le tien n'eut poinct de lieu.
Au ravisseur de vie en ce poinct fut ravie,
Par l'instrument de vivre, et l'une et l'autre vie :
L'Eglise il affama; Dieu luy osta le pain.
    Voicy d'autres effects d'une bizarre faim,
L'affamé (2) qui voulut saouler sa folle (3) rage
Du nez d'un bon pasteur, l'arracher du visage,
Le casser de ses dents et l'avaller après,
Fut puny comme il faut : car il sortit exprès
Des bois les plus secrets un loup qui du visage
Luy arrache le nez et luy cracha la rage :
Il fut seul qui sentit la vengeance et le coup
Et qui seul irrita la fureur de ce loup.
C'est faire son proffict de ces leçons nouvelles
De voir que tous pechez ont les vengeances telles
Que merite le faict, et que les jugemens
Dedans nous, contre nous, trouvent les instrumens :
De voir comme Dieu peint, par juste analogie,
Du crayon de la mort les couleurs de la vie.

---

1. Thomas Arundel, archevêque de Cantorbéry, mort en
1414. Il se signala par ses persécutions contre Wiclef et les
Lollards. (*Hist. univ.*, t. 1, p. 111.)
  2. Il s'agit d'un Piémontais et d'un pasteur d'Angrogne.
(*Hist. univ.*, t. 1, p. 3.)
  3. *Var.:* sa brutte rage.

Quand le comte Felix (1) (nom sans felicité),
De colère et de vin yvre, se fut vanté
Qu'au lendemain ses pieds, prenans couleurs nouvelles,
Rougiroient les esprons dans le sang des fidelles,
Dieu entreprit aussi et jura à son rang ;
Ce sanglant dès la nuict estouffa dans son sang.
    Le stupide Mesnier (2), ministre d'injustice,
Tout pareil en desirs, sentit pareil supplice,
Supplice remarquable. Et pleust au juste Dieu
Ne me sentir contrainct d'attacher en ce lieu
Deux semblables portraicts des princes de nostre aage (3),
Princes qui comme jeu ont aimé le carnage,
Encontre qui Paris et Anvers tous sanglans
Solicitent le ciel de courroux violans.
Leur rouge mort aussi fut marque de leur vie,
Leur puante charongne et l'ame empuantie
Partagèrent sortans de l'impudique flanc
Une mer de forfaicts et un fleuve de sang.
    Aussi bien qu'Adrian, aux morts ils s'esjouirent ;
Comme Maximian, aux villes ils permirent
Le sac : leur sang coula ainsi que (4) d'Adrian.
Ils ont eu des parfuns du faux Maximian.
Quel songe ou vision trouble ma fantaisie,
Me faict voir de Paris la fange cramoisie,
Traîner le sang d'un roy à la mercy des chiens,
Roy qui eut en mespris le sang versé des siens ?
    Qui veut sçavoir comment la vengeance divine
A bien sçeu où dormoit d'Herode la vermine

1. Voy. *Hist univ.*, t. 1, p. 112. Je crois que c'est le comte Félix, chef de lansquenets, dont il est question dans les Mémoires de Fleurange, ch. 74 et suiv.

2. Jean Mesnier, baron d'Oppède, président du parlement de Grenoble, se signala par ses cruautés dans l'affaire de Cabrières et de Mérindol. Voy. de Thou, l. 6 ; *Apol. pour Hérod.*, ch. 19 et 26.

3. Charles IX et son frère François.

4. Ainsi que celui.

Pour en persecuter les fiers (1) persecuteurs :
Qu'il voye le tableau d'un des inquisiteurs
De Merindol en feu. Sa barbarie extrême
Fut en horreur aux rois, aux persecuteurs mesme.
Il fut banny ; les vers suivirent son exil,
Et ne peut inventer cet inventeur subtil
Armes pour empescher cette petite armée
D'empoizonner tout l'air de puante fumée.
Ce chasseur deschassa ses compagnons au loin,
Si qu'un seul d'enterrer ce demi-mort eut soin,
Luy jetta un crochet et entraina le reste,
Des diables et des vers allumettes de peste,
En un trou : la terre eut horreur de l'estouffer,
Cette terre à regret fut son premier enfer,
Ce ver sentit les vers. La vengeance divine
N'employa seulement les vers sur la vermine.
    Du-Prat (2) fut le gibier des mesmes animaux,
Le ver qui l'esveilloit, qui luy contoit ses maux,
Le ver qui de long-temps picquoit (3) sa conscience
Produisit tant de vers qu'ils percerent sa panse.
    Voicy un ennemy de la gloire de Dieu
Qui s'eslève en son rang, qui occupe ce lieu :
L'Aubepin (4), qui premier, d'une ambition fole,
Cuida fermer le cours à la vive parole,
Et qui, bridant les dents par des baillons de bois,
Aux mourans refusa le soulas de la voix.
Voyant en ses costez cette petite armée (5)
Grouiller, l'ire de Dieu, en son corps animée,
Choisit pour ses parrains les ongles de la faim.

1. *Var.:* les vers.
2. Le chancelier du Prat, mort en 1535, « l'un des plus
pernicieux hommes qui furent oncques », dit Regnier de la
Planche. Voy. sur sa mort *Journal d'un bourgeois de Paris
sous François Ier*, p. 460 ; *Apol. pour Herod.*, ch. 26.
3. *Var.:* Pecquoit.
4. Conseiller au parlement de Grenoble. Voy. Crespin,
fol. 494, et *Hist. univ.*, t. 1, p. 112.
5. L'armée des vers.

    *Tragiques.* — I.                    19

Lié par ses amis de l'une et l'autre main,
Comme il grinçoit les dents contre la nourriture,
Ses amis d'un baillon en firent ouverture ;
Mais avec les coulis dans sa gorge coula
Un gros amas de vers qui à coup l'estrangla.
Le celeste courroux luy parut au visage.
Nul pour le deslier n'eut assez de courage :
Chacun trembla d'horreur et chacun estonné
Quitta ce baillonneur et mort et baillonné.
　　Petits soldats de Dieu, vous renaistrez encore
Pour destruire bien tost quelque prince mi-more,
O Roy, mespris du ciel, terreur de l'univers,
Herodes glorieux, n'attens riens que les vers.
Espagnol triumphant, Dieu vengeur à sa gloire
Peindra de vers ton corps, de mes vers ta memoire.
　　Ceux dont le cœur brusloit de rages au dedans,
Qui couvoient dans leur sein tant de flambeaux ardens
En attendant le feu preparé pour les ames,
Ces enflammez au corps ont resenti des flammes.
Bellomente (¹), bruslant des infernaux tisons,
Eut pour jeu les procès, pour palais les prisons,
Cachots pour cabinets, pour passe-temps les geinnes.
Dans les crotons obscurs, au contempler des peines,
Aux yeux des condamnez il prenoit ses repas :
Hors le seuil de la geole il ne faisoit un pas.
Le jour luy fut tardif et la nuict trop hastive
Pour haster les procès ; la vengeance tardive
Contenta sa langueur par la severité,
Un petit feu l'atteint par une extremité
Par le bout de l'orteil ; ce feu estoit visible.
Cet insensible aux pleurs ne fut pas insensible,
Et luy tarda bien plus que cette vive ardeur
N'eust faict le long chemin du pied jusques au cœur
Que les plus longs procès longs et fascheux ne furent :
Tous les membres, de rang (²), ce feu vangeur receurent.

1. Cf. *Hist. univ.*, t. 1, p. 112.
2. A leur tour.

Ce hastif à la mort se mourut peu à peu,
Cet ardant au brusler fit espreuve du feu.
    Pour un peché pareil, mesme peine evidente
Brusla Pont-cher(1), l'ardent chef de la chambre ar-
L'ardeur de cettui-cy se vit venir à l'œil.          [dente.
La mort entre le cœur et le bout de l'orteil
Fit sept divers logis, et comme par tranchées
Partage l'assiegé ; ses (2) jambes retranchées,
Et ses cuisses après servirent de sept forts ;
En repoussant la mort, il endura sept morts.
    L'evesque Castelan(3), qui, d'une froideur lente,
Cachoit un cœur bruslant de haine violente,
Qui, sans colère, usoit de flammes et de fer,
Qui, pour dix mille morts, n'eust daigné s'eschauffer,
Ce fier doux en propos, cet humble de col roide,
Jugeoit au feu si chaud d'une façon si froide :
L'une moitié de luy se glaça de froideur,
L'autre moitié fuma d'une mortelle ardeur.
    Voyez quels justes poids, quelles justes balances
Balancent dans les mains des celestes vengeances,
Vengeances qui du ciel descendent à propos,
Qui entendent du ciel, qui ouïrent les mots
De l'imposteur Picard(4), duquel à la semonce,
La mort courut soudain pour lui faire responce :
« Viens, Mort, viens, prompte Mort (ce disoit l'effronté),
Si j'ay rien prononcé que saincte verité,

---

1. Etienne Poncher, archevêque de Tours de 1551 à 1553.
Voy. Crespin, fol. 423 verso ; *Apol. pour Herod.,* ch. 26 ;
*Hist. univ.,* t. 1, p. 112.
    2. *Var.* : ses deux jambes hachées.
    3. Pierre Castellan (Chastelain ou Duchâtel), successive-
ment évêque de Tulle, de Mâcon et d'Orléans, grand aumô-
nier de France, mort en 1552. Sa vie, écrite par Galland,
a été publiée par Baluze. Bayle lui a consacré un long
article. Voy. aussi Crespin, fol. 423, verso ; *Apol. pour
Hérod.,* ch. 26 ; *Hist. univ.,* t. 1, p. 112.
    4. C'est probablement le docteur en théologie dont parle
d'Aubigné dans l'*Hist. univ.,* t. 1, p. 101.

Venge ou approuve, Dieu, le faux ou veritable. »
La mort se resveilla, frappa le detestable
[Dans la chaire d'erreur : quatre mille auditeurs,
De ce grand coup du Ciel abrutis spectateurs,
N'eurent pas pour ouïr de fidelles oreilles
Et n'eurent de vrais yeux pour en voir les merveilles.]
    Lambert, inquisiteur, ainsi en blasphemant
Demeura bouche ouverte, emporté au couvent,
Fut trouvé, sans sçavoir l'autheur du faict estrange,
Aux fosses du couvent noyé dedans la fange.
Maint exemple me cerche, et je ne cerche pas
Mille nouvelles morts, mille estranges trespas
De nos persecuteurs : ces exemples m'ennuyent,
Ils poursuyvent mes vers et mes yeux qui les fuyent.
    Je suis importuné de dire comme Dieu
Aux rois, aux ducs, aux chefs, de leur camp au milieu,
Rendit, exerça, fit droict, vengeance et merveille,
Crevant, poussant, frappant l'œil, l'espaule et l'oreille(1).
Mais le trop long discours de ces notables morts
Me faict laisser à part ces vengeances des corps,
Pour m'envoler plus haut et voir ceux qu'en ce monde
Dieu a voulu arrer (2) de la peine seconde :
De qui l'esprit frappé de la rigueur de Dieu
Desjà sentit l'enfer au partir de ce lieu.
La justice de Dieu par vous sera loüée,
Vous donnerez à Dieu vostre voix enroüée,

1. Allusion à ces vers fort connus qui furent composés sur la
mort des trois rois Henri II, François II et Antoine de Navarre :

> Par l'œil, l'espaule et l'oreille,
> Dieu a fait en France merveille ;
> Par l'oreille, l'espaule et l'œil,
> Dieu a mis trois rois au cercueil ;
> Par l'œil, l'oreille et l'espaule,
> Dieu a tué trois rois en Gaule :
> Antoine, François et Henry,
> Qui de lui point n'ont eu soucy.

Voy. l'Estoile, t. 1, p. 16.
2. Donner des arrhes.

Demons desesperez, par qui, victorieux,
Le cruel desespoir fut vainqueur dessus eux.
Le desespoir, le plus des peines eternelles
Ennemy de la foy, vainquit les infidelles.
   Le Rosne en a sonné, alors qu'en hurlemens
Renialme et Revet desgorgeoient leurs tourmens.
« J'ay (dict l'un) condamné le sang et l'innocence. »
Ce n'estoit repentir, c'estoit une sentence
Qu'il prononçoit enflé et gros de mesme esprit
Du demon qui, par force, avoua Jesus-Christ.
   Ce mesme esprit, preschant en la publique chaire,
Fit escrier Latome (1) à sa fureur dernière :
« Le grand Dieu m'a frappé en ce publicque lieu,
Moy qui publiquement blasphemois contre Dieu. »
   Noz yeux mesmes ont veu, en ces derniers orages,
Où cet esprit immunde a semé de ses rages.
C'est luy qui a ravy le sens aux insolens,
A Bezigny, Cosseins (2), à Tavanes sanglans (3),
Le premier de ces trois a galoppé la France
Monstrant ses mains au Ciel, bourelles d'innocence :
« Voicy, ce disoit-il, l'esclave d'un bourreau
Qui a sur les agneaux desployé son couteau :
Mon ame pour jamais en sa memoire tremble,
L'horreur et la pitié la deschirent ensemble. »
   Le second fut frappé aux murs des Rochelois.
On a caché le fruict de ses dernières voix :
La verité pressée a trouvé la lumière,
Car on n'a peu celer sa sentence dernière.
Du style du premier, et pour mesme action
Il prononça mourant sa condamnation.

1. Jacques Latomus, théologien flamand, mort en 1544,
avoit composé de nombreux écrits contre Luther.
   2. Cosseins, l'un des assassins de Coligny. Il fut tué au
siége de La Rochelle, en 1573. « Ses domestiques, dit d'Aubigné, nous ont conté d'estranges propos à sa mort. » (Hist.
univ., t. 2, l. 1, ch. 11, p. 587; Crespin, fol. 704.)
   3. Gaspard de Saulx de Tavannes, maréchal de France,
né en 1509, mort en 1573. Voy. sa vie dans Brantôme.

Le tiers, qui fut cinquiesme au conseil des coulpa-
Bavoit plus abruti : il a semé ses fables        bles (¹),
A l'entour de Paris, le changement de l'air
Ne le faisant jamais qu'en condamné parler :
Il fut lié, mais plus gehenné de conscience,
Satan fut son conseil, l'enfer son esperance.

Le cardinal Polus (²), plein de mesmes desmons,
Fut jadis le miroüer de ces trois compagnons.
Nous en sçavons plusieurs que nos honteuses veues
Ont veus nuds et bavans et hurlans par les rues,
Prophètes de leur mort, confesseurs de leurs maux,
Des nostres presageurs, enseignemens très-beaux.

Il ne faut point penser que vers, couteaux ny flames
Soient tels que les flambeaux qui attaquent les ames.
Rien n'est si grand que l'ame, il est très-evident
Qu'à l'esgard du subject s'augmente l'accident,
Comme, selon le bois, la flame est perdurable.
Ces barbares avoient au lieu d'un' ame un diable,
Duquel la bouche pleine a par force annoncé
Les crimes de leurs mains, le sang des bons versé,
Le desespoir minant qui leur tient compagnie,
Rongeant cœur et cerveau jusqu'en fin de la vie.

Que tu viens à regret, charlatan *Florentin* (³,
Qui de France as succé puis mordu le tetin,
Comme un cancer mangeur et meurtrier insensible,
Un cancer de sept ans, à toy, aux tiens horrible,
T'ostera sens (4) et sang ; un traistre et lent effort,
Traistre, lent te fera (5) charongne avant ta mort,
Perissant à regret par si juste vengeance

1. Au conseil où fut décidé le massacre de la Saint-Barthélemy. Brantôme dit qu'un très grand prince lui raconta que
« Tavannes mourut comme enragé et désespéré ; ce que je
ne croy », ajoute-t-il.

2. R. Pool ou Polus, archevêque de Cantorbéry, mort en
1558.

3. Le maréchal de Raiz, mort en 1601. — 4. *Var.* : t'oste
esprit.

5. *Var.* : te faisant.

Au poinct que sentira quelque repos la France (1).
Excellente duchesse (2), icy la verité
A forcé les liens de la proximité (3),
[Dans mon sein allié tu as versé tes plaintes
Du malheur domestic, qui ne seront esteintes,
Non plus que la clameur qui donna gloire à Dieu,
Lors que le condamné publioit par adveu
Qu'en lui, cinquiesme autheur de l'inique journée,
La vengeance de Dieu s'en alloit terminée (4).]
    Mais voicy les derniers sur lesquels on a veu
Du Dieu fort et jaloux le courroux plus esmeu,
Quand de ses jugemens les principes terribles
A ces cœurs endurcis se sont rendus visibles.
    Crescence (5), cardinal, qui à ton pourmenoir
Te vis accompagné du funèbre chien noir,
Chien qu'on ne put chasser, tu connus ce chien mesme
Qui t'abayoit au cœur de rage si extrême
Au concile de Trente : et ce mesme demon
Dont tu ne sçavois pas la ruze, bien le nom,
Ce chien te fit prevoir, non pourvoir à ta perte ;
Ta maladie fut en santé descouverte ;
Il ne te quitta plus du jour qu'il t'eut faict voir

1. *Var.* :

> Empuanti de toy, et t'atteint la vengeance
> Au poinct que le repos donna trève la France.

Le duc de Raiz étoit en effet le dernier survivant des cinq seigneurs qui assistèrent au conseil où fut décidé la Saint-Barthélemy, savoir : Henri d'Angoulême, le duc de Nevers, Tavannes et Birague.

2. La duchesse de Raiz, dont d'Aubigné étoit parent. Voy. *Mémoires*, p. 98. — 3. De la parenté.

4. Dans la première édition, au lieu de ces six vers, on ne trouve que les deux suivants :

> Du malheur domestiq' tu as versé les plaintes
> En mon sein, et je suis prophète de nos craintes.

5. Marcello Crescentio, cardinal, président du concile de Trente. Il mourut en 1552, croyant être poursuivi par un chien noir. Voy. de Thou, l. 9; *Hist. univ.*, t. 2, p. 112.

Ton mal, le mal la mort, la mort le desespoir (¹).

   Je me haste à porter dans le fonds de ce temple
D'Olivier (²), chancelier, le tableau et l'exemple :
Cettuy-ci, visité du cardinal sans pair (³),
Sans pair en trahison, sentit saillir d'enfer
Les hostes de Saul ou du cardinal mesme,
Quand son corps plus changé que n'estoit la mort blesme,
Ce corps sec, si caduc qu'il ne levoit la main
De l'estomac au front, aussi tost qu'il fut plain
Des dons du cardinal, du bas jusques au faiste
Enlevoit les talons aussi-tost que la teste,
Tomboit, se redressoit, mit en pièces son lict,
S'escria de deux voix : « O cardinal maudit,
Tu nous fais tous damner ! » Et, à cette parolle,
Cette peste s'en va et cette ame s'envole.

   Cette force inconnue et ces bonds violens
Eurent mesme moteur que ces grands mouvemens
Que sent encor la France, ou que ceux qui parurent
Quand dans ce cardinal tant de diables moururent :
Au moins eussent (⁴) plustost supporté le tombeau
Que de perdre en ce monde un organe si beau :
On a celé sa mort et caché la fumée
Que ce puant flambeau de la France allumée,
Esteint, aura rendu ; mais le courroux des Cieux
Donna de ce spectacle une idée à nos yeux.
L'air noirci de demons ainsi que de nuages
Creva des quatre parts d'impetueux orages (⁵) :

1. Lorsque le mal t'eut fait voir la mort, et la mort le désespoir.
2. François Olivier, chancelier de France, mort en 1560. Voy. Crespin, fol. 517 ; *Apolog. pour Hérod.*, ch. 26.
3. Le cardinal de Lorraine. De Thou (l. 24) et Regnier de la Planche (*Hist. de l'estat de France*, année 1560) racontent la visite que le cardinal fit au chancelier quelques heures avant la mort de celui-ci. Cf. *Apol. pour Hérod.*, ch. 17.—4. Les diables eussent.
5. Le cardinal de Lorraine mourut le 26 décembre 1574. On a vu plus haut (p. 62) que le jour de sa mort un ouragan sévit dans presque toute la France. Voy. L'Estoile, t. 1, p. 48, 49 et 54.

Les vents, les postillons de l'ire du grand Dieu,
Troublez de cet esprist, retroublèrent tout lieu.
Les deluges espais des larmes de la France
Rendirent l'air tout eau de leur noire abondance.
Cet esprit boutefeu, au bondir de ces lieux,
De foudres et d'esclairs mit le feu dans les cieux.
De l'enfer tout fumeux la porte desserrée
A celuy qui l'emplit prepara cette entrée;
La terre s'en creva, la mer enfla ses monts,
Ses monts et non ses flots, pour couller par son fond
Mille maux aux enfers, comme si par ces vies
Satan goustoit encor des vieilles inferies
Dont l'odeur luy plaisoit, quand les anciens Romains
Sacrifioient l'humain aux cendres des humains.
L'enfer en triumpha, l'air et la terre et l'onde
Refaisant le cahos qui fut avant le monde.
Le combat des demons à ce butin fut tel
Que des chiens la curée au corps de Jezabel,
Ou d'un prince françois qui, d'un clas (1) de la sorte,
Fit sonner le maillet de l'infernalle porte.

    Scribes, qui demandez aux tesmoignages saincts
Qu'ils fascinent voz yeux de vos miracles feints,
Si vous pouvez user des yeux et des oreilles,
Voyez ces monstres hauts, entendez ces merveilles.
Y a-il rien commun? Trouvez-vous de ces tours
De la sage nature en l'ordinaire cours?

    Le meurtrier sent le meurtre, et le paillard attise
En son sang le venin fruict de sa paillardise;
L'irrité contre Dieu est frappé de courroux;
Les eslevez d'orgueil sont abatus de poux;
Dieu frappe de frayeur le fendant temeraire,
De feu le bouttefeu, de sang le sanguinaire.
Trouvez-vous ces raisons en la chaisne du sort,
Telle proportion de la vie à la mort?
Est-il vicissitude ou fortune qui puisse
Fausse et folle trouver si à poinct la justice?

1. Glas.

Tels jugemens sont-ils d'un esgaré cerveau
A qui vos peintres font un ignorant bandeau ?
Sont-ce là des arrests d'une femme (1) qui roule
Sans yeux, au gré des vents, sur l'inconstante boule :
　　Troubler tout l'univers pour ceux qui l'ont troublé ;
D'un diable emplir le corps d'un esprit endiablé ;
A qui espère au mal arracher l'esperance,
Aux prudens contre Dieu la vie et la prudence ;
Oster la voix à ceux qui blasphemoient si fort ;
S'ils adjuroient la mort leur envoyer la mort ;
Trancher ceux à morceaux qui detranchoient l'Eglise ;
Aux exquis inventeurs donner la peine exquise ;
Frapper les froids meschans d'une froide langueur ;
Embrazer les ardens d'une boüillante ardeur ;
Brider ceux qui bridoient la loüange divine ;
La vermine du puits estouffer de vermine ;
Rendre dedans le sang les sanglans submergez,
Livrer le loup aux loups, le fol aux enragez ;
Pour celuy qui enfloit le cours d'une harangue
Contre Dieu, l'estouffer d'une enflure de langue ?
　　J'ay craincte, mon lecteur, que tes esprits, lassez
De mes tragiques sens, ayent dit : C'est assez !
Certes, ce seroit trop si nos amères plainctes
Vous contoient des romans les charmeresses feintes.
Je n'escris point à vous, enfans de vanité (2),
Mais recevez de moy, enfans de verité,
Ainsi qu'en un faisseau les terreurs demi-vives,
Testamens d'Antioch, repentances tardives,
Le sçavoir prophané, les souspirs de Spera (3)
Qui sentit ses forfaicts et s'en desespera ;

---

1. La Fortune. — 2. *Var.:* Serfs de la vanité.

3. Ce personnage, que d'Aubigné se borne à nommer dans son *Hist. univ.*, t. 1, p. 112, est évidemment Francesco Spiera, avocat de citadella, dans le Padouan, et dont Sleidan (*De statu religionis*, édit. de Francfort, 1786, l. 21, t. 3, p. 140 et suiv.) a raconté l'histoire en détail. Il embrassa la réforme, se rétracta ensuite, et finit par se laisser mourir de faim en 1548. P. P. Vergerio *le jeune*, évêque de Capo-

Ceux qui, dans Orleans, sans chiens et sans morsures,
Furent frappez de rage, à qui les mains impures
Des pères, mères, sœurs et frères et tuteurs
Ont apporté la fin, tristes executeurs ;
De Lizet (1) l'orgueilleux la rude ignominie,
De luy, de son Simon (2) la mortelle manie,
La lèpre de Roma (3) et celle qu'un plus grand
Pour les siens et pour soy perpetuelle prend ;
Le despoir des Morins (4), dont l'un à mort se blesse,

d'Istria, et qui lui-même embrassa le luthéranisme quelques
années plus tard, a publié une apologie de Spiera, insérée
dans le recueil intitulé : *Francisci Spieræ qui, quod susceptæ
semel Evangelicæ veritatis professionem abnegasset damnas-
setque, in horrendam incidit desperationem, historia a qua-
tuor summis Viris summa fide conscripta*, Basileæ, 1550,
8. — Voy. encore Saligius, *Historie der Augsburgischen
Confession*, t. 2, p. 1158.

1. Lizet, président au parlement de Paris, né en 1482,
mort en 1554. Il fut un persécuteur acharné des calvinistes,
et se couvrit de honte par sa bassesse envers les Guise.
Voy. sur lui *Journal d'un bourgeois de Paris sous François Ier*,
p. 165, 401 ; de Thou, l. 6 ; Dubreuil, *Antiq. de Paris*
(1639), p. 323 ; *Apolog. pour Hérod.*, ch. 17 et 40 ; *Confession de Sancy* (édit. Le Duchat), p. 132, et enfin la piquante satire attribuée à Bèze, *Epistola magistri B. Passa-
vanti*, à la suite des *Epist. obscur. viror.*, édit. de Francfort,
1757, 8.

2. Il s'agit peut-être ici de Simon Guichard, quinzième
général de l'ordre des Minimes, qui « attira sur soy une si
grande haine de cette race et engeance maudite du malheureux hérétique Calvin, que souvent ils tirèrent des coups de
pistolet sur luy. » (Hilarion de Coste, *Vies des hommes il-
lustres*, etc., 1625, in-fol., p. 345.) On trouve dans le même
ouvrage la vie du président Lizet.

3. Jean de Roma, jacobin, inquisiteur. Voy. ses cruautés et
sa mort dans de Thou, l. 6, et dans Crespin, fol. 142, 424.
Cf. *Apolog. pour Hérod.*, ch. 24 et 26.

4. Jean Morin, lieutenant criminel au Châtelet, charge
dans laquelle il avoit succédé, en 1529, à Guillaume Mail-
lart. Il a été, comme ce dernier, flagellé par Marot, qui l'a
placé dans l'*Enfer* sous le nom de Rhadamanthus. Il mourut

Les foyers de Ruzé (1) et de Faye d'Espesse (2),
Icy le haut tonnant sa voix grosse hors met (3),
Et gresle et souffre et feu sur la terre transmet,
Faict la charge sonner par l'airain du tonnerre;
Il a la mort, l'enfer soudoyez pour sa guerre;
Monté dessus le dos des cherubins mouvans,
Il volle droict, guindé sur les aisles des vents.
Un temps, de son Eglise il soustint l'innocence,
Ne marchant qu'au secours et non à la vengeance;
Ores aux derniers temps et aux plus rudes jours,
Il marche à la vengeance et non plus au secours.

en 1548. Voy. sur lui *Journal d'un bourgeois de Paris sous François Ier,* passim; l'*Hist. eccl.* de Bèze, t. 1, p. 16, 20 29; *Apolog. pour Hérod.,* ch. 26.

1. Jean Ruzé, conseiller au Parlement. Voy. *Apol. pour Hérod.,* ch. 26.

2. Jacques Faye, sieur d'Espeisses, d'abord avocat général, puis président du Parlement, lorsque cette compagnie fut transportée à Tours par Henri III. Sa mort, arrivée au mois de septembre 1590, fut, dit L'Estoile, « autant agréable à ceux de la Ligue que desplaisante et ennuieuse aux gens de bien et aux bons serviteurs du roy. » Voy. sur lui *Opuscules de Loysel,* 1652, p. 665.

3. Met dehors sa grosse voix.

## LIVRE VII.

———

# JUGEMENT.

**B**aisse donc, Eternel, tes hauts cieux pour
    descendre;           [fendre;
    Frappe les monts cornuz, fay-les fumer et
    Loge le pasle effroy, la damnable terreur,
Dans le sein qui te hait et qui loge l'erreur;
Donne aux foibles agneaux la salutaire crainte.
La crainte, et non la peur, rende la peur esteinte.
Pour me faire instrument à ces effects divers,
Donne force à ma voix, efficace (1) à mes vers;
A celuy qui t'avoue, ou bien qui te renonce,
Porte l'heur ou mal'heur, l'arrest que je prononce.
Pour neant nous semons, nous arrosons en vain,
Si l'esprit de vertu ne porte de sa main
L'heureux accroissement. Pour les hautes merveilles,
Les Pharaons ferrez n'ont point d'yeux, poinct d'oreil-
Mais Paul (2) et ses pareils à la splendeur d'en haut [les;
Prennent l'estonnement pour changer comme il faut.
[Dieu veut que son image en nos cœurs soit empreinte,
Estre craint par amour, et non aimé par crainte;

1. Puissance. — 2. Saint Paul.

Il hait la pasle peur d'esclaves fugitifs,
Il aime ses enfans amoureux et craintifs.]
    Qui seront les premiers sur lesquels je desploye
Ce pacquet à malheurs ou de parfaicte joye?
Je viens à vous des deux, fidelle messager
De la gehenne sans fin à qui ne veut changer
Et à qui m'entendra, comme Paul Ananie (¹),
Ambassadeur portant et la veue et la vie.
    [A vous la vie, à vous qui pour Christ la perdez,
Et qui, en la perdant, très seure la rendez,
La mettez en lieu fort, imprenable, en bonn' ombre,
N'attachans la victoire et le succez au nombre;
A vous, soldats sans peur, qui presque en toutes parts
Voyez vos compagnons par la frayeur espars,
Ou, par l'espoir de l'or, les frequentes revoltes (²),
Satan qui prend l'yvraye et en fait sa recolte.
Dieu tient son van trieur pour mettre l'aire en point
Et consumer l'esteule (³) au feu qui ne meurt point.
Ceux qui à l'eau d'Oreb (4) feront leur ventre boire
Ne seront point choisis compagnons de victoire.
Le Gedeon du Ciel, que ses frères vouloyent
Mettre aux mains des tyrans alors qu'ils les fouloyent,
Destruisans par sa mort un angeliqu' ouvrage,
Aymans mieux estre serfs que suivre un haut courage;
Le grand Jerubaal n'en tria que trois cens,
Prenant les diligens pour dompter les puissans,
Vainqueur maugré les siens, qui par poltronnerie
Refusoient à son heur l'assistance et la vie.
Quand vous verrez encor les asservis mastins
Dire : « Nous sommes serfs des princes philistins »,
Vendre à leurs ennemis leurs Sansons et leurs braves,
Sortez trois cens choisis et de cœurs non esclaves.
Sans conter Israel, lappez en haste l'eau,

---

   1. C'est-à-dire comme Ananie, sans se repentir, a entendu
saint Paul (lisez saint Pierre). Cf. *Act. des Apôtres*, ch. 5.
   2. Apostasies.
   3. Esteule, paille. — 4. Voy. *Juges*, ch. 7, vers. 24, 25.

Et Madian sera desfait par son couteau.
Les trente mille avoyent osté l'air à vos faces :
A vos fronts triomphans ils vont quitter leur place.
Vos grands vous estouffoyent, magnanimes guerriers :
Vous leverez en haut la cime à vos lauriers.
Du fertil champ d'honneur Dieu cercle ces espines
Pour en faire succer l'humeur à vos racines.
Si mesmes de vos troncs vous voyez assecher
Les rameaux vos germains, c'est qu'ils souloyent cacher
Et vos fleurs, et vos fruicts, et vos branches plus vertes,
Qui plus rempliront l'air estant plus descouvertes.
   Telle est du sacré mont la generation
Qui au Sainct de Jacob met son affection.
Le jour s'approche auquel auront ces debonnaires
Fermes prosperités, victoires ordinaires ;
Voire dedans leurs licts il faudra qu'on les oye
S'esgayer en chantant de tressaillante joye.
Ils auront tout d'un temps à la bouche leurs chants,
Et porteront au poing un glaive à deux tranchans
Pour fouler à leurs pieds, pour destruire et desfaire
Des ennemis de Dieu la canaille adversaire,
Voire pour empoigner et mener prisonniers
Les empereurs, les rois et princes les plus fiers,
Les mettre aux ceps, aux fers, punir leur arrogance
Par les effects sanglans d'une juste vengeance ;
Si que ton pied vainqueur tout entier baignera
Dans le sang qui du meurtre à tas regorgera,
Et dedans le canal de la tuerie extrême
Les chiens se gorgeront du sang de leur chef mesme.
   Je retourne à la gauche, ô esclaves tondus !
Aux diables faux marchands et pour neant vendus,
Vous leur avez vendu, livré, donné en proye,
Ame, sang, vie, honneur ! Où en est la monnoye (¹)?]
   Je vous voy là cachés, vous que la peur de mort
A fait si mal choisir l'abysme pour le port,

1. Les 58 vers qui précèdent ont été ajoutés dans l'édition s. d.

Vous dans l'esprit desquelz une frivole crainte
A la crainte de Dieu et de l'enfer esteinte,
Que l'or faux, l'honneur vain, les serviles Estats
Ont rendu revoltez, parjures, appostats;
De qui les genoux las, les inconstances molles,
Ployent au gré des vents aux pieds de leurs idoles;
Les uns, qui de souspirs monstrent ouvertement
Que le fourneau du sein est enflé de tourment;
Les autres, devenus stupides par usance,
Font dormir, sans tuer, la pasle conscience,
Qui se resveille et met, forte par son repos,
Ses esguillons crochuz dans les moëlles des os.
[Maquignons de Satan, qui, par espoirs et craintes,
Par feintes pietés et par charités feintes,
Diligens charlatans, pipés et maniés
Nos rebelles fuitifs, nos excommuniés,
Vous vous esjouissez, estans retraits (1) de vices
Et puans excremens. Gardés nos immondices,
Nos rongneuses (2) brebis, les pestes du troupeau,
Ou galles que l'Eglise arrache de sa peau.]
    Je vous en veux à vous, bastards ou degenères (3),
Lasches cœurs qui leschez le sang frais de voz pères
Sur les pieds des tueurs; serfs qui avez servy
Les bras qui ont la vie à voz pères ravy.
Voz pères sortiront des tombeaux effroyables;
Leurs images au moins paroistront venerables
A vos sens abbatuz, et vous verrez le sang
Qui mesle sur le chef les touffes de poil blanc,
Du poil blanc herissé de voz poltronneries;
Ces morts reprocheront le present de voz vies.
En lavant, pour disner avec ces inhumains,
Ces pères saisiront voz inutiles mains
En disant : « Voy-tu pas que tes mains fayneantes

---

1. Receptacles. — 2. Rogneuses.
3. *Var.* :
            ..... apostats degenères,
    Qui leschés le sang frais tout fumant de vos pères.

Lavent soubz celles-là qui, de mon sang getantes (1),
Se purgent dessus toy et versent mon courroux
Sur ta vilaine peau, qui se lave dessoubs.
Ceux qui ont retranché les honteuses parties,
Les oreilles, les nez, en triumphe des vies,
En ont faict les cordons des infames chapeaux;
Puis les enfans ont faict leurs amis ces bourreaux (2)!
O esclave coquin! celuy que tu salues
De ce puant chapeau espouvante les rues
Et te salue en serf : un esclave de cœur
N'achepteroit sa vie à tant de deshonneur.
Fay pour ton père, au moins, ce que fit pour son maistre
Un serf (mais vieux Romain), qui se fit mesconnoistre
De coups en son visage, et fit si bel effort
De venger son Posthume (3) et puis si belle mort ! »
    Vous armez contre nous, vous aymez mieux la vie
Et devenir bourreaux de vostre compagnie;
[Vilains marchands de vous, qui avez mis à prix
Le libre respirer de vos puans esprits;
Assassins pour du pain, meurtriers pasles et blesmes,

---

1. *Var.* : gouttantes. — 2. *Var.* :
    Les enfants de ceux-là caressent tels bourreaux.
Allusion au fils de Coligny. Voy. plus haut, p. 123, note 6.
    3. D'Aubigné veut parler de Posthumus Agrippa, que Ti-
bère fit égorger dans l'île de Planasie aussitôt après la mort
d'Auguste. Un des esclaves de Posthumus, nommé Clemens,
après être arrivé trop tard pour le sauver, chercha à se faire
passer pour lui, mais il tomba par trahison au pouvoir de
Tibère, qui le fit torturer sans pouvoir lui arracher le nom de
ses complices. Tacite et Dion Cassius racontent que, l'empereur lui ayant demandé comment il étoit devenu Agrippa,
il lui répondit : « De la même manière que toi César. »
Voy. Tacite, *Annales*, l. 1, ch. 6; l. 2, ch. 39, 40; Dion
Cassius, l. 37, ch. 16. Cf. aussi Suétone (*in Tiberio*, cap.
22, 25), dont le récit diffère notablement de celui des deux
autres historiens. Quant à d'Aubigné, il a un peu altéré les
faits. Ainsi, aucun écrivain ne rapporte que Clemens « se fit
mesconnoître de coups en son visage. » Le souvenir de l'histoire de Zopire a probablement induit notre poète en erreur.

    *Tragiques.* — I.                 20

Couppe-jarrests, bourreaux d'autrui et de vous mes—
Vous cerchez de l'honneur, parricides bastards :  [mes.
Or, courez aux assauts et volez aux hazards ;
Vous baverez en vain le vin de vos bravades ;
Cerchez, gladiateurs, en vain les estocades ;
Vous n'auriez plus d'honneur, n'osant vous ressentir
Ou d'un soufflet receu ou d'un seul desmentir.
Desmentir ne soufflet ne sont tel vitupère
Que d'estre le vallet du bourreau de son père.
Voz pères ont changé en retraits les haults lieux,
Ils ont foulé aux pieds l'hostie et les faux dieux ;
Vous apprendrez, vallets, en honteuse vieillesse,
A chanter au lestrain (1) et respondre à la messe.
Trois *frères* (2), autresfois de Rome la terreur,
Pourroient-ils voir du ciel, sans ire et sans horreur,
*Leur ingrat successeur* quitter leur trace et estre,
*A rincer la canette et le* vallet d'un prestre,
Luy *retordre la queue*, et d'un cierge porté
Faire amende honorable à Satan redouté ?
[*Bourbon*, que dirois-tu de ta race honteuse (3) ?
Tu dirois, je le sçai, que ta race est douteuse (4).]
Ils ressusciteront, ces pères triumphans ;
Vous ressusciterez, detestables enfans :
Et honteux, condamnés, sans fuittes ny refuges,
Vos pères de ce temps alors seront vos juges.
   Vray est que les tyrans, avec inique soin,

---

1. Lutrin.
2. C'est-à-dire le cardinal de Châtillon, l'amiral Coligny et Dandelot.
3. Les mots en italique, restés en blanc dans les deux éditions, m'ont été fournis par l'exemplaire de M. Du Camp.
4. Ces vers s'appliquent à Henri de Condé, né le 1er septembre 1588, six mois après la mort de son père, qui avoit été empoisonné, à ce que prétendent plusieurs écrivains, par sa seconde femme, Charlotte-Catherine de la Trémoille. Henri, devenu catholique vers 1596, fut plus tard un persécuteur acharné des protestants. Voy. *la France protestante*, art. *Bourbon*, p. 471 et suiv.

Vous mirent à leurs pieds, en rejettant au loins
La veritable voix de tous cliens fidelles.
Avec art vous privans de vos seures nouvelles,
Ils vous ont empesché d'apprendre que Louys (1),
Et comment il mourut pour Christ et son pays;
Ils vous ont desrobé de vos ayeuls la gloire,
Imbu vostre berceau de fables pour histoire,
Choisi, pour vous former en moynes et cagots,
Ou des galans sans Dieu, ou des pedans bigots.
   Princes, qui vomissans la salutaire grace,
Tournez au ciel le dos et à l'enfer la face;
Qui, pour regner icy, esclaves vous rendez,
Sans mesurer le gain à ce que vous perdez,
Vous faictes esclatter aux temples vos musiques,
Vostre chute fera hurler vos domestiques;
Au jour de vostre change on vous pare de blanc,
Au jour de son courroux Dieu vous couvre de sang;
Vous avez pris le ply d'atheistes prophanes,
Aymé pour paradis les pompes courtisanes;
Nourris d'un laict esclave ainsi assubjettis,
Le sens vainquit le sang et vous fit abrutis.
   Ainsi de Scanderbeg l'enfance fut ravie
Soubs de tels precepteurs, sa nature asservie
En un serrail coquin de delices, friant;
Il huma pour son laict la grandeur d'Orient,
Par la voix des muphtis on emplit ses oreilles
Des faicts de Mahomet et miracles de vieilles;
Mais le bon sens vainquit l'illusion des sens,
Luy faisant mespriser tant d'arborez croissans
(Les armes qui faisoient courber toute la terre),
Pour au grand empereur ozer faire la guerre

---

1. Louis de Condé, au moment d'engager la bataille de Jarnac, ayant eu la jambe cassée d'un coup de pied de cheval, dit à la noblesse qui l'entouroit : « Souvenez-vous en « quel estat Louys de Bourbon entre au combat pour Christ « et sa patrie »; « respondant, ajoute d'Aubigné (*Hist. univ.*, t. 1, p. 395), à la devise de ce cornette qui animoit un Curse romain de ces mots : *Doux le péril pour Christ et le pays.* »

Par un petit troupeau ruyné, mal en poinct;
Se fit chef de ceux qui ne le conoissoient point.
De là tant de combats, tant de faicts, tant de gloire,
Que chacun les peut lire, et nul ne les peut croire.
Le ciel n'est plus si riche à nos nativitez,
Il ne nous despart plus de generositez,
Ou bien nous trouverions de ces engeances hautes,
Si les mères du siècle y faisoient moins de fautes.
[Ces œufs en un nid ponds (1) et en l'autre couvés
Se trouvent œufs d'aspic quand ils sont esprouvés :
Plus tost ne sont esclos que ces mortels vipères
Fichent l'ingrat fiçon (2) dans le sein des faux pères.]
Ou c'est que le règne est à servir condamné,
Ennemy de vertu et d'elle abandonné.
[Quand le terme est escheu des divines justices,
Les cœurs abastardis sont infectés de vices :
Dieu frappe le dedans, oste premierement
Et retire le don de leur entendement;
Puis, sur le coup qu'il veut nous livrer en servage,
Il fait fondre le cœur et secher le courage (3).]
    Or cependant voicy que (4) promet seurement,
Comme petits portraicts du futur jugement,
L'Eternel aux meschans, et sa collère extrême
N'oublie, ains par rigueur se payera du terme.
Il n'y a rien du mien ny de l'homme en ce lieu.

---

    1. Pondus. — 2. Dard.

    3. Dans l'édition de 1616, au lieu de ces six vers, on lit les deux suivants :

> Car, quand Dieu veut livrer les princes en servage,
> Pour la première pièce il oste le courage.

Racine a dit, dans *Athalie* :

> Daigne, daigne, mon Dieu! sur Nathan et sur elle
> Répandre cet esprit d'imprudence et d'erreur
> De la chute des rois funeste avant-coureur !

Ce qui est la paraphrase du *quos vult perdere Jupiter dementat*.

    4. Voici ce que.

Voicy les propres mots des organes de Dieu :
  Vous, qui persecutez par fer mon heritage,
Vos flancs ressentiront le prix de vostre ouvrage :
Car je vous frapperay d'espais aveuglements,
Des playes de l'Egypte et de forcenements.
Princes qui commettez contre-moy felonnie,
Je vous arracheray le sceptre avant la vie ;
Voz filles se vendront à vos yeux impuissans,
On les violera ; leurs effrois languissans
De vos bras enferrez n'auront poinct d'assistance,
Vos valets vous vendront à la brute puissance
De l'avare achepteur, pour tirer en sueurs
De vos corps goutte à goutte autant ou plus de pleurs
Que vos commandemens n'en ont versé par terre.
Vermisseaux impuissans, vous m'avez faict la guerre,
Vos mains ont chastié la famille de Dieu,
O verges de mon peuple ! et vous irez au feu.
Vous, sanglantes cités (Sodomes aveuglées),
Qui d'aveugles courroux contre Dieu desreglées
N'avez transi d'horreur aux visages transis,
Puantes de la chair du sang de mes occis,
Entre toutes Paris, Dieu en son cœur imprime
Tes enfans qui crioyent sur la Hierozolime,
A ce funeste jour que l'on la destruisoit
L'Eternel se souvint que chacun d'eux disoit :
« A sac, l'Eglise, à sac, qu'elle soit embrasée
Et jusqu'au dernier pied des fondemens rasée. »
Mais tu seras un jour labourée en seillons,
Babel, où l'on verra les os et les charbons,
Seul reste des tués et des palais en cendre (1).
Bien heureux l'estranger qui te sçaura bien rendre
La rouge cruauté que tu as sceu cercher ;
Juste le reistre noir, volant pour arracher
Tes enfans acharnez à ta mamelle impure,
Pour les froisser brisés contre la pierre dure ;

1. *Var. :*
  Restes de ton palais et de ton marbre en cendre.

Maudict sera le fruict que tu tiens en tes bras,
Dieu maudira du ciel ce que tu beniras :
Puante jusqu'au ciel, l'œil de Dieu te deteste,
Il attache à ton dos la devorante peste
Et le glaive et la faim dont il fera mourir
Ta jeunesse et ton nom pour tout jamais perir.
     Soubs toy, Hierusalem meurtrière, revoltée,
Hierusalem, qui es Babel ensanglantée,
Comme en Hierusalem, diverses factions
Doubleront par les tiens tes persecutions ;
Comme en Hierusalem, de tes portes rebelles
Tes mutins te feront prisons et citadelles ;
Ainsi qu'en elle encor, tes bourgeois affolés,
Tes bouttefeux, prendront le faux nom de zelés.
Tu mangeras comme elle un jour la chair humaine,
Tu subiras le joug pour la fin de ta peine,
Puis tu auras repos : ce repos sera tel
Que reçoit le mourant avant l'accez mortel.
Juifs, Parisiens, très justement vous estes ;    [phètes.
Comme eux traistres, comme eux massacreurs des pro-
Je voy courir ces maux, approcher je les voy,
Au siége languissant par la main de ton roy.
     Cités yvres de sang et encor alterées,
Qui avés soif de sang et de sang enyvrées,
Vous sentirez de Dieu l'espouvantable main ;
Vos terres seront fer et vostre ciel d'airain,
Ciel qui au lieu de pluye envoye sang et poudre,
Terre de qui les bleds n'attendent que le foudre.
[Vous ne semez que vents en steriles sillons,
Vous n'y moissonnerez que volans tourbillons
Qui à vos yeux pleurans, folle et vaine canaille,
Feront pirouetter les espics et la paille.] .
Ce qui en restera et deviendra du grain
D'une bouche inconnue estanchera la faim :
Dieu suscite de loing, comme une espaisse nue,
Un peuple tout sauvage, une gent inconue,
Impudente de front, qui n'aura, triumphant,
Ni respect du vieillard ni pitié de l'enfant,

A qui ne servira la piteuse harangue.
Tes passions n'auront l'usage de la langue :
De tes faux citoyens les detestables corps
Et les chefs traineront exposez au dehors :
Les corbeaux esjouis, tous gorgez de charongne,
Ne verront à l'entour aucun qui les esloigne :
Tes ennemis feront, au milieu de leur camp,
Foire de tes plus forts, qui, vendus à l'encan,
Ne seront encheris : aux villes assiegées,
L'œil cruel, affamé (1), des femmes enragées
Regardera la chair de leurs maris aimez ;
Les maris forcenés lanceront affamez
Les regards allouviz sur les femmes aymées,
Et les deschireront de leurs dents affamées.
Quoy plus : celles qui lors en deuil enfanteront
Les enfans demi-nez du ventre arracheront,
Et du ventre à la bouche, afin qu'elles survivent,
Porteront l'avorton et les peaux qui le suyvent.
    Ce sont du jugement à venir quelques traits,
De l'enfer preparé les debiles portraits ;
Ce ne sont que miroirs de peines eternelles,
O quels seront les corps dont les ombres sont telles!
    Atheistes vaincus, vostre infidelité
N'amusera le cours de la divinité ;
L'Eternel jugera et les corps et les ames,
Les benis à la gloire et les autres aux flammes.
Le corps, cause du mal, complice du peché,
Des verges de l'esprit est justement touché ;
Il est cause du mal : du juste la justice
Ne versera sur l'un de tous deux le supplice (2).
De ce corps les cinq sens ont esmeu les desirs ;
Les membres, leurs valets, ont servi aux plaisirs.
Encor plus criminels sont ceux-là qui incitent.
Or, s'il les faut punir, il faut qu'ils ressuscitent.
Je dis plus, que la chair par contagion rend
Violence à l'esprit, qui long-temps se deffend.

1. *Var.* : L'œil hâve et affamé. — 2. Sur l'un d'eux.

Elle, qui de raison son ame pille et prive,
Il faut que pour sentir la peine elle revive.
    N'apportez poinct icy, sadduciens pervers (1),
Les corps mangez des loups : qui les tire des vers
Des loups les tirera. Si on demande comme
Un homme sortira hors de la chair de l'homme
Qui l'aura devoré, quand l'homme par la faim
Aux hommes a servi de viande et de pain,
En vain vous avez peur que la chair devorée
Soit en dispute à deux : la nature ne crée
Nulle confusion parmy les elemens;
Elle sçait distinguer d'entre les excremens
L'ordre qu'elle se garde. Ainsi, elle demande
A l'estomac entière et pure la viande :
La nourriture impropre est sans corruption
Au feu de l'estomac par l'indigestion,
Et Nature, qui est grand principe de vie,
N'a-elle le pouvoir qu'aura la maladie ?
Elle, qui du confus de tout temperament
Faict un germe parfaict tiré subtilement,
Ne peut-elle choisir de la grande matière
La naissance seconde ainsi que la première ?
    Enfans de vanité, qui voulez tout poli,
A qui le style sainct ne semble assez joli,
Qui voulez tout coulant et coulez perissables
Dans l'eternel oubli, endurez mes vocables
Longs et rudes; et, puis que les oracles saincts
Ne vous esmeuvent pas, aux philosophes vains
Vous trouverez encor, en doctrine cachée,
La resurrection par leurs escrits preschée.
    Ils ont chanté que quand les esprits bien-heureux,
Par la voye de laict, auront faict nouveaux feux,
Le grand moteur fera, par ses metamorphoses,
Retourner mesmes corps au retour de leurs causes.

1. La secte des sadducéens ne croyoit ni à l'immortalité
de l'âme ni à la résurrection. Voy. Josèphe, *Guerre des Juifs*,
l. 2, ch. 12, *in fine*.

L'air, qui prend de nouveau tousjours de nouveaux
Pour loger les derniers met les premiers dehors. [corps,
Le feu, la terre et l'eau en font de mesme sorte.
Le despart esloigné de la matière morte
Fait son rond et retourne encor en mesme lieu,
Et ce tour sent tousjours la presence de Dieu:
Ainsi le changement ne sera la fin nostre :
Il nous change en nous-mesme, et non point en un
Il cherche son estat, fin de son action.        [autre;
C'est au second repos qu'est la perfection.
Les elemens, muans en leurs règles et sortes,
Rapellent, sans cesser, les creatures mortes
En nouveaux changemens. Le but et le plaisir
N'est pas là, car changer est signe de desir.
Mais, quand le Ciel aura achevé la mesure,
Le rond de tous ses ronds, la parfaicte figure;
Lors que son encyclie aura parfaict son cours
Et ses membres unis pour la fin de ses tours,
Rien ne s'engendrera : le temps, qui tout consomme,
En l'homme amenera ce qui fut fait pour l'homme.
Lors la matière aura son repos, son plaisir,
La fin du mouvement et la fin du desir.
    Quant à tous autres corps qui ne pourront renaistre,
Leur estre et leur estat estoit de ne plus estre.
L'homme, seul raisonnable, eut l'ame de raison ;
Cette ame unit à soy d'entière liaison
Ce corps essentié du pur de la nature,
Qui doit durer autant que la nature dure.
Les corps des bestes sont de nature excrement,
Desquels elle se purge et dispose autrement,
Comme materielle estant leur forme, et pource
Que de matière elle a sa puissance et sa source,
Cette puissance mise en acte par le corps.
Mais l'ame des humains toute vient du dehors,
Et l'homme, qui raisonne une gloire eternelle
(Hoste d'eternité), se fera tel comme elle.
L'ame, toute divine, eut inclination

A son corps, et cette ame à sa perfection.
Pourra-elle manquer de ce qu'elle souhaitte,
Oublier ou changer, sans se faire imparfaicte?
Ce principe est très vray que l'instinct naturel
Ne souffre manquement qui soit perpetuel.
Quand nous considerons l'airain qui s'achemine
De la terre bien cuitte en metal, de la mine
Au fourneau; du fourneau on l'affine; l'ouvrier
Le mène à son desseing pour fondre un chandelier.
Nul de tous ces estats n'est la fin, sinon celle
Qu'avoit l'entrepreneur pour but en sa cervelle.
Nostre efformation, nostre dernier repos,
Est, selon l'exemplaire, et le but et propos
De la cause première, ame qui n'est guidée
De prototype, estant soy-mesme son idée.
L'homme à sa gloire est fait : telle creation
Du but de l'Eternel prend efformation.
[Ce qui est surceleste et sur nos cognoissances
Partage du trèspur et des intelligences.
(Si lieu se peut nommer) sera le sacré lieu
Annobli du changer, habitacle de Dieu.
Mais ce qui a servi au monde sousceleste,
Quoyque très-excellent, suivra l'estat du reste.
L'homme de qui l'esprit et penser est porté,
Dessus les Cieux des Cieux, vers la divinité
A servir, adorer, contempler et cognoistre,
Puis qu'il n'y a mortel que l'abject du bas estre,
Est exempt de la loy qui sous la mort se rend,
Et de ce privilége a le Ciel pour garant.]
    Si aurez-vous, payens, pour juges vos pensées,
Sans y penser au vent par vous-mesmes poussées
En vos laborieux et si doctes escripts,
Où entiers vous voulez, compagnons des esprits,
[Avoir droit quelque jour. De vos sens le service
Et vos doigts auroyent-ils fait un si haut office
Pour n'y participer? Nenni : vos nobles cœurs
Pour des esprits ingrats n'ont semé leurs labeurs.

Si vos sens eussent creu s'en aller en fumée,
Ils n'eussent tant sué pour la grand renommée (1).]
Les poinctes (2) de Memphis, ses grands arcz trium-
Obelisques logeans les cendres aux lieux hauts, [phaux,
Les labeurs sans utile eslevez pour la gloire,
Promettoient à vos sens part en cette memoire.
    Qu'ay-je dict de la cendre eslevée en haut lieu?
Adjoustons que le corps n'estoit mis au milieu
Des bustes (3) ou buchers, mais en cime à la pointe,
Et, pour monstrer n'avoir toute esperance esteinte,
La face descouverte, ouverte vers les cieux,
Vuyde d'esprit, pour soy esperoit quelque mieux.
Mais à quoy (4) pour les corps ces despences estranges,
Si ces corps n'estoient plus que cendres et que fanges?
A quoy tant pour un rien? À quoy les rudes loix
Qui arment les tombeaux de franchises et droicts
Dont vous aviez orné les corps morts de nos pères?
Appellez-vous en vain sacrez vos cimitières (5)?
    Ces portraits excellents, gardez de père en fils,
De bronze pour durer, de marbre, d'or exquis,
Ont-ils portrait (6) les corps, ou l'ame qui s'envole?
La royne de Carie a mis pour son Mausole
Tant de marbre et d'ivoire, et qui plus est encor
Que l'yvoire et le marbre, ell' a pour son tresor
En garde à son cher cœur cette cendre commise:
Son sein fut un sepulchre, et la brave Artemise
A de l'antiquité les proses et les vers.
Elle a faict exalter par tout cet univers
Son ouvrage construit d'estoffe nom-pareille:
Vous en avez dressé la seconde merveille.

---

1. Au lieu de ces six vers, on trouve dans l'édition de 1616
les deux vers suivants :

> Participer un jour : de vos sens le service
> Pour soy avec autruy a presté son office.

2. Les pyramides. — 3. Bûcher, du latin *bustum*.
4. Pourquoi. — 5. *Var.* : Vos cemitières. — 6. Retra-
cent-ils.

Vos sages auroient-ils tant escrit et si bien
A chanter un erreur, à exalter un rien?
    Vous appelez divins les deux où je veux prendre
Ces axiomes vrais : oyez chanter Pymandre (1),
Apprenez dessoubs luy les secrets qu'il apprend
De Mercure, par vous nommé trois fois très grand (2).
    De tout la gloire est Dieu : cette essence divine
Est de l'universel principe et origine :
Dieu, Nature et pensée, est en soy seulement
Acte, necessité, fin, renouvellement.
A son point il conduict astres et influences
En cercles moindres, grands soubs leurs intelligences,
Ou anges par qui sont les esprits arrestés
Dès la huitiesme sphère à leurs corps apprestés,
Demons distributeurs des renaissantes vies
Et des arrests qu'avoyent escrit les encyclies.
Ces officiers du ciel, diligens et discrets
Administrent du ciel les mystères secrets,
Et insensiblement mesnagent en ce monde
De naistre et de finir toute cause seconde.
Tout arbre, graine, fleur et beste, tient de quoy
Se resemer soy-mesme et revivre par soy :
Mais la race de l'homme a la teste levée (3),
Pour commander à tout cherement reservée ;
Un tesmoin de Nature à discerner le mieux,
Augmenter, se mesler dans les discours des dieux,
A cognoistre leur estre et nature et puissance,
A prononcer des bons et mauvais la sentence.
Cela se doibt resoudre et finir hautement
En ce qui produira un ample enseignement,
Quand des divinitez le cercle renouvelle,
Le monde a conspiré que Nature eternelle
Se maintienne par soi, puisse, pour ne perir,

    1. Voy. *Divinus Pymander Hermetis Mercurii Trismegisti*,
édit. de Cologne, 1630, in-fol., t. 1.
    2. Trismegistus.
    3. *Os homine sublime dedit*, a dit Ovide.

Revivre de sa mort et sèche refleurir.
Le monde est animant, immortel ; il n'endure
Qu'un de ses membres chers autant que lui ne dure :
Ce membre de haut pris, c'est l'homme raisonnant,
Du premier animal le chef-d'œuvre eminent :
Et quand la mort dissout son corps, elle ne tue
Le germe non mortel qui le tout restitue.
La dissolution qu'ont soufferte les morts
Les prive de leur sens, mais ne destruit les corps.
Son office n'est pas que ce qui est perisse,
Bien que tout le caduc renaisse et rajeunisse :          .
Nul esprit ne peut naistre : il paroist de nouveau.
L'esprit n'oublie point ce qui reste au tombeau.
    Soit l'image de Dieu l'eternité profonde,
De ceste eternité soit l'image le monde,
Du monde le soleil sera l'image et l'œil,
Et l'homme est en ce monde image du soleil.
    Payens, qui adorez l'image de Nature,
En qui la vive voix, l'exemple et l'escriture
N'authorise le vrai, qui dites : « Je ne croi,
Si du doigt et de l'œil je ne touche et ne voi »,
Croiez comme Thomas, au moins après la veue :
Il ne faut point voler au dessus de la nue ;
La terre offre à vos sens dequoi le vrai sentir
Pour vous convaincre assez, sinon vous convertir.
    La terre en plusieurs lieux conserve sans dommage
Les corps, si que les fils marquent de leur lignage
Jusques à cent degrez les organes parez
A loger les esprits qui furent separez :
Nature ne les veut frustrer de leur attente.
Tel spectacle en Aran (1) à qui veut se presente.
Mais qui veut voir le Caire et en un lieu prefix
Le miracle plus grand de l'antique Memphis,
Justement curieux et pour s'instruire prenne
Autant ou un peu moins de peril et de peine
Que le bigot seduit, qui de femme et d'enfans

1. Ville de Perse.

Oublie l'amitié, pour abreger ses ans
Au labeur trop ingrat d'un sot et long voyage.
Si de Syrte (¹) et Charibde il ne tombe au naufrage,
Si de peste il ne meurt, du mal de mer, du chaut,
Si le corsaire Turc le navire n'assaut,
Ne le met à la chiorme (²) et puis ne l'endoctrine
A coups d'un roide nerf à ployer sur l'eschine,
Il void Jerusalem et le lieu supposé
Où le Turc menteur dict que Christ a reposé,
Rid et vend cher son ris : les sottes compagnies
Des pelerins s'en vont, affrontez de vanies (³).
Ce voyage est fascheux, mais plus rude est celuy
Que les faux mussulmans font encore aujourd'huy,
Soit des deux bords voisins de l'Europe et d'Azie,
Soit de l'Archipelage ou de la Natolie,
Ceux qui boyvent d'Euphrate ou du Tygre les eaux,
Ausquels il faut passer les perilleux monceaux
Et percer les brigands d'Arabie deserte ;
Ou ceux de Tripoli, de Panorme (⁴), Biserte (⁵);
Le riche Ægyptien et les voisins du Nil,
Ceux-là vont mesprisans tout labeur, tout peril
De la soif sans liqueur, des tourmentes de sable
Qui enterrent dans soy tous vifs les miserables,
Qui à pied, qui sur l'asne ou lié comme un veau
A ondes (⁶) va pelant les bosses d'un chameau,
Pour voir le Méque ou bien Talnaby de Medine :
Là cette caravanne et bigotte et badine
Adore Mahomet dans le fer estendu
Que la voute d'aymant tient en l'air suspendu (⁷) :
Là se crève les yeux la bande musulmane
Pour, après lieu si sainct, ne voir chose prophane.
   Je donne moins de peine aux curieux payens,

---

1. Syrte, écueil sur les côtes d'Afrique. — 2. Chiourme. —
3. Avanies. — 4. Panerma, dans l'Anatolie. — 5. Dans la
régence de Tunis. — 6. En ondulant. — 7. On racontoit que
le cercueil en fer de Mahomet étoit suspendu en l'air par le
moyen d'aimants.

Des chemins plùs aysez, plus faciles moyens.
Tous les puissans marchands de ce nostre hemisphère
Content pour pourmenoir le chemin du grand Caire.
Là près est la coline où vont de toutes parts,
Au poinct de l'equinoxe, au vingte-cinq de mars,
La gent qui, comme un camp, loge dessoubs la tente,
Quand la terre paroist verte, ressuscitante,
Pour voir le grand tableau qu'Ezechiel depeint,
Merveille bien visible et miracle non feint :
La resurrection; car de ce nom l'appelle
Toute gent qui court là, l'un pour chose nouvelle,
L'autre pour y cercher avec la nouveauté
Un bain miraculeux, ministre de santé.
L'œil se plàist en ce lieu, et puis des mains l'usage
Redonne aux yeux troublez un ferme tesmoignage.
On void les os couverts de nerfs, les nerfs de peau,
La teste de cheveux, on void à ce tombeau
Percer en mille endroits les areines bouillantes
De jambes et de bras et de testes grouillantes.
D'un coup d'œil on peut voir vingt mille spectateurs
Soupçonner ce qu'on void, muets admirateurs.
Peu ou point, admirans (1) ces œuvres nompareilles,
Lèvent le doigt en haut vers le Dieu des merveilles.
Quelqu'un d'un jeune enfant, en ce troupeau, voyant
Les cheveux crespelus, le teint frais, l'œil riant,
L'empoigne; mais, oyant crier un barbe grise :
*Ante matharafde kali*, quitte la prise (2).
  De père en fils, l'Eglise a dit qu'au temps passé

1. *Var.* : Eslevans.
2. Ces vers si obscurs sont expliqués par un passage du
*Thrésor d'histoires admirables* de Simon Goulart (art. *Appa-*
*ritions merveilleuses*, t. 1). L'auteur, citant les relations de
plusieurs voyageurs, y raconte que tous les ans, le 25 mars,
près du Caire, on voit pendant trois jours sortir de terre « des
corps enveloppés de leurs draps, à la façon antique, mais on
ne les voit ni debout, ni marchant, ains seulement les bras
ou les cuisses, ou autres parties du corps que vous pouvez

Un trouppeau de chrestiens, pour prier amassé,
Fut en pièces taillé par les mains infidèles
Et rendit en ce lieu les ames immortelles,
Qui, pour donner au corps gage de leurs amours,
Leur donne tous les ans leur presence trois jours (1).
Ainsi le Ciel d'accord uni à vostre mère :
Ces deux (fils de la Terre) en ce lieu veulent faire
Vostre leçon, daignans en ce poinct s'approcher
Pour un jour leur miracle à vos yeux reprocher.

　　Doncques chacun de vous, pauvres payens, contem-
Par l'effort des raisons ou celuy de l'exemple, [ple,
Ce que jadis sentit le troupeau tant prisé
Des escrits où Nature avoit thesaurisé :
Bien que du sens la taye eust occupé leur veue,
Qu'il y ait tousjours eu le voile de la nue
Entr'eux et le soleil, leur manque, leur defaut
Vous face desirer de vous lever plus haut :
Haussez-vous sur les monts que le soleil redore,
Et vous prendrez plaisir de voir plus haut encore.
Ces hauts monts que je dis sont prophètes, qui font
Demeure sur les lieux où les nuages sont.
C'est le cayer sacré, le palais des lumières,
Les sciences, les arts ne sont que chambrières.
Suyvez, aymez Sara, si vous avez dessein
D'estre fils d'Abraham, retirez en son sein :
Là les corps des humains et les ames humaines,
Unis au grand triomphe aussi bien comme aux peines (2),
Se rejoindront ensemble et prendront en ce lieu
Dans leur frons honorez l'image du grand Dieu.

toucher. » Un orfèvre, nommé Estienne Duplais, lui affirma
en avoir été témoin oculaire avec quatorze autres chrétiens.
Il lui dit même que, comme « il vouloit se saisir d'une teste
chevelue d'enfant, un homme du Caire s'escria tout haut :
*Kali, kali, anté matarafde*, c'est-à-dire : *laisse, laisse, tu
ne sçais que c'est de cela.* »
　　1. Les fait ressusciter pendant trois jours.
　　2. *Var.* :
　　　Au grand triomphe unis comme ils furent aux peines.

Resjouyssez-vous donc, ô vous, ames celestes!
Car vous vous referez de vos piteuses restes :
Resjouyssez-vous donc, ô corps ensevelis(1) !
Heureux, vous reprendrez vos plus heureux esprits.
Vous voulustes, esprits, et le ciel et l'air fendre
Pour aux corps preparez du haut du ciel descendre;
Vous les cerchastes lors; ore ils vous cercheront;
Ces corps par vous aimez encor vous aymeront.
Vous vous fistes mortels pour vos pauvres femelles,
Elles s'en vont pour vous et par vous immortelles.
    Mais quoy! c'est trop chanté, il faut tourner les yeux,
Esblouys de rayons, dans le chemin des cieux.
C'est fait : Dieu vient regner; de toute prophetie
Se void la periode à ce poinct accomplie.
La terre ouvre son sein; du ventre des tombeaux
Naissent des enterrez les visages nouveaux :
Du pré, du bois, du champ, presque de toutes places,
Sortent les corps nouveaux et les nouvelles faces.
Icy les fondemens des chasteaux rehaussez
Par les ressuscitans promptement sont percez;
Icy un arbre sent des bras de sa racine
Grouiller un chef vivant, sortir une poictrine;
Là l'eau trouble bouillonne, et puis, s'esparpillant,
Sent en soy des cheveux et un chef s'esveillant.
Comme un nageur venant du profond de son plonge,
Tous sortent de la mort comme l'on sort d'un songe.
Les corps par les tyrans autresfois deschirez
Se sont en un moment en leurs corps asserrez,
Bien qu'un bras ait vogué par la mer escumeuse.
De l'Afrique bruslée en Tyle (2) froiduleuse,
Les cendres des bruslez volent de toutes parts;
Les brins, plus tost unis qu'ils ne furent espars,
Viennent à leur posteau en cette heureuse place,
Rians au ciel riant d'une agreable audace.
[Le curieux s'enquiert si le vieux et l'enfant

1. *Var. :* Corps guéris du mespris. — 2. A Thulé la
froide.

*Tragiques.* — 1.                          21

Tels qu'ils sont jouiront de l'estat triomphant,
Leurs corps n'estans parfaicts ou desfaicts en vieillesse :
Sur quoi, la plus hardie ou plus haute sagesse
Ose presupposer que la perfection
Veut en l'aage parfait son eslevation,
Et la marquer au poinct des trente-trois années
Qui estoyent en Jesus clauses (1) et terminées,
Quand il quitta la terre et changea, glorieux,
La croix et le sepulchre au tribunal des cieux.
Venons de cette douce et pieuse pensée
A celle qui nous est aux saincts escrits laissée.]
    Voicy le fils de l'homme et du grand Dieu le fils,
Le voicy arrivé à son terme prefix.
Des-jà l'air retentit et la trompette sonne,
Le bon prend asseurance et le meschant s'estonne ;
Les vivans sont saisis d'un feu de mouvement,
Ils sentent mort et vie en un prompt changement ;
En une periode ils sentent leurs extrêmes,
Ils ne se trouvent plus eux-mesmes comme eux-mesmes :
Une autre volonté et un autre sçavoir
Leur arrache des yeux le plaisir de se voir ;
Le ciel ravit leurs yeux : des yeux premiers l'usage
N'eust peu du nouveau ciel porter le beau visage.
L'autre ciel, l'autre terre ont cependant fui ;
Tout ce qui fut mortel se perd esvanoui.
Les fleuves sont sechez, la grand mer se desrobe ;
Il falloit que la terre allast changer de robe.
Montagnes, vous sentez douleurs d'enfantemens ;
Vous fuyez comme agneaux, ô simples eslemens !
Cachez-vous, changez-vous ; rien mortel ne supporte
La voix de l'Eternel, sa voix puissante et forte.
Dieu paroist : le nuage entre luy et nos yeux
S'est tiré à l'escart, il s'est armé de feux ;
Le ciel neuf retentit du son de ses louanges ;
L'air n'est plus que rayons, tant il est semé d'anges.
Tout l'air n'est qu'un soleil ; le soleil radieux

1. Closes.

N'est qu'une noire nuict au regard de ses yeux ;
Car il brusle le feu, au soleil il esclaire,
Le centre n'a plus d'ombre et ne fuit sa lumière.
   Un grand ange s'escrie à toutes nations :
« Venez respondre icy de toutes actions !
L'Eternel veut juger. » Toutes ames venues
Font leurs siéges en rond en la voûte des nues,
Et là les cherubins ont au milieu planté
Un throsne rayonnant de saincte majesté :
Il n'en sort que merveille et qu'ardente lumière.
Le soleil n'est pas faict d'une estoffe si claire ;
L'amas de tous vivans en attend justement
La desolation ou le contentement.
Les bons du Sainct-Esprit sentent le tesmoignage,
L'aise leur saute au cœur et s'espand au visage ;
Car, s'ils doivent beaucoup, Dieu leur en a faict don :
Ils sont vestus de blanc et lavez de pardon.
O tribus de Juda ! vous estes à la dextre,
Edom, Moab, Agar, tremblent à la senestre ;
Les tyrans, abattus, pasles et criminels,
Changent leurs vains honneurs aux tourmens eternels.
Ils n'ont plus dans le front la furieuse audace ;
Ils souffrent en tremblant l'imperieuse face,
Face qu'il ont frappée, et remarquent assez
Le chef, les membres saincts qu'ils avoient transpercez.
Ils le virent lié, le voicy les mains hautes ;
Ces sevères sourcils viennent conter leurs fautes.
L'innocence a changé sa craincte en majestés,
Son roseau en acier trenchant des deux costés,
Sa croix au tribunal de presence divine.
Le Ciel l'a couronné, mais ce n'est plus d'espine :
Ores viennent trembler à cet acte dernier
Les condamneurs aux pieds du juste prisonnier.
Voicy le grand heraut d'une estrange nouvelle,
Le messager de mort, mais de mort eternelle.
Qui se cache ? qui fuit devant les yeux de Dieu ?
Vous, Caïns fugitifs, où trouverez-vous lieu ?
Quand vous auriez les vents collez sous vos aisselles,

Ou quand l'aube du jour vous presteroit ses aisles,
Les monts vous ouvriroient le plus profond rocher,
Quand la nuict tascheroit en sa nuict vous cacher,
Vous enceindre la mer, vous enlever la nue,
Vous ne fuirez de Dieu ny le doigt ny la veue.
Or voicy les lions de torches aculez,
Les ours à nez percé, les loups emmuzelez.
Tout s'eslève contre eux : les beautez de Nature,
Que leur rage troubla de venin et d'ordure,
Se confrontent en mire (¹) et se lèvent contr'eux.
« Pourquoy (dira le feu) avez-vous de mes feux,
Qui n'estoient ordonnez qu'à l'usage de vie,
Faict des bourreaux, valets de vostre tyrannie ? »
L'air encor une fois contr'eux se troublera,
Justice au juge sainct, trouble, demandera,
Disant : « Pourquoy, tyrans et furieuses bestes,
M'empoisonnastes-vous de charongnes, de pestes,
Des corps de vos meurtris.—Pourquoy, diront les eaux,
Changeastes-vous en sang l'argent de nos ruisseaux ? »
Les monts qui ont ridé le front à vos supplices :
« Pourquoy nous avez-vous rendus vos precipices ? »
« Pourquoy nous avez-vous, diront les arbres, faicts,
D'arbres delicieux, execrables gibets ? »
Nature blanche, vive et belle de soy mesme,
Presentera son front ridé, fascheux et blesme
Aux peuples d'Italie et puis aux nations
Qui les ont enviez en leurs inventions,
Pour, de poizon meslé au milieu des viandes,
Tromper l'amère mort en ses liqueurs friandes,
Donner au meurtre faux le mestier de nourrir,
Et sous les fleurs de vie embuscher le mourir.
　　La Terre, avant changer de lustre, se vient plaindre
Qu'en son ventre l'on fit ses chers enfans esteindre,
En les enterrans vifs, l'ingenieux bourreau
Leur dressant leur supplice en leur premier berceau.
La mort tesmoignera comment ils l'ont servie ;

1. Se placent vis-à-vis.

La vie preschera comment ils l'ont ravie;
L'enfer s'esveillera; les calomniateurs
Ceste fois ne seront faux prevaricateurs:
Les livres sont ouverts; là paroissent les roolles
De nos salles pechez, de nos vaines parolles,
Pour faire voir du père aux uns l'affection,
Aux autres la justice et l'execution.

Conduicts, Esprit très sainct (1), en cet endroict ma
Que par la passion plus exprez je ne touche     [bouche,
Que ne permet ta règle, et que, juge leger,
Je n'attire sur moy jugement pour juger.
Je n'annoncerai donc que ce que tu annonce,
Mais je prononce autant comme ta loy prononce:
Je ne marque de tous que l'homme condamné
A qui mieux il vaudroit n'avoir pas esté né.

Voicy donc, Antechrist(2), l'extraict des faicts et ges-
Tes fornications, adultères, incestes,          [tes;
Les pechez où Nature est tournée à l'envers,
La bestialité, les grands bourdeaux ouvers,
Le tribut exigé, la bulle demandée
Qui a la Sodomie en esté concedée (3);
La place de tyran conquise par le fer,
Les fraudes qu'exerça ce grand tison d'enfer,
Les empoisonnemens, assassins, calomnies,
Les degats des païs, des hommes et des vies,
Pour attraper les clefs; les contracts, les marchez
Des diables stipulants subtilement couchez;
Tous ceux-là que Satan empoigna dans ce piége,

---

1. *Var.:* Condui, très Sainct-Esprit.
2. Le pape.
3. Allusion à un bruit absurde accueilli par Duplessis-Mornay dans son *Mystère d'iniquité* (p. 557), où il affirmoit qu'on avoit présenté à Sixte IV une requête pour obtenir la permission de se livrer à la sodomie pendant trois mois de l'année. Voy. à ce sujet la piquante discussion de Bayle, art. *Sixte IV*, note D.

Jusques à la putain qui monta sur le siége (1).
L'aisné fils de Satan se souviendra, maudit,
De son throsne eslevé d'avoir autres-fois dit :
« La gent qui ne me sert, ains contre moy conteste,
Pourrira de famine et de guerre et de peste.
Roys et roynes viendront au siége ou je me siedz,
Le front embas, lescher la poudre soubs mes piedz ;
Mon regne est à jamais, ma puissance eternelle ;
Pour monarque me sert l'Eglise universelle ;
Je maintiens le Papat tout-puissant en ce lieu,
Où, si Dieu je ne suis, pour le moins vice-Dieu. »
Fils de perdition, il faut qu'il te souvienne
Quand le serf commandeur de la gent Rhodiene (2),
Veautré, baisa tes pieds, infame serviteur,
Puis chanta se levant : « Or laisse, createur. »
    Appollyon (3), tu as à ton impure table
Prononcé, blasphemant, que Christ est une fable ;
Tu as renvoyé Dieu, comme assez empesché,
Aux affaires du ciel, faux homme de peché.
    Or faut-il à ses pieds ces blasphêmes et tiltres
Poser, et avec eux les tiares, les mitres,
La bannière d'orgueil, fausses clefs, fausses croix,
Et la pantoufle aussi qu'ont baisé tant de rois.

    1. Allusion au conte fort ancien d'une prétendue papesse
(Jeanne) que l'on assuroit avoir siégé à Rome de 855 à 858.
On peut consulter un long article de Bayle (art. Papesse) sur
cette fable, qui fut, au XVIe siècle, adoptée par les protestants. Pourtant un ministre, David Blondel, mort en 1655,
la réfuta péremptoirement dans une dissertation publiée à
Amsterdam en 1647.
    2. J'ignore quel est le grand-maître ou commandeur de
l'ordre de Rhodes ou de Malte que d'Aubigné veut désigner.
    3. Apollyon est, comme je l'ai dit plus haut, le nom d'une
bête dans l'Apocalypse. D'Aubigné a peut-être voulu faire ici
un jeu de mots, car le propos qu'il rapporte est attribué à
Léon X par divers écrivains protestants, entre autres par Duplessis-Mornay (Mystère d'iniquité, p. 557). Cf. l'Apologie pour
Hérodote, ch. 25 ; et Bayle, art. Léon X.

Il se void à la gauche un monceau qui esclatte
De chappes d'or, d'argent, de bonnets d'escarlatte :
Prelats et cardinaux là se vont despouiller
Et d'inutiles pleurs leurs despouilles mouiller.
Là faut representer la mitre hereditaire
D'où Jules tiers (1) ravit (2) le grand nom de mystère
Pour, mentant et cachant ses titres blasphemans,
Y subroger le sien escrit en diamans.
   A droicte, l'or y est une despouille rare :
On y void un monceau des haillons du Lazare.
Enfant du siècle vain, fils de la vanité,
C'est à vous à traîner la honte et nudité,
A crier enrouez, d'une gorge embrasée,
Pour une goutte d'eau l'aumosne refusée :
Tous vos refus seront payés en un refus.
   Les criminels adonc par ce procès confus,
La gueule de l'enfer s'ouvre en impatience
Et n'attend que de Dieu la dernière sentence,
Qui, à ce point, tournant son œil benin et doux,
Son œil tel que le monstre à l'espouse l'espoux (3),
Se tourne à la main droicte, où les heureuses veues
Sont au throsne de Dieu sans mouvement tendues,
Extatiques de joye et franches de soucy.
Leur Roy donc les appelle et les faict rois ainsi :
   « Vous qui m'avez vestu au temps de la froidure,
Vous qui avez pour moy souffert peine et injure,
Qui à ma sèche soif et à mon aspre faim
Donnastes de bon cœur vostre eau et vostre pain ;
Venez, race du ciel, venez, esleuz du père ;
Vos pechés sont esteints, le juge est vostre frère ;
Venez donc, bien-heureux, triumpher pour jamais
Au royaume eternel d'une eternelle paix (4). »
   A ce mot, tout se change en beautez eternelles,
Ce changement de tout est si doux aux fidelles :
Que de parfaicts plaisirs ! ô Dieu, qu'ils trouvent beau

   1. Jules III. — 2. Ota. — 3. *Var. :* l'espouse à l'espoux.
— 4. *Var. :* de victoire et de paix.

Cette terre nouvelle et ce grand ciel nouveau !
    Mais d'autre part, si tost que l'Eternel faict bruire
A sa gauche ces mots, les foudres de son ire,
Quand ce juge, et non père, au front de tant de rois,
Irrevocable, pousse et tonne cette voix :
« Vous qui avez laissé mes membres aux froidures,
Qui leur avez versé injures sur injures,
Qui à ma sèche soif et à mon aspre faim
Donnastes fiel pour eau et pierre au lieu de pain ;
Allez, maudits, allez grincer vos dents rebelles
Au gouffre tenebreux des peines eternelles ».
Lors ce front qui ailleurs portoit contentement
Porte à ceux-ci la mort et l'espouvantement.
Il sort un glaive aigu de la bouche divine,
L'enfer, glouton bruyant, devant ses pieds chemine.
D'une laide terreur les damnables transis,
Mesmes dès le sortir des tombeaux obscurcis
Virent bien d'autres yeux le ciel suant de peine,
Lors qu'il se preparoit à leur peine prochaine :
Et voici de quels yeux virent les condamnez
Les hauts jours de leur regne en douleur terminez.
    Ce que le monde a veu d'effroyables orages,
De gouffres caverneux et de monts de nuages,
De double obscurité, dont au profond milieu
Le plus creux vomissoit des aiguillons (1) de feu,
Tout ce qu'au front du ciel on vid onc de colères,
Estoit serenité ; nulles doulleurs amères
Ne troublent le visage et ne changent si fort
La peur, l'ire et le mal, que l'heure de la mort.
Ainsi les passions du ciel autresfois veues
N'ont peint que son courroux dans les rides des nues :
Voicy la mort du ciel en l'effort douloureux
Qui luy noircit la bouche et fait saigner les yeux.
Le Ciel gemit d'ahan (2) ; tous ses nerfs se retirent ;
Ses poulmons près à près sans relasche respirent.
Le Soleil vest de noir le bel or de ses feux ;

---

1. *Var. :* des aquilons. — 2. De fatigue.

Le bel œil de ce monde est privé de ses yeux.
L'ame de tant de fleurs n'est plus espanouie ;
Il n'y a plus de vie au principe de vie ;
[Et, comme un corps humain est tout mort terracé
Dès que du moindre coup au cœur il est blessé,
Ainsi faut que le monde et meure et se confonde
Dès la moindre blessure au soleil, cœur du monde.]
La Lune perd l'argent de son teint clair et blanc,
La Lune tourne en hault son visage de sang ;
Toute estoille se meurt ; les prophètes fidèles
Du Destin (1) vont souffrir eclipses eternelles ;
Tout se cache de peur ; le feu s'enfuit dans l'air,
L'air en l'eau, l'eau en terre ; au funèbre mesler
Tout beau perd sa couleur ; et voici tout de mesmes
A la pasleur d'en haut tant de visages blesmes
Prennent l'impression de ces feux obscurcis,
Tels qu'on void aux fourneaux paroistre les transis.
Mais plus, comme les fils du ciel ont au visage
La forme de leur chef, de Christ la vive image,
Les autres de leur père ont le teint et les traits,
Du prince Belzebud veritables portraits.
A la première mort ils furent effroyables,
La seconde redouble, où les abominables
Crient aux monts cornus : « O Monts, que faites-vous ?
Esbranlez vos rochers et vous crevez sur nous ;
Cachez-nous, et cachez l'oprobre et l'infamie
Qui, comme chiens, nous met hors la cité de vie ;
Cachez-nous pour ne voir la haute majesté
De l'Aigneau triumphant sur le throsne monté. »
Ce jour les a pris nuds, les estouffe de craintes
Et de pires douleurs que les femmes enceintes.
Voicy le vin fumeux, le courroux mesprizé
Duquel ces fils de terre avoient thesaurizé.
De la terre leur mère ils regardent le centre,
Cette mère en douleurs sans mi-partir son ventre,
Où les serfs de Satan regardent fremissans

1. C'est-à-dire les comètes et les météores.

De l'enfer abayant les tourmens renaissans,
L'estang de souffre vif qui rebrusle sans cesse,
Les tenèbres espais plus que la nuict espaisse :
Ce ne sont des tourmens tels que les idiots (!)
Les presentent (2) aux yeux des infirmes bigots,
La terre ne produict nul crayon qui nous trace
Ny du haut paradis ny de l'enfer la face.
  Vous avez dict, perduz : « Nostre nativité
N'est qu'un sort (3) ; nostre mort, quand nous aurons
Changera nostre haleine en vent et en fumée.   [esté,
Le parler est du cœur l'estincelle allumée :
Ce feu esteint, le corps en cendre deviendra,
L'esprit, comme air coulant, parmy l'air s'espandra ;
Le temps avalera de nos faicts la memoire,
Comme un nuage espais estend sa masse noire,
L'esclaircit, la despart, la desrobe à nostre œil :
C'est un broüillard chassé des rayons du soleil.
Nostre temps n'est rien plus qu'un umbrage qui passe,
Le sceau de tel arrest n'est poinct subject à grace. »
  Vous avez dict, brutaux : « Qu'y a-il en ce lieu
Pis que d'estre privé de la face de Dieu ? »
Ha ! vous regretterez bien plus que vostre vie
La perte de vos sens, juges de telle envie :
Car, si vos sens estoient tous tels qu'ils ont esté,
Ils n'auroient un tel goust, ny l'immortalité ;
Lors vous sçaurez que c'est de voir de Dieu la face,
Lors vous aurez au mal le goust de la menace.
  O enfans de ce siècle, ô abusez mocqueurs,
Imployables esprits, incorrigibles cœurs,
Vos esprits trouveront en la fosse profonde
Vray ce qu'ils ont pensé une fable en ce monde.
Ils languiront en vain de regret sans mercy.
Vostre ame à sa mesure enflera de soucy.
Qui vous consolera ? L'amy qui se desole
Vous grincera les dents au lieu de la parole.

1. *Var.* : inventés des cagots. — 2. *Var.* : et presentés.
3. **Un hasard.**

Les Saincts vous aymoient-ils ? Un abysme est entr'eux ;
Leur chair ne s'esmeut plus, vous estes odieux.
Mais n'esperez-vous point fin à vostre souffrance ?
Poinct n'esclaire aux enfers l'aube de l'esperance.
Dieu auroit-il sans fin esloigné sa merci ?
Qui a peché sans fin souffre sans fin aussi.
La clemence de Dieu fait au ciel son office,
Il desploye aux enfers son ire et sa justice.
Mais le feu ensouffré, si grand, si violent
Ne destruira-il pas les corps en les bruslant ?
Non, Dieu les gardera entiers à sa vengeance,
Conservant à cela et l'estofe et l'essence,
Et le feu qui sera si puissant d'operer
N'aura de faculté d'esteindre et d'alterer,
Et servira par loy à l'eternelle peine.
L'air corrupteur n'a plus sa corrompante haleine,
Et ne fait aux enfers office d'element ;
Celui qui le mouvoit, qui est le firmament,
Ayant quitté son bransle et motives cadances,
Sera sans mouvement, et de là sans muances (1).
Transis, desesperez, il n'y a plus de mort
Qui soit pour vostre mer des orages le port.
Que si vos yeux de feu jettent l'ardente veüe
A l'espoir du poignard, le poignard plus ne tue.
Que la mort (direz-vous) estoit un doux plaisir !
La mort morte ne peut vous tuer, vous saisir.
Voulez-vous du poison ? en vain cet artifice (2).
Vous vous precipitez, en vain le precipice.
Courez au feu brusler, le feu vous gellera ;
Noyez-vous, l'eau est feu, l'eau vous embrasera ;
La peste n'aura plus de vous misericorde ;
Estranglez-vous, en vain vous tordez une corde ;
Criez après l'enfer, de l'enfer il ne sort
Que l'eternelle soif de l'impossible mort.          [ame
Vous vous peigniez (3) des feux : combien de fois vostre

1. Sans changements. — 2. Cet artifice est vain.
3. Vous vous plaigniez, de *pœnitere*.

Desirera n'avoir affaire qu'à la flamme !
Vos yeux sont des charbons qui embrasent et fument,
Vos dents sont des cailloux qui en grinçant s'allument.
Dieu s'irrite en vos cris et aux faux repentir,
Qui n'a pu commencer que dedans le sentir.
Ce feu, par vos costés ravageant et courant,
Fera revivre encor ce qu'il va devorant ;
Le chariot de Dieu, son torrent et sa gresle,
Meslent la dure vie et la mort pesle mesle.
Abayez comme chiens, hurlez en vos tourmens,
L'abysme ne respond que d'autres hurlemens ;
Les Satans descouplez d'ongles et dents tranchantes
Sans mort deschireront leurs proies renaissantes ;
Ces Demons tourmentans hurleront tourmentez ;
Leurs fronts seillonneront ferrez de cruautez ;
Leurs yeux estincelans auront la mesme image
Que vous aviez baignans dans le sang du carnage ;
Leurs visages transis, tyrans, vous transiront ;
Ils vengeront sur vous ce qu'ils endureront.
O mal'heur des mal'heurs, quand tels bourreaux mesurent
La force de leurs coups aux grands coups qu'ils endurent !
    Mais de ce dur estat le lustre plus fascheux,
C'est sçavoir aux enfers ce que l'on faict aux cieux,
Où le sacré concert de la joye indicible
Habite la lumière à eux inaccessible (1) ;
Où l'accord très-parfaict des douces unissons
A l'univers entier accorde ses chansons,
Où tant d'esprits ravis esclatent de louanges.
La voix des saincts unis avec celle des anges,
Les orbes des neuf cieux, des trompettes le bruit,
Tiennent tous leur partie à l'hymne qui s'ensuit :
    « Sainct, sainct, sainct le Seigneur, ô grand Dieu des
      armées !
De ces beaux Cieux nouveaux les voutes enflamées

1. *Var. :*

Où le camp triomphant gouste l'aise indicible,
Connoissable aux meschans, mais non pas accessible.

Et la nouvelle terre et la neufve cité,
Jerusalem la saincte, anoncent ta bonté.
Tout est plein de ton nom. Syon la bienheureuse
N'a pierre dans ses murs qui ne soit precieuse,
Ni citoien que sainct, et n'aura pour jamais
Que victoire, qu'honneur, que plaisir et que paix.
 « Là nous n'avons besoin de parure nouvelle,
Car nous sommes vestuz de splendeur eternelle ;
Nul de nous ne craint plus ni la soif ni la faim,
Nous avons l'eau de grace et des anges le pain ;
La pasle mort ne peut accourcir ceste vie ;
Plus n'y a d'ignorance et plus de maladie,
Plus ne faut de soleil : car la face de Dieu
Est le soleil unique et l'astre de ce lieu.
Le moins luisant de nous est un astre de grace,
Le moindre a pour deux yeux deux soleils à la face ;
L'Eternel nous prononce et crée de sa voix
Rois, nous donnant encor plus haut nom que de rois :
D'estrangers il nous faict ses bourgeois, sa famille,
Nous donne un don plus doux que de fils et de filles. »
 Mais aurons-nous le cœur touché de passions
Sur la diversité ou choix des mansions (1)?
Ne doit-on poinct briguer la faveur demandée
Pour la droicte ou la gauche au fils de Zebedée ?
Non, car l'heur d'un chacun en chacun accomply
Rend de tous la mesure et le comble remply ;
Nul ne monte trop haut, nul trop bas ne devale,
Pareille imparité en difference esgalle.
Ici bruit la Sorbonne, où les docteurs subtils
Demandent : « Les esleus en leur gloire auront-ils,
Au contempler de Dieu, parfaite cognoissance
De ce qui est de luy et toute son essence ? »
Ouy, de toute, et en tout, mais non totalement.
Ces termes sont obcurs pour nostre enseignement ;
Mais disons simplement que cette essence pure
Comblera de chascun la parfaite mesure.

1. Des places.

Les honneurs de ce monde estoient songes, au pris
Des grades eslevez au celeste pourpris;
Les tresors de là haut sont bien d'autre matière
Que l'or, qui n'estoit rien qu'une terre estrangère.
Les jeux, les passe-temps et les esbats d'icy
N'estoient qu'amers chagrins, que collère et soucy
Et que gehenes, au pris de la joye eternelle,
Qui sans trouble, sans fin, sans change, renouvelle.
Là sans tache on verra les amitiez fleurir.
Les amours d'icy bas n'estoient rien que haïr
Au pris des hauts amours dont la saincte harmonie
Rend une ame de tous en un vouloir unie :
Tous nos parfaicts amours reduicts en un amour,
Comme nos plus beaux jours reduicts en un beau jour.
   On s'enquiert si le frère y conoistra le frère,
La mère son enfant et la fille son père,
La femme le mary : l'oubliance en effect
Ne diminuera point un estat si parfaict.
Quand le Sauveur du monde en sa vive parole
Tire d'un vray subject l'utille parabole,
Nous presente le riche, en bas precipité,
Mendiant du Lazarre aux plus hauts lieux monté,
L'abysme d'entre deux ne les fit mesconnoistre,
Quoy que l'un fust hideux, enluminé pour estre
Seché de feu, de soif, de peines et d'ahan,
Et l'autre rajeuni dans le sein d'Abraham.
Mais plus ce qui nous faict en ce royaume croire
Un sçavoir tout divin surpassant la memoire,
D'un lieu si excellent il parut un rayon,
Un portrait racourci, un exemple, un crayon,
En Christ transfiguré : sa chère compagnie
Conut Moyse non veu et sçeut nommer Elie;
L'extase les avoit dans le ciel transportez,
Leurs sens estoient changez, mais en felicitez (1).
   Adam ayant encor sa condition pure,
Conut des animaux les noms et la nature,

1. Voy. S. Mathieu, c. 17; S. Luc, c. 9.

Des plantes le vray suc, des metaux la valeur,
Et les esleuz seront en un estre meilleur.
Il faut une ayde (¹) en qui cet homme se repose,
Les saincts n'auront besoin d'aide ny d'autre chose :
Il eut un corps terrestre et un corps sensuel,
Le leur sera celeste et corps spirituel.
L'ame du premier homme estoit ame vivante,
Celle des triumphans sera vivifiante ;
Adam pouvoit pecher et du peché perir,
Les saincts ne sont subjects à pecher ni mourir.
Les saincts ont tout ; Adam receut quelque deffence,
Satan put le tenter ; il sera sans puissance.
Les esleuz sçauront tout, puis que celuy qui n'eut
Un estre si parfaict toute chose conut.
Diray-je plus ? à l'heur de cette souvenance,
Rien n'ostera l'acier des ciseaux de l'absence.
Ce triomphant estat sera franc annobli
Des larcins (2) du temps, des ongles de l'oubli :
Si que la conoissance et parfaite et seconde
Passera de beaucoup celle qui fut au monde.
Là sont frais et presens les bienfaicts, les discours,
Et les plus chauds pensers, fusils (3) de nos amours.
    Mais ceux qui en la vie et parfaite et seconde
Cerchent les passions et les storges (4) du monde,
Sont esprits amateurs d'espesse obscurité
Qui regrettent la nuict en la vive clarté ;
Ceux-là, dans le banquet où l'espoux nous invite,
Redemandent les auls et les oignons d'Egypte,
Disans comme bergers : « Si j'estois roi, j'aurois
Un aiguillon d'argent plus que les autres rois. »
    Les Apostres ravis en l'esclair de la nue
Ne jettoient plus ça bas ny memoire ny veue ;
Femmes, parens, amis, n'estoient pas en oubly,

---

1. Eve. — 2. Il faudroit, pour que le vers fût juste, écrire
*larrecins*, orthographe encore fort usitée au XVIe siècle.
3. Fusil, briquet.
4. Soin. Voy. plus haut, p. 137, note 2.

Mais n'estoient rien au pris de l'estat anobly
Où leur chef rayonnant de nouvelle figure
Avoit haut enlevé leur cœur et leur nature,
Ne pouvant regretter aucun plaisir passé,
Quand d'un plus grand bon-heur tout heur fut effacé.
Nul secret ne leur peut estre lors secret, pource
Qu'ils puisoient la lumière à sa première source :
Ils avoient pour miroir l'œil qui faict voir tout œil,
Ils avoient pour flambeau le soleil du soleil.
Il faut qu'en Dieu si beau toute beauté finisse,
Et, comme on feint jadis les compagnons d'Ulisse
Avoir perdu le goust de tous friands appas,
Ayant faict une fois de Lothos un repas,
Ainsi nulle douceur, nul pain ne faict envie
Après le Man (1), le fruict du doux arbre de vie :
L'ame ne souffrira les doutes pour choisir,
Ni l'imperfection que marque le desir.
Le corps fut vicieux qui renaistra sans vices,
Sans tache, sans porreaux, rides et cicatrices;
En mieux il tournera l'usage des cinq sens.
Veut-il soüefve (2) odeur ? Il respire l'encens
Qu'offrit Jesus en croix, qui, en donnant sa vie,
Fut le prestre, l'autel et le temple et l'hostie.
Faut-il des sons ? le Grec qui jadis s'est vanté
D'avoir ouy les cieux, sur l'Olympe monté,
Seroit ravy plus haut quand cieux, orbes et poles
Servent aux voix des saincts de luths et de violes;
Pour le plaisir de voir, les yeux n'ont poinct ailleurs
Veu pareilles beautez ny si vives couleurs.
Le goust qui fit cercher des viandes estranges
Aux nopces de l'Agneau trouve le goust des Anges,
Nos mets delicieux, tousjours prests sans apprests :
L'eau du rocher d'Oreb, et le Man tousjours frais :
Nostre goust, qui à soy est si souvent contraire,
Ne goustera l'amer doux, ni la douceur amère (3),

1. La manne. — 2. Suave. — 3. Ce vers a treize pieds :
il faudroit écrire *goustra*, au lieu de goustera.

Et quel toucher peut estre, en ce monde, estimé
Au pris des doux baisers de ce fils bien aymé !
Ainsi, dedans la vie immortelle et seconde
Nous aurons bien les sens que nous eusmes au monde,
Mais, estans d'actes purs, ils seront d'action
Et ne pourront souffrir infirme passion :
Car ailleurs leurs effects iront cercher et prendre (1),
Le voir, l'odeur, le goust, le toucher et l'entendre ;
Au visage de Dieu seront noz saincts plaisirs,
Dans le sein d'Abraham fleuriront nos desirs,
Desirs, parfaicts amours, hauts desirs sans absence,
Car les fruicts et les fleurs n'y font qu'une naissance.
    Chetif, je ne puis plus approcher de mon œil
L'œil du ciel ; je ne puis supporter le soleil.
Encor tout esblouï, en raisons je me fonde
Pour de mon ame voir la grand' ame du monde,
Sçavoir ce qu'on ne sçait et qu'on ne peut sçavoir,
Ce que n'a ouy l'oreille et que l'œil n'a peu voir ;
Mes sens n'ont plus de sens, l'esprit de moi s'envole,
Le cœur ravi se taist, ma bouche est sans parole :
Tout meurt, l'ame s'enfuit, et reprenant son lieu,
Extatique, se pasme au giron de son Dieu.

---

## AU LECTEUR.

**L**'imprimeur est (2) venu se plaindre à ce matin de n'avoir que deux (3) vers pour sa dernière feuille, j'ay mis la main sur l'inscription que vous verrez. Il advint que Henry le Grand voulant poser en quelque lieu deux tableaux, l'un de sa

---

1. *Var.* :
    Purs, en subjects très purs, en Dieu ils iront prendre.
2. *Var.* : estant.
3. *Var.* : Trois. — La page où finit le dernier livre des
    *Tragiques.* — I.

guerre, l'autre de sa paix, il demanda ce present à trois
personnes choisies en son royaume. Nostre aucteur ac-
cepta le premier, faisant trouver bonne au roy cette res-
ponse : « Sire, vous trouverez assez en vostre Cour
d'historiens de paix et de pilottes d'eaue douce ; je vous
supplie vous contenter que je rapporte vos tourmentes et
victoires, desquelles j'ai esté partie et tesmoing. » C'est ce
que je vous presente, contre ceux qui disent que mon maistre n'a sçeu que blasmer : à la verité il a eschappé contre
les grands qui n'ont porté le hausse-col qu'en parure,
desnaturez en vengeances comme en voluptez, mais il a
bien sçeu (et icy et par son Histoire) eslever son prince, qui
surpassa la nature en courage et ne l'excedera jamais ny
en haines ny en amours.

PROMETHÉE.

----

# A LA FRANCE DÉLIVRÉE
## SOIT POUR JAMAIS SACRÉ
## HENRY QUATRIESME
## TRÈS AUGUSTE, TRÈS VICTORIEUX.

L'an 1553, au solstice d'hyver (poinct plus
heureux de toutes nativitez), fut donné du Ciel
à la France, sur les racines des Pyrenées (bornes
naturelles de l'Espagne), pour devenir une bar-
riere plus seure que les montagnes : nourry en

----

*Tragiques* ne contient que deux vers dans l'édition de 1616,
et en contient trois dans l'édition sans date, ce qui explique
et cette variante et l'*Avis au lecteur*, destiné à remplir le
reste de la page. Il ne faut pas oublier que celui qui parle
est Promethée, que d'Aubigné suppose avoir dérobé le manuscrit de son poème. Voy. l'*Avis aux lecteurs*, p. 1.

lieux aspres, teste nuë et pieds nuds, par Henry
son ayeul, preparant un coin d'acier aux nœuds
serrez (¹) de nos difficultez. Son aage seconde
veid son pere mort(²), sa mere fuitive, ses proches
condamnez, ses serviteurs bannis. Il se trouve
armé à quatorze ans en un party miserable, affoi-
bly de trois batailles perduës, n'ayant de reste que
la vertu. Sa jeunesse eut pour entrée des nopces
funestes : trente mille des siens massacrez et sa
prison redoublée. Sa liberté le faict chef des pieces
ramassées d'un party rogné, dans lequel, maistre
pour le soin, compagnon pour les perils, il finit
sept guerres desesperées par sept heureuses paix.
Pour à quoy parvenir, il luy falut respondre à quarante cinq armées royales, desquelles il en a eu
pour une fois neuf bien equipées sur les bras.
L'aube de son esperance parut à Coutras, où
ayant digeré les angoisses du General, porté la
vigilance du Mareschal de camp, le labeur de
Sergent de bataille, il prit la place de soldat hazardeux. Après, ayant partagé la Guyenne, fait
part de ses exploits au Dauphiné, au Languedoc,
conquis le Poictou, entamé l'Anjou, voyant le
duc de Guise mort, ses adversaires divisés, le
roy à l'extremité, il remit à la France ses injures,
ses blessures et le dernier accès. Redressoit le
roy, quand le royaume en pièces se laissa choir
dans ses bras victorieux. Ce grand roy fait
homme porta des labeurs plus que d'homme ; en
courant aux feux divers du royaume, il rencontra
autant de charges que de traites, et de sieges
que de logis. Ses partisans, envieux de sa vertu

1. *Var.*: ferrés. — 2. En 1562.

avant qu'estre delivrés par elle, bastissent divers
partis dans les ruines de l'estat, si bien qu'il les
falloit vaincre pour les mener vaincre leurs ennemis : c'est ce qui fit trouver à l'indomtable les
combats du cabinet, ses angoisses, ceux de la
campagne, ses voluptés. Or, après avoir monstré
devant Arques son esperance contre espoir, le
secours du Ciel à ses prieres, à Yvry sa vertu
contre l'imparité du nombre, sa resolution à relever les batailles esbranlées; après que l'Italie
et l'Espagne eurent jetté sur les bras du règne divisé quatre armées differentes, et qu'estant venu
et ayant veu et vaincu, il leur fit trouver à grand
gain et honneur d'en remmener les pièces, de là
en avant chacun de ses coups fut amorce du second, chaque victoire instrument de la suivante.
Il fit perdre à ses ennemis leurs pretextes, l'espoir et les partis. Enfin, pour loyer de sept batailles, de vingt rencontres d'armées, de cent
vingt-cinq combats enseignes deployées, de
deux cent sieges heureusement exploictés par sa
presence ou sous ses auspices, il se vainquit
soy mesme, donna à ses ennemis biens et vies,
aux siens le repos, la paix à tous, comme ployant
en un chapeau d'olive les cimes esgarées de ses
palmes et lauriers à couronner d'un diademe bien
composé son chef victorieux.

## L'IMPRIMEUR AU LECTEUR.

'ai eu plaisir de voir couronner le livre de cette pièce rare, et n'ai peu souffrir que tu ne saches que cet eloge, eschantillon du style de l'autheur en tous ses escrits, fut incontinent contrefait et tout à la fois par des personnes fort estimées, qui n'eurent point honte d'en prendre les lignes entières. Un advocat de la Cour (qui merite bien d'estre juge, comme amateur de rendre le droit à chacun) fit imprimer la pièce originaire et les imitations, rendant à l'autheur l'honneur qui lui appartenoit, bien qu'il n'en eust point de connoissance (1). De plus, la traduction en estant venue d'Italie, Père Cotton, qui la voyoit à regret bien venue à la Cour, porta l'italien au roy pour taxer l'inventeur de n'estre que traducteur. Ce que sachant bien, Lecteur, j'ai voulu que tu le sceusses. A Dieu, jusqu'au premier de mes labeurs.

1. D'Aubigné veut sans doute parler du petit recueil intitulé : *Florilegium rerum ab Henrico IIII immortaliter gestarum,* Paris, Saugrain, 1609, 84 p. in-8. La pièce précédente s'y trouve en tête et est suivie d'une traduction latine (*ex gallico Aubigncrii*) signée R. B. A la suite on a placé le texte françois et latin d'une autre pièce composée par le sieur du Luat Ange Capel et qui n'est qu'une copie presque littérale des pages de notre auteur.

# GLOSSAIRE.

Abécher, *donner la becquée.*
Abrier, *couvrir.*
Accravanter, *écraser.*
Acertener, *assurer.*
Acroche, *retardement.*
Adiaphoristes, *indifférents.*
Aere, *ère.*
Affusté, *posté à l'affut.*
Ahan, *fatigue.*
Air d'un cheval (prendre l'), *manier un cheval.*
Allouvi, *affamé comme loup.*
Anange, *nécessité.*
Anoblir, *exempter.*
Apaster, *nourrir.*
Apophéties, *prophéties faites après coup.*
Arée, *labour, charrue.*
Arrer, *donner des arrhes.*
Asséché, *desséché.*
Astorge, *sans soin.*
Atterrer, *mettre en terre.*
Autochire, *de sa propre main.*
Balai, *queue.*
Balié, *balayé.*
Besson, *jumeau.*

Bourde, *béquille.*
Bourdelier, *qui tient un bor-del.*
Bourrelle, féminin de bourreau.
Buste, *bûcher.*
Castor, Voy. p. 94.
Caterre, *catarrhe.*
Caut, *rusé.*
Chaz, *trou de l'aiguille.*
Chevaistre, *licou.*
Chevesche... Voy. p. 137.
Chime, *chyle.*
Chiorme, *chiourme.*
Cimois, *cordons.*
Circoncire, *retrancher.*
Circui, *environné.*
Clas, *glas.*
Cœuvre, *couvre.*
Commédiante, *comédienne.*
Coupeau, *sommet.*
Crotton, *cachot.*
Curer, *soigner.*
Debteur, *redevable.*
Deniaiser, *tromper avec adresse.*
Despartir, *partager.*
Despite, *cruelle.*

Dilucide, *clair.*

Discratie, *dissension.*

Dorne, *giron.*

Duratée, *de bois.*

Efficace, *force.*

Encharné, *incarné.*

Enferré, *chargé de fers.*

Episodies, *épisodes.*

Equanime, *impartial.*

Eschallon, *échelon.*

Escurieu, *écureuil.*

Estelons, *étalons.*

Esteule, *paille.*

Estoupper, *boucher,*

Estriper, *déchirer.*

Etat, *office,*

Exoine, *délai.*

Fisson, *dard.*

Finet, *finot.*

Fonde, *fronde.*

Forain, *étranger.*

Forçaires, *forçats.*

Fuie, *colombier.*

Fuitif, *fugitif.*

Fumeau, *haleine.*

Hasmal, mot hébreu, *ambre.*

Humeur, *liquide, eau.*

Gagnage, *terre chargée de grains.*

Garçon, *libertin.*

Incurieux, *sans soin.*

Jaseran, *bracelet.*

Lairrer, *laisser.*

Latiares, *latins.*

Lestrain, *lutrin.*

Linceux, *draps.*

Litures, *ratures.*

Louche, *obscur.*

Lymphe, *nymphe.*

Mansion, *place, demeure.*

Marmiteux, *triste.*

Matras, *matelas.*

Mercures croisez, *carrefours.*

Mestier (Avoir), *avoir besoin.*

Mesui, *aujourd'hui.*

Morgant, *superbe.*

Muance, *changement.*

Muscadin, *pastille de musc.*

Nareaux, *narines.*

Naturel, *homme de la nature.*

Ninomple, Voy. p. 224.

Norme, *règle.*

Offerte, *offrande.*

Ord, *sale.*

Penne, *aile.*

Pinceté, *épilé avec une pince.*

Piteux, *miséricordieux.*

Plaints, *plaintes.*

Poche, *sac.*

Porque, *truie.*

Précipice, *chute.*

Prefix, *fixé.*

Quicajon, *nom hébreu d'une plante que la Vulgate a traduit par* hedera, lierre. Voy. p. 267.

Rancœur, *rancune.*

Recru, *fatigué.*

Règne, *royaume.*

Regrissé, *hérissé.*

Renfronché, *renfrogné.*

Reseuil, *réseau.*

Retrait, *réceptacle, cabinet.*

Révolter, *apostasier.*

Rotonde, *collet empesé.*

Rouer, *parcourir.*

Rumeau (Etre au), *être à l'extrémité.*

Saltain-Bardelle, Voy. p. 113.

Saltarin, *sauteur.*

Secoux, *secoué.*

Seigneurier, *dominer.*

Seillon, *sillon.*

Soutre, *dessous.*

Souil, *bourbier.*

Songneux, *soigneux.*

Tais, *tête, crâne.*

Terrien, *possesseur de terres.*

Tétric, *sombre.*

Trait (Or), *filé.*
Tramontane, *mistral.*
Trasser, *parcourir.*
Trope, *troupe.*
Tourtre, *tourterelle.*

Union, *perle.*
Vanie, *avanie.*
Vie, viande, *nourriture.*
Voix, *parole.*

# TABLE DES MATIÈRES.